rororo

Theas Vater ist ein kompromissloser Feinschmecker. Und das Kind? Das muss natürlich mitmachen. Die einzigen tröstenden Gestalten inmitten Theas Luxusverwahrlosung sind die Kellner, die dem armen Mädchen gelegentlich «was Normales» servieren. Und seitdem stehen sie bei Thea hoch im Kurs: «Heute ist mein sechsunddreißigster Geburtstag, und ich bin zum dritten Mal von einem Kellner geschieden worden.» So beginnt dieser Kindheitsroman voller Ironie und zärtlicher Teilnahme.

Pia Frankenberg, geboren 1957 in Köln, ist als Regisseurin mit den Filmen «Nicht nichts ohne Dich», der 1986 mit dem Max-Ophüls-Preis ausgezeichnet wurde, und «Brennende Betten» bekannt geworden. Im Rowohlt Verlag sind die Romane «Klara und die Liebe zum Zoo» (rororo 23306) und «Nora» (Rowohlt · Berlin) erhältlich. Seit Mitte der neunziger Jahre lebt Pia Frankenberg in New York.

Pia Frankenberg

Die Kellner & ich

Roman

Rowohlt Taschenbuch Verlag

Neuausgabe Mai 2006
Veröffentlicht im Rowohlt Taschenbuch Verlag GmbH,
Reinbek bei Hamburg, Mai 1996

Umschlaggestaltung any.way, Cathrin Günther
(Foto: privat)
Satz Adobe Garamond PostScript (InDesign)
bei Pinkuin Satz und Datentechnik, Berlin
Druck und Bindung Clausen & Bosse, Leck
Printed in Germany
ISBN 13: 978 3 499 24296 0
ISBN 10: 3 499 24296 6

Die Kellner & ich

I

Heute ist mein sechsunddreißigster Geburtstag, und ich bin zum dritten Mal von einem Kellner geschieden worden. Ich feiere beides bei einem Mittagessen im Restaurant des besten Hotels der Stadt. Die Qualität der gepflegten Kochkunst ist mir dabei ziemlich gleichgültig, mich interessiert die souveräne, stets von leichtem Spott umwehte Gelassenheit der Kellner. Das lenkt mich wenigstens zeitweise vom Älterwerden ab.

Sechsunddreißig ist ein beschissenes Alter. Man merkt, dass man nichts geschafft hat im Leben, und beginnt an den Tod zu denken. Im Augenblick kreisen meine Gedanken darum, wie ich es später möglichst nett haben könnte, so etwa, wenn ich die Sechzig erreicht habe. Ich stelle mir vor, wie ich mit meinen Freunden ein Herrenhaus an der Südküste Englands bewohne: Jeder macht so seinen Kram, während ich mich vormittags im weitläufigen Park ergehe und nach dem Nachmittagstee ein wenig mit dem Gartengerät in den Rosenbeeten herumkratze. Abends spielen wir dann, wohlig vom Kaminfeuer durchglüht, in der großen Eingangshalle Karten. Wahrscheinlich Doppelkopf oder Poker, irgendwas, wobei man ein bisschen betrügen kann. Dazu trinke ich ab sechs Uhr nachmittags in regelmäßigen Abständen Gin Tonics und entwickle auf diese Weise rechtzeitig den Grad der Trunkenheit, der mich gegen Mitternacht in entspannter Gleichgültigkeit und Schlafbereitschaft in meine Daunenberge sinken lässt. Obwohl meine Vorstellungen vom Lebensabend also eher feudaler Natur sind und meine Phantasie Rheuma und andere geriatrische Plagen keineswegs ausspart, spielt Dienstpersonal darin keine Rolle. Wir schaffen es allein.

Doch bevor ich mich anstrenge, mir über die Gründe für diesen vorweggenommenen Verzicht Gedanken zu machen, sind andere Probleme zu lösen. Ich bin auf dem Nullpunkt; ich habe nichts Nennenswertes gelernt, übe keinen richtigen Beruf aus – sicher, ich komme zurecht, auch materiell, meine Unzulänglichkeit fällt im Grunde nicht weiter auf. Ich mache dies und das, meine Interessen, sofern ich welche habe, schwanken ständig. Ich kann mich nicht entscheiden. Es gibt zu viele Möglichkeiten, sein Leben zu verbringen. Ich habe einfach keine Ahnung, wie ich die verbleibende Zeit bis zu meinem sechzigsten Lebensjahr überbrücken soll.

Im Übrigen beschäftigt mich seit längerem die Frage, wie vieler gescheiterter Ehen zwischen mir und einem jener wunderbaren, Dienst leistenden Wesen es noch bedarf, um befreit zu werden, befreit von der Sehnsucht nach dem Anblick ihrer tänzerischen Eleganz, ihrer zuvorkommenden Fürsorge und ihrer Bereitschaft, sich von mir quälen zu lassen.

Am Nebentisch beobachtet mich ein Kind, das angesichts einer längeren Zeit des Festgenageltseins im Kreis seiner Eltern und einer Menge anderer Erwachsener für die Dauer der noch vor ihm liegenden Mahlzeit ein Opfer sucht. Das Kind ist ein Junge und etwa sechs Jahre alt. Ich selbst habe keine Kinder, und ich kann nicht behaupten, dass ich es jemals bedauert hätte. Aber ich kann ihr Alter schätzen, oft besser als Leute, die damit mehr Erfahrung haben. So wie ich mir auch Telefonnummern merken kann, obwohl ich es hasse, zu telefonieren. Seltsamerweise kann ich all die Dinge am besten, für die ich keine Verwendung habe; meine Talente beschränken sich auf ein paar vollkommen sinnlose Fähigkeiten, die mir noch in keiner irgendwie heiklen Lage nützlich waren und es vermutlich auch nie sein werden.

Das Kind sieht mich böse an. Es ist kein sehr sympathisches Kind, nicht nur, weil es mich offenkundig nicht leiden kann, sondern aufgrund seiner ganzen Erscheinung. Es hat einen runden Kopf mit zu wenigen blonden Haaren, die dazu noch in einen modischen Haarschnitt gezwungen sind, alle gleich lang und glatt und in messerscharf gerader Linie geschnitten. Seine Augen sind blau, seine Backen zu dick und zu rot. Die Augen verschwinden in kleinen Fettpolstern, der Mund hat volle Lippen, die aber zu klein geraten sind, sodass er wie ein verbissenes Kussmündchen wirkt. Der Junge trägt ein Jackett und ein Hemd wie ein Erwachsener und sieht unzufrieden aus. Rastlos rutscht er auf seinem Sitz herum, seine Füße schlagen unter dem Tisch gegen den Rahmen seines Stuhles, er nörgelt, weil er eine Cola haben möchte, aber nicht die ungeteilte Aufmerksamkeit seiner Mutter genießt. Er erinnert mich an etwas, aber ich komme nicht darauf, wer oder was es sein könnte. Nach einer Weile merke ich, wie es ihn irritiert, dass ich ihn ansehe. Er schickt Grimassen zu mir herüber, schmiegt sich ostentativ an die Seite seiner Mutter, und endlich traut er sich, mir die Zunge herauszustrecken. Als seine Cola schließlich von einem der hübschen Kellnerlehrlinge gebracht wird und der Junge sie mit einer hochmütig-verächtlichen Geste in Empfang nimmt, da weiß ich plötzlich, was ich an ihm wieder erkenne: Er sieht aus wie ein zu kurz geratener Erwachsener, einer der Typen, die es geschafft haben, die etwas geworden sind, ohne jemals Mamis Schoß, die Protektion der Familie, oder auch nur ihre Gesellschaftsklasse, verlassen zu haben. Er sieht jetzt schon so aus, wie er in zwanzig Jahren sein wird.

Ich habe plötzlich den dringenden Wunsch zu gehen. Während ich den Kreditkartenzettel unterschreibe – das Trinkgeld lege ich aus Gewohnheit in bar auf den Teller mit der Rechnung, ich möchte sicher sein, dass es den Adressaten auch erreicht –, sehe ich verstohlen zum Nebentisch hinüber. Ich weiß nicht warum, aber dieser Junge macht mir Angst. Vielleicht tue ich ihm Unrecht. Was, wenn er seine vorgezeichnete Biographie nicht antreten will? Seine Mutter eines Tages anschreit und seinen Vater in die Eier tritt? Ich sehe ihn an, und ich weiß, dass er es nie tun wird. So wie auch ich es nicht getan habe.

Zum Abschied strecke ich ihm die Zunge raus. Eine überflüssige und kindische Geste, meiner nicht würdig. Ich registriere das verstohlene Grinsen des Kellners. Die Mutter des reizenden Blondschopfs guckt mich entgeistert an. Noch im Auto freue ich mich über ihr fassungsloses Gesicht.

Meinem ersten Kellner begegnete ich in Köln. Ich bin in dieser Stadt geboren, von dort stammt meine gesamte Familie. Meine kölsche Ahnenreihe reicht so weit zurück, dass ihre Mitglieder im Zweifelsfall noch am Limes mitgebaut haben. Mit Ausnahme der Vorfahren meines Großvaters mütterlicherseits. Der war ein in Köln gestrandeter Preuße und ein Tunichtgut und starb folgerichtig zu früh, an den Folgen eines – zu seinen Gunsten – nicht näher aufgeklärten Autounfalls. Meine Mutter pflegt eine Art Heldenverehrung für ihren Vater; obwohl sie bei seinem Tod ein durch und durch kölsches, siebzehnjähriges Mädchen ist, hätschelt sie starrsinnig einige seiner schneidigen preußischen Eigenschaften, die von dem bodenständigen Bergarbeitertochterwesen ihrer Mutter so angenehm weltläufig abstechen. Doch die ihr heilige väterliche Mischung aus Reichshauptstadt, Schmissen und Offiziersmesse wird bei der Heirat meiner Eltern von der zahlenmäßig überlegenen kölschen Ureinwohnerfamilie meines Vaters absorbiert und in die trägen Wellen des Rheins ausgeschieden. Womit sie für mein zukünftiges Leben so gut wie keine Rolle mehr spielt.

Hingegen sehe ich mich im Alter von drei Jahren mit meinen Großeltern väterlicherseits, Max und Mathilde Goldmann, meiner Tante Agnes, meinem Onkel Henry und meinem Vater im Kölner Hotel «Excelsior» im ersten Stock an einem Fenster stehen, Blick auf den Dom und den Hauptbahnhof, unten zieht der Rosenmontagszug vorbei, es herrscht ein Höllenlärm, Musik, Karnevalslieder; die Leute unten, die an den Straßen für de Zoch Spalier stehen, schreien, singen und schunkeln, und wir im ersten Stock singen, schreien und schunkeln auch. Wir brüllen nach Strüssje und Kamellen, und von den Prunkwagen unten werden kleine Blumensträußchen und Pralinenschachteln und 4711-Fläschchen zu uns nach oben geschleudert, während sich die Massen unten auf der Straße um ordinäre Karamellbonbons balgen. Tante Agnes beugt sich so halsbrecherisch weit aus dem Fenster, dass sie fast hinunterstürzt, Omi Mathilde schreit, Onkel Henry, mein Vater und Opi Max lachen über de Wiewer, die de Haals widder nit voll krieje künne, Tante Agnes schreit und lacht auch, und dann bestellt Max noch mehr Champagner.

Alle sind verkleidet: Opi Max als Neger, mein Vater als Clown, Onkel Henry als Matrose. Omi Mathilde und Tante Agnes haben sich für Charleston-Kostüme entschieden, dankbar für die Gelegenheit, ihre reichlich vorhandenen Schmuckstücke, insbesondere die meterlangen Perlenketten, auf diese Weise zur Geltung bringen zu können.

Ich bin entweder Funkemariechen oder Prinzessin. All die Jahre, die noch folgen sollen, bin ich entweder das eine oder das andere. Nur einmal gibt es eine Ausnahme, da gehe ich schon zur Schule, und meine beste Freundin und ich bestehen unerbittlich auf Max und Moritz.

Wir haben im «Excelsior» zwei Doppelzimmer mit Verbindungstür gemietet. In einem der beiden Räume befindet sich ein runder, mit einem langen weißen Tischtuch bedeckter Tisch, darauf eine Platte mit Canapés, daneben ein Beistellwagen, auf dem wiederum eine Menge Gläser, zwei Sektkübel und mehrere leere Flaschen stehen. Als der Etagenkellner mit dem bestellten Champagner klopft, herrscht drinnen bei uns bereits ein fortgeschrittenes Maß an bürgerlicher Ausgelassenheit. Der Mann wirkt angestrengt, die Gäste in den anderen Zimmern unseres Stockwerks halten ihn auf Trab, auch bei unseren Nachbarn knallen die Korken. Die reichen Kölner gehen nicht zum Zugucken auf die Straße, sie hängen wie wir in kreischbunten Knäueln aus den Fenstern der Logenplätze des Hotels und scheuchen das Personal.

Der Kellner, ein stämmiger Mann um die fünfzig, trägt einen Smoking, piekfein, kein Stäubchen, nur sein bäuerlich-breites Gesicht ist gerötet, und er atmet schwer. Er öffnet den Champagner. «Darw isch den Herrschafften einschenken?»

Mein Vater nimmt ihm die Flasche schwungvoll ab. Tante Agnes, eben noch in wilder Konkurrenz zu den Gästen am Nachbarfenster, wendet ihre Aufmerksamkeit der neuen Attraktion zu.

«Wer soll dat bezahlen, wer hät so vill Jeld, wer hät so vill Pinke-Pinke, wer hät dat bestellt?», tiriliert sie dem Kellner euphorisch entgegen.

Der weiß es auch nicht, lächelt und schunkelt ein bisschen, andeutungsweise. Er gibt sein Bestes für sie. Onkel Henry – Spieler, Trinker, verhinderter Frauenheld und schlechter Geschäftsmann – legt einen Arm um ihn, presst ihn strahlend an seine Brust und hält ihm aufmunternd ein Glas hin. «Komm, leeve Jung, drink ens jet …»

Ich bin gespannt. Erwartungsvoll. Was wird geschehen? Wird er einfach nein sagen? Annehmen? Protestieren? Er verzieht keine Miene. Ich sehe ihn an und frage mich, was er gerade denkt. Ich frage mich auch, ob er wohl weiß, dass mein Opi Max, klein und fast glatzköpfig, der jetzt mit leuchtenden Augen mit meiner stattlichen Omi Mathilde schunkelt und Karnevalslieder singt, sonst ein schweigsamer, in sich gekehrter Mann ist, der kaum isst und selten lacht. Dass mein Vater, wenn er morgens ins Büro geht, gut geschnittene Anzüge und immer einen passenden Hut trägt und dass Tante Agnes eine sehr elegante, sehr vornehme Frau ist, mit ganz bestimmten Ansichten darüber, was man darf und was man nicht darf – und ihren Mann streng behandelt. Eine Aura von Undurchdringlichkeit umgibt den Kellner, und ich weiß nicht, wer mir in diesem Augenblick, an diesem Ort fremder erscheint: meine wild kostümierte Familie oder der Mann in seiner korrekten Arbeitskleidung.

Während ich noch versuche, seine Gedanken zu lesen, hat Opi Max schon einen großen Geldschein aus der Brieftasche gezückt und ihn dem Kellner, Henry sanft beiseite drängend, mit einer seltsam verstohlenen Geste gereicht. Der Kellner kommt ihm mit seiner Hand auf ebenso heimliche Weise entgegen, den Handrücken nach oben und mit seinen Fingern eine Höhlung bildend, in welche Opi Max ihm die Banknote nun von unten hineinschiebt, als handele es sich um Diebesgut. Opi Max ist plötzlich ganz ernst und der Kellner auch, er reagiert mit einem kurzen Kopfnicken, schließt die Hand in der komischen Pfötchenhaltung um den leise knisternden Schein und tritt den Rückzug an, als dürfe er nach diesem Tausch auf keinen Fall länger zögern. Gekonnt manövriert er seinen Servierwagen hinaus auf den Flur und ist verschwunden. Ich bleibe zurück und fühle mich, als wäre ich bei etwas sehr Verbotenem, ein bisschen Schmutzigem, aber irgendwie Interessantem dabei gewesen. Ich beobachte, wie es Opi Max sichtlich schwer fällt, aus seiner pflichtbewussten Ich-bin-nur-der-Gast-aber-du-bist-der-Kellner-Unterwerfungspose auf das brokatbezogene Sofa und in die Arme meiner weniger an diesen gesellschaftlichen Feinheiten interessierten Omi Mathilde zurückzufinden.

«Wer soll dat bezahlen, wer hät so vill Jeld …» Glücklich jauchzt sie ihn an und drückt dabei seinen schwarz geschminkten, fast haarlosen kleinen Schädel an ihren wogenden Busen.

Er natürlich, so viel ist mir klar. Opi Max ist der Mann, der ständig Geldscheine in Pfötchenhände schiebt. Für mich ist diese Geste unlösbar mit ihm verbunden. Er schiebt, und der andere zieht seine geschlossene Hand schamhaft zurück.

Koffertragende Pagen, Liftboys, Etagenkellner, Chauffeure, Diener, Hausmädchen, meine Kinderschwestern, ja, sogar ich. Er schiebt uns das Geld zwischen die Finger, so tiefernst, als ginge es um sein Leben, mit einem Gesichtsausdruck, als müsse er sich für seine Existenz entschuldigen. Vor einigen Tagen hat er mir, genauso wie dem Kellner eben, fünf Mark zugesteckt, nachdem ich ihm arglos ein gerade von mir gemaltes Bild präsentiert hatte. Es zeigte ein leidlich naturgetreu hingekleckertes rosa Schwein, auf das ich einigermaßen stolz war. Hocherfreut über den unverhofften Geldsegen steigerte ich daraufhin meine Produktion und bombardierte ihn mit rauen Mengen weiterer Exponate. Doch er zeigte, wie so oft, recht schnell Ermüdungserscheinungen.

So auch jetzt. Er wirkt erschöpft, wie er da, gottergeben an Omi Mathilde gelehnt, für einen Moment die Augen schließt. Ich nehme an, dass er nur dem Anblick von Agnes' erneuten halsbrecherischen Aktionen zu entgehen versucht. Schon wieder hat sie ihren schmalen weißen Arm um ein Fensterkreuz gewickelt und biegt jetzt mit atemberaubender Hemmungslosigkeit ihren Oberkörper dem freien Fall entgegen, dabei mit schriller Stimme um weitere Zuwendungen aus den vorbeiziehenden Prunkwagen heischend. «Strüssje!», quält sie ihre Stimme in schepperndem Sopran zu höchster Lautstärke gegen den tobenden Lärm. «Kamelle! Alaaf!» Ihr Gesichtsausdruck ist geprägt von wilder Freude und schamloser Gier; sie unterliegt einem besseren Fänger am Nachbarfenster, der ihr ein Fläschchen 4711 wegschnappt; im nächsten Moment dreht sie sich unter perlendem Gelächter zu uns um.

«Mer muss och jünne künne …» Mein Vater betrachtet amüsiert seine Halbschwester, die schöne Agnes mit der weißen Haut, den blauen Adern auf den Handrücken, den cognacbraunen, stets kühl blickenden Augen, den schmalen Brauen, die immer hochnäsig nach oben gezogen sind, und den fuchsroten

Haaren. Er taxiert sie wie eines seiner bevorzugten Rassepferde, lehnt dabei spöttisch grinsend, schlaksig-träge, die Zigarette knapp zwischen zwei Fingern baumelnd und im Einklang mit sich und der Welt in einem Sessel und fragt niemand Bestimmten: «Wat tun mer jetz?» Die Antwort gibt er sich gleich selbst, im Brustton tiefer Zufriedenheit: «De Föößß weh!»

Ich drehe mich vor dem goldgerahmten Ankleidespiegel und dem anscheinend einzigen Menschen, dem meine Anwesenheit bis jetzt nicht entgangen ist, meinem Onkel Henry, und spiegele mich in beiden mit narzisstischer Begeisterung. Ich finde mich wunderschön in dem rotweißen Kostüm, streiche über den glatten Satinstoff meines Rockes, unter dem sich ein gewaltiger Petticoat wölbt, und wünsche, dies alles würde niemals enden. Ein Leben im Hotel! Großartig! Zur Hölle mit meinen Kinderschwestern, jeder einzelnen, den bereits verschlissenen, der jetzigen und allen, die noch kommen werden! Endlich, endlich Erlösung! Nie wieder normale Kleidung tragen, keine kratzenden Wollpullis mit angesetzten weißen Krägelchen, keine wollenen Unterhosen, nur noch Lackschuhe und Prinzessinnenkostüme! Alles soll fremd sein, ungewohnt, außergewöhnlich, genau wie jetzt. Gepriesen sei der anarchische Ausbruch, zu dem meine Familie auch dieses Jahr wieder fähig ist, so wie im Jahr davor und in all den Jahren, die noch kommen werden! Nie werden sie mich enttäuschen, dies hier ist ewig, diese Verwandlung, die mit ihnen und mir geschieht, wenn Köln leuchtet, wenn Karneval ist.

Onkel Henry grinst mir, sachte torkelnd, sybillinisch zu.

Wir gehen auch unverkleidet ins «Excelsior». Dann hat Omi Mathilde Geburtstag oder Tante Agnes, oder es gibt was anderes zu feiern. Ich trage Sonntagskleidung. Ich bin für mein Alter zu groß. Ich bin auch zu dünn. Laut Hedi, meiner Stiefmutter, hängt alles, was man mir anzieht, nur an mir herunter. Ich habe sehr große Füße und sehr dünne Beine. Irgendwie ist man zu der Ansicht gelangt, ich sei gesundheitlich anfällig; also muss ich meistens kratzende Wollstrumpfhosen und ebenso kratzende Wollkleider tragen. Ich hasse das Zeug, es juckt mich am ganzen Körper, und ich bewege mich so wenig wie möglich, um zu verhindern, dass der Stoff sich auf meiner Haut hin und her schiebt. Ich bekomme gesagt, ich sei steif und habe eine schlechte Haltung. Später sagen mir meine Schulfreundinnen, sie hätten mich immer um meine Kleider beneidet.

Im Schlepptau meiner Familie werde ich im Restaurant des Hotels an einen großen Tisch geleitet. Ein überaus eleganter, überaus distinguierter Herr, der Oberkellner, hat uns in Empfang genommen und geht voran. Er sieht sich immer wieder nach uns um, als seien wir zerbrechliche Eier, die unterwegs kaputtgehen könnten.

Der Raum ist groß, dunkel und gediegen, es gibt dicke Teppiche mit vielen Mustern, beschirmte Wandleuchten, die sanftes gelbliches Licht verströmen, mit Gobelinstoff bezogene Sitzbänke und Stühle, weiß gedeckte Tische mit stramm gefalteten und aufrecht stehenden Servietten, Kristallgläser und Unmengen von Besteck. An den Nachbartischen und überall im Raum sitzen elegant gekleidete Menschen, die Frauen tragen viel Schmuck, auch Agnes, Omi Mathilde und Hedi sind schwer beladen mit Broschen, Ohrringen und Colliers. Die Unterhaltung ist gedämpft. Es gibt keine anderen Kinder im Raum, ich habe auch keine erwartet. Ich fühle mich sehr auserwählt. Ich bin sechs.

Als wir am Tisch angekommen sind, beginnt zwischen den Erwachsenen die Diskussion darüber, wie man sich verteilen soll. Es ist mir ein Rätsel, warum die Sitzplatzdebatte regelmäßig aufs Neue ausbricht. Der Oberkellner steht etwas abseits, während Omi Mathilde und Agnes mit der erhöhten Frequenz der Schwerhörigen die Frage erörtern, wer wohin darf. Spätestens jetzt ist die ganze gedämpfte Vornehmheit zum Teufel, und erste interessiertes Missfallen bekundende Blicke taxieren uns. Mein Vater ist für die Wiederherstellung gesitteter Verhältnisse zuständig. Er platziert uns alle schließlich mit maßvoller Autorität, wobei er Spannungen und Animositäten innerhalb der anwesenden Verwandtenschar aufs subtilste berücksichtigt. Hedi und Agnes hassen sich bis aufs Blut und müssen, koste es, was es wolle, getrennt werden, eine von ihnen könnte ja plötzlich anfangen zu beißen.

Der Kellner nickt während der Prozedur häufig mit dem Kopf und macht genau abgezirkelte, leicht tänzerische Bewegungen, wenn er für die Damen den Stuhl vom Tisch abrückt, wartet, bis sie sich in die Lücke geschoben haben, und schiebt ihnen dann die Sitzfläche formvollendet unter den sich langsam senkenden Hintern. Weil ich ein Kind bin, komme ich ganz zum Schluss dran und stehe solange verlegen und x-beinig herum. Ich fühle mich unter Beobachtung und möchte die schwierige Aufgabe des eleganten Hinsetzens erledigen, ohne dabei die übliche Katastrophe auszulösen. Jetzt entscheidet sich mein Verhältnis zum Kellner. Schafft er es, mir den Stuhl so hinzurücken, dass ich mich ohne Zwischenfall hinaufhangeln kann, ist er mein Freund. Sollte er jedoch wohlmeinend fragen, ob er mir ein Kissen bringen soll, ruiniert er alles. Natürlich wären dann alle, denen es bis jetzt egal war, ob ich liegend, kniend oder kopfstehend meine Mahlzeit einnehme – Hauptsache, ich verursache keine weitere Störung –, zu höchst verlogener Besorgnis angestachelt, und man würde nachgerade ein Kissen fordern. Aus leidvoller Erfahrung weiß ich, es ist ein furchtbares Gewurschtel, das Ding unter dem Hintern zu platzieren, während man gleichzeitig versucht, sich möglichst gelenkig und unauffällig im unpraktisch weiten Sonntagskleid auf einen zu hohen Stuhl zu hieven. Es gibt Kellner, die mir schockartig von hinten unter die Arme greifen und mich hochziehen, dabei rutscht dann das Kleid nach oben, und ich sitze mit dem wurstähnlich zusammengeschobenen Saum unter den Achseln und der freigelegten, schon leicht gelblichen, weil im Laufe des Tages tröpfchenweise eingepinkelten Unterhose da. Ich hoffe also inständig, dass ich diesmal für voll genommen werde und der Kellner mir ohne nervtötend nett gemeinte, kindgerechte Ansprache einfach auf meinen Platz hilft.

Er rückt meinen Stuhl ab und bietet mir leicht seinen Arm als Stütze. Ich rutsche auf den Sitz. Mein Herz gehört ihm.

Doch es gilt, weitere Hürden auf dem Parcours einer störungsfrei eingenommenen Mahlzeit zu überwinden. Ich bin zwar seit allerfrühester Kindheit daran gewöhnt, fehlerfrei mit Messer und Gabel zu hantieren, und geneigt, Menschen mit Verachtung, mindestens aber grobem Missfallen, zu strafen, die dabei unbeholfen wirken; man hat aber auf halber Strecke Halt gemacht und vergessen, mich in die verwirrenden Details eines mehrgängigen Menüs einzuweihen. Vielleicht ist man der Meinung, ich hätte parapsychologische Fähigkeiten und griffe, von tiefen Ahnungen getrieben, mit schlafwandlerischer Treffsicherheit zum jeweils passenden Gerät. Möglicherweise macht sich aber auch niemand Gedanken darüber, ob ich den Dessertlöffel in die Suppe tauche. Es hat einfach nicht zu passieren. Neben meinen Tellern – es sind drei, ein großer glatter silberner, der Platzteller, und darauf ein kleinerer aus Porzellan, auf welchem wiederum die Serviette thront, und ein noch kleinerer links neben mir – liegt rechts und links jeweils eine Batterie von Messern und Gabeln, wie die Orgelpfeifen nach außen hin kleiner werdend. Ich bin überzeugt, mir fällt bei Berührung des falschen Instrumentes auf der Stelle die Hand ab.

Der Oberkellner wirft einen Blick auf die Versammlung an seinem Tisch. Ich sitze sehr gerade, obwohl wir noch nicht einmal bestellt haben. Ich will alles gut und vor allem richtig machen. Durch zähes Beobachten versuche ich herauszufinden, wie ich vorgehen muss. Vor allen Dingen muss ich unbedingt vermeiden, Fragen zu stellen. Hedi würde mich todsicher und vor allen Anwesenden wie immer für unrettbar doof erklären. Das werde ich nicht zulassen. Heute nicht. Und schon gar nicht vor diesem Kellner. Ich bin in Kämpferlaune.

Die Speisekarte kommt. Sie ist riesig, zum Aufklappen, schwer zu handhaben. Bestens geeignet, die filigrane Ordnung aus Porzellan, Silber und Kristall mit einem Schlag der Vernichtung preiszugeben. Mir bricht der Schweiß aus. Da kommt unerwartet Schützenhilfe. Der Oberkellner reicht mir das lederne Monstrum geöffnet, ohne ein Wort. Er hätte mich fragen können: Kannst du denn schon lesen? Er tut es nicht. Ein Punkt für ihn. Dann stellt er sich neben meinen Vater, und das Beratschlagen beginnt. Schließlich bin ich dran, was soll das Kind denn essen. Eine mehr oder weniger rhetorische Frage. Es gibt klare Vorstellungen davon, was ich zu essen habe. Zum Beispiel eine Suppe. Das kräftigt. Ich hasse Suppen. Die schlimmste Erfindung gleich nach der Kartoffel.

«Ich hab nicht so viel Hunger, muss ich …?»

«Thea! …»

«Du isst eine Suppe.»

Ich sacke zusammen. Jetzt fehlt nur noch, dass Hedi mich zu Rahmgulasch verurteilt, ihrer Vorstellung nach das Lieblingsgericht aller Kinder. Ich mag nur gebratenen Fisch. Ich setze mein Bettelgesicht auf und werfe die Piepsstimme an, anders ist hier nichts mehr zu retten.

«Mamiiie, kann ich nicht lieber Fihisch …?»

Der Kellner sieht mich kurz an. Und reagiert sofort, kaum dass die ersten leiernden Bittgesänge meiner Kehle entstiegen sind: «Ich habe heute eine wunderbare Seezunge Müllerin, gnädige Frau …»

Hedi ist matt gesetzt. Ich wage es nicht, meinem Retter einen Komplizenblick zuzuwerfen. Hedi schürzt trotzig ihr rosarot bemaltes Mündchen. Ich kriege meinen Fisch.

Im Verlauf des Essens erlebe ich weitere Solidaritätsbekundungen vonseiten meines Kellners, ohne dass er die geringste Aufmerksamkeit hervorruft. Nur er und ich wissen Bescheid.

Seine Helfer, nervöse Jungs in weißen Jacken, denen ich aus meiner relativen Sicherheit heraus großzügig aufmunternde Blicke zuwerfe, bringen mir eine ziemlich kleine Tasse Suppe. Ich fange gegen die Regeln sofort an zu essen, damit man nicht auf die Idee kommt, die karg bemessene Portion zu bemängeln, und – was Gott verhüten möge – etwa nachbestellt.

Zum Brotstreichen greife ich nach dem Vorspeisenmesser; der Kellner drückt mir im Vorbeigehen rasch das für die Butter in die Hand. Als der Fisch kommt, ist er schon filetiert. Mein Kellner muss nur noch Kartoffeln neben das schöne einsame Seezungenfleisch legen. Auf meinen flehentlichen Blick nimmt er die dritte, die schon fast auf dem Teller lag, wieder herunter, schwungvoll, unbemerkt.

Ich esse schnell den Fisch. Anschließend würge ich eine Kartoffel herunter, ich muss Krach mit Hedi vermeiden. Dann verkünde ich mutig: «Ich bin satt.»

Hedi registriert widerwillig, dass es nichts auszusetzen gibt, und ich kann den zweiten verhassten, weißlich gelben Klumpen liegen lassen. Es hat funktioniert.

Später, als wir fertig sind mit Essen, Kaffee, Digestif und all den endlosen Unterhaltungen über Krankheiten, Skandale gekrönter Häupter, missliebige Bekannte, Firmenpleiten, Reitpferde und Sportwagen, bezahlt mein Vater, und wir brechen auf. Mein Kellner und ich verabschieden uns wortlos voneinander. Er hilft mir vom Stuhl herunter. Inzwischen bin ich ziemlich verliebt.

Bei den zahllosen Restaurantbesuchen, die ich dank meiner genussfreudigen Familie unternehme, bin ich gefangen zwischen zwei Möglichkeiten: grenzenloser Langeweile während stundenlanger Horrormahlzeiten oder Komplizenschaft mit dem Kellner. Manchmal tafeln wir an Orten, an denen man mich eher für eine wachstumsgestörte Erwachsene hält, als anzunehmen, jemand, der halbwegs bei Verstand ist, könne ein Kind mitgebracht haben. Aber das ist selten. Die Kellner versuchen in fröhlichem Einverständnis mit mir, das Essen für mich so erträglich wie möglich zu gestalten. Es macht mir Freude, sie zu beobachten, ihre Geschmeidigkeit, ihre Wendigkeit und Eleganz, und es macht ihnen Freude, mich vor dem Gröbsten zu bewahren: Tomatensuppe, jede Art Gulasch und Kartoffeln. Über die Distanz des Dienenden und des Bedienten hinweg findet eine heimliche Annäherung statt, eine kleine Kulturrevolution. Wir überwinden die Grenzen, dennoch bleibt nach außen hin alles an seinem Platz.

Einzig schrecklich sind die Augenblicke, in denen der Kellner Zeuge einer unserer klassischen, familiären Auseinandersetzungen wird. Hedi piesackt, ich heule. Der Kellner steht abseits und sucht mitleidig gesenkten Blickes den Boden ab. Ich hasse das, ich will sein Mitleid nicht, er soll in mir den weiblichen Gast sehen, die zukünftige schöne und elegante Frau beim exklusiven Diner, nicht das ohnmächtige, tränenverschmierte Kind. In diesen Momenten verfluche ich, unter Beobachtung zu stehen. Das Spiel zwischen uns beiden funktioniert nur, wenn die Aufmerksamkeit der anderen nicht auf uns gerichtet ist.

Mit den Jahren entwickle ich den Kellnern gegenüber so etwas wie einen Schuldkomplex. Die herrschsüchtige Ignoranz, mit der sie oft, besonders von den Damen meiner Sippe, behandelt werden, ist mir zutiefst peinlich. Ständig fühle ich mich verpflichtet, den Schaden zu begrenzen und vor allem deutlich zu machen, dass ich mit alldem nichts zu tun habe. Ich entwickle die Angewohnheit, jedem Kellner vorsorglich mit übertriebener Freundlichkeit zu begegnen, ich strahle ihn an, dass er oft kaum weiß, wie ihm geschieht, und lebe in der ständigen

Angst, er könnte mich für eine der arroganten Zicken halten, in deren Gefolge ich so lange unterwegs bin. Ich möchte, dass er mir wohlgesonnen ist, er soll mich mögen, seine Zuvorkommenheit und sein Lächeln adeln mich, wenn ich ein Restaurant betrete, seine Geringschätzung gibt mich der öffentlichen Verachtung preis und vernichtet meinen Status als Frau.

Auch heute noch erfolgt mein Zusammenbruch vor einem Kellner blitzschnell, von einer Sekunde zur anderen.

2

An allem ist mein Vater schuld. Meine ehelichen Desaster sind untrennbar mit ihm verbunden.

Max Goldmann, mein jüdischer Großvater, seine katholische Frau Mathilde, deren Tochter Agnes aus Mathildes erster Ehe und ihr gemeinsamer Sohn Alfred, mein Vater, stehen im Jahr 1938 vor der Wahl, sich entweder von ihren plötzlich seltsam unfreundlichen christlichen Mitbürgern demnächst in Viehwaggons verfrachten und umbringen zu lassen oder sich schleunigst von Köln, Freunden und der eigenen Fleischfabrik zu verabschieden und nach einem Loch zu suchen, in dem sie sich verkriechen können. Opi Max schafft es eben noch, seinen kleinen Bruder Jakob, den Köbes, nach Südafrika zu verschiffen, Max' Schwester Jette hingegen weigert sich, mit Mann und Kindern Köln zu verlassen. So fahren Max, Mathilde und Alfred allein auf dunklen Wegen nach Brüssel, ins benachbarte belgische Noch-Freundesland. Agnes bleibt zurück, sie hat den Arierausweis und hütet Max' Vermögen. In Brüssel leben die drei bei einem jüdischen Freund und Geschäftspartner, Alfred wird zu gnädigen Patres ins Jesuiteninternat geschmuggelt, schluckt Hostien, lernt rauchen und lateinische Liturgie. Max wird bald darauf zuerst von der belgischen Polizei als feindlicher Deutscher gemeinsam mit lauter Nazis und Kriminellen in den Knast gesteckt und danach von der Gestapo mit lauter Juden in ein französisches KZ. Aus dem Knast schickt er Mathilde und Alfred noch Briefe, verlangt nach einem Rechtsanwalt und nach Befreiung aus der Gesellschaft von Mördern, Dieben und

Terroristen; aus dem KZ kommt von ihm nichts mehr. Doch Frankreich wird befreit, mein Opi ebenfalls, der Krieg ist endlich auch aus, und die Familie kehrt ins heimatliche Köln zurück.

Max Goldmann nimmt seine Geschäfte in der kleinen Fleischfabrik, die bereits lange vor dem Krieg keine koscheren Wurstwaren mehr herstellte, mit dem dort gebliebenen «arischen» Partner wieder auf. Die Geschäftspartner freuen sich, dass sie den Besatzern einen echten Juden zeigen können.

Die Spur von Jette und ihrer Familie verliert sich entlang der Bahngleise nach Osten.

Max und Mathilde hätten in Brüssel bleiben können. Das schaffen sie nicht. Sie wollen zurück nach Köln, nach Hause.

Für meinen Vater schließlich – und damit indirekt für mich – hat das Exil zweierlei Auswirkung. Er spricht für den Rest seines Lebens nur zwei Sprachen: Französisch und Kölsch. Und nach sieben Jahren frankophiler Lebensart ist er im Alter von fünfzehn Jahren ein Gourmet und für durchschnittliche Kochkunst rettungslos verloren.

Im Jahr 1950 ist mein Vater zwanzig Jahre alt, einsfünfundachtzig groß, Kettenraucher, geht lässig auf X-Beinen, und ewig schnipsen seine Finger zu irgendeiner Musik. Er liebt schöne Frauen, schnelle Autos, nächtliches Tanzen und exquisites Essen. Er geht viel aus. Er kann es sich leisten, denn das Geld, das kommt von Opi Max.

Der ist längst nicht so begabt bei der Umsetzung von Finanzkraft in reine Lebenslust und beginnt stattdessen, einen Teil seines Reichtums in Trinkgeldern zu verteilen. Mit jeder Mark zahlt er es seinen ehemaligen Landsleuten verzweifelt und hilflos heim. Er schiebt sein Geld in ausgestreckte, schamhaft umgedrehte Hände und entschuldigt sich so dafür, dass er noch da ist, dafür, dass sie ihn nicht erwischt haben – seine völlig verdrehte und in ihrem umgekehrten Wahnsinn verrückt-logische

Rache. Er gibt extra hohe Trinkgelder, egal, wo er auftaucht, egal, von wem er bedient wird. Wohin auch immer ich Opi Max später begleite, hat er die Hand schon im Portemonnaie, und immer gibt er Geld mit dem Ausdruck grenzenloser, trauriger Müdigkeit, als könnte er sich damit Ruhe kaufen, als würden sie dann alle von ihm ablassen. Einmal, als er schon sehr krank ist, drückt er einem Fahrstuhlführer im Krankenhaus zwanzig Mark in die Hand, dafür, dass er ihn vom Erdgeschoss in den vierten Stock fährt. Ich werde Zeuge, wie mein Vater ihn leise tadelt. «Vaddi, dat jing jet ze wigg, de ärmen Kääl, de wor ja komplett dorschenander ...»

Mein Opi sieht aus wie ein gescholtenes Kind, ganz weiß im Gesicht, der Mund mit den vollen Lippen, die immer blau sind und auf denen immer Spucke glänzt, in Abwehr verzogen. Er tut mir unendlich Leid. Das Schlimmste aber ist, dass ich mich vor ihm ekle, vor ihm und den Spuckeresten in seinen Mundwinkeln und dem Geruch, der von ihm ausgeht, irgendwie faulig.

So schmerzhaft sein Reichtum für meinen Großvater ist, so leichtherzig gibt mein Vater das Geld aus. Dafür hat er wirklich Talent.

1955 lernt er meine Mutter kennen. Sie heiraten. Er ist fünfundzwanzig, sie einundzwanzig. Zwei Jahre später werde ich geboren. Wir alle wohnen in Köln. Standesgemäß im feinsten Stadtteil, auf der Marienburg. Mein Vater ist noch immer nicht der Geschäftsmann, der er endlich werden soll; meine Mutter ist im Ausgleich dazu Fotomodell und eine bemühte und entsprechend katastrophale Hausfrau. Am Horizont erscheint für Max und Mathilde in rasant wachsenden Lettern das Wort ‹Handlungsbedarf›.

Vorerst erlebe ich jedoch noch die ersten und für lange Zeit letzten eineinhalb Jahre meines Lebens, in denen ich intensiv und hautnah Kontakt mit einer wirklich proletarischen Person habe: meine Omi Änne mütterlicherseits, Bergarbeiterkind aus Gladbeck, dreizehn Geschwister, inzwischen Witwe jenes bereits erwähnten preußischen, im Ersten Weltkrieg verwundeten und später berufsuntauglichen Offiziers und Lebemanns, ehemals Betreiberin eines Lebensmittelladens, im Krieg sechsmal ausgebombt, Mutter einer einzigen besonders schönen Tochter und stolze Großmutter eines dicken runden Enkelkindes, Thea. Jedenfalls so lange, bis man mich ihrer soliden und liebevollen Obhut entreißt und am liebsten jeden Blutstropfen, der sich von ihr in meinen Adern findet, durch neutrales Plasma ersetzt hätte.

Auf einem Foto bin ich zu sehen, etwa fünf Monate alt, im Arm jener strahlenden Omi, die mich mit Spinat füttert. Ich bin vollkommen verschmiert und grinse. Auf einem anderen Foto, diesmal knapp nach der Scheidung meiner Eltern, sitze ich, ungefähr eineinhalb Jahre alt, aufrecht im Kinderwagen, geschoben vom Diener meiner Großeltern: Heinz. Auf dem Foto sieht man sein ernstes Gesicht und seinen untadeligen schwarzen Anzug, die korrekt sitzende Fliege und die blank geputzten schwarzen Schuhe. Omi Änne hat das Pech, durch ihre Tochter aus rußgeschwärzter Vergangenheit in diese ungewohnten Verhältnisse einzuheiraten, und ich bin der Spross jener wilden Verbindung aus Kohlengrube und neuem Geld. So schnell, wie Änne ihr dickes Enkelkind gewinnt, so schnell ist sie es wieder los.

Unsere Wege trennen sich nach der Scheidung, und «das Personal» schiebt bereits kurz nach Vollendung meines ersten Lebensjahres meinen Kinderwagen. Auf dem Foto ein Mann, der in seiner Kleidung exakt wie ein Kellner aussieht.

Immer denke ich, dass es zwischen dem Foto, Heinz, Omi Änne, den Kellnern und meinem vermurksten Leben eine Beziehung gibt. Und ebenso lauert irgendwo die Erklärung, warum ich gerade Kellnern gegenüber diese ewige Verunsicherung, diesen Wunsch, ihnen näher zu kommen, verspüre.

Aber vielleicht bilde ich mir alles nur ein, und da ist überhaupt nichts. Gar nichts.

Sie haben es nicht geschafft. Aber sie haben sich Mühe gegeben, das haben sie! Zwar hat meine schöne Mutter sich widerspruchslos den bürgerlich-restaurativen Ritualen ihrer Schwiegereltern ergeben, die Wohnung mit falschem Chippendale eingerichtet und sogar Reitstunden genommen; die bedingungslose Kapitulation erfolgt jedoch zu dem Zeitpunkt, an dem ihre Schwiegermutter morgens um zehn, wenn mein Vater sich gerade, in seiner Bettdecke wohlig eingemieft, nochmal auf die Seite wirft, zum Telefon greift und sich mit den Worten vorstellt: «Sach ens, Marjot, is de Alfred ins Bürro? Und hat dat Schwein sisch jewaschen?»

Tapfer legt Marjot daraufhin einige Wochen lang falsches Zeugnis ab, bis der Schwindel, wie nicht anders zu erwarten, auffliegt und der Haussegen mehr als schief hängt. Schließlich liegt es ja in aller, also auch in ihrem Interesse, dat de Jung endlisch jet lernt. Einige Jahre zuvor hatte mein Vater es immerhin noch geschafft, durch konsequente Angststarre mit anschließender spektakulärer Ohnmacht angesichts seiner ersten miterlebten Rindertötung eine Ausbildung zum Schlachtermeister zwecks späterer Übernahme des elterlichen Wurstbetriebes abzuwenden. Leider lassen sich meine Großeltern daraufhin nicht vom Nutzen und der Einträglichkeit einer lustbetonteren Tätigkeit, etwa als Sportwagen- oder Pferdesachverständiger, überzeugen. Wenn der Junge schon so sensibel ist, dann kann er ja vom Schreibtisch aus delegieren, rechnen und verhandeln lernen. Und für solche Fälle ist auch noch eine Firmenbeteiligung in der Hinterhand.

Allgemein herrscht großer Bedarf an deutschen Nachkriegsjuden, mit deren Hilfe sich eben noch reinrassige Betriebe in einem alliiertenfreundlicheren Licht zeigen können. Neben der Wurst existiert eine weitere lukrative Einnahmequelle: In Rhöndorf am Rhein, einem idyllischen Weinort zu Füßen des Drachenfelsens, befindet sich eine Fabrik zur Herstellung von Babypflegeprodukten. Hier hält Max Goldmann Anteile, und hier, umweht von feinem, weißem Puderstaub – wie auch ich es meine ganze folgende Kindheit lang sein würde –, soll mein Vater lernen, wie man Geld verdient. Nach der Pleite mit der Schlachterlehre wird er von den besorgten Eltern kurzerhand als Assistent der Geschäftsleitung eingeschleust, wo er im weiteren Verlauf seiner Tätigkeit anfangs nicht allzu viel Unheil anrichtet, schon allein mangels kontinuierlicher Anwesenheit. Zwar begibt er sich täglich auf die sechzig Kilometer lange Fahrt von Köln zu seiner neuen Wirkungsstätte, dies allerdings meist erst gegen elf Uhr vormittags, sodass er gerade rechtzeitig zur Mittagspause in der Firma eintrifft. Dann stärkt er sich erst mal in der Kantine im Kreis seiner Arbeiter und Angestellten. Zu achtzig Prozent handelt es sich um Untergebene weiblichen Geschlechts, denn die Tätigkeit an den Fließbändern ist nicht von schwerer Arbeit geprägt. Er freut sich an den Reizen der Dorfdamen und an der von ihm hoch geschätzten betriebseigenen Erbsensuppe, denn neben allen Gourmetexzessen liebt er gute Hausmannskost. Danach geht's widerstrebend, aber einsichtig ins Büro, wo ihn ein unterwürfiger Prokurist nur mit möglichst einfachen Aufgaben belästigt. So übt er sich, häufig abgelenkt durch den neuesten Katalog einer amerikanischen Sportwagenfirma, im Entschlüsseln französischsprachiger Lizenzverträge und rechnet nebenbei aus, wann denn der nächste Abstecher zur belgischen Partnerfirma, den alten Jesuitenklosterkumpels und Brüssels reichem Restaurantangebot fällig ist. Nachdem er sich endlich tief in die Aufgaben des Tages eingearbeitet hat, wird es auch schon wieder Zeit, sich auf die Autobahn und den Heimweg zu begeben, um rechtzeitig für eine kleine Abendunternehmung mit meiner Mutter wieder zu Hause zu sein.

Die hat in der Zwischenzeit ganz andere Probleme. Kaum hat sie meinen schlaftrunkenen Vater erst aus dem Bett und schließlich aus dem Haus gescheucht, gilt es mit Hilfe der verschwiegenen Omi Änne die Spuren seines Eben-noch-Daseins zu verwischen. Denn während sie hastig die Laken glatt streicht und seine achtlos hingeworfene Unterhose vom letzten Abend beseitigt, steht Omi Mathilde in aller Stattlichkeit schon in der Tür, wo sie von Omi Änne reaktionsschnell abgefangen und ins Wohnzimmer zu einer Tasse Kaffee umgeleitet wird. Jetzt wird gelogen, dass sich die Balken biegen.

«De ärm Jung, jetz is er schon widder esu früh ausem Haus, mer sieht sisch ja jar nisch mehr …» Omi Mathilde hat nach einer Weile in der heimeligen Chippendale-Atmosphäre den wahren Grund ihres Kontrollgangs vergessen und bedauert ihren Sohn ob seines harten Schicksals. Meine Mutter sitzt eine Zeit lang artig dabei, innerlich auf Kohlen, denn sie hat ihre Mitwirkung bei einer Modenschau zugesagt. Dergleichen ist natürlich absolut verboten, nicht auszudenken, dass sie als verheiratete Frau in diesem Ambiente auftritt. Es besteht Einigkeit darüber, dass diese Tätigkeit hart am Rande der Prostitution liegt, wenn nicht gar die Grenze dazu schon überschritten hat. Meine Mutter ist ein braves Mädchen und wahrscheinlich so tugendhaft, dass nicht einmal der Heilige Geist einen Anlass zur Klage fände. Und obwohl sie mit Vaters preußischer Disziplin, Mutters Ruhrpottbodenhaftung und in Treue zu ihrem Ehemann mit fest zusammengekniffenen Beinen über den Laufsteg stelzt, gilt dieses Tun schon vor der Hochzeit als verwerflich und unbedingt zu unterlassen. Als sie dem zustimmt, ist sie selbst überzeugt, dass nichts ihr leichter fallen würde. Was ist schon dran an all den lotterlebigen Fotografen, Mannequins und Modeschöpfern, den Redakteuren von «Film und Frau», «Vogue» und «Harper's Bazaar»!

Eine Menge. Eigentlich alles. Das stellt sie spätestens zum

Zeitpunkt des ersten schwiegermütterlichen Zehn-Uhr-Appells fest. Es treibt sie hin zu falschen Wimpern, heißen Scheinwerfern und öffentlichem Leben und weg von muffiger Atmosphäre bei stockenden Gesprächen in düsteren Wohnzimmern. Und so beruhigend der schwiegerelterliche Reichtum sich in ihrem bisher eher von Entsagung geprägten Leben ausmacht – beim zaghaften Hinweis auf Durstgefühle hörte sie in ihrer Jugend des Öfteren den mütterlichen Befehl: «Schluck Spucke!» –, so beunruhigend verplant erscheint die Zukunft. Endgültig von Panik ergriffen wird sie durch mich, genauer durch ihre Schwangerschaft. Kaum dass sie sich erinnern kann, wie und wann, vielleicht sogar warum sie mit ihm geschlafen hat, ist sie schon von meinem Vater geschwängert. Das dräuende Gefühl endgültigen Mattgesetztseins führt zu hektischen Aktivitäten. In verschwörerischem Einverständnis mit Omi Änne, die den Zeitplan unter Kontrolle hält, hetzt sie über die Laufstege, bis die Klamotten schließlich spannen und die Sache sich langsam zuspitzt. Auch anderweitig wird die Angelegenheit gefährlich, da man ja nie ganz vor bekannten Gesichtern im Publikum und den anschließenden freundlichen Zuträgerdiensten an die Familie gefeit ist. Ihr wachsender Bauchumfang rettet die junge Ehe dann vorübergehend vor dem frühzeitigen Ende. Für eine kurze Frist finden sich noch einmal alle zusammen, geeint von der Rührung über meinen Eintritt in ihre Welt. Ich gebe auch bereitwillig jeden Anlass zu ungetrübter Freude, denn ich bin nicht nur kerngesund und für ein Mädchen erstaunlich prall, sondern auch freundlich und einigermaßen pflegeleicht. Bei meiner Taufe allerdings, noch im Krankenhaus und fast sofort nach meiner Geburt, sodass ich kaum Zeit habe, ein paarmal ordentlich Luft zu holen, kündige ich durch ungewöhnlich lautes Gebrüll erste Anzeichen eines in der Folge rechtschaffen gestörten Verhältnisses zur katholischen – gibt es eine andere? – Kirche an. Aber davon später.

Einstweilen entbrennt der Kampf um meine Erziehung. Max und Mathilde ist ein Dorn im Auge, dass Omi Änne weitaus öfter in den Genuss des Hütens und Pflegens kommt, was, wie sie nicht wissen, damit zusammenhängt, dass meine Mutter, wenn ihr Mann endlich den Weg nach Rhöndorf gefunden hat, schon bald aus dem Haus huscht und den nächsten Laufsteg erklimmt, Windeln, Spinat und Omi Änne mit Klein Thea hinter sich lassend. Rechtzeitig zum abendlichen Ausgehen mit Alfred ist sie dann wieder sittsam zu Hause, und natürlich hat sie den ganzen Tag nichts anderes getan, als mütterlich zu sorgen. Eines Abends zeigt sich Alfred allerdings misstrauisch; als er nämlich, nach des Tages Mühen heimgekehrt, das süße Kind, mit seinem Töpfchen und dem darin befindlichen Häufchen bewaffnet, glückselig Polster, Vorhänge und Wände beschmierend in seinem blümchentapezierten Wohnungsflur vorfindet. Omi Änne war in einen überlangen Mittagsschlummer gefallen und muss nun, von Alfred mit den übel riechenden Realitäten konfrontiert, die Beichte ablegen. Wo is Marjot?! Meine arme Omi, hin- und hergerissen zwischen der Loyalität zu ihrem einzigen Kind und der geistig-moralischen Grundordnung einer anständig zu führenden Ehe, entscheidet sich unter Qualen fürs solidarische Lügen. Die Margot ist einkaufen, beim Arzt, spazieren …

Weiß der Himmel, was sie ihm erzählt hat, während ich die beiden anstrahle, nicht ahnend, welch unspektakulärem und für mich alles entscheidendem Zusammenbruch ich da gerade beiwohne. Um das traute Stelldichein komplett zu machen, tritt meine Mutter auf, unvorbereitet, denn mein Vater ist zu früh dran. Dummerweise kriegt sie ob seines und meines Anblicks in der braun schattierten Wohnung einen hysterischen Lachanfall, in den auch meine recht humorvolle Omi Änne und Klein-Thea mit einstimmen. Sie aus Verzweiflung und ich beglückt über die Reaktion auf mein kreatives Tun. So weit die Sage.

Es ist der Anfang vom Ende. Meine netten Großeltern haben einen Detektiv engagiert, der Margot wochenlang an den Fersen klebt, bei jeder noch so kleinen Modenschau, vor jedem Fotostudio und bei jedem Freundestreffen lungert er herum. Das Protokoll ist endlos und unerschöpflich. Eine Verabredung zum Mittagessen in der vornehmen Kölner Bastei, einem Lokal überm Rhein, mit einem hoffnungsvollen, attraktiven und der Weiblichkeit bekanntermaßen zugewandten Journalisten gibt der Angelegenheit den Rest. Margot, wie konntest du nur!!! Und so weiter. Selbst Omi Änne ist so erschüttert, dass sie ihrer Tochter zwar nach außen hin beisteht, ihr im Innenverhältnis jedoch eine runterhaut.

Es kommt zu einer denkwürdigen Verhandlung vor Gericht, bei der alle Beteiligten einmal auftreten dürfen. Meine Mutter und ihr Bastei-Galan als ihre Unschuld beteuernden beziehungsweise die Aussage verweigernden Ehebrecher, Omi Änne als verachtenswerte Kollaborateuse, mein Vater als von Enttäuschung tief Gezeichneter und Omi Mathilde als Rachegöttin. Jetzt werden alle Register gezogen.

«Dat Biest hat de Alfred betrochen, de ärm Jung! Dat Kind jehört uns, un Jeld jidd et och nit!»

So eingestimmt zieht die Gerichtsbarkeit zu Felde und mäht alles nieder. Oma, Mama, Kind – alle schuldig! Die Sache endet mit einem umfangreichen Verhandlungsprotokoll, welches mein Vater Jahre später, als ich etwa elf bin, nach einer heftigen Auseinandersetzung zwischen mir und Hedi aus seinem Tresor zerrt und mit spitzen Fingern auf mein Bett wirft. «Dä, dat kannste ens lesen, damit de mal weiß, wie dat allet wor!»

Ich habe es nie angefasst.

Etwa zum gleichen Zeitpunkt erzählt mir meine Mutter während einer unserer raren gemeinsam verbrachten Urlaube unter Tränen, sie habe nie, wirklich nie, etwas mit XY gehabt.

Jedenfalls nicht bis zur Scheidung. Es ist mir unmöglich, ihr klarzumachen, dass nichts, aber auch nichts mir gleichgültiger sein könnte. Ihr Bemühen, mir ihr pflichtbewusstes Verhalten begreiflich zu machen, schmeichelt mir lediglich ein wenig; ich hatte nicht damit gerechnet, dass meine Meinung über ihr Verantwortungsgefühl und ihren moralisch einwandfreien Lebenswandel für sie von Wichtigkeit sein könnte. Zeitweise macht sie sogar den Eindruck, als könne sie ohne meine Absolution nicht länger leben. Diese Dringlichkeit lässt mich nachdrücklich tröstend beharren, was sie getan habe, sei mir ganz egal, womit ich, zu meinem Erstaunen, augenblicklich einen erneuten Tränenausbruch mit gleichzeitigem Wutanfall auslöse. Das ist es ja, das macht sie ja so verrückt! Ich soll ihr glauben, verdammt nochmal!

Ach so. Gut, ich glaube ihr. Nichtsdestoweniger existiert im Fundus meines Sittenkodex – Glauben hin oder her – keine moralische Kategorie, nach der ich über sie urteilen könnte. Wie sollte ich auch, ich kenne sie ja kaum. Und ich kann beim besten Willen nichts Verwerfliches entdecken, im Gegenteil, ein ordentlicher Seitensprung wäre für mein erwachendes skandalfreundliches Jungmädchengemüt bestenfalls interessant. Immerhin hat sie mich ja nicht auf den Stufen des nächstgelegenen Pfarrhauses ausgesetzt, was ich ihr in meiner Liebe zum Klerus allerdings wirklich unrettbar übel genommen hätte. Und so komme ich – wiederum einige Jahre später – lediglich in den Genuss, den damals hoffnungsvollen und schönen Journalisten im Glanze seiner inzwischen hochverdienten Popularität vom deutschen Fernsehbildschirm strahlen zu sehen und dabei mit leichtem Bedauern im Herzen zu denken: Guck mal, der hätte dein Vater werden können …

Das ist die Kurzform der Geschichte meiner Eltern. Ich gehe rau mit ihnen um, denn was erlebe ich schon aus eigener Anschauung, außer ein, zwei verkrampften Treffen, die später, viel später, zwischen ihnen stattfinden, als ich schon mindestens vier Jahre alt bin und meine Mutter aus New York zurückkommt, wohin sie sich geflüchtet hat. Ich kenne nur die Legenden, die ich mir aus aufgeschnappten Bemerkungen, heimlich erzählten Anekdoten und eigenen wilden Phantasien von ihnen gebildet habe. Ich stelle sie mir vor, wie sie verzweifelt gegen etwas anstrampeln, wogegen sie keine Chance haben.

Ich bin ein verständnisvolles Kind. Und ich kenne sie besser, als sie jemals wissen werden. Mit vier weiß ich mehr von der Hilflosigkeit meines Vaters, als er ahnen kann; von der strengen Kühle meiner Mutter, deren schöne braune Augen doch so viel Wärme ahnen lassen. Ich mache es nicht wie andere Scheidungskinder, die sich in Gedanken ständig ihre Eltern wieder zusammenbasteln. Obwohl ich mit sieben Jahren «Das doppelte Lottchen» verschlinge und anfange, mir eine Zwillingsschwester einzubilden, und obwohl der ganze Kitsch mich voll erwischt wie eine gut gezielte Sahnetorte – wann immer ich meine Eltern zu einem Paar zusammenfüge, löst dieses Bild nur inneres Kopfschütteln bei mir aus. Unmöglich.

Zurück zu meinen Anfängen. Omi Änne und meine Mutter sind gerade aus meiner Familie getilgt worden. Die erste Amtshandlung meiner Mutter nach der Scheidung besteht in der Hinzufügung mehrerer Buchstaben zu ihrem Vornamen, was diesem und damit auch ihr einen exotisch-französischen Hauch verleiht. Sie heißt jetzt nicht mehr schlicht Margot, sondern vielmehr kompliziert und bei rechtschreibungsschwachen Individuen Verzweiflung verursachend «Margaux». Im Familienvolksmund hält sie sich dennoch trotzig als «dat Marjot». Dat Marjot-Margaux macht sich nun auf nach New York, um dort ihr Glück auf langen deutschen Fräuleinbeinen zu versuchen, bei einer berühmten Modell-Agentur zu unterschreiben, mit dem Aga Khan Mittag essen zu gehen und alles in allem das

Leben einer etwas sittsameren, aber dennoch unternehmungslustigen Schwester von Holly Golightly zu führen.

De Jung braucht mittlerweile, schon um die Schmach zu überwinden, unbedingt Tapetenwechsel, und so werden das Notwendige und das Nützliche verbunden und Vater und Kind nach Rhöndorf verfrachtet. Fort aus Köln, der Stätte der Niederlage und dem Hort der Erinnerung, rein in die riesige Villa auf dem Firmengrundstück, schön dicht am Arbeitsplatz und weit entfernt von jeglicher Zerstreuung. Rhöndorf ist ein Zweitausend-Seelen-Ort und die Trefferquote, einer attraktiven *und* heiratsfähigen Frau zu begegnen, vergleichsweise gering. Mein Erzeuger, unversehens etwas erstaunt mit seiner Rolle als junger Vater konfrontiert, reagiert verschämt. Er würde sich vermutlich lieber ohne Hut und Sportwagen in der Öffentlichkeit zeigen als mit einem Kleinkind an der Hand. Aber auch dieses Problem haben seine Eltern bereits bedacht.

Ich bin eineinhalb Jahre alt und werde die nächsten eineinhalb Jahre bis zur Wiederverheiratung meines Vaters ausschließlich in der Obhut verschiedener Kinderschwestern verbringen. Natürlich haben sie die besten Zeugnisse, und natürlich wachen Opi Max und Omi Mathilde mit Argusaugen darüber, dass keine der weiß gestärkten Pflegerinnen sich zu sehr für den zwar gramgebeugten, dabei aber recht ansehnlichen und wohlhabenden Junggesellen begeistert. Unter dem Regime von Max und Mathilde führt zu starke Annäherung vonseiten der Damen schnell zu einer gewissen Fluktuation im Haushalt meines Vaters.

Meine erste Erinnerung an die Damen mit den Häubchen setzt ausgesprochen früh ein: Ich bin etwa zwei Jahre alt, sitze im Badezimmer auf dem Topf, die Tür ist abgeschlossen. Ich soll mein großes Geschäft machen, meine Verdauung lässt im regelmäßigen Stundenplan der gerade zuständigen Weißhaube zu wünschen übrig. Ich brülle aus Leibeskräften. Ich muss einfach nicht kacken und will da raus. In meiner Erinnerung sitze ich sehr, sehr lange in dem Badezimmer. Der Topf klebt an meinem Hintern vom langen Draufhocken und hinterlässt einen knallroten, kreisrunden Abdruck, wie ein Brandzeichen bei einem markierten Rind. Ich brülle, bis ich nur noch röcheln kann. Mein Stimmwerkzeug ist beachtlich strapazierfähig und auf dem besten Weg, Legende zu werden, ebenso wie meine unnachahmliche Fähigkeit, meinem Missfallen körperlich Ausdruck zu verleihen. Ich kann mich wahnsinnig effekt- und geräuschvoll auf den Fußboden schmeißen, dabei mit den Füßen trampeln und mit den Fäusten auf die Dielen trommeln. Man nennt mich jähzornig, und ein begnadeter Kinderarzt empfiehlt meinen ratlosen Erzieherinnen, mich in solchen Fällen unverzüglich, so, wie ich bin, das heißt angezogen, unter die eiskalte Dusche zu stellen. Diesen Mann hätte ich später unter anderen Umständen gern noch einmal wieder getroffen. Zum Beispiel unter sengender Mittagssonne auf der staubigen Straße einer verlassenen Westernstadt. Nur er und ich und unsere Colts. Und bevor wir uns duellieren, habe ich ihm alle Patronen geklaut.

Noch aber sitze ich auf dem am Arsch klebenden Topf im abgeschlossenen Bad und brülle. Meine Stimme kreischt in den höchsten Tönen, im Rachen kracht und gurgelt es sich heiser überschlagend, und jeder, der mir zuhört, greift sich besorgt an die eigene solidarisch schmerzende Kehle. Nach meiner Freilassung durch das entnervte Personal hagelt es böse Blicke und allgemeines Kopfschütteln. Noch Jahre später werde ich Zeuge, wie sich die Hausmädchen in der Küche erzählen, der Pförtner vom benachbarten Firmengrundstück habe damals immer angerufen, was man denn mit dem Kind mache, das schreie ja so.

Ich hasse meine Weißhauben, egal, welche. Mit einer Ausnahme; die besteht wenigstens nicht auf festen Topfkackzeiten und ist nett zu mir, weicher als die anderen. Mein Vater findet das vermutlich auch, und so muss sie auch am schnellsten wieder gehen. Ihre Nachfolgerinnen werden genau wie ihre Vorgängerinnen von mir abwechselnd gebissen oder getreten, mit Essen beworfen oder angespuckt. Vor allem die Rituale der Nahrungsaufnahme bilden für uns immer wieder einen Quell gegenseitiger Freude. Ich halte meinen Mund wie eine Stahltür geschlossen, während sie mit Löffeln voller Möhren- oder Grießbrei gegen meinen uneinnehmbaren Lippentresor anhebeln.

Und noch eine Erinnerung krallt sich hartnäckig fest. Ich kauere auf allen vieren, an meinen Knien sind Stofflappen befestigt; monoton darauf rutschend, die Schultern nach vorne gebeugt, den Kopf gesenkt, schiebe ich durch eine große Turnhalle. Vom zerschrammten Linoleum unter mir wabert der Geruch nach Schweiß, alten Socken und Gummi, während über mir eine Weißhaube die gymnastischen Übungen überwacht, die meine Haltung verbessern sollen. Ich fühle mich schrecklich, und meine Haltung verbessert sich kein bisschen. Im Gegenteil, vor lauter Abwehr und Unbehaglichkeit ziehe ich meine Schultern noch ein Stückchen höher und lasse den Kopf noch tiefer hängen. Der Kommisston Hedis, der mich ab meinem dritten Lebensjahr verfolgen wird – «Halt di grad! Fall net wieder über dei Fiaß! Schau dir amal an, wies'd wieder über dein' großn Onkel latschst! Brust raus, Bauch rein!» –, findet in dieser stinkenden Turnhalle seinen idealen Nährboden.

Eine weitere Leuchtspur im Damals: Jemand macht mit mir einen Ausflug auf den Drachenfels. Die graubraune Steinruine erhebt sich über Rhöndorf und überschattet die dörflichen Weinberge mythosschwanger zur allgegenwärtigen Mahnung an Siegfrieds blutigen Kampf mit dem Feuer speienden Saurier. Von Rhöndorf aus führt ein Fußweg am «Ziepchen», dem örtlichen Brunnen und Wahrzeichen, und an einem mit sauren Reben bewachsenen Hang vorbei, mitten durch den Wald den

Berg hinauf. Der frische Wandersmann entscheidet sich natürlich für den naturigen Pfad, mein Kinderherz verlangt aber nach Brot und Spielen, in diesem Fall Liebesäpfeln und Eselreiten. Beides erhältlich im Nachbarort Königswinter, auf der anderen Drachenfelsseite. Dort sammeln sich die Touristenströme an der Zahnradbahnhaltestelle und der Eselbodenstation. Ich will natürlich auf dem Rücken eines grauen Kleppers nach oben geschaukelt werden, wobei mir der Drachenfels, Siegfried und die Aussicht völlig egal sind. Den Weg nach oben säumen alle möglichen Buden, in denen die herrlichsten und kitschigsten Attraktionen dargeboten werden, die sich ein Kinderherz nur ersehnen kann: Mechanisch bewegte armselige Zwergenfiguren mit angeschlagenen Nasen und bröckelnden Zipfelmützen, ein bleiches Schneewittchen mit abblätternden Rotbacken, ein kuhäugig schmachtendes Bambi und anderes Waldgetier recken hinter Glas und in Deutscher-Wald-Dekoration nach Einwurf einiger Groschen ruckartig die Arme und wenden in stotternder Bewegung die Hälse nach ihren Betrachtern. Dazu ertönt von nebenan das infernalische Geschepper der obligaten Affenkapelle, vermischt mit dem unwilligen Schnauben der genervten Esel und dem Geruch ihrer frisch gefallenen Eselsäpfel. Mein Interesse jedoch gilt ausschließlich der Souvenirbude und dort wiederum einem einzigen Gegenstand: einem winzigen Kinderspazierstock aus Bambus, mit einem gelben Griff, an dem eine durchsichtige, mit Liebesperlen gefüllte Nuckelflasche hängt. Die Perlen pule ich aus der Flasche und esse sie auf; mit dem Stock gehe ich gleich nach meiner Rückkehr in unseren Hundezwinger und verhaue Cäsar, die riesige blauschwarze Deutsche Dogge meines Vaters, die mich um einiges überragt. Ich habe natürlich keine Kraft, aber ich gebe mein Bestes. Keine Missverständnisse, ich mag Cäsar gern, überhaupt mag ich Tiere. Aber es ist ja niemand anderes da, den ich schlagen kann. Also nehme ich mit dem Hund vorlieb, der eigentlich nichts gegen mich hat. Jemand kommt in den Zwinger und holt mich da weg. Man schimpft mit mir und sagt mir, dass ich das nicht darf.

Ich zertrete auch gern Ameisen. Ich finde es sehr schön, mir zuerst eine auszusuchen aus dem stetigen Strom da vor mir am Boden, um dann zuzuschlagen. Patsch, ist wieder eine Matsch. Ameisen sind allerdings die einzigen Tiere, die ich jemals töte. Vor allen anderen, die sonst noch zur Vernichtung infrage kämen, ekle ich mich. Ich finde es widerlich, einen Regenwurm zu zertreten, das glitscht. Noch schlimmer sind die Nacktschnecken, mit denen unsere Gegend wegen der feuchten Nähe zum Rhein überreich gesegnet ist. Die meide ich, wenn irgendmöglich.

Irgendwann nach dem Drachenfels-Ausflug spiele ich selbstvergessen vor mich hin singend auf der großen Rasenfläche unseres Gartens und pflücke Gänseblümchen. Plötzlich springt Cäsar über die Umzäunung seines an die Wiese grenzenden Hundezwingers, galoppiert in riesigen Sätzen auf mich zu, wirft mich zu Boden und steht über mir. Ich liege wie ein Maikäfer auf dem Rücken und sehe mich Auge in Auge mit dem mir vertrauten Hund, dessen Sabber mir von seinen Lefzen in langen Fäden ins Gesicht baumelt. Ich ekle mich, und auch sonst finde ich meine Lage nicht besonders angenehm. Ich schreie aus Leibeskräften. Als ich es schaffe, meinen Kopf zwischen seinen Beinen in Richtung Haus zu wenden, sehe ich – durch meine verdrehte Lage quasi hochkant – unser gesamtes Personal, alle Haus- und Kindermädchen und die Putzfrau, neben der Küchentreppe versammelt, schreckensstarr und kreidebleich, unfähig, sich zu rühren. Aus der Entfernung werden mit ängstlich hohen Stimmen sanfte Lockrufe in Cäsars Richtung geschickt, der sich allerdings unbeeindruckt zeigt und lediglich martialisch knurrt. Langsam ahne ich den Ernst meiner Lage und möchte gern die Damen auffordern, mich da rauszuholen. Doch angesichts Cäsars ungehaltener Art wage ich kaum den allerkleinsten Hilfepiepser. So liege ich eine Weile mit allmählich durchgefeuchtetem Rücken im frühjahrskühlen Gras, umklammere meine Gänseblümchen fest mit einer Hand und versuche, mit der anderen den ekligen Hundeschleim loszuwerden. Aber Cäsar mag auch nicht, dass ich mich bewege, und knurrt wie ein Irrer. Ich gebe auf, liege zugesabbert und zitternd unter dem Mördervieh begraben und harre auf Rettung. Die naht in Gestalt einer todesmutigen Putzfrau. Sie marschiert mit einem erstklassigen Stück Rinderfilet winkend auf mich und den besten Freund des Menschen zu. Leider bevorzugt dieses Kalb in Hundegestalt mein zartes dreijähriges Mädchenfleisch, zieht die Lefzen hoch und zeigt seine mammutartigen Reißzähne. Zu meiner bitteren Enttäuschung zieht die Entschlossene sich tief beeindruckt wieder ins Glied zurück. Endlich kommt jemand auf die grandiose Idee, meinen Vater im benachbarten Betrieb zu alarmieren. Der legt einen Spurt übers Firmengelände hin, pfeift einmal durch die Zähne, als er mich unter Cäsar festgenagelt sieht – er kann wirklich gut durch die Zähne pfeifen, denke ich bewundernd, ganz, ohne die Finger zu Hilfe zu nehmen –, und der blöde Hund dreht mir verächtlich seinen Arsch zu und trollt sich. Er trabt zu seinem Rudelführer und lässt sich kraulen. Mich sammelt inzwischen das Personal auf, klopft mich ab und schimpft mich erst mal ordentlich aus. Klar, wenn man so blöd ist, sich unter einen mordlustigen Hund zu legen, dann ist mindestens eine ernste Ansprache nötig, wenn nicht gar eine Ohrfeige oder ein ähnlich herzliches Willkommen nach der Rückkehr von der Schwelle des Todes.

Ob mein Vater mich wenigstens auch geohrfeigt hat, daran kann ich mich nicht erinnern.

Später frisst Cäsar aus Versehen irgendwo Rattengift, das angeblich ein gemeiner Nachbar in der Nähe der Firma ausgelegt hat, und stirbt daran. Es wird nie ganz geklärt, ob es sich dabei um die Bekämpfung der Rattenplage oder einen gezielten Anschlag auf Cäsars Leben handelt. Es soll Menschen geben, die sich, solange er bei uns war, entsetzlich vor ihm fürchteten, entnehme ich den Gesprächen nach dem Trauerfall. Ich bin auch sehr traurig, denn Cäsar war tatsächlich bis auf seinen Ausrutscher mit mir und den Gänseblümchen ein lammfrommes Tier, abgesehen davon, dass er an Ostern die Schokoladeneier klaute und sie einschließlich Stanniolpapier auffraß, welches er noch Tage später mitsamt dem darauf folgenden Durchfall wieder ausschiss. Und nicht zu vergessen seine unnachahmliche Art, sich bis zur nächsten Renovierung mit seinen herumfliegenden Sabberfäden an unseren niedrigen Zimmerdecken zu verewigen. Bei jedem seiner zahllosen Ansätze, sich ordentlich zu schütteln, heftiges Kopfschwenken inbegriffen, gingen sämtliche Anwesenden mit schrillem Aufschrei schleunigst in Deckung, um rechtzeitig dem sich durch die Fliehkraft unvermittelt ablösenden Glibber auszuweichen. Jahrelang mäandern seine Spuren etwa eineinhalb Meter über unseren Köpfen und zieren das reine Weiß des Deckenanstrichs mit langsam ergrauenden Fäden. Einer Legende zufolge hat Cäsar mich auch einmal gerettet, als ich auf der bereits erwähnten Gänseblümchenwiese in unseren todschicken Swimmingpool falle, aber es bestehen berechtigte Zweifel an dieser Kolportage, ich kann mich an eine solchermaßen dramatische Aktion jedenfalls nicht erinnern. Möglich, dass meine ganz eigene Erfahrung mit Cäsar diesen seinen heldenhaften Einsatz schlicht verdrängt hat.

Von uns allen am traurigsten über Cäsars frühen Tod ist mein Vater. Er zieht sich in sein Schlafzimmer zurück und heult wie ein Schlosshund. So wird es jedenfalls vom Personal berichtet; ich selbst komme leider nicht in den Genuss dieses interessanten Schauspiels. Ich werde stattdessen verdonnert, mich nur noch auf Zehenspitzen zu bewegen, möglichst überhaupt nicht mehr zu sprechen und auf keinen Fall auch nur in die Nähe des Untröstlichen zu geraten, um ihn in seinem unheilbaren Kummer nicht zu stören.

Mit der angemessenen Verwertung all dieser mannigfaltigen täglichen Eindrücke bin ich so ausgelastet, dass ich nachts nicht einschlafen kann, und wenn doch, dann erst nach heftigen Anstrengungen. Ich habe eine Spieluhr, die schenkt mir Omi Mathilde, als ich so etwa zwei Jahre alt bin. Seitdem hängt sie über meinem Bett am Kopfende an der Wand und wird jeden Abend aufgezogen, damit ich schnell und ohne großen Aufwand für die Beteiligten in süßen kindlichen Schlummer falle. Sie spielt die Melodie von «Guten Abend, gute Nacht», und meine Weißhaube singt mir das Lied dazu vor.

«Guten Abend, gute Nacht,
mihit Rosen bedahacht,
mihit Näglein behesteckt,
schluhupf uhunter die Deck.
Morgen früüüüh, wenn Gott will,
wirst du wieder geweheckt,
morgen früüüüh, wenn Gott will,
wirst du wihihieder geweeckt …»

Ein Ohrwurm. Statt sanften Schlummers überfällt mich stundenlange Grübelei. Was, zum Teufel, heißt «mit Rosen bedacht»? Ein Dach drüber? Über dem besungenen Kind? Über mir vielleicht gar? O Gott, der du im Lied erwähnt wirst, lass das nicht zu! Mit Rosen … Wie macht man ein Dach aus Rosen? Wie stützt man das ab? Die Rosen werden über mir zusammenfallen, auf mich drauf, weiches, duftendes, blutrotes, gefährliches Rosenlaub wird mich langsam ersticken … Ich kriege keine Luft mehr! Und während ich noch schwer atmend mit den Rosenblüten ringe, die Hände in mein Kissen gekrallt, nagt schon die nächste Zeile an meinem armen Hirn. Ich werde mit Nägeln besteckt. Man spießt mich auf. Unmengen von winzigen, spitzen Nägeln bohren sich in mein weiches Fleisch, es sticht und sticht, mein ganzer Körper zuckt gequält von tausend Nadeln unter immer neuer Pein. Ein großer Schatten beugt sich weit über mich, hüllt mich in sein Dunkel, zückt einen um den anderen spitzen Gegenstand und pikst ihn tief in meinen Po, meine Arme, meinen Rücken, Beine und Bauch. Und so liege ich da, gepfählt und halb erstickt von meiner Phantasie, während meine Kinderschwestern sich längst unbesorgt im Klang der einsetzenden Melodie verdrückt haben und ihrem Feierabend frönen. Das Rufen habe ich schon lange aufgegeben, es wird niemand kommen. Man will mich auf keinen Fall verziehen, darüber besteht Einigkeit.

Ich entnehme meinem Schlaflied, dass auch Gott, zu dem ich doch jeden Abend beten muss («Müde bin ich, geh zur Ruh' …»), mir nicht helfen wird. Er lässt mich hängen, in tiefer Unsicherheit, ob ich den Morgen noch erleben werde. «Wenn Gott will.» Und wenn nicht? Wenn er nicht will? Was dann? Werden sie mich dann finden, leblos unter meinem Rosenhügel, durchlöchert von Hunderten feiner Nagelstiche? Meine Großmutter, der ich die Spieluhr ja zu verdanken habe, verabschiedet sich von uns nach jedem Besuch auf meines Vaters «Bis zem nächsten Mal, Muddi» stets mit einem «Ja, Alfred, so Jott will …». Bisher scheint bei ihr ja noch alles gut gegangen zu sein; vielleicht wird er mich dann auch noch schonen?

Irgendwann schlafe ich erschöpft ein. Aber vielleicht irre ich mich, und ich bin gar nicht eingeschlafen. Ich bin noch wach. Oder ich schlafe doch und träume, dass ich noch wach bin. Ich liege auf dem Rücken und starre an die dunkle Decke, an der sich die schwachen Lichtstreifen brechen, die durchs Fenster fallen. Dort oben ziehen in steter Folge von links nach rechts Motorradfahrer an mir vorbei. Einer nach dem anderen. Sie tragen große schwarze Helme, sehen alle gleich aus und fahren auch alle dasselbe Motorrad. Sie starren mich im Vorbeifahren an, ohne den Blick von mir abzuwenden. Ihre Augen sind hinter den dunklen Brillen fast nicht zu erkennen, aber der Ausdruck, der mich erreicht, ist böse und allwissend. Er sagt: Wir kennen dich, wir durchschauen dich, wir wissen alles von dir. Du kannst uns nichts vormachen. Und du wirst uns nicht los. Wir werden hier an dir vorbeifahren in alle Ewigkeit, wir sind ein nicht abreißender Strom von unsterblichen, gottgleichen Motorradfahrern …

Ich fürchte mich zu Tode. Ich schließe die Augen. Sie sind noch da, gerade so wie vorher. Es gibt kein Entkommen. Ich liege in Panik. Schlafend, wachend, ich weiß es nicht. Irgendwann hört das Martyrium auf, und ich werde wohl tatsächlich von Schlaf übermannt.

Ich weiß nicht, was man mir erzählt hat, vielleicht hat man mir vorgeschlagen, Schafe zu zählen gegen das Nichteinschlafenkönnen, und ich habe Motorradfahrer daraus gemacht. Weiß der Himmel. Ich weiß nur, dass mir in diesen Nächten kalt ist vor Angst, jeden Abend gehe ich zu Bett, in Panik vor den immer wiederkehrenden Hells Angels meiner Träume.

Eines Nachts verlaufe ich mich in meinem eigenen Zimmer. Ich muss dringend aufs Klo, und obwohl ich tagsüber ein reichlich gestörtes Verhältnis sowohl zu den flüssigen wie auch zu den festeren Ausscheidungen meines Körpers habe, ist es in die Tiefen meines Schlafzentrums vorgedrungen, dass man aufwachen soll, um das Klo aufzusuchen, wenn einen des Nachts ein Drang beschleicht – schon um der morgendlichen handfesten Begrüßung zu entgehen, falls man mal wieder aus feuchtmiefigen Laken geschält werden muss.

Ich setze also schlafwarm meine nackten Kinderfüßchen auf den kalten Parkettfußboden und graule mich vor der Dunkelheit. Ich sehe nichts, aber auch gar nichts. Bis vor kurzem durfte ich ja noch einen formschönen blauen Plastiknachttopf benutzen, aber auch damit ist mittlerweile Schluss, denn im Laufe der Zeit gingen meine Versuche immer öfter daneben. Ich strulle schlaftrunken regelmäßig neben den willigen Auffangbehälter, und nicht wenige meiner Kinderschwestern haben das Vergnügen, morgens als Erstes in der noch nicht gänzlich verdunsteten Lache auszugleiten. Außerdem hat man kategorisch beschlossen, dass ich jetzt alt genug sei, um mich nachts durch die finstere Wildnis meines Kinderzimmers und des angrenzenden Flures zu schlagen und nach Verrichtung wieder in mein Bett zurückzufinden.

Ich zittere bei der ersten Berührung meiner Fußsohle mit dem unangenehm kalten Untergrund. Um mich herum schwarzes, schwarzes Schwarz. Ganz langsam hebt sich an der Wand gegenüber eine riesige eckige Masse ab und kommt auf mich zu. Irgendwo in der hintersten Ecke meines Hirns läutet es «Schrank», Beruhigungston inbegriffen. Es beruhigt mich aber kein bisschen, zu wissen, dass dies ein Schrank ist, denn im Allgemeinen können Schränke nicht laufen, dieser aber schon. Mein Schrank wälzt sich auf mich zu und will mich umbringen. Ich weiß das ganz genau, doch ich bin von katatonischer Starre erfasst, unfähig, zu schreien, mich zu wehren oder vielleicht wenigstens den Lichtschalter zu finden. Noch ein Lidschlag, und ich werde unter ihm begraben sein, zermalmt unter seinen tonnenschweren Holzmassen, erstickt unter den Kleiderbergen, die ihn füllen, und einen Kleiderbügel quer im angstschrei-aufgesperrten Kiefer … Halb ohnmächtig rutsche ich seitlich von der Bettkante, in dem verzweifelten Versuch, dem Aktionsradius des Mörderschrankes zu entkommen. Mein Drang zu pinkeln wird stark und stärker, und meine Angst vor der morgendlichen Tracht Prügel überwältigt die Angst vor den weiteren Gefahren, die bei der bevorstehenden Zimmerdurchquerung noch auf mich lauern. Im undurchdringlichen Farbendickicht aus Schwarz, Dunkelschwarz,

Tiefschwarz und Anthrazitgrau der mich umzingelnden Gegenstände robbe ich weiter auf den Punkt zu, an dem ich meine Zimmertür und somit den Ausgang aus dieser Hölle und den Übergang zur nächsten vermute. Meine Hände tasten Parkett und streifen einen Teppich, die Berührung mit etwas Weichem, Langem, Dünnem versetzt mich in helle Panik: Würmer! In meinem Zimmer! Nur mühsam holt mein Verstand die Erinnerung zurück an den Anblick meines Zimmers bei Tageslicht. Das sind keine Würmer, das sind die Teppichfransen, lässt er mich hochmütig wissen, während mein Körper unbeeindruckt weiterschlotternd auf die Tür zukriecht. Da muss ein Lichtschalter sein, ich weiß es, der ist neben der Tür an der Wand, den muss ich drücken, dann bin ich gerettet, und meine Blase ist mittlerweile gespannt wie ein Luftballon vorm Platzen. Meine schnüffelnd vorgereckte Nase stößt an etwas Festes, ich quietsche wie Cäsar, wenn man ihm auf den Schwanz tritt, und taste ängstlich an der Sperre entlang. Die Tür, es ist die Tür, jubelt es in mir. Vor Glück lasse ich beinah meinen Schließmuskel locker, was alle Anstrengung zunichte machen würde.

Der Schock lässt jeden Drang versiegen. Das ist nicht die Tür. Das ist überhaupt nichts, was ich kenne. Wo bin ich? Hilfe! Es sind Gitterstäbe. Einer über dem anderen. Ich kann hinfassen, wo ich will, nichts als Gitter! Meine Hände wandern erst zögernd und dann immer panischer die Stangen hinauf und hinunter, nach rechts und nach links; nirgends ein Ausweg! Es gibt kein Entrinnen. Sie haben mich eingesperrt, während ich nach überstandenem Rosenblüten- und Nägleinterror arglos schlief. Sie haben mich eingesperrt! Was habe ich getan am gestrigen Tag? Fieberhaft bemühe ich mich, einen Grund für die Bestrafung zu finden, was ist mir entgangen, dass es mich so hart trifft heute Nacht? Ich weiß es nicht, ich werde es nie wissen, und unter mir läuft haltlos mein Pipi in langen Bächen das Parkett entlang, sickert in die Würmerfransen und das bunte

Muster meines Kinderteppichs, weil ich den Lichtschalter nicht gefunden habe, weil in dem weit entfernten Teil des Hauses, wo die anderen jetzt sind, niemand mein Rufen hört und weil ich gefangen bin hinter den Sprossen des «Klettermaxen», der in meinem Zimmer für Körperertüchtigung sorgen soll. Und so findet mich die Kinderschwester morgens beim Wecken zusammengesackt am Fuß der Sprossenwand, ganz in der Nähe der Zimmertür, stinkend in einer Lache voller Pisse und in schrecklicher Angst vor der Schimpfkanonade, die mich erwartet.

Aus dieser Zeit gibt es ein Foto, das einzige, auf dem mein Vater und ich gemeinsam zu sehen sind. Ich fummele halb verschämt und leicht von ihm abgewandt, aber den Blick doch auf ihn gerichtet, an einem Kellertreppengeländer herum, und er beugt sich hinunter und streichelt Cäsar, der um die Hälfte größer ist als ich. Ich habe an meinen Vater aus jenen Tagen nicht die geringste Erinnerung. Mir ist klar, dass er – obwohl in meinem Gedächtnis jedes Bild dafür fehlt – mit uns anderen zusammen im Haus gewohnt haben muss, wie das Foto mir eindeutig beweist. Es muss kurz vor seiner Heirat mit meiner Stiefmutter entstanden sein und sieht aus wie ein Schnappschuss, aufgenommen von einer Hausangestellten, die das Geisterhafte der Beziehung zwischen ihm und mir zufällig auf einem Negativ erwischt. Möglicherweise will sie auch nur testen, ob er überhaupt drauf sein würde oder ob an seiner Stelle ein weißer Fleck erscheint.

Als mein Vater schließlich wieder heiratet, bin ich vier Jahre alt, und bis dahin haben wir immerhin eines gemeinsam: Wir haben zusammen binnen anderthalb Jahren fünf appretierte Weißhauben-Damen verbraucht.

3

Man schreibt das Jahr 1961, und wir machen, wie bereits in den Jahren zuvor, Urlaub in Garmisch-Partenkirchen, im exklusiven «Alpensee-Hotel». Mein Vater hat schon mit Margot dort logiert, als sie noch verheiratet waren. Und natürlich mit Opi Max und Omi Mathilde, denn wie hätten meine Eltern je etwas allein unternehmen können? Jetzt reisen wir bereits zum dritten Mal, nachdem es meinen Vater seit der Scheidung zwischenzeitlich schon einmal allein hintrieb, während ich in der Obhut von Cäsar und Weißhaube Nummer drei oder vier zurückblieb. Den Grund für die Häufigkeit seiner beziehungsweise unserer Besuche soll ich bald erfahren.

Das «Alpensee-Hotel» ist so mondän, wie die beginnenden sechziger Jahre es zulassen. Es handelt sich um einen reinen Familienbetrieb, Leopold Rohrmoser, genannt Schorsch, und seine Frau Reserl schmeißen das prächtige Hotel mit den alters- und traditionsgeschwärzten bayrischen Holzbalkonen, und Schorschs Bruder und dessen Frau betreiben das daneben befindliche «Alpenblickcafé» am Ufer des Alpensees. Beide Paare haben Kinder: Schorsch und Reserl drei fesche Mädel, die anderen ein gemischtes Trio. Es bestehen die üblichen Rivalitäten zwischen der Familie des erstgeborenen Bruders und der des nachfolgenden zweiten. Alles in allem aber floriert das Gebiet um den See herum phantastisch. Die strammen Rohrmosers kassieren da oben ganz alleine ab, ihr Reklamespruch empfängt den Alpenfan bereits am Ortseingang: «Alpensee-Hotel, Alleinlage 100 Meter oberhalb Garmisch».

Die Hotelgäste bleiben unter sich. Man kann ein bisschen auf dem hoteleigenen Skihang herumrutschen und erste Stemmbogenlektionen nehmen oder sich vom bärbeißigen Fahrer Ferdinand Hieber (Hieber Ferdl), umnebelt von dessen Zigarrenqualm, halsbrecherisch die Serpentinen hinunter in den Ort kurven lassen. Dort gibt es zur Erbauung ein Spielcasino, Trachtenhutgeschäfte und Jodelkurse sowie Olympiasportanlagen und Weihnachtsschaulaufen der Schlittschuhkünstler. Einmal gleiten auch die Ikonen der Kufe, Marika Kilius und Hans Jürgen Bäumler, über den zuvor tagelang geglätteten Alpensee und geben auf der spiegelblank geschmirgelten Eisfläche eine Galavorstellung. Hochfrisiert und zähnebleckend schwebt Marika, von Hans Jürgen zärtlich in der Wespentaille umfangen, an den schmachtenden, am Uferrand sich drängenden Sterblichen vorbei und bestrahlt jeden Einzelnen mit ihrem gelbblonden Charme so durchdringend, als sei sie radioaktiv. Auch ich schmelze, wiewohl hinter der Absperrung gefangen, mit all meiner Sehnsucht Löcher ins Eis. Da bin ich schon sechs und bekomme ein Autogramm.

Jetzt bin ich vier Jahre alt, und im Alpensee plätschern sanfte Wellen, denn es ist Sommer. Ich trage ein feines rosa Kleidchen, stehe wartend mit vielen anderen Menschen in festlicher Kleidung vor der Auffahrt zum Hoteleingang und sehe staunend, wie ein sehr großes, sehr amerikanisches Auto die Straße herauffährt. Es ist auf der Motorhaube mit einem riesigen Gesteck aus weißen Blumen und Schleifen geschmückt und sieht einfach atemberaubend aus. Ich bin sehr aufgeregt, denn meine aktuelle Weißhaube hat mir schon den ganzen letzten Tag und dann wieder seit dem Morgen in den Ohren gelegen, wie wichtig heute alles ist und dass ich artig sein soll, und jetzt soll ich die Blumen, die ich in einem Körbchen in der Hand halte, auf die Straße streuen. Ich starre sie verständnislos an.

Wieso, um alles in der Welt, soll ich die bunten Rosenblätter, die da in meinem Korb liegen, einfach auf die Straße werfen? So was darf man doch nicht! Ich umklammere meinen Korbhenkel und bleibe stehen. Sanftes Weißhaubendrängen von hinten:

«Du musst jetzt losgehen, schau mal, dahin, auf den Eingang zu, schau mal, sie steigen schon aus.»

Ich schaue also. Aus dem Wagen arbeiten sich Unmengen weißen aufgebauschten Stoffes. Es folgen zwei sehr kleine Füße in weißen Schuhen. Es folgt das ganze Bein. Dann der Rest der Frau, die ich noch nie gesehen habe. Um den Wagen herumgelaufen kommt mein Vater, den ich kaum erkenne. Er sieht vollkommen verändert aus. Er trägt gestreifte Hosen, eine Jacke mit zwei komischen langen Stofffetzen hinten dran und auf dem Kopf einen sehr hohen schwarzen Hut, wie einen umgedrehten Papierkorb. Er nimmt die fremde Frau mit den ungeheuer blonden Haaren unter dem riesigen Schleier, auf dem ein weißes Blumenkrönchen thront, am Arm und geht langsam mit ihr auf den Hoteleingang zu. Die Leute fangen an zu klatschen, es wird alles Mögliche geworfen, alle sind außer Rand und Band. Ich werde jetzt grob geschubst, jemand nimmt meine Hand, taucht sie in den Korb und lässt sie in Richtung des wandelnden Paares schnellen, sodass ich loslassen muss und meine Blumen fliegen. Ich finde es ganz schrecklich, die schönen Blüten wegzuschmeißen, und balle eine Faust. Jetzt werden plötzlich zwei weitere Kinder neben mich gestellt, die ebenfalls Körbe in der Hand halten und brav ihre Blüten schmeißen. Immer mehr Kinder kommen dazu, ich kriege fast Platzangst. Ich werde an das Kopfende dieser Meute geschoben und soll jetzt vor dem Paar herlaufen, hin zu der alles verschlingenden Eingangstür. Meine Beine stecken im Asphalt, als sei er soeben geschmolzen. Die Frau in Weiß lächelt mir auf komische Weise zu, so als müssten wir uns kennen. Das verwirrt mich erheblich und führt zum endgültigen Absterben meines natürlichen Bewegungsreflexes. Schließlich zischt mir eine Stimme ins Ohr: «Du gehst jetzt los, aber dalli!»

Ich kriege einen letzten Schubs, sodass ich fast hinfalle, und trabe gottergeben einfach irgendwohin. Aus dem Hintergrund die Stimme meiner Weißhaube.

«Werfen, jetzt wirf doch endlich!»

Um mich herum lachen Leute. Was gibt es da zu lachen, das Ganze ist doch einfach nur furchtbar! Die Kinder neben mir feuern ihre Blumen auf den Asphalt, was das Zeug hält. Ich nicht, ich denke nicht daran. Als ich endlich in der Eingangshalle des Hotels ankomme, bin ich die Einzige, die fast noch alle Blumen in ihrem Korb hat. Ich lege hiermit unbewusst den Grundstein zu der langen und wunderbaren Feindschaft zwischen mir und der unbekannten Frau in Weiß. Sie heißt Hedi und ist seit heute meine Stiefmutter.

Die begeistert streuenden Kinder sind plötzlich meine «Cousinen», Verena und Wibke, die Töchter von Hedis Schwester Annemirl und einem Wurstfabrikanten aus Soest in Westfalen. Onkel Walter ist ungefähr zwei Meter groß und das, was man vierschrötig nennt. Wir alle zittern vor ihm, einschließlich seiner eigenen Töchter. Immerhin teilen Verena und Wibke mit mir die Erfahrung, von einer Kinderschwester liebevoll betreut zu werden. Gerlinde hat die nette Angewohnheit, bei Nichtbefolgung gewisser Erziehungsideale schon mal einen Kleiderbügel auf dem jeweiligen Kinderpopo zu zerschmettern.

Ein weiteres Beispiel für den in der Familie Bockschulte vorherrschenden Humor gibt Onkel Walter, wenn man ihn etwa fragt, was es zu essen gibt. Antwort: Kalten Arsch mit Birnen! Also eine Sippe, in deren rauer Herzlichkeit ich mich im Laufe der Jahre so richtig geborgen fühle.

Vorerst bin ich mit meinem Körbchen in der Hotelhalle gestrandet. Wildfremde Menschen, Hotelgäste, Verwandte und so weiter beugen sich zu mir herunter und turteln irgendetwas daher, als hätte ich den Hauptpreis auf einer Kirmes gewonnen. Ich staune inzwischen das unglaubliche Kleid an, das sich da raumgreifend bauscht, und studiere das darin steckende Wesen. Mein Vater und die außerirdische Blondheit werden jetzt fotografiert. Sie bauen sich stundenlang vor dem großen Spiegel in der Hotelhalle auf, erst nebeneinander, dann einzeln. Hedi scheint es sehr heiß zu sein, denn sie wird andauernd ziemlich rot im Gesicht und kriegt Flecken, als hätte sie Masern. Die roten Male kommen und gehen parallel zu den Glückwünschen, die sie ständig entgegennimmt. Ich gucke zu. Den Korb mit den Blumen hat man mir weggenommen. Ich möchte auch gerne fotografiert werden, aber ich soll nicht. Auch die Kinderschwester möchte in einem Anfall von Sentimentalität, dass ich fotografiert werde, aber sie wird zurückgeschickt, und so wird es nichts mit einem Foto von mir. Wir werden noch oft zum Alpensee fahren, der Heimat meiner Stiefmutter. Erst mal fahren wir nach endlosen Feiern, mehreren Festessen und einer riesigen «Eisbombe Hedi» nach Hause. Hedi kommt mit nach Rhöndorf und kriegt natürlich sofort Heimweh. Ich interessiere mich ausgleichshalber für den Hund, den sie zur Hochzeit geschenkt bekommen hat, einen silbergrauen Zwergpudel. Ich verzeihe ihm seine Rasse und bin entschlossen, aus diesem Geschenk das Beste für mich zu machen. Auf der Heimfahrt kotzt der Pudel Hedi von hinten in den Nacken. Ich sitze daneben und kotze auch. Ich kotze nämlich immer beim Autofahren, und der Kampf zwischen mir und Hedi, die mir diese Gewohnheit austreiben möchte, entbrennt sofort. Ich werde ausgeschimpft, der Hund erhält einen Klaps, und man schreibt den Fauxpas seiner Nervosität zu.

Dann sind wir alle in meinem bisherigen Vaterhaus. Irgendetwas steht auf der Tagesordnung, die Atmosphäre ist ereignisschwanger. Mein Vater geht mit mir auf die Terrasse, Hedi zieht sich in die Küche zurück. Es hat etwas Offizielles. Ich bin irritiert, dass mein Vater so offensichtlich an mir interessiert ist, und gehe dennoch erfreut mit ihm. Draußen sagt er zu mir: «Dat ist jetz deine neue Mutter. Wie möschtest du denn zu ihr sagen?»

Ich bin platt. Total eingeschüchtert. Ein paar Informationen zu viel auf einmal. Also nochmal: neu … Mutter … nennen … Ich staune ihn an. Meine Weißhaube, in der Nähe stehend, gibt Hilfestellung: «Also, schau mal, du kannst doch Mutti sagen.»

Ein Blick von meinem Vater bringt sie zum Schweigen. Mutti! Igitt … Ich denke: Ich kann nur Mami sagen, was anderes habe ich nicht gelernt. Jedenfalls nenne ich Margot so, wenn in einem Zeitraum von hundert Jahren etwa einmal die Rede auf sie kommt. Zaghaft sehe ich meinen Vater an. «Was soll ich denn sagen?»

Mein Vater schweigt. Jetzt bloß nichts falsch machen. Also … «Mami?»

Er scheint zufrieden. Na gut. Dann kenne ich jetzt eben zwei Menschen, die ich so nennen soll.

Dann kommt die fremde blonde Frau aus der Küche, und ich soll ihr die Hand geben. Ich bin irrsinnig verlegen. Ich gucke auf den Boden, gebe ihr eine schlappe Hand, und mein Vater sieht Hedi an.

«Se hat sisch für Mami entschieden. Jetz simmer also e ne Famillie.»

In den folgenden Jahren lerne ich außer Verena und Wibke, die mir beim Blumenschmeißen ja schon auf die Nerven gingen, alle übrigen Verwandten Hedis kennen und unvermeidlicherweise deren Kinder, meine «Cousins» und «Cousinen». Diese Kinder sind natürlich die reinsten Wunderbälger: gut gewachsen, sportlich, unverklemmt, intelligent, abgehärtet, robust, hübsch anzusehen und so weiter … und fressen wie die Scheunendrescher. Das ist das Wichtigste.

Ich esse nicht. Ich bekomme Lebertran gegen Vitaminmangel, Appetitanreger gegen Appetitmangel, Kalktabletten gegen Kalkmangel, Ballettunterricht gegen Gliedersteifheit, Gymnastik gegen Haltungsschäden und kalte Duschen gegen Jähzornsanfälle. Außerdem Kopfnüsse und Ohrfeigen gegen freche Antworten und «Widerworte». Die Kopfnüsse sind ein Gastgeschenk von Hedi, und durch ihre fachgerechte Anleitung sind auch bald alle anderen Personen, die mit meiner Erziehung betraut sind, geübt in ihrer Anwendung.

Als meine neue Mutter das Kommando im Haus übernimmt, haben wir noch immer reichlich Personal: nach wie vor eine Weißhaube, eine Zugehfrau aus dem Ort und außerdem ein ständig bei uns lebendes Hausmädchen, von dem es heißt, dass seine Mutter und sein Bruder «in der Zone» leben. Die «Zone» befindet sich hinter einem «eisernen Vorhang», welcher mich in meiner Phantasie ausgiebig beschäftigt. Ich sehe die beiden – Mutter und Bruder –, wie sie, in Tränen aufgelöst, hinter einem schweren Eisengatter stehen und nach der anderen Seite schmachten, während ihre Hände die Gitterstäbe flehend umklammern. Friderike, unser «Mädchen aus der Zone», scheint von ähnlichen Bildern geplagt, denn auch aus ihren Augen strömen etliche Tränen und durch ihre Kehle ebenso zahlreiche Gläser Schnaps. Ich leiste ihr in der Küche in Trauer und Trunkenheit Gesellschaft, schaue bei den Essensvorbereitungen zu und höre mit ihr Radio Luxemburg. Während ich gebannt beobachte, wie unter ihrem Küchenmesser die Apfelschale lang und länger wird, an manchen Stellen so dünn, dass sie fast abreißt, aber nur fast, und ich fiebere, ob sie es diesmal schaffen wird, die ganze Frucht zu schälen, und alles an einem Stück – währenddessen also schmalzt es aus dem gilbigen Röhrenradio: «… goholdne Spahangen schenk ich dir …» Welch herrlichem

Weibe diese Geschmeide zugedacht sind, ist mir unmöglich zu sagen, Namen schwirren durch meinen Kopf, Annemarie, Marianne, Monika … ich vergehe vor Begeisterung über all die güldene Pracht, welche die Dame sich in ihre Locken stecken darf. Ich auch, ich auch, begehrt es in mir, und das Schälmesser schält, und Camillo Felgen nölt. Auch Friderike ist gerührt, und wenn ich in Stimmung bin, mein Glück zu teilen, statt alles still und eigensüchtig nur für mich selbst zu genießen, dann tausche ich sogar fachmännische Urteile über die Qualität der Schlager-Erbauung mit ihr aus. Und manchmal, wenn ich mich in all dem Camillo-Samt so richtig glücklich wälze und deshalb Friderike plötzlich so richtig gerne mag, dann, ja dann verrate ich ihr sogar das Geheimnis mit den Apfelschalen. Wenn man nämlich zu Beginn der Schälaktion – heimlich zu sich selbst natürlich! – sagt: Wenn sie es diesmal schafft, dass alles an einem Stück bleibt, dann passiert das und das … also dann kann es sein, dass tatsächlich das und das passiert. Ja. – Also, weiß der Himmel, ob jemals irgendwas passiert, aber man kann es ja mal versuchen. Und ich versuche es, immer wieder. Meine Nachmittage in der Küche mit Friderike, in meiner Erinnerung hängen sie aneinander, eine einzige, endlos lange Apfelschale. Unser Haus ist riesengroß, und selbst in der Küche kann man sich völlig verlieren. Gemütlich ist es nirgends.

Einige Jahre darauf stößt noch ein zweites Hausmädchen zu unserem Küchen-Biotop, die Vorhut der langsam anrollenden Gastarbeiterwoge. In der Bindung neuer Arbeitskräfte sind wir führend (genauso, wie wir auch bei erster Gelegenheit einen Farbfernseher anschaffen). Es handelt sich bei unserer Neuerwerbung um eine Spanierin mit dem klangvollen Namen Corazòn, die leider die wahren Qualitäten von Radio Luxemburg nicht in gebührendem Maß zu schätzen weiß und später lieber ausgiebig um den kranken Franco weint, als einmal ordentlich bei «Tränen lügen nicht» abzuflennen. Doch bis zu ihrem Eintritt in mein Dasein vergeht noch etwas Zeit. In unserem Haus gibt es momentan also vier Frauen und meinen Vater. Und mich.

Mein Verhältnis zum Personal ist ambivalent. Einerseits suche ich Freunde, Komplizen und Geborgenheit in der verlässlichen Geschäftigkeit, die mich umgibt. Ständig schnurrt ein Staubsauger, wedelt ein Putzlappen, quirlt ein Mixer und franst ein Fransenkamm. Die Benutzerinnen bilden eine menschliche Klagemauer, an der ich all die unterdrückte Wut und Verzweiflung abladen kann, die Hedi binnen Wochenfrist nach ihrer Ankunft in mir entfacht. Leider, leider aber lodern in den treuen Seelen des Putz- und Küchengeschwaders ähnlich mordlüsterne Emotionen gegenüber der befehlshabenden Bajuwarin, und mangels anderer Adressaten nehmen die Mädels dann freudig mit einem vier- bis fünfjährigen Kind als Ausheulstation vorlieb. Die Entsorgung des explosiven Gemischs in meinem Innern bleibt also häufig unbefriedigend. Erschwerend kommt hinzu, dass den Hausmädchen in Abwesenheit meiner Eltern und an den freien Tagen meiner Weißhaube die Erziehungsgewalt über mich zufällt, was im Allgemeinen zum Debakel führt. Die beeindruckenden Darbietungen meines ganzen Könnens bieten noch Tage später Gesprächsstoff: Fußbodenwürfe aus dem Stand mit gleichzeitigem Überschlag seitwärts, begleitet von kehligen Lauten, die einem brünftigen Stier alle Ehre machen, rhythmisch ungemein begabtes Füßetrampeln bei gleichzeitigem Stakkato-Fäustetrommeln wahlweise auf Fußboden oder beherzt dargebotene Körperteile mutiger Widersacher sowie Luftanhalten bis zum Eintritt einer kleidsamen Lilatönung. Schwierig gestaltet es sich, ohne den normalerweise zur Verfügung stehenden Atemstrom, die Aufsichtsperson, deren ungerechter Willkür ich mich ausgesetzt fühle, aufs unflätigste zu beschimpfen. Also opfere ich schweren Herzens den Erstickungstod (der ihr bei Rückkehr meiner Eltern sicher die allerschönsten Probleme bereitet hätte!) und ziehe ordentlich Luft ein. Nachfolgend katapultartiger Ausstoß bei heftiger Betonung der Anfangslaute: «Dummes Schwein, du dummes Schwein, Schwein, Schwein!!!! … Scheißescheißescheiße …!!!» Etc. Zischend entweichen die hasserfüllten Gase aus meinem Inneren und steigen faulig stinkend empor. Mit aller Kraft schleudere ich meine «Sch's» zu ihnen hinauf, direkt ins Herz meiner Gegnerin.

Die Weißhauben, die vertragsgemäß häufiger als die Hausmädchen mit meinen Ausbrüchen beglückt werden, sind in ihren Reaktionen je nach Temperament nicht zimperlich. Die einen schlagen zu, das nennen sie dann klassisch «die verdiente Tracht Prügel», wobei mir der Ursprung des Wortes «Tracht» in diesem Zusammenhang auf ewig ein Rätsel bleibt. Die anderen neigen zu der feinfühligeren Methode der Isolationsfolter. Unter Aufbietung all ihrer Kräfte – und je nach Talent mit geschickten Ausweichmanövern vor meinen wütend tretenden Füßen und wild rudernden Fäusten – würgt meine Sparringpartnerin mich so lange, bis meine Glieder erschlaffen, und wirft mich dann in mein Zimmer wie in einen Löwenkäfig. Während ich auf dem Boden liegend noch meine verrenkten Arme und Beine ordne, dringt das Geräusch des sich langsam drehenden Schlüssels an mein aufmerksames Ohr. Noch aber ist mein Wille nicht gebrochen, wenn auch bereits ein wütend unterdrücktes Schluchzen hartnäckig meine Luftröhre emporkriecht. Stattdessen schreie ich da drin noch ein bisschen, mindestens so lange, bis auf der feindlichen Türseite der genervte Ruf «Hör jetzt endlich auf, der Pförtner hat schon wieder angerufen!» ertönt. Das verschafft mir immerhin so viel Befriedigung, dass ich mich entspanne und damit automatisch in heilloses Selbstmitleid ausbreche. Der ganze Jammer meiner Existenz überfällt mich angesichts eines Pförtners in seiner Loge – Entfernung zweihundert Meter Luftlinie –, der Angst hat, man könnte mir etwas tun.

(Als ich später einen Film mit Clint Eastwood sehe, spüre ich sofort totale Identifikation. So hab ich mich gefühlt, damals in meinem Kinderzimmer mit den Vogeltapeten, dem Perserteppich, dem Klettermaxen und meinen Käthe-Kruse-Puppen, wie in «Flucht aus Alcatraz». Zwischen mir und dem Pförtner liegt unüberwindlich die Tür, wie zwischen Clint und der Freiheit die Bucht von San Francisco. Aber Clint schafft es, er flieht. Er wird nie gefunden, obwohl alle am Ende des Films glauben, er sei ertrunken. Ich weiß es besser. Er lebt!)

Ich lebe auch. Wartet nur, ich komme hier raus, ich werd's euch allen zeigen, ich mach euch fertig, ich hasse euch, hasse euch, hasse euch … Ich liege hemmungslos heulend auf dem Fußboden. Ich brülle innerlich: Ich sag alles dem Pförtner, wenn die Tür auch nur einen Spalt aufgeht, renne ich über das Firmengelände zu ihm und erzähl ihm brühwarm, was ihr hier mit mir macht!!

Ich höre mich flehen: «Bitte, bittebitte mach die Tür auf, ich will auch wieder artig sein, ich verspreche es, bittebittebitte.» Ich könnte kotzen. Ich hasse mich selbst, und ich hasse sie, die mir das antut. Sie lässt mich schmoren, die Kuh da draußen, wahrscheinlich grinst sie, sie hat mich geschafft, mich weich geklopft, gewonnen. Ich höre, wie die Umschließerin ans Werk geht. Das Schlüsselbund klirrt, ein Schloss wird geöffnet. Nach einer Stunde (drei Tagen? einer Woche?) krieche ich verheult, verschwitzt und zerschunden auf die sich langsam aufschiebende Tür zu und bin geblendet vom gleißenden Licht der Freiheit, das hineinfällt in die Finsternis meiner Vorhölle.

Trotz meines mit solchen wiederkehrenden Episoden gut ausgefüllten Tagesablaufs gibt es zwischen «dem Personal» und mir so etwas wie unausgesprochene Solidarität. Uns eint die Verzweiflung über Hedis unberechenbaren Tadel. Seit sie mit unserer tätigen Mithilfe ihre Vorstellungen von einem funktionierenden Haushalt umsetzt, legen wir morgens alle wie die Gladiatoren im römischen Zirkus die Lendenschurze an und warten zitternd, wer denn heute auf ihrer Speisekarte steht. Nach und nach betreten wir zögernd die Arena, und spätestens bis zum Mittagessen ist der ungleiche Kampf in vollem Gang. Mal werde ich im Vorübergehen von einem stiefmütterlichen Prankenhieb getroffen, mal erlebt Friderike eine Gegenüberstellung mit einer unter ihrem Bett ausgehobenen Batterie leerer Schnapsflaschen und findet sich nach der geforderten Identifizierung heulend am Küchentisch wieder. Und mal kassiert eine Weißhaube ein herzliches «Jetzt sans halt net so damisch, Sie depperte Gans!». Dies alles schweißt «das Personal» und mich natürlich zusammen.

Etwas anderes jedoch nagt mehr und mehr an unserem eingespielten Verhältnis, und, schlimmer noch, es treibt einen kleinen, aber kräftigen Keil in unsere bilaterale Ausgewogenheit aus gezielten Tritten und klatschenden Ohrfeigen. An uns klebt kräftig stinkend dieselbe Abhängigkeitsscheiße. Mein kleines zartes Ich strebt unwiderstehlich angezogen auf die Siegerseite. Nachdem ich lange genug den verächtlichen Aussagen meiner Stiefmutter über ihre Untergebenen gelauscht habe, gehe ich dazu über, meine Leidensgenossinnen bei ihr zu verpfeifen. Ich nehme die von Hedi vorzugsweise beim Mittagessen meinem leicht genervten Vater vorgetragenen Tiraden («die oane klaut, die andre putzt net g'scheit, hängt an ganzen Tag nur vorm Spiegel umanand, wühlt alweil in meine Kleider, und mei neue Büstenhalter hat's a an!») zum willkommenen Anlass für geschickt eingestreute Bemerkungen, die ihre Wirkung nicht verfehlen. Mit der millimetergenauen Treffsicherheit einer echten Intrigantenbegabung pikse ich in die neuralgischen Punkte («Mamiee … ich glaub, die Friderike hat schon wieder telefonieeert …»), dass es nur so eine Freude ist, die Schmerzensschreie der Gequälten zu vernehmen, während ich der Mühe Lohn empfange. Endlich ernte ich nämlich ein paar verschrumpelte Früchte der Freundlichkeit und Anerkennung vom stiefmütterlichen Acker, denn unbelehrbar giere ich immer noch nach ihrer Zuwendung und Zärtlichkeit. Zwar ist es mit der schönen Radio-Luxemburg-Idylle mit Friderike fürs Erste vorbei, denn weniger ihr Hass als ihre stumme Trauer verfolgt mich nach der Preisgabe eines heimlichen Flaschendepots und diverser Zonen-Telefonate noch für geraume Zeit. Doch mir macht's nichts aus, ich schwebe ja auf Wolke sieben. Meine Mami hat mich lieb! Ich lechze nach einem freundlichen Blick, einem Wort, das ohne Vorwurf, Wut oder mäßig getarnten Hass an mich gerichtet ist; von ihrem Lob, ihrer streichelnden Hand will ich gar nicht zu träumen wagen. Es wäre auch nicht der Mühe wert, denn ohnehin tritt nichts von allem ein. Der größte Erfolg, an dem ich mich berauschen kann, ist ein auf mein Petzen hin beiläufig interessiertes, leicht fragend und mit hoher Stimme spitz ausgerufenes «So!?» mit geschlossen gesprochenem bayerischen «o». Das ist der Gipfel der Wahrnehmung durch meine neue Mutter, welche mir von meinem Vater doch so besorgt ans Herz gelegt wurde.

Doch ich gebe nicht auf. Meist überfällt es mich beim Mittagessen, getrieben plötzlich von dem unbezähmbaren Wunsch nach Trost, nach irgendeiner mitfühlenden Seele in diesem Jammertal voller riesiger Kartoffelschüsseln, Gulaschtöpfe und Saucenterrinen, strecke ich meine Hand aus, Handfläche nach oben, nach links, da, wo sie sitzt, und manchmal geschieht ein Wunder. Sie schiebt sie nicht weg, unwillig, beschäftigt, genervt. Sie macht noch nicht mal eine gemeine Bemerkung. Sie legt ihre Hand darauf, die ganz klein und einfarbig und fleischig ist, aber hübsch, so wie ihre kleinen Puppenfüße auch hübsch sind. Sie hat pink lackierte, fein gefeilte Nägel, an einem Finger ein paar Ringe übereinander, und ihre Hand ist feucht. Ich bewege mich nicht. Ich habe diese Geste gestohlen. Mein Vater mir gegenüber pflegt seinen Handrücken auf den Tisch neben ihren Teller zu legen, hebt dann die Hand noch einmal ganz leicht an und lässt sie nach einem winzigen, fordernden Ruck nach vorn, ähnlich dem einer verspielten Hundeschnauze, ruhen, gelassen darauf wartend, dass sie ihre kleine weiche Frauenhand in die seine legt. Und das tut sie, mit einem neckischen Jetzt-nicht-Lächeln, ganz und gar Einverständnis. Mein Vater seufzt: «Liebschen, wat schmeck' et widder jut», und schiebt die nächste Gabel in sich hinein. Diese Geste bei Tisch beinhaltet für mich den Ausdruck größter ehelicher Eintracht und Nähe. Ich will auch. Ich will auch den Ist-ja-alles-gut-aber-jetzt-gerade-nicht-Blick, der die Aussicht auf eine Fortsetzung der Freundlichkeiten nach Beendigung des gemeinsamen Mahls verspricht, ja vielleicht sogar das Eigentliche, das Richtige, die wahre Vereinigung der Seelen. Aber alles Hoffen ist vergebens, für mich findet sie nicht statt. Mehr als eine feuchte Hedihand für einen kurzen Moment des Glücks auf meiner Kinderhand mit den abgekauten Fingernägeln ist für mich nicht drin.

Sehr selten kommt es – meist nach den besagten Mittagessen – zu anderen Szenen der Zärtlichkeit zwischen meinen Eltern, welche aber überaus verhalten, ja im Grunde nur angedeutet sind, sodass ich mich verschämt abwende, ohne eigentlich zu wissen, warum. Die Art und Weise, in der meine Stiefmutter die Liebkosung, den Kuss meines Vaters annimmt, sichtlich genießt, aber nicht wirklich erwidert, sondern sich im Gegenteil spielerisch abwehrend aus seiner Umarmung schält, lässt mich nachdenklich werden. Ich merke genau, dass ich störe, denn aus ihren Augenwinkeln fliegen nicht eben freundliche Seitenblicke zu mir herüber. Ich tue also so, als hätte ich gar nichts gesehen, wäre vollkommen mit etwas anderem beschäftigt. In Wahrheit bin ich heftig bemüht, herauszufinden, was da los ist. Warum küssen sie sich nicht einfach? Ich finde es zwar zum Sterben peinlich, aber soviel ich weiß, gehört es zum Leben eines Ehepaars, solche Dinge zu tun. Warum stellen sie sich so an? Beziehungsweise, warum macht sie so einen Zirkus daraus? Mein Vater fällt zwar nicht gerade dadurch auf, dass er mit Zärtlichkeiten nur so um sich wirft, ich kann mich jedenfalls nicht erinnern, von ihm festgehalten, umarmt und geküsst worden zu sein. Aber wenn schon jemand so sichtbar freiwillig in den Genuss seiner Gefühlsregungen kommt, dann sollte derjenige doch das Beste für sich herausholen, oder etwa nicht? Ich bin nach eingehendem Studium mehrerer elterlicher Kussszenen zu dem Schluss gekommen, dass Hedi ihre Möglichkeiten bei weitem nicht ausschöpft, mache allerdings auch eine weitere Beobachtung, die mir interessant erscheint. Durch das schlangenartige Entwinden ihres Körpers aus den sie umfangenden Armen meines Vaters wird dieser angeregt, sie daran zu hindern. Das scheint sie aber nicht wirklich zu ärgern, im Gegenteil, es führt dazu, dass ein kaum wahrnehmbares kleines Gerangel einsetzt, aus welchem sie schließlich als Siegerin hervorgeht. Seltsamerweise macht meinem Vater diese Niederlage nichts aus, er wirkt beinahe zufrieden über den Ausgang seiner Bemühungen. Diese Feststellung stürzt mich in Verwirrung. Wie kann jemand, der das, was er haben möchte, nicht bekommt, darüber auch noch zufrieden sein? Wie sich herausstellt, ist dies eine Frage, die in der Beziehung meiner Eltern eine zentrale Rolle spielt und die mich noch einige Zeit immer wieder aufs Neue relativ fassungslos lässt. Mein Vater ist ein Weichei. Die Erkenntnis trifft mich Jahre später, nachdem ich ausreichend Gelegenheit zum Sammeln stichhaltigen Beweismaterials hatte, und löst eine mittlere Lebenskrise bei mir und schwere Störungen im wackeligen Gefüge unseres mühsam als Familie ausgegebenen Haufens aus. Vorgänge, von denen ich jetzt, während ich noch am Tisch sitze und meine knutschenden Eltern beobachte, nicht das Geringste ahne.

Vielmehr strample ich mich ab, ständig auf der Suche nach Hedis Anerkennung, täglich, stündlich neu. Meine Versuche sind unbeholfen, bemüht, gehen ständig schief. Ich darf sie nicht erschrecken, ich muss sie vorsichtig und sanft behandeln. Also pirsche ich mich an einem der ungezählten, von ödester Ödnis geprägten Vormittage an sie heran und säusele ihr ins Ohr, ob ich sie zum Einkaufen begleiten darf.

«Sag amal, spinnst du, kannst net normal dahergehn, musst jetzt du so schleichn!?»

Daneben. Zweiter Versuch, diesmal mit etwas mehr Stimme und etwas mehr Unterwürfigkeit.

«Mamieee, kann ich denn mitkommen? Ich möcht so geeerne …»

«Jetzat hör halt amal auf zum Quengeln, des is ja grauslich, alwei des G'jammer!»

Verzweiflung! Was soll ich ihren Worten entnehmen!? Wo versteckt sich die verbindliche Auskunft: Ja, kannst mitkommen? Nein, bleib, wo der Pfeffer wächst? Meine Blödheit manifestiert sich darin, dass ich niemals aufgebe.

«Ja, aber Mamieee, kann ich denn jetzt …?»

«Meinetwegn.»

Knallhart. Meinetwegn, ihr Lieblingswort. Nicht etwa «ja gern» oder «schön, dann sind wir zu zweit, ist nicht so langweilig» … Nein, «meinetwegn». Die nächsten zehn Jahre sind gepflastert mit einer Strecke von Meinetwegns, auf der man unschwer einmal den Erdball umrunden könnte. Oder doch wenigstens den gesamten Freistaat Bayern.

Die Krönung meiner tölpelhaften Kontaktaufnahmen besteht in dem Versuch, Hedi über den Gebrauch ihrer heimatsprachlichen Klangfarbe milde zu stimmen. Da ich mich im Besitz eines zwar unerkannten, aber dennoch nahezu absoluten Gehörs befinde, ist es mir ein Leichtes, bereits nach kürzester Zeit den stiefmütterlichen Zungenschlag zu adaptieren. Das hört sich dann etwa so an: «Mamieee, derf i bitte mitfahrn? Bittebitte, i mog so gern mit …»

Leider hat meine erstaunliche Sprachgewandtheit relativ

wenig Einfluss auf Hedis mütterliche Gefühle (mein perfekter Alpensound weist mich in der Öffentlichkeit zweifelsfrei als ihre Leibesfrucht aus – ich glaube, dass ihr das entgegenkommt, seltsamerweise ist es ihr aber auch wieder nicht recht).

Meine natürliche Gabe erlaubt mir im Übrigen auch, meinen Lieblingsschlager unverfälscht wiederzugeben. Ich sitze Nachmittage lang auf dem Klo, dem einzigen Ort, an dem man mich – meistens jedenfalls – in Ruhe lässt, und trällere in Melodie und Tonfall täuschend echt: «Die Llliebe ist ein sseltssames Schpielll, ssie kommt und gääeht von ainem zum andörn ...» Connie Francis würde der Refrain vor Begeisterung im Hals stecken bleiben, davon bin ich fest überzeugt. Überhaupt löst das Lied immer wieder heftige Denkarbeit bei mir aus. Ich bin schwer damit beschäftigt, mir vorzustellen, worin denn dieses ominöse Spiel bestehen könnte, und entscheide mich nach mehreren Klositzungen und anhaltender Grübelei für so etwas ähnliches wie Mensch-ärgere-dich-nicht.

Ein weiteres Glied in der Kette krasser Fehlinterpretationen, die auch mein Verhältnis zu Hedi bestimmen. Ich verstehe sie nicht, und sie versteht mich nicht. Und doch, gerade deshalb buhle ich unverdrossen um jeden noch so winzigen Liebesbeweis, als hätte es Ohrfeigen («pass auf, glei fängst eine!»), Spott («schau amala die Fiaß an, des glaubst net! Wia a Ruderboot!»), Häme («mei, bist du blöd!») und Erbarmungslosigkeit («hast scho wieder in'd Hos'n gmacht! Des wäschst jetzat fei selber, ge?!») nie gegeben.

Hin und wieder unterbricht eine kleine Abwechslung unseren grauen Alltag: Hedi und mein Vater, sogar Max und Mathilde, einmal sogar Tante Agnes und Onkel Henry, verleben regelmäßig standesgemäße Ferien am Strand von Riccione an der schönen italienischen Adria. Angereist wird im Sportwagen, das Gepäck kommt mit dem Betriebsfahrer. Am Zielort warten – vor Glück über unser Erscheinen völlig aus dem Häuschen – das wild dienernde Personal sowie die hocherfreute Chefin des Hotels «Savioli Spiaggia», des ersten Hauses am Platz. Der Clan der Saviolis ähnelt in gewisser Weise Hedis eigener Familie, sodass ein gewisses Einverständnis herrscht über die Gesellschaftsklasse, der man angehört, und die Art und Weise, wie man mit Untergebenen umgeht. Außer den Menschen, die wir durch unsere und die Ankunft harter D-Mark glücklich machen, warten auch noch ein flottes Schlauchboot mit einem spritzigen Außenbordmotor sowie eine befreundete Juweliersfamilie aus Ludwigshafen mit einer echten Motorjacht. Darauf fährt man dann spazieren, die Männer kriegen mit den Jahren dicke Bäuche, und der Juwelier hat irgendwann zwei Hängebrüstchen, die Damen erblonden mit der Zeit in umgekehrtem Verhältnis zum Verlust der Strahlkraft ihres Schopfes. Doch anfangs, als ich noch klein und pummelig bin statt groß und mager, da sind auch alle anderen noch proper, jung und glücklich. Nichts kann passieren, alles ist da: Jugend, Reichtum, Gesundheit. Uns gehört die Welt.

Hedi hängt dekorativ auf Wasserskiern, gezogen vom über das flaue Wasser hoppelnden Schlauchboot, das mein Vater einhändig und lässig steuert. Ich bin mit einer Weißhaube am Strand deponiert und darf von weitem zugucken. Das sind meine Eltern. Sind sie nicht großartig?! Die Weißhaube ist ganz begeistert. Zur Belohnung, weil sie so toll sind, werden wir ihnen eine Freude machen. Wenn sie den Tag schon nicht mit mir zusammen beim Sandbuddeln verbringen, dann sollen sie wenigstens etwas haben, das sie an mich erinnert.

Am Strand laufen alle möglichen Gestalten herum, der berüchtigte Papagallo ebenso wie der «Canditi! Gelati!» brüllende Bauchladenverkäufer. Eine besondere Spezialität des adriatischen Strandlebens sind Fotografen mit Hunden. In späteren Jahren werden diese durch Affen oder Löwenbabys ersetzt, um der anspruchsvollen Kundschaft mal was Neues zu bieten. Mit den Tieren kann man sich knipsen lassen, sie dienen wahrscheinlich dazu, entweder von den körperlichen Mängeln der spärlich bekleideten Porträtierten abzulenken oder aber die zu Hause gebliebene Verwandtschaft zu Entzückensschreien über den bezaubernden Nachwuchs zu verleiten. Denn Kinder sind die bevorzugten Opfer der unermüdlich auf Pirsch befindlichen Paparazzi. Statt mit meinen Eltern über die azurblauen Wellen zu jagen, finde ich mich also unversehens, eine hechelnde Lassie umarmend, vor der Linse eines Begeisterung heuchelnden Strandfotografen wieder und lasse mich von der schwitzenden Kreatur beschnuppern, die wahrscheinlich auch sehr gern woanders wäre. Das Foto erinnert Hedi und meinen Vater dann etwas später an die Existenz eines niedlichen kleinen Mädchens in Pumphosen, das Angst vor dem Wasser, nicht aber vor einem wildfremden Hund hat.

Kurze Zeit später gehe ich bei einem erneuten Versuch, mich endlich zu einem brauchbaren, wassersportfähigen Kind zu erziehen, am Strand von Riccione unter Aufsicht meiner Tante Zenzi verloren. Tante Zenzi, Hedis Tante und Reserl Rohrmosers verwitwete Schwester, heißt eigentlich Crescentia und ist ein Unikum. Ihre größten Leidenschaften sind das Kettenrauchen starker Zigaretten, haltloses Kartenspiel, das eine oder andere Gläschen Hochprozentiges und überhaupt jede Art gesellschaftlich fragwürdigen Vergnügens. Ihre Lieblingsbeschäftigung besteht allerdings in der genauen Vorhersage individueller Zukunft, und die Schar ihrer Klienten ist groß. Zunächst einmal sind da sämtliche Kinder der weitläufigen bayerischen Verwandtschaft, die hörig an ihren Lippen hängen, wenn es darum geht herauszufinden, was man zum Geburtstag kriegt, ob man zum Skifahren darf oder in der Schule sitzen bleibt. Leider stellt sich heraus, dass Tante Zenzi eine erhebliche Fehlerquote bei der exakten Vorhersage des Inhalts demnächst anstehender Klassenarbeiten aufweist, was wiederum direkten Einfluss auf die Beantwortung der vorangehenden Frage hat. Trotz dieser gelegentlichen Momente des Versagens sind Tante Zenzi alle herzlich zugetan, und so freue auch ich mich, als ich die Kunde von ihrer Anwesenheit in Riccione vernehme. Aus irgendeinem Grund muss sie bei mir den Platz der verantwortlichen Weißhaube übernehmen, und eines schönen Tages lenke ich unter ihrer freundlichen Anleitung zum ersten Mal meine Schritte ins Wasser, während sie mit der unvermeidlichen Kippe zwischen den Lippen voranstapft. Eine kurze und bündige Vorhersage meiner Zukunft – ich werde nicht von den Fluten verschlungen werden – hat einen außerordentlich beruhigenden Einfluss auf mich, und tapfer stecke ich einen Zeh in die tobende Adria. Als ich ihn wieder rausziehe und meinen Todesmut gewürdigt sehen möchte, ist Tante Zenzi weg. Futsch. Vermutlich ertrunken. Über ihre eigene Zukunft habe ich sie nämlich leider zu befragen versäumt. Panik ergreift mich.

Ich stehe wie Falschgeld im knietiefen Wasser und suche hektisch mit meinen Blicken die sanft sich kräuselnde Oberfläche nach einem Hinweis auf Tante Zenzis Verbleib ab. Aber kein Haarteil, kein Badelatschen, keine noch so kleine Kleinigkeit markiert ihren Aufenthaltsort. Der ist unter Wasser, keine Frage. Neben mir, um mich herum planschen Kinder, baden Eltern, werfen sich Halbwüchsige laut schreiend Bälle und anderes Zeug zu. Tante Zenzi, wo bist du? Bitte, tauch doch wieder auf! Ich erwarte jeden Moment, eine Art algenbehängte Wasserleiche nach oben schwappen zu sehen, und dieser Gedanke treibt mich augenblicklich aus dem Wasser. Ich muss Hilfe holen, aber der Mensch um mich herum spricht Unverständliches. Brocken einer schönen, melodiösen Sprache umschwirren mich, vermischt mit dem kernigen Akzent heimischer Laute verschiedenster Provenienz. Ich stolpere auf festen Boden.

«Bitte …», stammele ich ins sprichwörtlich Blaue, «bitte …, meine Tante Zenzi ist weg …»

Ich habe keine Ahnung, zu wem ich das sage, und es scheint auch niemanden zu interessieren. Verzweifelt suche ich nach einem vertrauten Anhaltspunkt im Einerlei der Milliarden Sandkörner und Handtücher, Liegestühle und Badehäuschen. Besonders die haben sich heimtückisch gegen mich verschworen. In munter sich abwechselnden Pastellfarben kuscheln sie sich entlang der Uferstraße aneinander, entschlossen, mich endgültig in den Wahnsinn zu treiben. Das «Savioli» hat seine eigenen Kabinen, genau wie die übrigen ungefähr dreihundert Hotels, die dem Ort zu seiner Blüte verhelfen. Ich versuche, mich an die Farbe zu erinnern. Blau, sie sind blau. Oder rosa. Wahrscheinlich gelb ... oder weiß? In meinem Rücken brandet der gefährliche Ozean, und hundert Meter vor mir entrollt sich, so weit das Auge reicht, ein endloses Band von Umkleidekabinen. Hilflos stolpere ich voran. Nach rechts, zuerst nach rechts, den Blick auf die Kabinen genagelt, verzweifelt nach einem bekannten Gebäude Ausschau haltend, irgendetwas, das an unser Domizil erinnert. Nichts, nur blau, rosa, gelb, weiß, grün und wieder von vorn. Vor meinen Augen beginnt es zu schwimmen, die Lippen zittern, die Träne rinnt. Ich kehre um, ich sehe sowieso nichts mehr. Ab und zu komme ich an einem Bademeisterturm vorbei, meine Füße tun weh von den abgebrochenen Muschelschalen, die sich mit ihren Splittern in meine Sohlen bohren, das Salz des Meerwassers juckt auf meiner Haut, und ich will nach Hause zu meiner Mami. Kilometerweit stapfe ich so tränenblind vor mich hin, bis mich plötzlich eine Hand festhält und jemand auf mich einredet.

«Wat is denn, warum weinste denn? Haste dich verlaufen? Wie heißt du denn?»

Meine Lippen sind versiegelt. Kein Ton kommt aus mir heraus, nicht einmal ein kleines Piepsen. Wildfremde Menschen sprechen mich an, weil ich heule. Mein Gott, ist das peinlich!

«Willste nix sagen? Komma mit.»

Resolut packt mich die hart malochende Ruhrpottarbeiterhand und führt mich einem athletischen Strandwachtmeister in Badehose und Streifenhemd zu.

«Die hat sich verlaufen. Die sacht aber nix. Versuchen Sie et doch mal.»

Vertrauensvoll deutsch parlierend schiebt mein Retter mich der italienischen Obrigkeit zu, und diese wendet sich an mich.

«Come ti chiama, piccola? Dimmi … dove è la tua mamma? Come ti chiama?»

Ich starre Löcher in den Sand unter meinen brennenden Füßen. Ich verstehe nichts, Tante Zenzi ist ertrunken, und der Mann soll mich loslassen.

«Na komm, nu sach schon, sonst stehn wer ja morgen noch hier … sach jetz ma, wie du heiß'!»

Der Ton wird strenger, und das bin ich gewohnt.

«Thea …»

«Ja, un weiter?»

«Thea Goldmann.»

Sekunden später dröhnt es über den Strand, die Küste entlang bis Rimini: «La piccola bambina Thea Goldemann aspetta la sua mamma alla spiaggia del Hotel Sole e Mare. Thea Goldmann warten auf ihre Mamma an die Strand von die Hotel Sole e Mare …»

Halb Deutschland weiß jetzt, dass ich zu blöd war, alleine nach Hause zu finden, Hedi wird einen Tobsuchtsanfall kriegen, vermutlich wird sie nicht mal kommen, um mich zu holen. Die Schmach ist einfach zu groß.

Wenig später sitzen wir beim Mittagessen im Speisesaal des Hotel Savioli, der Ober wedelt den Parmesankäse über die Spaghetti, und neben mir hockt eine sehr zerknirscht aus den Fluten erstandene Tante Zenzi. Hedi ist damit beschäftigt, den Anwesenden ausgiebig unser beider Dämlichkeit zu schildern. Ihre Anklage mündet endlich in einer triumphierenden, eher rhetorischen Frage: «Zenzi, kannst mir amal sagn, warumsd überhaupt wegganga bist? Was hastn gmacht, da herausn ausm Wasser?»

Die beschämte Zenzi richtet sich ein wenig auf, ein Anflug von Würde kehrt zurück. «Mei, i hab doch nur a paar Streichhölzer holn wolln, meine san halt nassgwordn da herin im Wasser, und mit koane Streichhölzer kannst halt net gscheit rauchn, ge?»

Wieder daheim, stelle ich mich, gestärkt von Sonne, Sand und Meer, erneut dem täglichen Überlebenskampf: ein ganz normaler Morgen. Meine Weißhaube reißt mich aus der schönen, müffelnden Bettwärme. Bedingt durch die abendliche Spieluhrmarter, hänge ich morgens sterbenslahm in den Kissen. Mein kindlicher Kreislauf unterscheidet sich in keiner Weise vom frühmorgendlich antriebsgestörten Wrack meines erwachsenen Körpers. Bis heute hält sich meine tiefe Verachtung für alle biologisch bekannten Lebensformen, die zu unaussprechlichen Zeiten freiwillig den Weg aus den Laken suchen. Ich lungere also frierend und umnebelt auf der Bettkante und werde augenblicklich aufgefordert, zu pinkeln, zu kacken, zu putzen (Zähne) und zu waschen (Gesicht). Danach: Anziehen! Orientierungslos greife ich nach der Unterhose. Falschrum. Unterhemd. Wie war das noch, ich hab das doch gezeigt bekommen ... Also hinlegen das Ding, die eine Seite nach oben, dann aufklappen – verdammt, welche Seite? Innerlich greinend und verzweifelt drehe und wende ich das Tausendsassa-Teil, bis sämtliche Baumwollrippen vor meinen Augen verschwimmen. Die Weißhaube sitzt derweil mit gekreuzten Armen gegenüber im Schaukelstuhl, genießt und schweigt. Bis sie sich mit einem Ruck aus ihrer Bequemlichkeit katapultiert, mit den ermutigenden Worten: «Mein Gott, das kann ja kein Mensch mit ansehen, du wirst es nie lernen, wie kann man bloß so doof sein!», auf mich zustürzt, mir das Zeug aus den Händen reißt und mich in die Klamotten stopft. Sie sollte im Übrigen Recht behalten, ich hätte es tatsächlich fast nie gelernt. Bis zum zarten Alter von acht Jahren werde ich morgendlich gekleidet, und ich bin sieben, als ich das erste Mal meine Schnürsenkel fachgerecht verschleife. Noch heute habe ich größte Schwierigkeiten mit der richtigen Vorder- oder Rückseitendiagnose beim Anlegen selbst unkomplizierter Oberbekleidung.

Danach kämmen (wenn ich es mache) oder striegeln (wenn sie es tut). Aufbruch auf den Weg zum Frühstück. Wir durchqueren mein Zimmer, zirka vierzig Quadratmeter knirschendes Parkett, Puppen, Steifftiere, Schaukelpferde, Kaufmannsladen und Schulbank, und schlagen uns vorbei an der Sprossenwand in den Flur. Übergang zu weinrotem Teppichboden, todschick und unsere Schritte dämpfend, wichtig, da mein Vater um die Zeit meiner Erweckung noch in Narkose liegt und keinesfalls gestört werden darf. Wir schleichen rechts vorbei an unserem – wir haben ein eigenes – hellblau gekachelten Badezimmer, lassen linker Hand die bescheidenen zehn Quadratmeter Weißhaubenkammer liegen, samt Bett, Schrank, Tisch und Stuhl aus dunklem Holz, welches an den Seitenteilen verspannt ist mit sechseckigem Lochgeflecht, danach rechter Hand mein Ort für stille Stunden der Einkehr: das Klo. Auch das teile ich mit der Weißhaube, in sanitären Dingen halten wir treu zusammen. Jetzt durchschreiten wir einen stilvollen Fünfziger-Jahre-Rundbogen, eingefasst von schweren kackfarbenen Samtvorhängen. Dahinter öffnet sich der feudalere Teil unseres ersten Stockwerks. Der Flur wird breiter, die Zimmer größer. Linker Hand der Badesaal meiner Eltern. Zutritt für mich nur mit Spezialerlaubnis. Man könnte ja unbekleidet …

Nach den unbarmherzigen Gesetzen der Wahrscheinlichkeit tritt die Katastrophe natürlich eines schönen Tages ein. Mit einer brennenden Frage auf den Lippen («Darf ich heute Abend, wenn ihr wegfahrt, Dick und Doof im Fernsehen gucken?»), die zu beantworten das Personal nicht autorisiert ist, werde ich zu meinen Eltern geschickt. Wie immer suche ich zuerst nach Hedi, die stets über mein Wohl und Wehe entscheidet. Ich werde im Ankleidezimmer – zwischen elterlichem Bad und Schlafzimmer gelegen – fündig, wo sie nach vollbrachter Waschung in eines ihrer etwa fünfzig französischen Modellkleider steigt. Sie verweist mich barsch an meinen Vater, welcher meine Medienerziehung nach der leidvollen Geschichte seiner ersten Ehe vorsorglich an sich gerissen hat. Er ist der Meinung, alles, was eine Kamera benötigt, um ans Licht der Welt zu treten, führe irgendwann automatisch zu Sittenverfall, mindestens Unmoral, schlimmstenfalls Prostitution. Dies steigert naturgemäß meine Nachfrage nach den verbotenen Früchten ins Unermessliche. Getrieben vom heißen Verlangen nach Stan und Ollies anarchischer Weltaufmischung, vergesse ich sämtliche eisernen Regeln unseres familiären Miteinanders und platze, mein Anliegen hervorsprudelnd, ins väterliche Baderitual. Sogleich ersterben die Bettelfloskeln auf den trockenen Kinderlippen, denn mein Blick bleibt magnetisch angezogen auf der Badewanne hängen. Speziell auf ihrem Inhalt. Der besteht aus einem weißlichen, schlaff an der Oberfläche dümpelnden Wurmfortsatz, welcher der unteren Körperhälfte meines Vaters entspringt und soeben mit mäßig überzeugender Beiläufigkeit erschrocken von ihm eingefangen wird. Der Versuch gelingt nur halb, und während ich darum bete – unfähig, mich zu rühren, geschweige denn, zur Sprache zurückzufinden –, auf der Stelle zu einem der kleinen Steinchen zu werden, die auf dem Fußboden ein Mosaik aus sich gegenseitig beharkenden Fischen bilden, schaufeln die Hände meines Erzeugers hilflos Schaum – mehr Badespaß mit BadeDas – über das von leisen Wellen geschaukelte Teil. Da sitzen beziehungsweise stehen wir nun, Vater und Tochter, der Spross dieser, seiner Lenden, und starren uns an. Noch habe ich nicht die allergeringste, klitzekleinste Vorstellung von den unaussprechlichen Dingen, zu denen er dieses vor meinen Blicken zu schützende Objekt benutzt, aber eine sehr dunkle Ahnung bemächtigt sich meines Fühlens, und diese sagt mir, dass ich mich auf höchst brisantem Terrain bewege. Mein Kopf hat inzwischen das Format eines Heißluftballons angenommen, und der Druck in seinem Innern sowie der Hitzegrad der ihn umhüllenden Haut entsprechen ungefähr dem des einströmenden Gases kurz vor dem Start. Von leisem Zirpen begleitetes, sanft anschwellendes Rauschen durchströmt meine Gehörgänge, und durch es hindurch klingt aus weiter Ferne eine unbekannte Stimme: «Wat jibb et?»

Ich öffne den Mund, und schwarze Wolken quellen hervor, entschweben zur Decke, wo sie oben angekommen leise anstoßen, verflachen, sich nach den Seiten breiter werdend verteilen und dann langsam auflösen. Fasziniert beobachte ich dieses Schauspiel, ich bin sehr klein, und die Decke ist sehr hoch, und die Badewanne ist sehr groß, und überhaupt werde ich nie wieder sprechen können, sondern bis an mein Lebensende schwarze Wolken ausstoßen, und mich am Ende selbst auflösen, genau wie sie. Und dieses Ende ist bereits nah, denn in meinen Beinen regiert schon der Zerfall, meine Füße verflüssigen sich, werden immer breiter, sie zerlaufen zu kleinen Pfützen auf dem Mosaikfisch unter mir, und ich senke meinen Blick von der Decke und den Wölkchen hinunter auf den Fußboden und habe, während meine Augen flackernd die Strecke zurücklegen, unterwegs auch ganz bestimmt nicht geguckt, das kann ich schwören.

«Also, wat ist, wat jibb et?», tönt es unbarmherzig frontal.

Ich öffne erneut den Mund, Blick auf meine schmelzenden Füße. Diesmal, statt Wölkchen, fremdartiges, knarrendes Quietschen. Das Geräusch verdichtet sich zu einer Art Stöhnen, dann ein Krächzen.

«Dick un Doof».

Nach dem Hervorwürgen meiner Botschaft kurze Gefährdung durch heraneilende Ohnmacht. Abgefangen durch väterliche Ansprache. «Ja, un?»

Ich gebäre eine Satzruine: «Darf ich guckn?»

Mein Vater hat Humor. Dick und Doof ist so recht nach seinem Geschmack. Haben wir schon zusammen geguckt. Äußerst kurzes Zögern: «Na jut. Ever dann jehste in't Bett, ist dat klar? Un dat nächste Mal klopfste ens aan, verstanden?»

«Ja, Papi. Danke, Papi.»

Rückzug im Krebsgang. Taste hinten nach der Tür. Finde den Griff, öffne, verdichte meinen Körper auf ein Fünftel seines Volumens, quetsche mich durch den Spalt und ergebe mich der jetzt machtvoll heranwogenden Ohnmacht auf dem Treppenabsatz im Flur vor der Badezimmertür.

Nach solchermaßen prägender Begegnung bedarf es an jenem ganz normalen Morgen also keineswegs einer besonderen Aufforderung durch meine Begleiterin, beim Passieren der elterlichen Gemächer keine Störungen zu verursachen. Wir pirschen uns vorbei am Ort seiner Nacktheit und meiner Schande, erklimmen die drei Stufen des Treppenabsatzes, und an der nächsten Ecke – hinter der sich das Ankleidezimmer und daran anschließend der Schlafsaal meiner Eltern in der Ausdehnung der sibirischen Tundra erstrecken – biegen wir rechts ab die rotbeteppichte Treppe hinunter. Meine Hand streicht über das kühle, von Friderike fanatisch polierte Messing des Handlaufs, gleitet hinunter an den formvollendet in sich verdrehten, weiß gestrichenen Eisenstäben und lässt die Fingerspitzen während unseres Abstiegs von einem zum nächsten hüpfen. Plom … plom … plom … plom … plom. Jedes Plom bringt mich der unvermeidlichen Nahrungsaufnahme näher, mit jedem Plom steigt der Pegel meiner beginnenden Übelkeit. Vor meinen Augen wächst ein Brötchen, dehnt sich, streckt sich, quillt ins Unendliche, die Mittelfurche bricht sich Bahn, Krustenteile fliegen nach allen Seiten, die Erde bebt und tut sich vor mir auf, um mich zu verschlingen und zu ersticken in weißem feuchtklebrigem Brötchenteig. Mein Schritt stockt unten am Fuß der Treppe, die Weißhaube zieht an mir wie an einer Hundeleine, ein wortloser, jeden Morgen wiederkehrender Kampf, ein sinnloses Kräftemessen. Ich werde gnadenlos nach vorne gezerrt, über die Perserbrücke durch die lang gestreckte Eingangsdiele. An deren rechtem Kopfende, da, wo die Treppe endet, bleibt das kleine Gästezimmer mit dem angrenzenden Klo, wir wenden uns nach links, und an der Längsseite fliegen hintereinander drei Türen zu drei Wohnzimmern an mir vorbei, links die schwere gläserne Haustür, vor der auf ihrer Hundematte zwei einsame Schäferhunde schnarchen (der Kotzpudel darf bei meinen Eltern schlafen!), vorbei an einem zweiten Klo neben der Eingangstür, vorbei an der Garderobe (links), deren Mäntel und Jacken und Hüte schamhaft durch einen mit Jagdmotiven bedruckten Chintzvorhang verhüllt werden, vorbei an dem Dielenspiegel (rechts gegenüber) mit Kamm- und Bürstenbord, die Wand dahinter bekleidet mit dem gleichen Stoff … vorbei, vorbei … ich fliege an der Weißhaube hängend hinter ihr her, meine Füße heben vom Boden ab, mir ist schlecht. Am anderen Ende der Diele drückt sie energisch die Tür zum Küchentrakt auf. Ich werde durch ein auf beiden Seiten gänzlich mit Einbauten verstopftes Stück Flur geschleift, hinter deren Schranktüren sich Stapel aus Tellern, Tassen, Gläsern, Saucieren, Fleisch- und Gemüseplatten und Berge von Besteck, Servietten, Untersetzern, Platzdeckchen und Zahnstochern türmen. Nach einem zielstrebigen Rechtsschwung und der Überwindung einer letzten Tür sitze ich ultimativ im Esszimmer am ovalen Tisch, der beladen ist mit allem, was ich aus dem tiefsten Grund meiner Magengrube hasse wie die Pest.

In vorderster Reihe der feindlichen Truppen in kreischendem

Orange ein Glas frisch gepresster Möhrensaft. Eine schmutziggraue Kalktablette ziert meinen Teller, gleich daneben zielt eine Flasche sämig triefendes Tetravitol angriffslustig auf meine empfindlichen Geschmacksorgane. Spätestens jetzt richten sich meine Zungenzäpfchen schaudernd auf in Erwartung dieser Genüsse. Ich sitze auf meinem mit einem Kissen erhöhten Platz wie auf dem elektrischen Stuhl und warte, dass jemand den Schalter umlegt. Links von mir, hinter dem jetzt leeren Platz meiner Stiefmutter, suchen meine Blicke Hilfe im Blumenfenster. Doch der Gummibaum schlingt unbeeindruckt seine Kurven, und die Alpenveilchen nicken mir strahlend rot (so rot sollen meine Wangen werden!) zu. Ich starre geradeaus, über den ebenfalls verwaisten Stuhl meines Vaters hinweg in den rheinischen Tiefebenennebel, der feuchtkalt hinter der Terrassentür wabert, und stelle fest: Ich bin allein. Allein mit einem ganzen Brötchen, welches hinunterzuwürgen ich wie jeden Morgen gezwungen werde; mit dem widerlichen Karottentrunk und dem Gipfel des Horrors, einem ganzen, gut eingeschenkten Esslöffel Lebertranimitat.

Ich versinke in die beschwörende Betrachtung des pelzigen Möhrensaftes, und meine Speicheldrüsen beschleunigen ihre Produktion. Die Weißhaube zeigt erste Anzeichen von Ungeduld: «Komm, jetzt mach schon. Mach doch nicht jeden Tag dasselbe Theater!»

Ich strecke also meine widerspenstige Hand aus, umklammere das Glas, und während eine neue Übelkeitswoge die Spuckeansammlung in meinem Mund vermehrt, schlucke ich das Zeug wie Sokrates den Schierlingsbecher. Ich verkneife mir jeden Gesichtsausdruck, um durch Belehrungen über den gesundheitlichen Nutzen (die Stärkung meiner Sehkraft – ich kann gucken wie ein Adler!) nicht gestört zu werden bei der mentalen Vorbereitung auf den weiteren Programmablauf. Beim Anblick der als Nächstes anstehenden Kalktablette (man sagt, sie sei gegen das Weiße auf meinen Fingernägeln und auch sonst sehr gesund) versiegt auf der Stelle jede überschüssige Absonderung in meinem Mund. Hartnäckig verweigern meine Drüsen die jetzt so notwendige Produktion des kalktablettenkillenden Nasses. Mein Gaumen fühlt sich an, als sei er mit Teppichboden ausgelegt. Das runde Ding auf meinem Teller hat die Größe einer fliegenden Untertasse. Unmöglich, den Mund so weit aufzusperren. Unmöglich. Wird nie reinpassen. Das muss die Weißhaube doch wissen! Ich sehe sie vorwurfsvoll an.

Sie rührt in ihrer Kaffeetasse. «Meine Güte, wird's bald? Gleich kommt die Mami, und dann sitzt du immer noch hier.»

Die Ankündigung der unvermeidlichen Begegnung verfehlt niemals ihre Wirkung. Auf meiner belegten Zunge klebt wie Uhu etwas, das mich glauben lässt, Friderike hätte den Inhalt ihrer Staubsaugertüte in meinem Rachen entleert. Meine Zunge dreht und wendet bröckligen Schutt, stumpf knirscht es unter meinen Milchzähnen. Ich krieg's nicht runter.

«Trink mal einen Schluck!», herrscht es mich von rechts an.

Oberhalb meines Tellers dampft eine Tasse warmer Kakao. Mit Haut. Igitt. Sehr heftiges, schnell aufsteigendes Kotzgefühl. Leise schaukelnd knittert die Oberfläche des Tasseninhalts.

«Kannst du bitte die Haut abmachen?», entschlüpft es mir unbedacht.

«Die ist gesund!», lautet das Urteil.

Da ich keine unerlaubten Eingriffe an den dargebotenen Speisen vornehmen darf, puste ich also das Ekelzeug an den hinteren, von mir entfernten Tassenrand und mache auf diese Weise eine Lücke für den braunen Trank frei, der gnädig die Kalkbrocken aus meiner Mundhöhle schwemmt. Befreit wende ich mich dem vorläufigen Höhepunkt zu: der satten Portion Tetravitol. Sofort wieder rasant einsetzende Speichelproduktion. Die Weißhaube hat – nicht faul – bereits eine volle Ladung auf den Löffel gekippt, sodass mein zaghaftes «Bitte nicht so viel» ungehört verzirpt. Sardonisch grinsend schwenkt sie das Ganze auf mich zu, und ich kneife, um der tosenden Springflut in meinem Mund Einhalt zu gebieten, nach alter Sitte die Lippen fest aufeinander. Doch ach, vorbei die Zeiten, da ich Teilerfolge, wenn nicht gar echte Siege, davontrug! Jetzt erklingt von fern das typische Knarzen unserer Treppenstufen, welches die Puppenfüße und den dazugehörigen Restkörper von Hedi ankündigt. Wie ein Jungvogel reiße ich den Schnabel auf, dass die Mundwinkelscharniere ächzen, Weißhaube schiebt Löffel samt Tran, ich schlucke Tran samt Spucke und würge auf der Stelle die ganze Scheiße wieder hoch. Panik. Wilde Kräfte drängen ins Freie. Magensäfte und Speiseröhrenmuskeln leisten in wellenförmigen Schüben ganze Arbeit. Ich presse die Lippen zusammen, dass sie blau werden, es würgt und speit in mir, dass mir schon schwindlig wird, die Schritte nähern sich, und eine Tür geht auf. Ich starre zitternd geradeaus in den Nebel, betend, dass ich den Mist noch einmal runterkriege und da unten halten kann, und hinter meinem Rücken bayert es rau:

«Gutn Morrrgn.»

Unfähig, mich zu rühren, sitze ich auf meinem Stuhl, durchnässt von dem Schweißausbruch, der einer ordentlichen Kotzorgie vorausgeht, und wage es nicht, mich umzudrehen. Die Weißhaube äußert ihr unterwürfiges «Guten Morgen, Frau Goldmann», und es entspinnt sich folgender Dialog:

«Hat's scho was gessn?»

«Nein, noch nicht, wir sind noch bei den Stärkungsmitteln.»

«So?! (Intonation bekannt) Na, da wird's ja langsam Zeit, dass' a bissl weitergeht. Was hängst'n scho wieder so beim Tisch umanand. Setz di amal grad hin, des schaut ja uuunmeglich aus!»

Ich gehe davon aus, dass sie mich meint, und recke mich nach allen Regeln der mühsam eingeübten Haltungskunst. Ich bin etwas durcheinander, ob ich jetzt der antrainierten Etikette entsprechend noch «Guten Morgen, Mami» sagen soll oder ob der Zeitpunkt bereits überschritten ist. Meine Sprechorgane sind blockiert von den Schluckbewegungen, die den sauer brennenden Schwall ständig wieder nach unten drücken. Ich sitze in der Falle.

«Heut machen's amal a Wurst auf des Brötchen.»

Sie sagt nie «Semmel», dafür aber «Brötchen», als ob es sich um etwas besonders vornehm Verwerfliches handelte. O Gott. Ich vergesse all meine Handikaps.

«Mami, derf i bitte nur a Butter auf des Brötchen? Ich hab net so an Hunger ...»

«Vielleicht sagst erst amal gutn Morrrgn, oder wie ham mir's da?»

Ich bin aber gerade wieder mit Würgen beschäftigt. O liebe Mutter Gottes, liebe Maria, hilf mir in dieser und in der Stunde meines nahen Todes!

Tut sie aber nicht. Der orangerote Schwall ergießt sich schwungvoll über meinen Teller, das noch jungfräuliche Brötchen, die nachgewachsene Kakaohaut, die Flasche mit dem Tetravitol und in die weitere Umgebung auf Wurstplatte, Käsebrett, Butterschale, Marmeladennäpfe und Eierbecher inklusive Wärmehäubchen. Nicht zu vergessen das bestickte Tischtuch und die Monogrammservietten. Für den Bruchteil einer Sekunde bin ich ehrlich erstaunt, wie viel man mit einem Glas Möhrensaft, einer Kalktablette und einer Vollration Lebertran ruinieren kann. Beachtlich.

Aus meiner Nase tropfen die Reste der Brühe, die im Überschwang den kürzeren Weg durch meinen Mund verpasst haben, und treten nun eine Etage höher aus. Auf meinem karierten Faltenrockschoß sammelt sich ein Teich aus saurem Schleim und salzigen Tränen, die jetzt in stetem Rinnsal von meinem Zitterkinn fallen. Mein Hals bewegt sich ein ganz klein wenig nach vorn, streckt sich wie bei einer Schildkröte, instinktiv, ganz ohne mein Zutun. Wie nach einer Atomexplosion herrscht heimtückische Stille. Der Schlag ihrer gepflegten Puppenhändchen erwischt meinen Hinterkopf in seiner fliehenden Vorwärtsbewegung, es knallt in meinem Schädel, ihr massiver Ehering mit dem außen eingravierten Efeumuster fügt meiner Kopfhaut eine weitere Kerbe im Kalender unserer Begegnungen zu. Laut heulend (ich kann auch wütend werden, o ja!) vergrabe ich mein Gesicht in den bekotzten Händen und weine anklagend.

«Auaaa … a … a … a …»

«Des derf ja wohl net wahr sein! Schaug dir des amal an! Jetzt stehst sofort auf und machst des sauber! Aba flott!»

Die Weißhaube verfällt in hektische Aktivität und zerrt mich von meinem Sitz. Sie rollt angeekelt meinen Rock hoch, auf dass der Inhalt nicht auch noch den wertvollen Perserteppich dekoriert, und drückt mir den glibschigen Stoff in die Hand.

«Halt das fest! Na wird's bald!!?»

Mir wird von all der Kotze um mich herum und auf mir drauf schon wieder schlecht, und ich stehe Todesängste aus, dass sich in meinem Innern noch mehr Spuckbares findet.

«Ich muss aufs Klo», jammere ich schnell zwischen zwei Schluchzern, um wenigstens Flüssiges in und aus der Hose (Achtung: Teppich!) abzuwenden. Die Weißhaube zieht mich von der Perserinsel mit dem säuerlich riechenden Frühstückstisch übergangslos aus dem Esszimmer ins angrenzende von insgesamt drei ineinander greifenden Wohnzimmern. Wir durchqueren diagonal die schlappen vierzig Quadratmeter (noch mehr Perser, Sitzgruppe in grün-rot-gelb-braun-gestreiftem Samt und niedriger Tisch mit Glasplatte, darunter braunes, sechseckiges Lochgeflecht!). Die Weißhaube reißt die Tür zur Diele auf, und ein trauriger Schäferhund hebt zur Begrüßung den Kopf von seiner miefigen Matte. Weißhaube steuert aufs Klo zu, der Hund schnüffelt bei meinem Näherkommen interessiert. Delikate Düfte streifen sein empfindliches Organ, ich registriere schwaches, aber erfreutes Schwanzwedeln. Das einzige Lebewesen im Haus, das freiwillig meine Nähe sucht.

Auf dem Klo würge ich heulend noch ein paar Möhrenpartikel in die Schüssel. Währenddessen unausgesetztes Weißhaubengezeter. Anschließend reißt sie mir die stinkenden Klamotten vom Leib. Dankbar entsteige ich einem Paar feuchtklammer, hellblauer Wollunterhosen, die ich noch über den eigentlichen Unterhosen zu tragen pflege. Der Rest meiner Kleidung wird mit spitzen Fingern Richtung Waschküche entsorgt, ich tapse schniefend nach oben in mein Zimmer, wo ich weiterer Instruktionen harre.

Ich bin gelinde verzweifelt, dass es mir nicht gelingen mag, wenigstens einen Tag ohne Pannen hinzulegen. Wie soll denn meine Mami mich auch lieb haben, wenn ich ihr – die sie noch in Bademantel und Haarnetz morgens um halb acht unten nach dem Rechten sieht – all die wertvollen Substanzen quer über den liebevoll gedeckten Esstisch rotze. In meiner Phantasie heult sie sich jetzt unten in der Küche die Augen aus, weil ich so rücksichtslos bin. Sie meint es so gut, und mir ist so schlecht! Und kalt, kalt ist mir auch. Denn ich bin immer noch in meiner Unterwäsche, die Weißhaube kommt und kommt nicht.

Aber schlimmer, viel schlimmer! Ein ganz bestimmter Trippelrhythmus nähert sich den Flur entlang. Liebe Mutter Gottes … Ich schrumpfe, bis ich auf Stecknadelkopfgröße angekommen bin und sie mich unmöglich finden kann. Komischerweise sieht sie mich sofort und hält streng geradeaus auf mich zu.

«Des eine sag i dir, wennsd des nochmal machst, dann setzt's was, dassd des glei weißt, ge? Da meint mer's gut mit dir …»

(Siehste! Ich wusste es!)

«… und dann ewig desselbe! Jetzat schau fei bloß, dass di anziagst, und in zwei Minuten bist herunten!»

Dreht sich auf dem Pantoffelabsatz um und ist weg. Das Brötchen! Ich weiß, was mir blüht. Sie will, dass ich das Brötchen aufesse. Sie wird nie aufgeben. Die Weißhaube findet mich laut heulend bei dem Versuch, neue Oberbekleidung richtig herum anzulegen, Panik im Nacken, zu spät nach unten zu kommen und zur Strafe eventuell eine Verdoppelung der Ration zu riskieren. Bei meiner Erzieherin kann ich vergeblich auf Mitgefühl hoffen, sie schiebt einen wilden Rochus auf mich, da sich ihre Begeisterung über die morgendliche Berührung mit bekotzten Klamotten entschieden in Grenzen hält. Ich kann von Glück sagen, wenn sie mir in der Abgeschiedenheit meiner Gemächer nicht noch schnell eine kleine Zusatzabreibung verpasst.

Dann sitze ich also fünf Minuten später (frische, hellblaue Wollunterhosen, frischer Faltenrock, frischer Pullover) am frisch gedeckten Frühstückstisch und kaue stoisch auf einem Brötchen. Die Sekunden zirpen, die Minuten tropfen, die Stunden streichen dahin … Hedi erscheint mit frisch gebogenen Wimpern und flott toupiertem Blondhaar, mein Vater taucht gegen zehn Uhr aus seinem Koma und gibt uns die Ehre, schlürft mit gesegnetem Appetit sein rohes Frühstücksei (sporadisches Würgen) und verkündet gut gelaunt die Devise für den weiteren Tag:

«Lommer jonn!»

Ja, gern! Alle gehen irgendwohin, ein einziges Kommen und Gehen, nur ich, ich bleibe. Mein Brötchen und ich, eine unendliche Lovestory. Irgendwann, so gegen halb elf, wenn nun jeder wirklich was anderes zu tun hat, als mir blödem Balg den nächsten Bissen reinzuschieben, wird gnädig auch mein Teller entsorgt, und ich werde amnestiert. Ich strecke meine vom Sitzen lahmen Glieder und mache mich auf die Suche nach irgendeiner Ansprache.

Es ist die Zeit, da die täglichen haushaltlichen Verrichtungen ihrem Höhepunkt entgegengehen. An jeder Ecke wird gewienert und geputzt, gesaugt und gewischt, dass es nur so eine Freude ist. Draußen im Garten zupft der Betriebsgärtner Unkraut und haut die Maulwurfshügel im Rasen platt, während sein Kollege im Hundezwinger eine Wochenladung Scheißhaufen in einen Eimer schaufelt. Obwohl ich sonst immer gerne die Nähe unserer männlichen (!) Firmenhandwerker suche, scheinen mir ihre momentanen Beschäftigungen wenig reizvoll. Ich verzichte großzügig. Dafür schickt Hedi sich an, die Einkaufsfahrt ins benachbarte Bad Honnef anzutreten, und ich giere nach ein wenig Welt. Auf eine Anfrage hin hätte ich die Wahl zwischen einem herzlichen «Meinetwegn» oder einer prophylaktischen Ohrfeige (ein Grund wird sich später schon finden). Nach den Ereignissen des heutigen Morgens steht mir dann aber doch nicht der Sinn nach der Probe aufs Exempel. Ich entsage diesmal ganz, was mir eine Verunglimpfung als Stubenhocker einträgt. Und das bringt Hedi auf eine richtig tolle Idee!

Nichtsahnend verbringe ich den Restvormittag mit Rumhängen, Friderike ärgern und mich bei den Hunden beschweren. Zwischendurch habe ich lange Gespräche mit meinen Käthe-Kruse-Puppen und verhaue sie anschließend ausgiebig, weil sie nicht auf mich eingehen wollen. Danach schneide ich ihnen die Haare. Wer nicht hören will, muss fühlen.

Mein Vater kommt Punkt zwanzig nach eins aus der Firma. Die Hunde führen ein wahres Spektakel auf, etwa so, als wäre er gerade aus zehnjähriger Kriegsgefangenschaft heimgekehrt. Um Punkt halb zwei gibt es Mittagessen. Bleiben exakt zehn Minuten für die tägliche Dosis an allgemeiner und politischer Bildung. Mein Vater verschwindet mit der Bild-Zeitung auf dem Klo. Ich sitze auf meinem Zimmer, habe ihn durch mein Fenster, welches zur Vorderseite des Hauses zeigt, kommen sehen, habe den elektrischen Summer beim Öffnen des Gartentores gehört, weiß, dass jetzt der schlimmste Teil des Tages kommt, das gemeinsame Mittagessen, und wünsche, es wäre alles schon wieder vorbei. «HändewaschenHaarekämmenEssenkommen!», brüllt es zu mir herauf. Gottergeben schleppe ich mich ins Bad, lasse ein bisschen Wasser – nicht zu viel – über meine Hände laufen, fahre mir mit dem Kamm trübselig durchs Haar und stolpere die Treppe runter zum Schafott.

Dann sitzen wir am Tisch, dem Ort des täglich wiederkehrenden Grauens. Hedi hat gekocht.

Das tut sie jeden Tag, denn das ist sie ihren Qualifikationen schuldig. Immerhin hat sie Hotelfach studiert, gelernt, wie man Gemüse putzt, Pasteten backt und Angestellte schikaniert, parliert leidlich perfekt in Französisch und Englisch mit kräftigem bayerischen Einschlag und weiß einfach, wie man jeden Laden schmeißt. Mein Vater ist von ihrer Fähigkeit, ihm Unangenehmes vom Hals zu halten, höchst angetan, und unangenehm ist so ziemlich alles, was auch nur im Ansatz einen Konflikt verspricht.

«Kindergarten. I find, des is a gute Idee, wennsd jetzat amal in an gscheiten Kindergarten gehn tätst. Des kann ja net so weitergehn mit dir. Morgn früh gemma glei hin.»

Ich höre nur mit halbem Ohr und mäßig interessiert zu, während ich mit einer faustgroßen Kartoffel kämpfe, die Hedi mir fürsorglich zugeteilt hat. Ihr Tonfall ist einigermaßen freundlich, und ich denke automatisch, sie spricht mit meinem Vater. Ich bin zwar einen kurzen Moment irritiert, dass er ab morgen einen Kindergarten besuchen soll, aber wer weiß, vielleicht gehört das auch zu den Neuerungen in unserem Tagesablauf. Unergründlich und geheimnisvoll sind die Wege der Hausfrau.

«Ja, Liebschen, dat is e ne jute Idee. Un? Wat is? Freuste disch nit?»

Wie bitte? Meine Kiefer unterbrechen ihren monotonen Mahlprozess. Da stimmt was nicht. Ich hebe den Blick von der massakrierten Kartoffel und sehe in die stahlgrauen Augen meines Vaters, der mich genüsslich kauend ansieht. Das muss ein Irrtum sein. Ich schaue nach links, zu Hedi, die ein Stück Fleisch aufspießt, als wenn nichts wäre.

«Isch han disch jet jefraacht.»

«Würdst jetzat dem Papi vielleicht amal antwortn, wennsd was gfragt wirst?!»

Mich rührt der Donner. Ich? Die meinen mich! Ich soll in den Kindergarten! Weg von zu Hause, weg von den vertrauten Ohrfeigen, Kopfnüssen, Schimpforgien und anderen lieb gewordenen Gewohnheiten? Statt einer Antwort quellen strohiger Kartoffelbrei aus meinem halb offenen Mund und heiße Tränen aus meinen ungläubigen Augen. Verrat, glatter Verrat! Mein Urvertrauen – wenn schon nicht in die Menschheit, so doch wenigstens in die Beständigkeit der mich umgebenden Verhältnisse – ist erschüttert.

«Kannst mir vielleicht amal sagn, warumsd jetzat flennst? Des gibt's ja net, glaubst' des!»

Genervte Fassungslosigkeit linkerseits, ein moderateres «Wat jibb et denn da ze krieschen?» von gegenüber.

Die Weißhaube – sie darf als Einzige vom Personal bei uns am Tisch sitzen, die anderen reißen das Wild und verschlingen die Brocken in der Küche, da, wo sie hingehören – entblödet sich nicht, sich bei dieser Gelegenheit loyal zu zeigen. Allerdings mit der Falschen.

«Jetzt freu dich doch, das wird dir gefallen mit all den anderen Kindern!», heuchelt sie los.

Nichts wird mir gefallen, Angst habe ich! Sie hätte mir ebenso gut vorschlagen können, unbewaffnet in ein Giftschlangenterrarium zu klettern. Fremde Kinder. Was werden sie mit mir machen? Wilde Phantasien rasen durch mein Hirn. Die Anzahl meiner Begegnungen mit Altersgenossen tendiert gegen null. Ich werde mich mit ihnen bekannt machen müssen. Wie geht das? Gibt man sich die Hand und sagt einfach Guten Tag, oder wie? Ich verbringe den Rest des Mittagessens (zwei Stunden Rahmgulasch, Kartoffeln und Gemüse) abwechselnd mit Heulen und Grübeln. Den ganzen Nachmittag und Abend gehe ich auf die Jagd nach Informationen Eingeweihter, also Menschen, die einen Kindergarten von innen und andere Kinder von nahem gesehen haben. Die Ergebnisse meiner Bemühungen sind spärlich. Am Abend beim Einschlafkampf mit Omis Spieluhr ziehe ich ein erstes Resümee: Wahrscheinlich werden sie mich beißen.

Der Tag danach. Nach glücklich überstandener Toilette und dramatischen Frühstücksszenen stehe ich gestriegelt und mit einer scheußlich bunten Umhängetasche behängt, aus der ein Pausenbrot müffelt, zum Abtransport bereit. Hedi erscheint dynamisch, mit frisch bemaltem Mündchen und blau schattierten Lidern, in der Diele. So was lässt sie sich nicht nehmen, derartige Angelegenheiten erledigt sie selbst. Die Autoschlüssel klimpern zu allem entschlossen in ihrer kleinen Hand. Ihr Körper spricht zu mir: Es gibt kein Entkommen. Sinnlos. Versuch's erst gar nicht. Du wirst auf der Flucht erschossen.

Die Autotür wird geöffnet. Ich steige ein.

Hedi ist katholisch. Mein Papi ist katholisch (glaub ich jedenfalls). Ich bin katholisch. Das Rheinland ist katholisch. Schwarz verhängte Menschen unidentifizierbaren Geschlechtes versperren mir den Weg und richten das Wort an mich.

«Du bis also de Thea. Ja dann komm mal her. Wir werden uns bestimmt jut verstehen.»

Nein, werden wir nicht. Keine Chance. Jedenfalls nicht, wenn das hier überall so riecht. Ich stehe in Mantel und Mütze (kratzt), behängt mit dem blöden Brotbeutel, in einem stinkenden Vorraum, in dem an Schneewittchen-, Dornröschen- und Gestiefelter-Kater-Kleiderhaken Unmengen von Kinderklamotten baumeln. Der vertraute Turnhallenmief mischt sich mit neuen Wohlgerüchen aus Kinderschweiß, alten Pantoffeln, vertrockneten Käsebroten und verpinkelten Unterhosen. Ich taste verzagt nach Hedis Hand, die sie sofort unwirsch abwehrend zurückzieht.

«Jetzat lass des doch amal, was fummelst denn dauernd an mir rum!»

Das von schwarzen Stoffmassen umschlossene bleiche Oval über mir spendet beruhigende Laute:

«Lassen se nur, dat jibt sich hier schnell. Na, dann komm mal mit.»

Das schwarze Zelt setzt sich in Bewegung und zieht mich mit. Hedi bleibt fröhlich zurück, eine gemütliche Einkaufstour nach Köln in Aussicht, während ich in dieser Grotte vermodern soll.

«Und dassd di fei schickst, ge?», tönt es mir nach.

Allein unter Kannibalen. Ich stehe paralysiert in einem herbstlich feuchtkalten Garten, vor mir Sand, Laub, eisernes Klettergerüst, um mich herum infernalisches Gebrüll, zu einzelnen Prügeleinheiten verknäulte Kinder rollen fauchend an mir vorbei. Wieder andere meiner Altersgenossen beschmeißen sich verbissen mit Sand und schlagen sich Schaufeln und Förmchen um die Ohren. Vor mir aus dem Erdreich wächst ein verdrecktes Kind auf mich zu.

«Wie heißt du?», plärrt es mich an.

Meine Zunge liegt wie verfaultes Laub in meinem Mund. Beharrlich insistiert meine Mitgefangene auf der Beantwortung ihrer Anfrage.

«Ey, hörmma, wie heißt du?!»

«Hhhrrmpf ...»

Dann setzt meine Erinnerung aus.

Schwach erkennbare Bilderfetzen gleiten an mir vorbei: Ich bin der Mittelpunkt eines Karussells, die Nabe in der Radachse, der ruhende Punkt. Um mich herum dreht sich alles, schneller und schneller. Fest verankert auf der Stelle drehe ich mich mit, nur viel langsamer. Außerhalb von mir wirbelt es. Bunte Pullover, Kopftücher, Mützen, Schals, rote Backen, Milchzähne blitzen in Pausenbroten. Etwas Schwarzes hat meine Brottasche geöffnet und mir etwas in die Hand gedrückt. Ich weiß nicht, was ich damit machen soll.

Ich sitze zusammengesunken im Eingangsflur, dem mit den Kleiderhaken, auf einer langen Bank. Ich bin allein. Es riecht. In meinen Händen halte ich das Etwas, eingewickelt in Pergamentpapier. Noch immer weiß ich nichts damit anzufangen. Von irgendwoher dringen Stimmen zu mir herein. Wo bin ich? Um meinen Hals baumelt der Brotbeutel. Ich habe immer noch meinen Mantel an.

Eine Tür geht auf, jemand tritt zu mir in den Flur. Meine Beine schlenkern über dem schrammigen Linoleumfußboden vor und zurück. Das Ding in meinen Händen ist warm und zerdrückt. Auf dem Pergamentpapier erscheinen Fettflecken.

«Du hast ja noch jar nichts jejessen. Das jeht aber nicht. Die anderen Kinder sind schon alle fertich.»

Welche anderen Kinder? Aus dem Pergamentpapier quillt Leberwurst. Meine Füße führen ein Eigenleben. Die Absätze meiner Schuhe knallen an die Wand unter der Bank. Meine Fersen tun weh.

«Willste immer noch nich mit reinkommen? Die anderen Kinder sind am Spielen.»

Ich will nicht spielen. Ich will, dass dieser Albtraum aufhört. Ich muss aufs Klo. Aber ich kann anhalten, ganz lange. So lange, bis mich einer hier rausholt. Meine Mami soll kommen.

Meine Mami kommt. Ich weiß nicht, wie viele Stunden ich in dem stinkenden Flur gesessen habe. Die Türen gehen auf, und aus den Räumen ergießen sich Wesen mit wilden Bewegungen, die schreiende Laute ausstoßen. Sie entern die Bank, auf der ich sitze, und begraben mich unter herabfallenden Mänteln und Jacken. Durch die Eingangstür kleckern Menschen. Sie sind groß und machen freundliche Gesichter und sagen:

«Na, Rita, wie war et? Häste schön jespielt? Wat häste denn mit dinge Pullover jemacht? Nä, jetz hät dat Blag schon widder en Loch, nä!»

In mir regt sich Interesse. Wo bleibt die Kopfnuss? Stattdessen schmiegt sich Rita, dat Blag, meine Konversationspartnerin aus dem Freigehege, grinsend an die mütterlichen Rockschöße und lässt sich von einem verrotzten Kleinkind begrapschen, welches augenscheinlich hocherfreut ist über Ritas Anblick. Auch Rita selbst scheint Gefallen an dem verschmierten Gnom zu finden, denn sie kneift ihn in den Bauch und gibt ihm, igitt!, einen Kuss auf die Backe.

Aber jetzt kommt meine Mami. Jetzt wird alles gut. Ritas Sippe weicht geblendet vor der ganzen Pracht, die jetzt den Stinkeflur erstrahlen lässt, zurück. Im blauen Ensemble (Kleid und Mantel passend!), frisch onduliert und pömpsbewehrt stöckelt Hedi in unsere Mitte und sieht mich nicht. Indessen steuert eine Schwarzhaube auf sie zu und nimmt sie wichtigtuerisch beiseite. Ich rutsche mit gespanntem Blasenmuskel von der Bank und gehe steifbeinig auf meine Retterin zu.

«Hallo, Mami», melde ich mich leise in ihr Leben zurück.

«… wirklisch Leid, aber dat Kind … also, isch weiß nich, so wat hab isch noch nit erlebt, … vielleisch noch nit reif … hat keinen Zweck, Frau Joldmann, et tut mer wirklisch Leid …», dringt es bröckchenweise an mein Ohr.

Meine leberwurstglänzenden Finger suchen Hedis Hand.

«Mami, gehn wir jetzt?»

Meine Mami hat mich nicht mehr lieb. Hedi straft mich tagelang mit spotttriefender Verachtung. Ihren ersten Superauftritt hat sie beim Mittagessen nach unserer von tödlichem Schweigen begleiteten Heimfahrt, während der ich kurz vor unserer Ankunft noch schnell in die Hose mache. Die beigefarbenen Lederpolster ihres aktuellen Sportwagens haben nur ein ganz winziges bisschen gelitten, für Hedi die Krönung meines kompletten Rundum-Versagens. Ich denke noch angestrengt darüber nach, welch übergroße Schuld ich auf mich geladen habe, als sie meinem Vater brühwarm die Tragödie einschenkt.

«Des hat koan Zweck, hat's gsagt, kannst dir des vorstelln? Net amal mit andre Kinder kann's spieln, wenns daheim scho nix gscheits fertig bringt! Glaubst des!»

Ihre fassungslose Empörung lässt mich verzweifeln. Was soll ich bloß machen? Üben? Ja, wie denn? Neulich, als ich so schön mit meinen Puppen gespielt und ihnen die Haare geschnitten habe, da war's auch wieder nicht recht. Verhauen hat sie mich und gesagt, ich sei blöd, und dass man mich ja überhaupt nicht allein lassen könnte und dass ich zu dämlich sei, um überhaupt irgendetwas zu kapieren. Der Schwall ihrer Worte rauscht an mir vorbei direkt auf meinen Vater zu, der mich von seinem Platz aus mustert. Ich muss einer wirklich seltenen Spezies angehören, denn er guckt, als hätte er mich noch nie gesehen.

«Ja, dann hat dat wohl keinen Zweck, ne, Liebschen? Dat määt ja eijentlisch nix. Wenn se in de Schol kommt, dat reisch ja auch noch.»

Ich wage nicht, die Botschaft zu glauben, die ich seinen Worten entnehme. Heißt das vielleicht, ich muss nicht mehr …? Sein Gesichtsausdruck erteilt mir keine eindeutige Auskunft über den Grad seiner Verärgerung, aber ich finde, er sieht eigentlich nicht besonders sauer aus. Eher interessiert, so wie man an Labormäusen interessiert ist, wenn sie erste Anzeichen einer grauenvollen Krankheit erkennen lassen. Ein mulmiges Gefühl breitet sich in mir aus. Was geschieht hier, was haben sie mit mir vor? Warum sieht mein Vater so komisch aus, warum ist er nicht endlich richtig böse oder enttäuscht oder irgendwas anderes, aber wenigstens irgendwas? Auch Hedi hat wohl etwas mehr erwartet, mürrisch türmt sie ihm Gemüse auf den Teller, und grantig gönnt sie sich erst mal ein Bier. Ich warte auf die

Dinge, die da doch noch kommen müssten. Aber sie kommen nicht. Nichts kommt. Wir essen.

Das war mein erstes und einziges Gastspiel in einem katholischen Kindergarten.

Die Weigerung meines Vaters, meine Kindergartenphobie ausreichend schrecklich zu finden, kommt mir in ihrer ganzen Tragweite zu Bewusstsein, als bezüglich meines Mangels an Umgang mit Gleichaltrigen anderweitig Abhilfe geschaffen wird. Dummerweise habe ich angenommen, dass ich das lästige Kapitel meiner Sozialisation abhaken kann. Ich habe mich geirrt. Hedis teuflisches Hirn hat schon wieder ein anderes heimtückisches Geschenk für mich ersonnen. Dem jedoch geht erst einmal ein ordentlicher Anlass voraus.

Urplötzlich werde ich nämlich liebevoll von Hedi umgarnt, was mich in hellen inneren Aufruhr versetzt. Meine Mami hat mich lieb? Meine Mami sorgt sich gar um mich? Unversehens werden mir all die Genüsse zuteil, nach denen ich mich süchtig sehne, ich werde freundschaftlich von ihr des Nachts zu Bett geleitet, sie zieht mir auch höchstselbst die Marterspieluhr auf und wünscht mir eine gute Nacht … Mein Kinderherz schlägt einfach glücklich.

Die wunderbare Zeit der Mutterliebe währt etwa einen Tag und eine Nacht. Am nächsten Morgen nämlich werde ich herzlos früh aus seligen Träumen gerissen und schon mit einem hübsch gepackten Kinderköfferchen erwartet.

«So, Thealein, jetzt fährst du ins Krankenhaus, da wirst du dann schön schlafen, und der Onkel Doktor holt dir da was aus dem Hals.»

So spricht die Weißhaube. Und schon sitze ich, flankiert von Mami und gefahren von Papi im schönen Cadillac, und alle vier werden wir auf der Fähre über den Rhein geschaukelt, dass selbst ein nüchterner Magen sich kräftig bäumt. Das ist aber nichts gegen die Verrenkungen, die sich in meiner Seele abspielen. So einträchtig beisammen sind wir nur, wenn wir von einem Besuch bei Omi und Opi aus Köln zurück nach Hause fahren. Aber dann ist niemand ganz besonders nett zu mir, warum auch. Doch jetzt! Welch wundersame Wandlung! Ich dränge mich an Hedi, und Hedi hält meine Hand! Und mein Vater schaut angelegentlich in den Rückspiegel und lässt sein graues Auge gefällig auf uns ruhen. Mein Herz ist misstrauisch eingekniffen, wie ein Hundeschwanz beim Tierarzt. Schlafen … Es bohrt nachhaltig in meinem Schädel. Ich bin gerade aufgestanden. Es ist Vormittag. Jetzt schlafen? Und Krankenhaus? Krank? Wer ist krank? Ich nicht. Ich bin nicht krank. Ich war noch nie krank. Mir ist nur schlecht.

Ich habe allen Grund.

Es riecht beißend. Ein Mann mit einem Stirnreif auf dem Kopf, an dem ein rundes, spiegelndes Ding mit einem Loch in der Mitte klemmt, sieht auf mich herab. Er hat einen weißen Kittel an, wie unsere Putzfrau. Man plaudert entspannt.

«Na, Theachen, da biste ja widder. Jetz wolln wer mal sehn, wat der Onkel Dokter für disch tun kann.»

Er klappt das Spiegelding vor sein Auge, sodass er genau durch das Loch guckt, und beugt sich zu mir runter. Ich mache einen entsetzten Sprung nach hinten, aber mein Vater steht hinter mir und hält meine Schultern fest. Das soll eine beruhigende Wirkung auf mich ausüben. Ich bin mittlerweile ungefähr so ruhig wie ein Schwein im Schlachthof. Wo, um alles in der Welt, hab ich diesen Augenklappenmann schon mal gesehen? Was will er von mir? Warum wirft mein Vater mich nicht einfach über die Schulter und rettet mich? Stattdessen schiebt er mich auf Käptn Hook zu, der seinen Haken nach mir ausstreckt und mich dämonisch angrinst. «So, Theachen, jetz sach mal schön aaaa. De Mund janz weit aufmachen. Na, wat is, willste nit?»

Ich drehe den Kopf hilfeheischend zu meinem Vater nach

hintenoben, stahlgraue Augen beamen kühl auf mich hernieder. Hedi hält sich bisher noch vornehm im Hintergrund, doch jetzt ist ihr Auftritt gekommen: «Jetzt sperrst amal dein' Mund auf, der Onkl Dokter kann ja sonst gar nix sehn!»

Und da, da fällt mir alles wieder ein! Reingelegt, sie haben mich reingelegt! Käptn Hook war bei uns zu Hause, jawohl, wir haben zusammen gegessen, das heißt, er hat gegessen, und ich habe Stroh gewälzt. Ich musste den Rachen aufsperren und aaa sagen, genau wie jetzt. Aber er hat dieses blöde Spiegelding nicht aufgehabt und sah überhaupt ganz menschlich aus. Da muss es passiert sein. Sie haben mich an ihn verhökert, oder warum soll ich immerzu den Mund aufmachen wie Papis Pferde, wenn sie verkauft werden!

Die Tränen rinnen in meinen aufgesperrten Schnabel.

Ich werde nicht verkauft. Im Ausgleich dazu werde ich geschlachtet. Inzwischen hat nämlich die Ratlosigkeit über meine Appetit- und Antriebsstörungen ihren Höhepunkt erreicht, und Hedi ist von unbezähmbarer mütterlicher Sorge ergriffen. Nach eingehender Untersuchung kommen unser empfindsamer Kinderarzt (der mit den Duschbädern) und die Hals-Nasen-Ohren-Koryphäe der Bonner Universitätsklinik (wer den Mächtigen der Republik das Schmalz aus den Ohren spült, bei dem ist auch für uns gut heilen lassen!) einmütig zu folgender Diagnose: In meinem Hals befinden sich einige Wucherungen, die dort den Eingang für all die Leckereien versperren, welche doch den Weg in meine unterversorgten Därme finden sollen. Ein klares Indiz für meinen mangelnden Spaß an der Nahrungsaufnahme und Grund allen Magerkeitsübels. Und so wird kurzerhand das Urteil über die armen Knorpelchen, Mandeln genannt, gefällt und beschlossen, sie von mir zu trennen. Ob ich mich auch von ihnen trennen will, ist nicht Gegenstand der Verhandlung.

Weiß. Eine milchig trübe Hand wedelt vor meinen glasigen Augen. Es riecht scheußlich. Ich liege. Etwas Weißes liegt auf mir drauf.

Jemand sagt: «Bist du die Thea?», und schüttelt mich. «Du darfst nicht sprechen, pscht! Nick mal, wenn du mich verstanden hast!»

Mein Mund ist trocken. Ich schlucke, und ein eiskalter Schmerz zischt durch meinen Hals. Sie haben mir die Kehle durchgeschnitten. Ich ziehe die weiße, weiße Decke über meinen Leichnam und lasse mich zwei Tage lang nicht blicken.

Irgendwann geht die Tür auf. Ich liege fest vermauert unter der Decke und atme nicht. Ich bin tot. Niemand wird mich hier finden. Plötzlich wird es hell und kalt. Ich ziehe verzweifelt an einem Zipfel und versuche mich zu verkriechen, aber etwas anderes zieht beharrlich am anderen Ende und bleibt Sieger.

«Schau mal, du hast Besuch. Jetzt kannste doch mal rauskommen!»

Ich wage ein Blinzeln, die Decke habe ich wieder in meinen Besitz gebracht. Ich habe eine Erscheinung. Mein Vater und Hedi stehen von einer leuchtenden Aura umstrahlt in der Zimmertür und kommen milde lächelnd auf mich zu. «Na, Thealein, wie jeht et der denn?»

Ist dies die Stimme meines Herrn? Spricht so mein Vater? Sprachlos staunend, die Decke bis zum Kinn gezogen, schaue ich ihn an. Und Hedi wendet sich besorgt an eine weiße Kittelfrau: «Hat's scho was gessn?»

So viel Freundlichkeit auf einmal treibt mir sofort die Tränen in die Augen, und meine Hände klammern sich unversehens an meines Vaters Jackettschöße.

«Ich möchte nach Hause. Ich will nicht hier bleiben …», jaule ich auf.

Sofort setzt Hektik auf Seiten der Weißgewandeten ein.

«Nicht sprechen! Das darfst du nicht! Dann wirst du ganz krank!»

Ach, was wisst ihr schon! Die Eltern ziehen sich vornehm zurück.

Türen öffnen und schließen sich. Weiße Damen klappern durch das weiße, weiße Zimmer. Ich riskiere einen klitzekleinen Blick. Sie tragen Tabletts mit Speiseeis. Und Suppe. Ich liebe Eis. Ich hasse Suppe. Zu Lasten des Eises verweigere ich jede Brühe. Nach drei Tagen bin ich ziemlich schwach.

Neben mir ist noch ein Bett. Darin liegt ein Kind. Das Kind will mit mir sprechen. Ich bin vor Angst erstarrt. Das Kind hat eine Oma, die die ganze Zeit neben ihm sitzt. Sie spielen Quartett, und die Oma verliert immer. Das Kind hat nicht nur dauernd Besuch, sondern auch einen Beinbruch, und muss acht Wochen im Krankenhaus bleiben. Mir wird schwarz vor Augen.

Ich werde nach fünf Tagen entlassen, nachdem mein Vater einmal und Hedi fünfmal da war. Es ist nicht gelungen, mir auch nur einen halben Löffel Suppe einzuflößen, sodass man, um meinen Hungertod zu verhindern, mir schließlich gestattet, mich vier Tage lang von Erdbeereis zu ernähren. Der liebe Onkel Professor hat mir die Mandeln entrissen, um meinen Appetit zu steigern. Jetzt können alle froh sein, dass ich höchstens ein Drittel meines mäßigen Gewichtes eingebüßt habe. Beim Verlassen des gemütlichen Ambientes muss ich gestützt werden.

Dies alles ist jedoch nur Vorgeschichte und Anlass für die eigentliche Prüfung, die von Hedi ausgekocht noch auf mich wartet. Als ich nämlich nichts ahnend zu Hause meine Alltagsgeschäfte wieder aufnehmen, die Weißhaube und Friderike quälen, meine Puppen verhauen und Ameisen zertreten will, da überfällt mich gleich die nächste frohe Botschaft. Nach all den überstandenen Operationsstrapazen braucht das Kind Erholung. Unbedingt. Am besten sofort. Und da das Kind ja so kontaktscheu ist, wäre es doch schlau, gleich das Notwendige (körperliche Stärkung) mit dem Nützlichen (innere Festigung) zu verbinden. Was liegt also näher, als mich in einen Teil der Welt zu verschicken, der weit genug entfernt ist, um mich besuchsfrei zu halten und fremden Schreihälsen auszuliefern!

Bad Wörishofen. Ein weiterer prinzipienfester Standort katholischen Wirkens. Die Fahrt im Cadillac, flankiert von Hedi, gesteuert von Papi, ist wohlvertraute Szenerie. Bedauerlicherweise lässt mein Angstzentrum sich davon nicht einschläfern, sondern zeigt stattdessen die ebenfalls wohlvertrauten Reaktionen. Ausgiebig bekotzt und ordentlich verheult treffen wir im katholischen Kinderheim «Sankt Bonifatius» ein, und nach einer von saftigen bayrischen Flüchen begleiteten Reinigungsaktion Hedis werde ich solchermaßen präsentabel einem flügelbehaubten Schwarzkittel vorgestellt.

«Du bisch etz alsso die Thea …»

Kehlen gluckern und grunzen, Lippen schmatzen, verstopfte Nasen schnaufen und rotzen. Ich liege mit weit offenen Augen und wittere in die riesige Dunkelheit. Ich höre wimmerndes Schluchzen. Heute gab es Post. Ich habe ein Paket bekommen. Zum Nikolaus. Ein großes Paket. Unmengen von Kindern stehen mit tellergroßen Augen drumherum, als ich es öffne. Keines hat je solch ein Paket gesehen, geschweige denn eines bekommen. Zimtsterne, Nüsse, ein Kuchen, Mandarinen, Schokolade, Lebkuchen, ein Nikolaus und, und, und. Die Nonne verteilt den Inhalt. Gierige weiße Arme strecken sich danach aus. Die Gesichter der Kinder, eine einzige Masse aus weißen Flächen, dunklen Punkten, senk- und waagerechten Strichen. Die wogende Kinderkrake verschlingt alles bis zur letzten Printe. Ich stehe daneben und sehe zu. Am Ende halte ich eine Tüte Gummibärchen in den Händen. Haribo macht Kinder froh.

Ich horche. Das Schluchzen wird lauter. Gummibärchen.

Eine Tüte Gummibärchen ist alles, was ich aus meinem Paket bekommen habe. Ich sehe, wie Friderike den Kuchen backt, ich sehe, wie Hedi alles einkauft und packt und wie sie sich vorstellen, was ich beim Auspacken für ein Gesicht mache. Ich sehe, dass sie mir eine Freude machen wollen. Und jetzt habe ich sie enttäuscht, ich habe gar nichts bekommen von den liebevollen Gaben, alles ist bei wildfremden Kindern gelandet, Wesen, die sie noch nie gesehen haben, mit denen sie nichts verbindet ... Ein Lichtschein fällt in den riesigen Raum, der voll gestellt ist mit Eisenbetten, Gitter an Gitter, und wirft einen grausamen Strahl auf die Schlafsaaltristesse, deren Teil ich bin. Schritte, eine verhüllte Gestalt kommt näher, blickt auf mich herab:

«Jetz hörscht mal auf zu heule, du weckscht ja die andere Kinder. Die brauchet auch ihren Schlaf.»

Ich werde krank. Eine sehr heftige, stark fieberhafte Grippe wirft mich für den zweiwöchigen Rest meiner Kur aufs Schlafsaallager. Bleich und mit hohlen Wangen kehre ich nach Hause zurück. Aus dem von Hedi erhofften und geplanten fröhlichen Programm «Thea-wird-von-anderen-Kindern-verhauen-schlägt-zurück-und-wird-ein-wertvolles-Mitglied-der-Gesellschaft» ist wieder nichts geworden.

Im Speicherzentrum meines Gehirns sind sämtliche übrigen Erinnerungen an meinen Wunderkuraufenthalt gelöscht. Doch nun heißt es die verbliebenen Kräfte bündeln, denn jetzt naht Weihnachten.

4

Ich bin ein ausgesprochen begabtes Kind. Das zeigt schon meine erstaunliche Fähigkeit, den unseren Haushalt belebenden Variationen deutscher Sprache heroisch mit astreinem Hochdeutsch entgegenzutreten. Es handelt sich bei der Entwicklung dieses Sondertalents um einen reinen Fluchtmechanismus aus der babylonischen Sprachverwirrung, die mich täglich umbrandet. Und die Gier nach Liebe entfesselt jene Fähigkeit, die mir erlaubt, chamäleonhaft in jeden der angebotenen Dialekte zu verfallen. Das hat auf die Dauer den Vorteil, in unbehaglichen Situationen, fremden Ländern und bei bayrischen Toilettenfrauen den Inländerbonus geltend machen zu können, im Gegensatz zu eventuellem Punkteabzug für Zugereiste. Einen Ort jedoch, finster wie die Hölle, gibt es, an dem all meine genialische Sprachgewandtheit mich regelmäßig im Stich lässt. Dieser Ort befindet sich direkt vor dem Weihnachtsbaum.

Meinen frühesten Auftritt habe ich im Alter von vier Jahren, als mir – die ich jetzt der Sprache mächtig bin – erste Kostproben bedeutender Dichtkunst nahe gebracht werden. Von da an rutsche ich jedes Jahr ab Ende November nachmittags unbehaglich auf dem Schoß einer vom Ehrgeiz zerfressenen Weißhaube herum, die mir immer wieder denselben unverständlichen Kram vorbetet: «Denkt euch, ich habe das Christkind gesehn …»

Ja, denkt nur! Und dabei blättert sie vor meiner Nase die Seiten eines Bilderbuches um, in welchem ein goldlockiges Speckbaby mit einer rostroten Nase und blutrotem Schnütchen inmitten eines grotesk verschneiten Tannenwaldes einen enormen Sack hinter sich herschleift. Zu all dem Irrsinn ist dieses Teufelsgör auch noch barfuß! Dabei lauert nicht etwa hinter dem nächsten Baum seine Mutter oder wenigstens eine Weißhaube, um im geeigneten Moment hervorzuspringen, mit den Füßen aufzustampfen und es wegen seines bodenlosen Leichtsinns und grenzenlosen Ungehorsams ordentlich zu vertrimmen. Nein, im grünen Tann herrscht nur eitel Freude über dieses gelungene Menschenkind. Die Eichhörnchen winken, die Vöglein fliegen voran, dem Fliegenpilz gefriert das Gift in den Adern vor so viel Güte in den veilchenblauen Augen. Ich platze vor Neid über die gewaltig dehnbare Toleranzgrenze der handelnden Figuren, und das ist der Grundstein zu einem wahrhaft verkrampften Verhältnis zwischen mir und diesem Ersatzerlöser. Irgendwie geht mir so viel Gutsein auf die Nerven. Ich spüre instinktiv, dass ich da nicht mithalten kann, zumal es mir schon wieder in den Füßen juckt, dieselben einfach mal angelegentlich gegen das unter mir befindliche Weißhaubenschienbein prallen zu lassen. Aber nicht nur das verhindert einen unbeschwerten Umgang mit dem holden Kind. Es hat nämlich auch noch Locken! Blonde! Und ich habe mausbraunfarbene Schlabbersträhnen. Einfach ungerecht! Mag es nun an der Schlichtheit meiner rheinischen Seele, die den Weihnachtsmann bevorzugt, oder an meiner inneren Abwehr gegen Hedis bayerische Christkindlherzigkeit liegen, jedenfalls stehe ich mit der unübersichtlichen Reimlandschaft von «Denkt euch … usw.» mächtig auf Kriegsfuß. Kaum habe ich mich so richtig schön eingeleiert und wähne mich in Sicherheit, da wechselt doch dieses vermaledeite Biest (ich identifiziere das Christkind als Täter, nicht etwa den Dichter, bewahre!) mir nichts dir nichts das Reimschema, und schon hänge ich wieder.

Aber es hilft alles nichts. Ich kriege keine süffigen Jamben oder geländegängigen Hexameter, und der Tag, da Omi und

Opi aus Köln anreisen und ihr Gedicht geliefert kriegen wollen, rückt unaufhaltsam näher.

Während ich mich noch heillos in des Dichters Zeilen verheddere, nimmt das alljährliche Ritual der perfekten Weihnachtsinszenierung seinen Lauf. Es beginnt damit, dass Hedi sich im Oktober die neuesten Katalogausgaben der soliden deutschen Versandhausunternehmen «Quelle», «Neckermann» und eventuell noch «Otto» kommen lässt, um darin für den Gabentisch ihrer Angestellten aus dem Vollen zu schöpfen. So dürfen sich Friderike, die Weißhaube, die Putzfrau und später auch Corazòn alle Jahre wieder über bezaubernde karierte Hauskittel (wochentags rosa, sonntags blau), aparte Twinsets oder zu große Kleider freuen. Auf jeden Fall schenkt Hedi reichlich, häufig sind auch mal zwei oder drei Kittel drin, und ein Kleid gibt's obendrein. Nach erfolgter Bestellung widmet sie sich dann den Bedürfnissen der uns nahe stehenden Betriebsangehörigen, denn es gehört zu den Gepflogenheiten unseres anständigen Kapitalistenhaushalts, dass wir die uns anvertrauten Arbeitskräfte an den Krumen unserer reich gedeckten Tafel beteiligen. Hedi deckt sich beim ortsansässigen Getränkedienst mit Spirituosen, im nächsten Großhandel mit Konfekt und via Katalog mit dem einen oder anderen tragbaren Teil für die Ehefrauen ein und zieht sich dann in das vorübergehend zum Weihnachtsbazar umfunktionierte Gästezimmer zurück. Dort werkelt sie in aller Stille mehrere Wochen vor sich hin. Eine recht schöne Zeit, denn während sie derart ausgefüllt ihr Tagewerk verrichtet, bewege ich mich außerhalb ihres Einzugsgebiets. Hin und wieder treibt mich dann doch die Neugier vor das zu kleine Schlüsselloch, und ich kriege mehr als einmal die sich unvermittelt öffnende Tür an den Schädel und gleich darauf noch eine Kopfnuss hinterdrein. Aus diesen bewegten Zeiten stammt auch Hedis Lieblingsantwort auf meine verzagten Fragen nach dem Inhalt zahlloser Plastiktüten:

«Mamiiieee, was isn da drin?»

«Die Neugierde mit dem langen Schwanz!»

Worauf ich mir einen lang gestreckten, schwarzen und bissigen Kater vorstelle, der mich anfällt, sobald ich mich nähere. Was mich wundert, ist, dass Hedi von ihm verschont wird. Mein Respekt vor ihr wächst erneut.

Mittlerweile ist in dem Gästezimmer vor lauter Paketen, Tüten, Bändern und Einwickelpapier kein Durchkommen mehr, täglich werden neue gigantische Versandhauskartons vom Paketpostboten herbeigeschleppt und verschwinden stapelweise in Hedis Reich. Ich berste vor Neugierde, will aber nicht in den Verdacht geraten, ich hätte es nur auf Geschenke abgesehen. Es ist nämlich so, dass, je mehr ich an Heiligabend zu erwarten habe und je teurer und überwältigender meine Geschenke ausfallen, ich desto heftiger darauf hingewiesen werde, was für ein undankbares, verwöhntes und überhaupt unmögliches Gör ich sei. Es fällt mir zwar schwer, daraus die richtigen Zusammenhänge und die entsprechenden Schlussfolgerungen abzuleiten, aber ich habe begriffen, dass es günstiger ist, die Geschenke zu kassieren – vorher peinlich darauf zu achten, dass auch alle kapiert haben, was ich haben will, damit am Ende nichts schief geht – und dann bei ihrem Empfang ein überwältigendes Freudengeheul anzustimmen, Hedi und meinen Vater zu herzen und zu küssen und so erkennen zu lassen, das hätte ich nie und nimmer zu erwarten gehofft!

Einen nicht gering einzuschätzenden Nachteil hat die ganze Geschenkekriegerei leider auch. Der angenehme Aspekt des Einheimsens wird von der austeilenden Fraktion als Akt der Gegenseitigkeit betrachtet. Man erwartet von mir Gleiches, wobei man speziellen Wert auf handgewirkte Teile zum Zeichen meiner Anhänglichkeit legt. Warum es allerdings von besonders großer Zuneigung zeugen soll, schiefe Topflappen, jeden ästhetisch empfindsamen Menschen beleidigende, selbst getöpferte

Aschenbecher oder handgeklebte Pferdemosaikbilder auspacken zu müssen, das bleibt mir leider verborgen. In dem Jahr, in dem ich mein erstes Weihnachtsgedicht zum Besten gebe, steche ich mir an einer mit blauem Garn im Kreuzstich zu bestickenden Tischdecke die Finger blutig. Hedis Anwesenheit bei uns ist nach knapp zwei Jahren noch vergleichsweise frisch, und um sie zu beeindrucken, treibt mich die Weißhaube in jeder Hinsicht zu Höchstleistungen.

Noch ist es aber ein Weilchen hin bis zum Ziel meiner Anstrengungen, und ich mühe mich weiter mit «Denkt euch ...», meiner Zusatzgabe an Hedi, Papi, Omi und Opi. In den Leerräumen zwischen meinen Lernaktivitäten bleibt noch überflüssige Zeit, die dringend mit anderen Prüfungen belebt werden muss. Zum Beispiel kann man auf dem Gartengrundstück des Firmengründers Alfons Berg mit der Weißhaube Kastanien sammeln, diese dann nach Hause schleppen und dort mittels Streichhölzern zu kleinen Männchen zusammenbauen. Das heißt, sie baut, und ich schmeiße nach erfolglosen Versuchen damit um mich. Ein ähnliches Schicksal ist den berühmten Apfelkernen bestimmt, die ich mir zwar liebend gern in Form einer Kette um den Hals schlingen würde, die sich aber äußerst heftig gegen meine ungeschickten Versuche wehren, sie zu durchbohren. Also: Ich schmeiße, sie bohrt. Es stellt sich relativ schnell und ziemlich unwiderlegbar heraus, dass handwerkliche Geschicklichkeit nicht eben meine starke Seite repräsentiert, eine Wahrheit, die in meiner künftigen Schul- und Lebenslaufbahn noch eine nicht unerhebliche Rolle spielen soll.

Endlich Heiligabend. In der großen Eingangsdiele zieht das Defilee der Blaumänner (Firmenschlosser, Tank- und Garagenwarte), weißen Overalls (Firmenmaler), Weißkittel (Versandvorarbeiterin) und Anzüge (Buchhalter, Prokuristen) vorbei. Hedi steht strahlend blond am langen, schmalen Dielentisch und verteilt die aufgetürmten Gaben. Erwachsene Männer, mindestens doppelt so alt wie sie, wischen ihre vorher ohnehin schon kalkweiß geschrubbten Hände unausgesetzt an der extra frischen Arbeitskleidung ab, während sie wie die Kettensträflinge in einer Reihe schrittweise langsam weiter nach vorne rücken. Ich drücke mich auf dem oberen Treppenabsatz herum und genieße die Sicht auf das Ganze. Ich bin fasziniert. Dieses Oben und Unten, das lässt den Adrenalinspiegel hinaufschnellen! Ich kenne all diese Männer. In ihren Werkstätten drücke ich mich herum, da, wo es nach Schmieröl und Farbe und auch schon mal nach Bier riecht. Dort erwacht mein zweites Ich, gierig auf der Suche nach den Wonnen der Gewöhnlichkeit. Bei ihnen will ich alles wieder gutmachen, die misslungene Verschwörung mit dem «Personal» zu Hause. Um den Preis von ein paar «So?'s» und anderer karger Zuwendung habe ich dort jede schon an Hedi verraten. Bei denen hier soll mir das nicht passieren, die sind geschützt, keine heimliche Gemeinheit soll unsere Gemeinschaft trüben!

So denke ich und weiß schon jetzt, dass es mir nicht gelingen wird. Ich werde sie verraten, den netten Schlosser, der mir später, als ich nach endlosen Torturen Rad fahren gelernt habe, meine kaputten Reifen flickt und mich nach wilden Stürzen zuerst tröstet und dann den Sattel wieder gerade biegt. Den Garagenwart, der dauernd unsere Autos wienert, obwohl die Firmenlaster zum Auftanken bei ihm Schlange stehen, und der auch besagtes Rad mal eben mitwäscht, wenn ich wieder keine Lust habe, meiner Reinigungsverpflichtung nachzukommen. Den Maler, der mein neues Zimmer so schön mit Schleiflack bestreicht, als Hedi im Veränderungsrausch kurzerhand mein altes Kinderzimmer dreiteilt. Sie alle werden von mir verpetzt, verpfiffen, reingelegt. Es ist und bleibt doch stärker als ich, das Gefühl, die Macht zu haben, oben zu bestimmen und unten zu genießen. Ich bin vier, dann sechs, dann zehn Jahre alt, und sie begleiten mich durch die Jahre, nachsichtig, freundlich, manchmal gekränkt, nie böse:

Ein paarmal bekomme ich Angst vor den Lügen, die ich selbst in die Welt gesetzt habe. Wenn ich dem Fahrer, der mich später jeden Tag zur Schule bringt, morgens um sieben eine Schnapsflasche im Auto und einen Vollrausch angedichtet habe, beides angeregt durch Hedis Nörgeleien über ihn und ihre Verdachtsmomente hinsichtlich seiner Alkoholfestigkeit. Es bleibt dabei: Mein Weg, ihr Ohr für mich zu öffnen, führt über Denunziation und Verleumdung, Herrschaftsgetue und Kriechertum. Denn ich weiß sehr wohl, wohin ich gehöre. Ich bin Thea, einziger Spross der Familie Goldmann, bedeutende Menschen, die Geschicke lenken und Dinge regeln, von denen andere nicht einmal im Traum gestreift werden! Jawohl, ich bin nicht einfach nur ein einzelnes kleines, unbedeutendes Kind, das beschimpft und geschlagen, eingesperrt und kalt abgeduscht wird! Ich bin mehr, ich bin eine ganze Dynastie! Ich bin der verlängerte Arm meines Vaters, meines Großvaters und seines Vaters, ich bin mächtig, ich sehe alles und höre alles, und ich weiß mit meinem Wissen und meiner Macht umzugehen! Zittert vor mir, niedere Kreaturen, werft euch zu Boden, wenn ich in eure Nähe komme, und huldigt, ja huldigt mir! Vergesst niemals, wer ihr seid und wer ich bin! Denn ich bin Thea, und ich werde es euch allen zeigen! Und damit fange ich, nachdem sich die Sträflingskolonne demütig und dankbar unter ihre eigenen bescheidenen Weihnachtsfichten verzogen hat, auch gleich an.

Mit feuchten Händen und bebenden Lippen sitze ich da, auf mein Zimmer verbannt, während unten im Wohnzimmer geheimnisvolle Geschäftigkeit ausgebrochen ist. Dort arbeitet Hedi mit Unterbrechungen (Defilee und Beschenkung der Betriebsangehörigen, Essen kochen etc.) bereits seit dem vergangenen Abend an der Inszenierung, die uns alsbald geboten werden wird. Vor Tagen schon haben die Betriebsgärtner eine edle Blautanne abgeliefert, über deren Qualität Hedi sich seitdem in regelmäßigen Abständen beschwert.

Die Stunde meines Einsatzes ist nah. Ich war vor Aufregung schon dreimal auf dem Klo und stammele unausgesetzt wirre Verse zur Vorbereitung auf meinen Auftritt. In meinem Rücken öffnet sich die Tür, und Hedi betritt den Raum. Noch bevor ich mich umdrehen kann, ertönt ein barsches «Mach amal dei Augn zu», ein Tuch legt sich von hinten über meine vor Schreck geschlossenen Lider und wird am Hinterkopf verknotet. Dann wird mir geheißen aufzustehen, Hedi knöpft mir den Faltenrock auf, streift mir den Pullover über den Kopf und zieht mir dafür etwas anderes darüber. Meine Hände tasten weiches Material, ich weiß, was für ein Stoff das ist, und mir wird warm vor Freude. Die Schuhe werden von meinen Füßen gestreift, andere darangeschnallt.

«So, und dass dei Augn fei net wieder aufsperrst!»

Schritte entfernen sich, und da bleibe ich nun, mit einer vagen Ahnung, tastenden Händen, bebender Vorfreude, einem verstümmelten Weihnachtsgedicht im Gedächtnis und absolut keiner Seele, mit der ich all diese widerstreitenden Empfindungen teilen könnte.

Ich trage ein wundervolles Samtkleid. Nach endloser Blindheit ist Hedi zurückgekommen und hat meine Sehkraft und den Traum in Mitternachtsblau enthüllt. Ich schwebe. Ich bin eine Prinzessin. An meinen Füßen glänzen schwarze Lackschuhe, die Krönung eines Kindertraums. Auf meiner Brust ziert ein riesiger weißer Rüschenkragen die samtige Pracht. Beklommen stottere ich Dankesworte. Hedi sieht überhaupt nicht erfreut aus, eher so, als hätte sie eine Pflicht erfüllt. Sie mustert mich prüfend mit einem mürrischen Gesichtsausdruck. Es ist nahezu dickflüssig im Raum spürbar, wie schwer es ihr fällt, ihre Zufriedenheit über die gelungene Überraschung, den hübschen Anblick und das Glück, dass auch noch alles passt, zu zeigen. Denn zufrieden, das ist sie, o ja. Mir kann sie nichts vormachen. Aber eher würde sie sterben, als mir zu sagen, dass sie sich freut.

Die Weißhaube erscheint, weihnachtlich dekoriert. In ihrem Fall bedeutet es Verzicht auf Häubchen und Schürze, stattdessen ihr bestes Ausgehkleid sowie eine dezente Andeutung von Schmuck. Sie muss unbedingt darauf achten, nicht zu viel Eleganz zu verströmen, denn so liefe sie Gefahr, in den internen Konkurrenzkämpfen um die beste Erscheinung des Abends zermalmt zu werden. Hedi übergibt mich in meiner ganzen Pracht meiner Pflegerin und widmet sich ab jetzt ausschließlich der Inszenierung der Feierlichkeiten.

Mein Einsatz ist das Geräusch des heranrollenden großelterlichen Wagens. Kaum ertönt das sanfte Brummen des dunkelblauen Mercedes 600, gelenkt von Horst, dem nicht sehr etikettesicheren Chauffeur von Omi und Opi, werfen wir einen Blick aus meinem Fenster, schätzen kurz die Geschenkelage anhand der vom fesch uniformierten und bemützten Horst ausgeladenen Pakete, raffen unsere Röcke und stapfen zur Begrüßung nach unten. Dort harren wir der Besucher hinter der schweren, gläsernen Haustür.

Omi Mathilde schreitet gravitätisch, pelzbewehrt, unter der Last ihrer festlichen Schmucktonnage leise schwankend und selbst ein wenig an einen Weihnachtsbaum erinnernd, den Weg vom Gartentor auf das Empfangskomitee zu. Opi Max folgt mit kleinen Schritten ein wenig schleppend an ihrem Arm, sein Gesicht bleich, die Haut schlaff, die Lippen feucht und himmelblau. Vorbei an von den Betriebsgärtnern mit elektrischen Kerzen illuminierten Topftannen erklimmen sie die Stufen zum Eingang. Es naht die erste Prüfung des heutigen Abends: Man erwartet von mir eine weihnachtlich euphorische Begrüßung, und dazu gehören Küsse auf die großelterlichen Gesichter. Diese ziehen wiederum großelterliche Küsse auf mein Gesicht nach sich, und ich halte beherzt die Luft an, um möglichst wenig vom ekligen Spuckegeruch einzuatmen. Nach überstandenem Ritual und verstohlener Beseitigung feucht-dünstender Spuren auf meinen Backen stehen wir alle ziemlich hilflos in der Diele herum. Mein Vater hangelt sich mit Omi und Opi durch die üblichen Dialogeinheiten, aus denen ihre Gespräche organisiert sind. Nacheinander werden der aktuelle Stand der jeweiligen Krankheiten, der Grad der großmütterlichen Schwerhörigkeit, die letzte Unverschämtheit eines nahen Bekannten und die Schnapsfahne des mercedeslenkenden Horst durchgenommen. Kurz bevor ihnen der Gesprächsstoff ausgeht, die nervösen Hunde endgültig durchdrehen, weil ihnen der Geruch von Omis bissigem Riesenschnauzer aus ihrem Nerz in die Nüstern weht, und die Weißhaube und ich zum Opfer der Aufmerksamkeit erkoren werden, erscheint endlich Onkel Jupp.

Jupp ist der «Reitfreund» meines Vaters. Er heißt eigentlich Joseph, ist mindestens zwanzig Jahre älter als er und von erlesenen Umgangsformen. Ich habe nicht die kleinste Vorstellung, wie und wann Jupp in meines Vaters Leben trat, aber solange ich denken kann, gehört er dazu. Jupp ist ein Feingeist. Er ist von sagenhafter Zuvorkommenheit, besonders Frauen gegenüber, Hedi eingeschlossen, die jedoch mangels echter Klasse seine stilsicheren Windungen nicht in allen Feinheiten nachvollziehen kann und ihn zum Ausgleich dazu gern damit aufzieht. Ein kleiner Schönheitsfehler ist zudem noch, dass er Hedis Vorgängerin Margot kannte und wohl auch schätzte, zumal er sich weiblichen Reizen gegenüber recht aufgeschlossen zeigt. Mir gegenüber bleibt im Gespräch mit ihm von den Qualitäten meiner Mutter allerdings nicht viel erhalten, denn im Rahmen meiner moralischen Erziehung, für die er sich aus irgendeinem Grund mitverantwortlich fühlt, singt er mir das Lied ihres verworfenen Lebenswandels. In mir entfachen diese hochinteressanten Berichte aus jener anderen Welt voll Illoyalität, Sittenlosigkeit und Verderbtheit einen recht starken Drang, diese einmal kennen zu lernen. Von meinen Gelüsten nichts ahnend, predigt Jupp mir also unverdrossen Anstand, Würde, gutes Benehmen und aufrechten Gang zum Zweck der Vervollkommnung meiner Erziehung zur «jungen Dame», wie er sich auszudrücken beliebt. Eines Nachmittags erteilt er mir eine Anatomiestunde, da ihm meine hängenden Schultern mit den spitz abstehenden Schulterblättern unschön ins Auge stechen. Es ist ihm ein Bedürfnis, mir diese «Engelsflüjelschen» auszutreiben. Denn Jupp ist ja nicht nur geistig vornehm, sondern auch körperlich fit. Hoch aufgerichtet trabt er auf seinem Ross mit auf und nieder schwebendem Hintern des Sonntags neben meinem Vater in den bergischen Wald, und nach getanem Ausritt klappt er sich zusammen wie ein Taschenmesser, um in den flunderflachen Sportwagen zu kriechen, den er in zweijährigen Abständen gegen ein jeweils neueres Modell auswechselt. Hedis schamloses Gekicher und der Spott, den sie über ihn ausgießt, perlen an ihm ab wie Regenschauer an einem wahrhaft Gesalbten. Ich habe den Verdacht, dass er hin und wieder wehmütig an die Zeit zurückdenkt, als mein Vater ihm, ohne Frauen, noch ganz und gar gehörte, doch scheint er ein gewisses Verständnis aufzubringen für die niederen Triebe, die zu meines Vaters Wahl geführt haben, und schickt sich drein. So sind die Aufeinandertreffen der drei Hauptdarsteller geprägt von Beleidigungen, heroischen Gesten verständnisvoller Überlegenheit und recht turbulenten Versöhnungstreffen, während deren beim gemeinsamen Skatdreschen der auf allen Seiten angestaute Frust abreagiert wird. Tags drauf beim Mittagessen werde ich dann Zeuge, wie die abendliche Zusammenkunft genüsslich ausgewertet wird.

«De aalen Bem, do hätt de jestern widder en Blatt jehatt, dat wor ja nit meh feierlisch!»

Und alles ist wieder gut.

Jupp hat auch eine Gefährtin, die er seiner Pferdeleidenschaft entsprechend großzügig «Schimmel» nennt. Der Schimmel lebt mit ihm in Sünde und wohl trotzdem recht platonisch. Ich bekomme den Schimmel so gut wie nie zu sehen, und um die Tragödie des einsamen Gentleman-Junggesellen zu komplettieren, stirbt sie früh und stark betrauert. Danach setzt heftiges Kümmern um den Hinterbliebenen vonseiten meiner Eltern ein, die Skatrunden werden häufiger, die Ausritte länger, und auch bei unseren familiären Wochenend-Restaurantorgien ist er gern gesehener Gast. Onkel Jupp ist eine Art Fossil, eine Fleisch gewordene Versteinerung aus der Zeit, in der die Menschen noch edel waren und immer einen passenden Hut trugen. Unumstößlich ist er ein fester Bestandteil unseres Lebens.

Draußen gleitet sanft der neueste Stromlinienzweisitzer neben die zehn Meter Daimler meiner Großeltern, Onkel Jupp taucht aus seinem Schalensitz hervor und quält sich unter dem Lenkrad hindurch aus der Fahrertür. Mein waches Auge registriert Päckchen in genügender Anzahl, und Erleichterung über sein Erscheinen tritt ein. Jupp ist zwar für unsere Verhältnisse viel zu gebildet und total geschraubt, aber im Vergleich zu den übrigen Exemplaren meines Verwandtenzoos erscheint er mir immer noch einigermaßen berechenbar.

Nach einer zähnefletschenden Umarmung der inzwischen durchgeknallten Hunde und Schulterklopfen meines Vaters – «Na, du Jeck, wie jeht et? Fröhlische Weihnachten!» – werden alle von Friderike um ihre mitgebrachten Gaben erleichtert, welche sie anschließend zu Hedi ins Allerheiligste schafft. Sodann warten wir noch verlegen, die Erwachsenen mit Sektgläsern in der Hand, auf die Signale zum Entern, und endlich klingelt das Glöckchen.

Dies ist Hedis große Stunde. Unsere dreimal vierzig Quadratmeter Wohnzimmer strahlen im Glanz der stramm aufrechten, ja kerzengeraden Blautanne. Das gute Stück ist nun endlich mit allem behängt, was eine bayerische Kunsthandwerkschmiede so hergibt. Im hellen Schein der elektrischen Kerzenkette leuchten mit Samt und Borte bezogene Kugeln, wächserne Tannenzapfen, puttige Christkindlköpfe und ein maßgeschneiderter Brokatengel für die Spitze. Ich bin überwältigt, das gefällt mir, je mehr, desto besser. Wenn ich auch zugeben muss, dass ich in späteren Jahren gerne ein wenig ordinäres Lametta dabeigehabt hätte, denn das hängt bei meiner Schulfreundin zu Hause im Baum und macht einfach mehr her! Als Ersatz haben wir aber eine Krippe, die in einem unserer beiden offenen Kamine (Design: Rundbogen – Höhlenform, Rauputz, weiß gestrichen) mittels künstlicher Illumination ungemein eindrucksvoll mein kindliches Kitschbedürfnis befriedigt. Auf Unmengen voll Wattebäuschen lagern Esel, Kuh und Christuskind, Maria und Joseph sind erstarrt in ehrfürchtiger Anbetung, und einer der Heiligen Drei Könige ist der erste Schwarze außer dem Sarottimohr, den ich bis dahin erblicke. Über allem baumelt mittig von einem der drei extrabreiten Raumtrenner-Rundbögen ein riesiger Mistelstrauch. Darunter stehen wir nun alle und würdigen mit Ahs und Ohs Hedis dekorative Meisterleistung. Ich würdige darüber hinaus auch die etwa zehn verschiedenen Geschenkeecken, die säuberlich voneinander getrennt auf Tischen, Kommoden, Beistellwagen und unterm Weihnachtsbaum die Gaben für Familie, Gast und Personal bereithalten. Mein geschultes Auge macht sofort einen unter besonders schweren Paketlasten ächzenden Tisch aus und sucht augenblicklich nach Anhaltspunkten, für wen all die Genüsse bestimmt sein könnten. Ich entdecke ein sehr unweihnachtlich in braunes Packpapier gehülltes großes Paket, von dem ich erschreckt die Augen wende. Ich weiß, was es damit auf sich hat. Bloß nicht hingucken. Mein Gabentisch, ein Tretminenfeld, nur dazu da, in die nächste Falle zu trampeln. Hedi guckt schon komisch. Ich wende schnell den Blick auf ein schon von weitem kratzendes kariertes Wollkleid mit weißem Hohlsaumkrägelchen, und ein tiefer Seufzer entringt sich meiner Brust. Vermutlich ist die passende rote Wollstrumpfhose also auch nicht weit. Ich kann nur noch hoffen.

Neben mir bekommt die Weißhaube feuchte Augen, denn über unserer ergriffenen Versammlung schweben die glockenreinen Stimmen eines hochberühmten Knabenchors. Wir lassen an Weihnachten singen. Die Stimmen dringen aus unserem Barschrank vom Plattenteller, und Hedi leidet sichtlich unter dem Missklang unserer halbherzigen Versuche, in ein Duett mit den engelgleichen Profis einzustimmen. Ich bin verwundert, dass mein Großvater, Onkel Jupp und mein Vater nicht ein bisschen mehr an Sangeskunst zu bieten haben, denn ich wurde von Weißhaube und Hedi zusätzlich zum Gedicht auch noch mit den Texten verschiedener gängiger Weihnachtsgesänge malträtiert und muss jetzt zeigen, was ich kann. Ich weiß natürlich nicht, dass es für meine vom mosaischen Glauben geprägten Familienmitglieder eine gewisse Überforderung bedeutet, munter in die von Hedi favorisierten christlichen Choräle einzufallen. Meine Unwissenheit in diesen Dingen hat Methode und soll noch mindestens bis zu meinem siebzehnten Lebensjahr währen. Und so senden lediglich die wackligen Stimmen von Omi, Hedi, Weißhaube und mir eine ziemlich textunsichere Variation von «Vom Himmel hoch» gen denselben. Nach dieser glücklich überstandenen peinlichen Übung naht jetzt unausweichlich die eigentliche und gefürchtete Strapaze des heutigen Heiligen Abends. Der Plattenspieler wird unsanft angehalten, die ersten Takte von «Es ist ein Ross entsprungen» (in unserem Pferdehaushalt ein für mich leicht nachvollziehbarer Vorgang) bleiben verzerrt krächzend an der Nadel hängen.

«So, Thealein, jetzat stellst di amal da her und sagst dei Gedicht auf.»

Die Hände der Weißhaube klammern sich wie Schraubstöcke

um meine Schultern und drängen mich unter den beifälligen Blicken meiner Eltern unbarmherzig auf den stacheligen blauen Tann zu. In meinem Kopf setzt auf Kommando das herrlichste Chaos ein. Denkt euch … offen der Sack … es roch so nach … Näschen …? Schelmenpack? Rotgefrorenem??? Christkindl, hilf!!! Die Hände der Weißhaube biegen mich vor dem feindselig nach mir piksenden Weihnachtsbaum in Position, und ihre Stimme schenkt mir ein aufmunterndes «Denk an das, was wir geübt haben!».

Dann lässt sie mich allein und begraben unter Sprachmüll stehen und zieht sich rückwärts in die Reihen meiner erwartungsvollen Zuhörerschaft zurück.

Augenblicklich muss ich sehr, sehr nötig aufs Klo. So nötig, dass mir auf der Stelle auch noch die kleinste Erinnerung an zusammenhängende Textzeilen abhanden kommt. In das stetig ansteigende Rauschen, welches zwischen meinen Ohren brandet, zischt aus dem mit zuckrigem Lächeln kandierten Gesicht der Weißhaube aufpeitschende Hilfestellung:

«Denkt euch, ich habe …!!!»

Von gleichzeitiger Körper- und Sprachlähmung befallen, gleiten meine Augen, geblendet vom alles beherrschenden Lichterglanz, über die psychedelischen Muster unserer Perserteppiche, in der Hoffnung, dort auf der Suche nach einer Fortsetzung fündig zu werden. Stattdessen registriere ich unruhige Standbein-Spielbein-Verlagerungen bei der Weißhaube, wippende Pumpsspitzen bei Hedi und geduldig-zweibeinige Verankerung bei den Großeltern. Ein winziges Tröpfchen bahnt sich den Weg in meine weihnachtliche Spitzenunterhose. Nicht pinkeln, bitte jetzt nicht pinkeln!

«Denkt euch, ich habe das Christkind gesehen», bricht es in panischem Schrecken aus mir heraus.

Entspannung in den zuhörenden Füßen. Leider auch bei mir. Ein winziger Strahl sickert sachte …

«Es kam aus dem Walde …», zischelt es ungeduldig in meine Richtung.

«Es kam aus dem Walde …», jammere ich pflichtbewusst.

Warum nur, warum? Und wohin bloß? Wo, zum Teufel, will es hin, dieses blöde Balg? Habe ich es etwa gebeten?

«Mit Äpfeln und Nüssen?», wage ich einen verzweifelten Vorstoß.

Ich mag kein Obst. Und Nüsse mag ich auch nicht. Und dieses blöde Gedicht … Blicke wie Pfeile spießen mich auf:

«… das Mützchen voll Schnee …»

«… das Mützchen voll Schnee …»

«… und rotgefrorenem …»

«… Sack», ergänze ich matt.

«Wat hat se jesacht?», begehrt Omi Mathilde mit ganz unfeierlicher Lautstärke zu wissen. Bitte, lieber Gott, mach ein Ende. Hedi verdreht die Augen. Mein Vater guckt taubenblau. Mein Großvater betrachtet mich sorgenvoll. Onkel Jupp wirkt peinlich berührt. Die Weißhaube steht kurz vor der Pulverisierung. Meine Großmutter versteht sowieso nichts. Und ich, ich bin eigentlich gar nicht da. Die Anwesenden stehen viele, viele Meter weit weg, die Entfernung zwischen uns ist unüberbrückbar. Ich bin auf einem Schiff, das ganz langsam versinkt, die Wellen tragen mich fort, meine Familie bleibt zurück und sieht zu, wie über mir die Flut aus Tannenspitzen, auf denen allüberall die Lichtlein blitzen, zusammenschlägt.

«Dat wor vielleisch noch en bissche vill für dat Kind.»

Onkel Jupp fällt milde das Urteil über meine Vortragskünste und die massakrierte Weihnachtsode, und so werde ich schließlich in Gnade wieder in den Kreis der Ergriffenen aufgenommen. Die Weißhaube sammelt mich mit vor Enttäuschung zusammengekniffenen Lippen unterm Tannenbaum ein. Eine elektrische Kerze hat hinterrücks meinen blauen Samttraum ein wenig angeschmort, weshalb ein etwas strenger Duft von mir ausgeht. Meine Erleichterung macht auch diese Katastrophe ungeschehen, ja, selbst der Drang zum Klo ist aufgelöst in Wohlgefallen.

Wir wünschen uns alle gegenseitig «Fröhlische Weihnachten», es wird umarmt und geküsst, und weil ich ein Kind bin, umarmen und küssen mich alle besonders ausgiebig. Nur den Liebesbezeugungen der Weißhaube kann ich gerade noch rechtzeitig entkommen. Dann schreitet Hedi zur Tat und führt jeden von uns wie eine Pflegerin einen Kranken an seinen höchsteigenen Geschenketresen. Das Weihnachtsfest hat einen besänftigenden Einfluss auf sie, sodass sie ein Einsehen zeigt mit meinem kindlichen Gemüt, welches angesichts der sich biegenden Tischplatten kaum noch in der Lage ist, die gebotene schickliche Geduld zu zeigen. Sie nimmt mich fürsorglich am Arm.

«So, Thealein, des hat des Christkindl für dich gebracht.»

Und schon stehen wir vor dem unvermeidlichen Wollkleid, anschaulich dekoriert mit einem Paar Reinwollener und Gott sei Dank umgeben von mindestens zwanzig Paketen (das eine, das braune, das würdige ich keines Blickes!), deren Aussehen – bis jetzt wenigstens – noch nichts Nachteiliges verrät. Es gelingt mir, das Kleid mit einem lobenden Blick zu bedenken und zu Hedi gewandt (bei der es sich eindeutig um die Gönnerin handelt, kein Christkind wüsste so genau, womit man mich erschrecken kann!) so etwas Ähnlichem wie Freude Ausdruck zu geben. Doch irgendwann ist Schluss mit schamhaftem Getue und elender Verstellerei, Hedi wendet sich den anderen zu, und jetzt endlich dürfen sich meine niederen Triebe frei entfalten. Genießerisch lausche ich dem Reißen der Umhüllung, dem Rascheln stoß- und kratzerdämpfender Seidenpapiere, dem leisen Schmirgeln sich aneinander reibender Schleifenbänder, welches aus allen Ecken unserer Wohnzimmerhallen an mein entzücktes Ohr dringt. Auch an den anderen Geschenkepyramiden sind Menschen emsig mit Öffnen und anschließendem Freuen beschäftigt. Onkel Jupp ergeht sich in Lobgesängen über diverse Pferdebücher, Pferdekrawatten und einen Porzellanteller mit handgemaltem Pferdemotiv. Meine Großmutter beugt sich über ein verheißungsvolles Lederkästchen, welches schon von weitem schwer nach Schmuckschatulle riecht, und klappt eine in geschmackvollem 60er-Jahre-Design gestaltete Brosche zum Vorschein: etliche strahlenförmig auseinander strebende Platinstängel eines futuristisch gestylten Blumenbouquets, locker bestreut mit dem einen oder anderen Saphir, Smaragd oder Rubin, was ein Florist eben gerade so dahat. Auf dem Gesicht meiner Großmutter breitet sich bedrohlich Verständnislosigkeit aus. Mit der ihr eigenen Direktheit wendet sie sich unvermittelt an meinen armen Großvater, der eher lustlos an einem Bändchen herumknotet.

«Mahaax, is dat von dir? Wat is dat?»

Mein Großvater zuckt bedröppelt seine mageren Schultern, aber schon ist mein Vater mit Hedi zur Stelle.

«Nä, Mutti, die is von uns, mer han jedacht, dat wör jet für disch.»

Gegen die Stimme ihres Sohnes ist meine Großmutter machtlos. Zögernder Protest: «Dat kann isch doch nit tragen, dat is doch vill zu jeck für misch!»

«Nä, Mutti, ever wenn de se nit wills, dann tauschen mer se um.»

Hoffnung keimt auf.

«Is dat Ding vom Jiljens (deutsch: Gilgens) ...? Dann is et ja jut, dann künne mer doch ens nach Weihnachten do hin jonn. Hedi, küste mit?»

Hedi signalisiert zuckersüß gequälte Bereitschaft.

Später, wenn sie im Bad die Nachtcreme aufträgt, wird sie sich bei meinem Vater über seine unmögliche Mutter ereifern.

In der heimlichen Charakteristik meiner Großmutter als kalte Person stimme ich mit Hedi und ihrer Menschenkenntnis ausnahmsweise überein. Ich packe nämlich gerade den sechsten Löffel eines insgesamt auf zwölf Teile angelegten Silberbestecks aus, auf welchem unübersehbar meine Initialen prangen. Auch diese Gabe stammt vom besagten Juwelier Gilgens. Mein kindliches Freuzentrum fühlt sich nur mäßig angesprochen. Irgendetwas sagt mir jedoch, dass es falsch wäre, wie meine Großmutter unumwunden nach den Umtauschmöglichkeiten zu forschen, obwohl immerhin der Bruchteil einer Chance bestünde, dass sich mein heißester und hediseits konsequent verweigerter Wunsch dabei in Wirklichkeit verwandeln ließe. Seit meiner Begegnung mit Rita im Kindergarten will ich nur noch eines: Ohrlöcher und darin baumelnde winzige rote Marienkäfer, aufgehängt an einem kleinen Goldring. Dieser modische Hit wird als unzumutbar gewöhnlich eingestuft und bei jeder Neuvorlage gnadenlos abgeschmettert. Dafür hat Rita aber auch kein latent zwölfteiliges Silberbesteck mit Monogramm, tröste ich mich schnell und – wie vorherzusehen – vergeblich. Zumal ich, wenn ich erst mal groß bin, das Essen ohnehin ganz einzustellen gedenke.

Hinter dem kratzenden Wollkaro entdecke ich jetzt ein lebensgroßes, waidwund aus treuen Glasaugen schauendes Bambi (zu anderen Weihnachtsfesten wahlweise ebenso lebensgroße Hunde, Tiger, Elefanten, Käthe-Kruse-Puppen, Fahrräder, Rollschuhe, Puppenstuben et cetera). Mit einem Aufschrei der Begeisterung schließe ich es in meine Arme. Ein Freund! Ein Verbündeter! Verschmerzt das Tafelsilber! Willkommen, fröhliche Disneywelt! Und gleich der nächste Schatz gehoben: Ein wundervoller Viewmaster schält sich aus buntem Weihnachtsmannpapier. Mit jedem Ruck am Transporthebel erstrahlt eine neue, quietschbunte Drei-D-Kulisse. Kleine Hexenhäuschen im finsteren Tann, Zwerglein, Schneewittchen und eine spitzenekelhafte böse Stiefmutter bilden das schaurig-schöne Personal. Dazwischen schlagen immer mal wieder ein paar hellblaue

Wollunterhosen mit halbem Bein auf die festliche Stimmung, um mich gleich anschließend mit einer Strickliesel inklusive Übungswolle endgültig am Boden zu zerstören.

Während Hedi um den Wärmeschutz meines Unterleibs und meine Großeltern bereits stark um meine zukünftige Aussteuer besorgt sind und mich im Laufe der noch folgenden elf Weihnachtsfeste mit massivem Sterling k. o. schmeißen, treibt Onkel Jupp doch eher der Gedanke an meine geistige Mitgift um. Zu diesem Zweck beginnt er ganz pragmatisch beim A und O abendländischer Bildung und versieht mich erst mal mit dem Nötigsten: einigen, meiner Meinung nach absolut verzichtbaren Werken der Weltliteratur zum Vorlesen für die Weißhaube. Zunächst hat er sich vorgenommen, meinen sechsjährigen Hirnleerraum mit den Sagen der griechischen Mythologie zu füllen, um anschließend eine geschickte Überleitung zur Homerschen Ilias zu schaffen. Ich nehme an, ihm ist schmerzlich bewusst, dass kaum Chancen bestehen, in den Reihen meiner zahlreichen Verwandtschaft auf jemanden zu treffen, der von ähnlichen Dingen wenigstens schon mal gestreift worden wäre, selbst wenn man bis ins angeheiratete dritte Glied vorstieße. Irgendetwas in unseren Genen weigert sich beharrlich, zu viel Bildung zu speichern. Ganz im Gegensatz zur nahezu unermesslichen Aufnahmefähigkeit in anderen Bereichen, etwa der Speiseröhre und des Magen-Darm-Traktes (wenn man von mir und Opi Max mal absieht).

Überhaupt fühlt Jupp sich für die kulturelle Erbauung zuständig. Und nicht nur ich, sondern auch meine übrigen Familienmitglieder haben keine Chance, seinen Bemühungen zur Läuterung unserer trivialen Gemüter zu entrinnen. Kaum haben die Sängerknaben aus dem Barschrank mal eine Pause eingelegt, greift er, ohne dass ihn jemand hindern kann, zum mitgebrachten Geigenkasten und zückt die Violine. Ein Instrument, dessen er sich im zarten Alter von fünfundfünfzig Jahren zum ersten Mal angenommen hat. Die Einzige, die bei dieser Kampfansage gegen unsere empfindlichen Gehörgänge vollkommen gelassen bleibt, ist meine Großmutter. Ein untrüglicher Gradmesser echter Taubheit. Die Übrigen entwickeln relativ plötzliche Aktivität. Hedi muss sofort in die Küche, diverse Garprozesse überprüfen, mein Vater spürt einen unwiderstehlichen Drang zum Klo, auch in mir regen sich natürliche Fluchtinstinkte, aber irgendjemand muss ja die Stellung halten.

Und so werden eine halb taube Großmutter, eine verbitterte Weißhaube, ein wehrloser Großvater und ein mit unerkanntem absolutem Gehör gestraftes Kind zur Folterung freigegeben. Jupps Züge tragen Spuren erleuchteter Verklärung. Was jetzt kommt, kann nicht schöner sein! Meine Finger krampfen sich ins Geschenkpapier, in der Kehle gluckst gequält-hysterisches Gekicher, während mit weihevoller Hingabe Jupps Bogen tremolierend über stramme Saiten knirscht. Die Töne zittern, und wir zittern mit. Die Hunde, auch sie bis jetzt ganz guter Dinge, kratzen verzweifelt winselnd und mit angelegten Ohren an den zum Zweck der Geräuschminderung nach außen fest geschlossenen Türen oder suchen mit eingezogenem Schwanz Schutz hinter der Sitzgarnitur. Nach der nur noch als kriminell zu bezeichnenden Neuinterpretation einiger Weihnachtslieder legt Jupp eine verdiente Verschnaufpause ein, und die ersten wagen sich wieder in unsere Nähe. Mir geht es bei alldem besonders schlecht, denn ich ergreife normalerweise prinzipiell Partei für Missverstandene, Unterdrückte und andere Menschen, besonders wenn sie sich mir freundlich präsentieren. Meine Loyalität wird von Onkel Jupp allerdings auf harte Proben gestellt, wenn ich Geige, griechisch-römisch und Homer zusammenrechne. Doch kaum fallen erste spitze Hediworte, regt sich frisches Mitleid. Ich ertrage es nicht, wenn sie ihren Hohn über den Wohlmeinenden auskippt, wie groß die Schuld auch immer sein möge.

Onkel Jupp packt tief gekränkt sein Folterinstrument und geht erst mal in die innere Emigration.

Während er sich in den Schmollwinkel zu seinen Restgeschenken verzieht, mein Opi Max Omi Mathilde unbeholfen beim Auspacken der zur Brosche passenden Ohrringe assistiert, Hedi mit fleckig gerötetem Gesicht zwischen Küche und Bescherung hin- und herhetzt und mein Vater sich genüsslich – «wat hammer et jut!» – bei einem Glas Champagner auf dem Sofa aalt, treibe ich inzwischen auf die gefährlichste Klippe des Abends zu. Am Bodensatz meines Geschenkehaufens wartet ein braunes Packpapierpaket auf Öffnung. Jenes Paket, das mir ins Auge stach, bevor ich überhaupt irgendetwas anderes im Raum wahrgenommen hatte. Kein Lichterglanz, kein Sängerknabe kann meine rasende Neugier ablenken. Ich weiß, von wem es kommt, und ich weiß, dass etwas Wunderbares darin sein wird. In meinem Weihnachtspaket von Margot. Bis jetzt ist es mir gelungen, nicht einen einzigen weiteren Blick darauf zu werfen.

Hedi erscheint, Bescherungsalkohol und Küchendunst haben Gesicht und Hals in eine Scharlachlandschaft verwandelt. Das braune Paket steht einsam, halb verdeckt von einer herabhängenden Decke und umgeben von Haufen zerfetzten Geschenkpapiers unter meinem Gabentisch. Ihr Blick, die ganze Körperhaltung wollen nonchalante Beiläufigkeit vorgeben und können die heftige, eifersüchtige Neugier nicht verhehlen. Sie platzt vor lauter unterdrücktem Neid auf das Geheimnis, das im Kartoninnern lauert. Sein Inhalt wird mit Sicherheit außergewöhnlich sein, irgendetwas, das sich außerhalb der braven, traditionellen Weihnachtswelt bewegt, die Hedi kennt. Meine Mami Margot ist für Hedi der verhasste und glühend eifersüchtig beneidete Satellit, der ihre aufgeräumte Ehewelt drohend und mahnend umkreist. Drohend, weil er, ihrer irrationalen Meinung nach, jederzeit auf sie hinunterstürzen und sie zerquetschen kann, und mahnend, indem er ihr in jeder Sekunde ihres Lebens schmerzhaft vor Augen führt, was Margot geschafft hat und sie nicht zustande bringt: ein Kind, ein leibhaftiges, lebendiges Kind. Zugegebenermaßen ein abscheuliches, in jeder Hinsicht (Ansehen, Aussehen und so weiter) unbrauchbares Gör, aber der unleugbare Beweis von Margots überbordender Fruchtbarkeit. Ich, Thea, bin die Wunde in Hedis Herzen, die Kruste, die ihre Eierstöcke verklebt, bei meinem Anblick ächzt sie unter dem ziehenden Schmerz im Brachland ihrer Gebärmutter, ich bin das verhasste Blut, das jeden Monat unerbittlich aus ihrem Innern rinnt. Und ich, Thea, habe von alldem nicht den Schimmer einer Ahnung. Niemand würde je auf die Idee kommen, mir zu sagen, warum Hedi traurig ist, schlecht gelaunt, warum sie mir bei jeder sich bietenden Gelegenheit eine scheuert, warum es ihr nicht gelingt, mir ohne Anstrengung auch nur einen einzigen freundlichen Satz zu sagen. Obwohl ich außer meinem Vater und ihrem Frauenarzt der einzige Mensch bin, den Hedis vertrockneter Schoß etwas angeht, wird mir die Teilnahme verwehrt. Erwachsenensache. Ich erfahre von der endlosen Kette ihrer Fehlgeburten denn auch erst, als ich selbst längst erwachsen bin. So lange dürfen wir noch gegeneinander und mit unseren Hass-, Neid- und Rachegefühlen kämpfen.

Ich tue so, als sei mir das braune Paket völlig gleichgültig. Das Ding interessiert mich gar nicht. Ich habe es noch nicht mal bemerkt. Ich bin versucht, die Sache zu übertreiben. Immerhin bedeutet es ja nicht nur für mich köstliche Spannung, die Öffnung des Allerheiligsten noch hinauszuziehen, sondern auch eifersüchtiges Martyrium für Hedi, die, wie ich ja hinlänglich weiß, recht unvermittelt die Geduld verliert.

«Da is noch was für di, hast des net gsehn?»

Betont nachlässig, wie im Vorübergehen, werden die Worte an mich gerichtet. Jetzt geht es nicht mehr anders. Ich habe Angst. Es wird sie kränken. Das Paket ist eine Beleidigung. Es steht da, braun und unansehnlich und damit umso reizvoller. Es kommt von weit her, es klagt die Entfernung an, die zwischen mir und meiner Mutter liegt, die ganze Unnatürlichkeit ihres Nicht-bei-mir-Seins in dieser Stunde unterm Tannenbaum, da, wo wir doch zusammen sein sollten, sie und ich und mein Papi. Voll tönt ein Weihnachtslied vom Plattenteller und füllt den Raum. Nichts stimmt mehr, nichts ist in Ordnung. Von nun an kann es nur noch schrecklich werden.

«Ach das …»

Ich begehe den ersten Verrat von vielen, die heute Abend noch folgen werden. Mein wegwerfender Ton sagt ihr, dieses Paket sei so unwichtig, dass es mir ohne ihren Hinweis niemals aufgefallen wäre. Hedi heuchelt ebenfalls Gleichgültigkeit und flüchtet erneut in ihre Küche, zu dem grätengespickten Karpfen, der sanft in seiner Fischbrühe vor sich hin zieht und den außer meinem Vater niemand gern isst. Dort schlägt sie mit dem Rührbesen die Kaviarbutter schaumig und sich selbst den Schmerz von der Seele, während das Personal sich viel sagende Blicke zuwirft. Mit zitternden Händen mache ich mich an der Kordel zu schaffen. Wenn ich das Paket jetzt ignoriere, wächst es durch meine Nichtbeachtung ins schier unermesslich Bedeutende. Aber alles ist gegen mich, ich kriege die blöde Schnur nicht auf. Unmöglich, von den übrigen Anwesenden jemanden zu fragen, absolut undenkbar. Ich muss es einfach schaffen, das Paket ohne Aufsehen zu öffnen und vor allem ohne dadurch Erinnerung an seine Absenderin hervorzurufen, die mit ihm zusammenhängt wie eine Bleikugel mit der Fußkette eines Strafgefangenen. Außerdem ist es lebenswichtig, das Auspacken so zu bewerkstelligen, dass auch nicht der kleinste Eindruck von Freude entsteht. Ich zerre mit zusammengebissenen Zähnen an der Strippe, sie schneidet mir in die Finger, der harte Sisal scheuert und tut weh. Ich bin den Tränen nahe, ich wage nicht aufzuschauen, nicht abzusehen, wessen beobachtendem Blick ich begegne. Ich spüre aus den Augenwinkeln, dass meine

Großmutter mich mustert, so wie man eine Ratte in der Falle betrachtet. Emotionslos hat sie mich im Visier. Sie weiß genau, von wem das Paket stammt, und sie will mit kalter Neugier wissen, was darin ist. Ich bebe vor dem Moment, an dem sie sich in Bewegung setzt, unverhohlene Wissbegierde in den kühlen Augen, meine Panik wird sie nicht kümmern, ihr ist es völlig egal, in welche Lage sie mich bringt. Obwohl die Sängerknaben lauthals weiterjubilieren, ist es so still, dass es regelrecht wehtut. Ich zerre immer verzweifelter an der Paketkordel – da endlich springt die Weißhaube mir rettend bei. Meine Not lässt sie wohl doch nicht ganz kalt, jedenfalls zippelt sie mir quälend langsam den Knoten auf und befreit den Karton von seinen Fesseln. Hastig entferne ich das Papier, die Weißhaube beiseite drängend. Ich will sie nicht dabeihaben, das ist mein Paket, mein Schrein, mein Tabernakel. Es ist verrückt, trotz der furchtbaren Bedrohung durch die Argusaugen meiner Großmutter, die gespielte Gleichgültigkeit meines Vaters, die versteckte, aber wache Aufmerksamkeit von Onkel Jupp und die verkrampfte Lockerheit der Weißhaube kann ich es nicht über mich bringen, eine fremde Hand an dieses Heiligtum zu lassen. Wie ein Hund, der einen Knochen bewacht, herrsche ich eifersüchtig über meinen Fetisch, genau wissend, dass die Bombe unter meinen Händen jederzeit hochgehen kann. Es herrscht eine solche Spannung im Raum, dass ich schreien möchte. Mit lautem Knattern löst sich das Paketklebeband vom Kartondeckel, mein Gesicht färbt sich blutrot, alles ist zu Ende, spätestens jetzt ist es vorbei mit dem Unbeachtetsein. Fünf Augenpaare richten sich glühend auf mich, während ich mit abgewandtem Blick die Deckel auseinander klappe und nacheinander mehrere weihnachtlich verpackte Päckchen zutage fördere. Ich lasse sie hastig auf den Teppich fallen, als hätte ich mich verbrannt. Bitte, bitte, Mami, verzeih mir, ich hab dich lieb, ich will das auch nie wieder tun, ich sehe, wie du meine Geschenke aussuchst und einpackst und zuschnürst und verschickst, und es zieht mir den Hals zu, und die Tränen sind schon in der Kehle, aber ich kann nicht, ich kann nicht, ich kann nicht, sie gucken … In blinder Panik feuere ich ein Geschenk nach dem anderen scheinbar achtlos auf den Boden. Ich verrate sie, ich verleugne meine Mutter. Und nicht nur sie. Bei all den verheißungsvollen, herrlich schlampig verpackten, zerknautschten Paketchen liegt ein Schuhkarton. Nur ein Mensch benützt Schuhkartons zum Verschicken. Das Packpapier, das ihn umhüllt, ist eingerissen, die Kordel schief geknotet, die Ecken des Kartons sind darunter sichtbar, abgestoßen, die Pappe löst sich schon auf. Das Ding sieht aus, ärmlich und angeschmuddelt, wie es ist, als sei es auf der Flucht gepackt.

Eine furchtbare, bodenlose Kindertrauer erfasst mich, ich darf ihr nicht nachgeben, nicht hier, nicht vor all den anderen. Nachher, wenn ich all meine Geschenke in mein Zimmer trage, werde ich wie jedes Weihnachtsfest eine ordentliche Runde heulen, heulen wie ein Schlosshund über meine weit entfernte schöne Mutter, deren Geschenke wieder gehässig kommentiert worden sind, und über die gichtigen Hände meiner Omi Änne, die mit ihren knotigen, schiefen Fingern ihren Weihnachtsbrief an mich mit altdeutschen Buchstaben mühsam aufs armselige Briefpapier kratzt: «Mein liebes Thealein … Deine Omi Schmitz.»

Zwischen mehreren Lagen zerknüllten Zeitungspapiers lauert ein nicht verpacktes Stück Stoff. Heiß schießt der Schrecken in mich hinein. Ein Kleidungsstück. Auch das noch. Ein schneller Blick aus den Augenwinkeln, zu spät, sie haben es schon gesehen, es ist nicht mehr zu verbergen. Der Stoff ist wundervoll, weit davon entfernt, auch nur das kleinste bisschen zu kratzen. Verstohlen ziehe ich das Ding ein wenig auseinander. Au Mann, ein Trägerrock, todschick! Ich werfe nur einen Blick darauf und weiß, ich will dieses phantastische Kleid unbedingt anziehen!

Ein Ding der Unmöglichkeit, lächerliche Idee, denn grundsätzlich darf ich keine Sachen tragen, die aus dem verruchten Umkreis meiner Mutter stammen. Ein streng eingehaltenes, wenn auch ungeschriebenes Gesetz. Keine Chance. Ich muss jetzt die Nase rümpfen und das köstliche Stück Stoff kopfschüttelnd beiseite legen.

Ich kann das nicht. Ausgeschlossen. Ich fasse einen Entschluss. Vollkommen verrückt und selbstmörderisch. Getragen vom Glauben an das Unmögliche, im festen Willen, die Dinge zu ändern. Ein für alle Mal.

Ich stehe vor meinem Gabentisch wie eine Hexe am Pranger. Sämtliche Lichter des Raumes sind auf mich gerichtet, in meinen Pupillen zerfallen die starren Flammen der elektrischen Baumkerzen in Millionen von Prismen, ich bin geblendet und verwirrt. Ich trage das Kleid am steifen Körper wie Kaspar Hauser seinen Brief in der ausgestreckten Hand und warte, dass alles vorübergeht. Ich wage nicht, an mir herabzusehen, ich will gar nicht wissen, wie ich aussehe, dann können sie mir auch nichts tun mit ihren stechenden Worten, dann geht mich das alles nichts an.

Ich habe mich auf mein Zimmer geschlichen, im Arm ein paar Geschenke, als wolle ich sie schon mal in mein Allerheiligstes schaffen. Dazwischengeschmuggelt der Trägerrock. Oben angekommen ziehe ich ihn an. Ich denke, wenn sie mich erst darin sehen, werden sie erkennen, wie einfach alles ist, dann werden alle nervenzerfetzende, berstende Spannung, aller Hass und jedes Missverständnis sich in Luft auflösen. In unerschütterlichem Glauben an die Kraft meiner offensiven Logik stolpere ich optimistisch die Treppe hinunter und direkt hinein in die Katastrophe.

«Wat is dat denn? Is dat von de Marjot?»

Ich sterbe. Ich habe das Gefühl, ich habe mindestens vierzig Grad Fieber. Mir ist so heiß, dass ich fürchte, es qualmt aus mir heraus. Meine Großmutter plärrt unerbittlich hämisch mit ihrer hochtönenden Schwerhörigenstimme überlaut in die sängerknabendurchweichte Stimmung. «Soll se dat anziehn? Dat sieht ja unmöschlisch aus. Dat is doch nix für en Kind.»

Ich stehe wie zur Salzsäule erstarrt und präsentiere wie eine kurzzeitig Orientierungslose das Stück Stoff des Anstoßes. Meine Beine und meine Lippen zittern, und mein Vater betrachtet mich hin- und hergerissen zwischen Abscheu vor seiner Ex-Frau, furchtbar gekränktem Stolz und einer gewissen Restsolidarität mit mir, seiner Tochter. Wieder einmal überkommt mich das vertraute Gefühl des hilflosen Treibens auf offener See. Kein Rettungsboot in Sicht, dafür sind gleißend helle Scheinwerfer auf mich gerichtet, damit die vom Strand abgefeuerten Torpedos mich besser treffen können.

«Lass et jut sin, Mutti.»

Er steht von seinem Sofaplatz auf und kommt auf mich zu. Ich zittere wie Espenlaub. Bittebittebitte, lieber Gott, mach, dass er mir nichts tut, sag mir, was ich tun soll, sag mir, wo ich hin soll …!! Hedi kommt von der anderen Seite aus der Küche zurück, sie kesseln mich ein, darum herum aufgebaut der griechische Chor (Großmutter, Großvater, Onkel Jupp und die Weißhaube), und gleich werden sie ihren Klagegesang anheben, während meine Eltern mich in Stücke reißen.

«Was solln des sein? Des ziagst mir fei net an, ge?! So a G'lump. Des hat's wahrscheinlich wieder irgndwo bei ihre Fotoaufnahmen gschenkt kriagt. So schaut's jednfalls aus! Net amal was Gscheits zum anziehn kanns dem Kind kaufen!»

Hedi zetert im Näherkommen. Ich merke mit schlotternden Knien, wie sehr sie versucht, sich zu beherrschen. Sie kann es nicht. Es muss aus ihr raus. Den Hass, die Wut, die Enttäuschung, den ganzen Schmerz speit sie mir heißer Lava gleich ins Gesicht. Mein Vater hat den stählernen Blick. «Jeh auf dein Zimmer, und zieh disch um! Sofort!»

Ganz leise, mit unterdrückter Drohung in der Stimme: «Und nimm dat Ding hier mit!»

Mit fliegenden Fingern greife ich nach dem Karton. Ich kann kaum sehen, die Angst- und Trauertränen werden vom Deich meiner Unterlider kaum noch gehalten. Verzweifelt versuche ich, den Strom am Übertreten zu hindern. Wenn ich jetzt weine, dann ist es aus. Endgültig. Dann war die ganze gespielte Gleichgültigkeit umsonst, dann können sie alles sehen, die ganze schreckliche Wahrheit. Ich schäme mich, ich schäme mich in Grund und Boden. Ich bin Thea, dumm und ungeschickt, aber ich weiß alles über das ganze furchtbare, menschliche Versagen, unser entsetzliches Unvermögen, meines, ihres, das der ganzen Welt. Man kann nicht zwei Müttern dienen. So wenig, wie man zwei Kleider gleichzeitig tragen kann. Wie ist es nur möglich, dass ich diese einfache Wahrheit nicht kannte?

Ich umarme den Karton, um ihn und mich so schnell wie möglich aus ihren Augen zu schaffen. Es ist aussichtslos, unmöglich, das Ding ist viel zu groß. Die schneidende Stimme meines Vaters hält mich auf. «Und nimm dat andere Zeuch auch mit.»

Ich krieche auf unserem Perserteppich herum und suche blindlings die verstreuten Päckchen zusammen. Bitte lasst mich gehen, bittebitte, ich will es auch nie wieder tun … ich will auch immer artig sein … bitte, lieber Gott, hilf mir, nur noch dieses eine Mal.

Gott hilft. Die Weißhaube, die aussieht, als hätte sie mindestens so viel Angst wie ich, wird plötzlich brutal angeherrscht. «Jetz nehmen se mal den Kartong …»

Mein Vater muss Hedi beweisen, dass er auf ihrer Seite ist. Aber er lässt mich doch nicht ganz allein. Das sind die winzigen Momente, in denen ich spüre, dass es zwischen uns ein Band gibt, irgendetwas an mir ist ihm nicht ganz gleichgültig, es ist fast, als würde er sich bekennen. Doch sein Ton bleibt Furcht einflößend, eiskalt und streng. Ich versuche mich zu trösten. Vielleicht tut er das nur für Hedi. Sie braucht das. So ist sie halt.

Ich hasse sie. Und ich kann sie verstehen.

«Jetzat machns amal a bissl schneller, was glaubns denn, wozu Sie eigentlich da san?!»

Ruiniert. In ihrer unnachahmlichen Art hat sie das kleine Pflänzchen Kinderwohlwollen in mir zerstampft. Warum, zum Teufel, muss sie immer gemein sein, warum lässt sie keine Gelegenheit aus, auf anderen herumzutrampeln! Die Weißhaube ist mittlerweile karmesinrot. Hastig raffen wir die letzten Päckchen, stopfen sie in den Karton, und wie geprügelte Hunde schleichen wir mit unserer Last zur Tür hinaus, ein fröhliches «Tochteher Ziiion, freuheuheuheu-ehe dich …» schallt uns höhnisch hinterher, während die Weißhaube wütend (auf mich, so vermute ich treffsicher) vor mir her die Treppe hinaufstapft. Vermischt mit den jubelnden Sängerchören, dringen Satzfetzen an mein Ohr, vornehmlich die Stimme meiner schamlosen Großmutter tönt blechern und durch jede Türritze.

«Wat denkt die sisch … häste mal jet jehört …?»

«Muddi, lasset … jut jetz … is jenuch …»

«… angrufn hats wieder … unverschämt … aber mir is wurscht …»

«Un die Aal? … jet jehört …?»

Die Stimmen sind verweht. Ich sitze in meinem neuen Trägerrock auf meinem Bett, vor mir der Karton. In stetigem Rhythmus tropfen Tränen von meinen Backen auf den aufgeklappten Deckel, laufen an der Schräge herunter, halten kurz inne, sammeln sich zu einem großen Tropfen, der schließlich herabfällt auf den Teppich, wo er aufgesaugt wird und verschwindet. Ich denke an «die Aal». Die Alte. Meine Omi. Anne Schmitz aus Gladbeck. In meinem Innern ist ein Hohlraum, umhüllt von

Haut, die sich weitet und zusammenzieht wie ein Blasebalg. Bei jedem Einatmen dehnt sich der Ballon, füllt sich mit neuer Kraft, bei jedem Ausatmen zieht sich alles zusammen, was unerträglich wehtut. Ich habe das Gefühl, etwas in mir ist gerissen, ein Seil ist kaputtgegangen, das Seil, das die Spannung hielt. Ab jetzt kann ich ins Unendliche gedehnt werden, es gibt keine Grenze, jeder kann den Ballon aufpumpen, so prall er will.

Die Weißhaube hat den Karton abgestellt und mich gewarnt. «Los, zieh das aus, wasch dir das Gesicht, und dann komm wieder runter. Du kriegst Ärger.»

Dann ist sie weg. Mamimamimamiomiomiomiomi. Hilfe. Aua. Auaa-aa-aaa. Meine Hände halten sich um meinen Brustkorb gekrampft. Es tropft aus mir heraus. Die beiden Briefe liegen auf meinem Schoß, die Schriften kenne ich genau. Aber ich kann nicht lesen. Ich kann die Briefe nicht lesen!!! Ich werde jemanden bitten müssen. Die Weißhaube vielleicht. Nein. Nein, das nicht. Vielleicht Friderike? Morgen, ich werde sie morgen fragen. Ich muss runter. Es ist ja auch nichts geschehen, was war denn eigentlich schon? Ich habe ein Paket und zwei neue Kleider von meinen Mamis bekommen, das ist alles.

Schritte auf dem Flur. Ein Rhythmus, den ich in dieser Gegend des Hauses nie höre. Ich erstarre. Die Tür geht auf.

«So, wat is jetz? Willste die Mami noch länger warten lassen? Oder wird et bald?»

Mein Vater steht vor mir, einhundertfünfundachtzig stattliche Zentimeter ragen vor mir empor, seine stahlgrauen Augen hinter den vergrößernden Brillengläsern sind drohend geweitet. Ich rapple mich von der Bettkante, die Briefe gleiten von meinen Beinen. So sieht er immer aus, wenn er streng sein will, wenn ich glauben soll, dass er es ernst meint. Ich weiß aber nie, wann es wirklich ernst ist. So ernst, dass er mich schlagen würde, was er im Gegensatz zu Hedi so gut wie nie tut. (Mit zwei Ausnahmen, die allerdings ihresgleichen suchen. Aber diese denkwürdigen

Prügelorgien liegen noch vor mir, und Gott sei Dank ahne ich zu diesem Zeitpunkt nichts vom später Bevorstehenden.)

«Nein, Papi.»

«Meinste, dat is schön für die Mami, wenn du in dem Karnevalskostüm vor ihr rumstolzierst?»

Kopfschütteln. Nein, wahrscheinlich ist es nicht schön für sie.

«Ich bin doch gar nicht rumstolziert.» Meine Stimme ist ganz hoch und klein und schlüpft aus mir heraus, bevor ich sie festhalten kann. Was wahr ist, muss wahr bleiben. Großer Gott, warum kann ich bloß nie den Mund halten! Ich habe solche Angst, dass ich mich fast auflöse. Mein Vater sieht mich nur an. Er weitet seine Augen, um sie dann zu Schlitzen zu schließen.

«Frollein …!»

Die Botschaft ist deutlich.

«Sei vorsischtisch!»

Ich schrumpfe auf die Größe einer Zweijährigen. Ja. Ganz bestimmt. Ich werde den weiteren Abend auf Zehenspitzen verbringen.

«In fünf Minuten bist du unten, is dat klar?»

«Ja, Papi.»

Es dauert zwei Minuten. Nachdem mein Vater mir mit einer eleganten Drehung den Rücken zugewandt und die Tür hinter sich geschlossen hat, erbitte ich in einem kurzen inneren Zwiegespräch Absolution von Mutter und Omi, zerre mir das Kleid vom Leib, erkläre ihnen, warum ich ihre anderen Geschenke in diesem unbeachteten, unausgepackten und lieblosen Zustand zurücklassen muss, ziehe den blauen Samttraum an und die weiße Strumpfhose darunter hoch bis zum Bauch, von wo aus sie sofort wieder hinunterrutscht und mit der in meinem Schritt hängenden Naht bei jeder Bewegung spannt, wasche mir, wie von der Weißhaube geheißen, im Bad das Gesicht, kämme mir das heute extra frisch gewaschene Haar und versuche mich innen wie außen aufzurichten. Beim Abstieg auf der Treppe gelingt es mir, die bedrohlich emporsteigenden Stimmfetzen immerhin so weit auszublenden, dass keine weiteren schmerzhaften Details der Unterhaltung und somit Hinweise auf den Beliebtheitsgrad meiner Erzeugerin an mein spitzes Ohr dringen. Zu jeder anderen Gelegenheit ist es ein prickelndes Abenteuer, in jene tiefen Verliese und geheimnisumwitterten Keller in den Herzen meiner Lieben vorzudringen, in welchen sie ihre verschüttete Vergangenheit sorgsam verbergen. Manche Satzfetzen, auch ganz bestimmte Worte, versetzen mich sonst in einen Zustand angespannter Wachsamkeit und Erwartung, ja wilder Neugier. Es gibt so viel zu erfahren, zu ergründen: Wo komme ich her, was ist damals geschehen, wie wird alles enden? Doch heute kann ich beim besten Willen nichts Prickelndes an der Situation entdecken. Ich kann nur hoffen, dass ich sie so schnell wie möglich hinter mich bringe, dass sie vergessen, was geschah. Vergessen, dass ich ein Paket bekam, dass ich eine Mutter habe, dass es mich überhaupt gibt.

Es gelingt mir, mich zu einem Zeitpunkt ins Wohnzimmer zu drücken, als Hedi gerade wieder in der Küche weilt, der Essenscountdown läuft bereits. Omi Mathilde ist inzwischen als ihre Stellvertreterin damit beschäftigt, über den armen Jupp herzufallen, der es gewagt hat, heimlich und um abzulenken, nochmal zur Geige zu greifen, und würdigt mich keines Blickes. Opi Max sitzt als halbe Portion, bleich und in sich versunken, auf dem Sofa neben ihr. Mein Vater registriert als Einziger meinen Eintritt mit einem Anheben seines Kinns und mahnendem Hochziehen seiner breiten Augenbrauen. Ich selbst bin die personifizierte Harmlosigkeit.

Im Esszimmer, welches augenblicklich durch den kackfarbenen Samtvorhang schamhaft von den anderen Räumen getrennt ist, herrscht Geschäftigkeit. Sanfter Fischgeruch droht Nahrungsaufnahme an. Der Samtvorhang bewegt sich, Friderike tritt im brandneuen Festtagskittel durch den Spalt in der Mitte hervor und kündigt verlegen und leicht berlinernd das Weihnachtsmahl an.

«Die Herrschaften, et is anjerichtet.»

Dann zieht sie beide Vorhangteile knirschend zur Seite und gibt den Blick auf den festlich gedeckten Esstisch frei.

Später, in einigen Jahren, wenn ich etwa elf Jahre alt sein werde, wird diese Aufgabe der männliche Teil unseres neuen Hausmeisterpaares übernehmen. Der unnachahmliche Herr Müngers, gebürtiger Rhöndorfer und gesegnet mit dem schönsten Rhöndorfer Platt, das man sich vorstellen kann. Hedi hat sich in den Kopf gesetzt, aus seiner Frau Herta eine erstklassige Köchin und aus ihm einen würdigen Butler zu machen. Unvergesslich sein Anblick, seine Hand um den Vorhang geklammert, die andere linkisch hinterm Rücken knapp über dem Hintern herumrutschend, er selbst hochrot und zum Sterben verlegen mit brechender Stimme holpernd: «Jnädije Frau, Herr und Frau Joldmann, et is anjerischtet.»

Augenblicklich aber zieht noch Friderike den Esszimmervorhang auf, und wir brechen pflichtgemäß wieder in Ahs und Ohs aus. Niemand weiß genau warum, denn zu sehen gibt es nur unseren Esstisch mit sieben Stühlen, zugegeben, ein paar Kerzenleuchter mehr als sonst sind entzündet, und im Blumenfenster hängt bedrohlich knisternd der Adventskranz. Aber was soll's, Hedi hat gekocht, und Hedi kocht gut. Selbst wenn nicht, dann würde es heute und an dieser Stelle niemand wagen, das in Zweifel zu ziehen. Ich raffe seufzend meinen Samtrock und begebe mich Richtung Karpfen. (Der Karpfen ist ein großer Fisch mit einer weichen blauen Haut und annähernd einer Milliarde Gräten. Man isst ihn einmal im Jahr im Kreis von Menschen, die mit den Tränen und der Meerrettichsahne kämpfen, sich gegenseitig versichern, dass dieser Fisch ganz delikat und außerordentlich gut zubereitet sei, während sie sich eine Megagräte aus dem Zahn pulen und sowieso eigentlich nur wegen der Kaviarbutter gekommen sind. Das darf man aber nicht laut sagen, und deshalb essen wir jede Weihnachten aufs Neue Karpfen. Hedi nennt das Tradition.)

Das Essen verläuft für mich nach dem üblichen Schema in weihnachtlich etwas abgemilderter Form. Hedi türmt mir den Teller voll Fisch mit Haut und Gräten, ich stochere darin herum und schiebe trocken von einer Backe in die andere, führe zwischendurch als Gleitmittel etwas Kaviarbutter ein, und der einzige Unterschied zu den rituellen Fütterungen normaler Tage besteht darin, dass ich mit dem Rudel aufstehen darf und nicht meine durchschnittlichen zwei Extrastunden abhocken muss. Für mich ist das wahrlich wie Weihnachten.

Der restliche Abend verläuft einigermaßen störungsfrei, das heißt, bis auf ein, zwei Ermahnungen, gehobene Augenbrauen und geweitete Vaterpupillen geht er mehr oder weniger glimpflich zu Ende. Papi und Onkel Jupp schaukeln die Cognacschwenker, Hedis Gesicht rötet sich mit voranschreitendem Abend flächendeckend, und hin und wieder fällt ein bekanntes wohliges «Wat hammer et jut!» im Chor aus Jupps und Vaters Kehlen. Mein Großvater pendelt zwischen Sofa und Klo hin und her, immer in Erwartung größerer Geschäfte, die jedoch nicht kommen wollen. Für meinen Vater dennoch kein Grund, sich als fürsorglicher Sohn nicht immer wieder unverdrossen und aufmunternd nach dem Stand der väterlichen Angelegenheiten zu erkundigen.

«Na, Vaddi, wat is? Hat et jefluppt?»

Ich finde das hochinteressant. Was um Himmels willen geht da vor sich? Was erwartet mein Großvater von einem Klobesuch, was einem als normal Sterblichen nicht ganz von selbst in die Schüssel plumpst? Wann ist mein Papi je auf die Idee gekommen, mich zu fragen, ob et jefluppt hat? Wie so vieles bleibt auch dies ein Rätsel.

Meine Großmutter lenkt schon der Lautstärke halber jegliche aufkeimende Unterhaltung in eine ihr genehme Richtung, welche im Allgemeinen auf die anschaulich vorgeführte und (wovon ich nichts weiß) krebsbedingte Darmträgheit ihres Mannes, die Macken meiner nervlich strapazierten Tante Agnes oder die Undankbarkeit des Personals hinausläuft. Mit Letzterem ist insbesondere Diener Heinz, der mich bekanntlich schon im Kinderwagen ausfuhr, gemeint.

Er ist das dankbarste Spott- und Quälobjekt im Katalog der Möglichkeiten einer üppig mit dienstbaren Geistern gesegneten Neureichensippe, und meine Großmutter macht fröhlich Gebrauch davon. An dieser Stelle rutsche ich dann etwas unbehaglich auf dem roten persischen Lederpouf herum, von dem aus ich zu den Erwachsenen aufschauen darf, denn ich fühle mich mit Heinz durch ein unsichtbares, aber strammes Band, das weit bis nach Köln reicht, verbunden. Es liegt wohl daran, dass er den einzigen Restkontakt zu den Verbannten (Mutter Margot und Omi Änne) darstellt. Immerhin leben Heinz und seine Herrschaft, so unglaublich mir das scheinen mag, seit der Rückkehr meiner Mutter aus dem fernen New York mit den beiden in derselben Stadt, und Köln ist nicht so groß, dass man sich dort über einen Zeitraum von fünf Jahren nicht wenigstens ein- bis zweimal zufällig begegnen müsste. Genau das geschieht auch, und da sowohl Heinz als auch meine Omi Änne ähnlichen Tätigkeiten nachgehen, nämlich einer geregelten Haushaltsführung, trifft man sich dort, wo einen die Tagesgeschäfte hinführen: beim Kauf von elektrischen Glühbirnen, Kartoffelsparschälern und Nähgarn.

Wenn ich mich nun bei einem unserer zahlreichen Wochenendbesuche im großelterlichen Haus zu Heinz in sein Allerheiligstes, die Küche, begebe, so fallen dort hin und wieder Brosamen von seinem mit Informationen gedeckten Tisch in mein wissbegieriges Köpfchen, und in der Mischung aus mysteriösen

Andeutungen, unter dem Siegel der totalen Verschwiegenheit entlockten Teilwahrheiten und verschwörerisch vorgetragenen brandneuen Details aus dem Leben meiner engsten Blutsverwandten schwelge ich dann auf der Rückfahrt nach Hause, während meine nichts ahnenden Eltern sich beispielsweise über das misslungene Essen auslassen.

Meine Gedanken an Heinz lassen mich vom weihnachtlich strahlenden Wohnzimmer in mein dunkles Kinderzimmer abschweifen, wo noch ein brauner unansehnlicher Pappkarton auf mich wartet. Um mich herum schleppt sich ein karpfensattes Erwachsenengespräch.

«Liebschen, wat wor et widder schön.»

Mein Vater lässt hin und wieder einen seiner Standards eintropfen.

«Ja, die Hedi is unser Christkind», weiß Onkel Jupp mit Anerkennung in der cognacschweren Stimme beizusteuern.

Was Hedis hausfrauliche Qualitäten angeht, ist er voll und ganz mit ihr zufrieden. Sie tut, was eine Frau zu tun hat: Sie überwacht den Haushalt, das Personal, das leibliche Wohlergehen ihres Mannes, kauft ihm täglich die Bild-Zeitung und teilt seine Hobbys. Erstaunlich, dass Margot an diesen doch eher leicht zu bewältigenden Aufgaben gescheitert sein soll ... Ich muss mich zur Ordnung rufen. Dauernd zieht es die Gedanken hin zu meiner Mutter, das ist verdammt ungesund und wird mal wieder böse enden. Ich rutsche auf meinem Pouf hin und her, es gibt keine Geschenke mehr auszupacken, mit den Lemuren auf dem Sofa ist nichts anzufangen, es wird auch nicht getanzt, was zu meinem Entzücken bei uns zu Hause hin und wieder vorkommt. Im Fernsehen, so habe ich den Bildern der Programmzeitschrift entnommen, läuft gerade ein toller Film mit Cary Grant. Ich habe beschlossen, ihn später zu heiraten, was mir aber im Moment nichts nützt. Um diese Zeit dürfte ich meinen künftigen Ehemann sowieso nicht bei seinen frauenbeglückenden Heldentaten anschmachten. Zwecklos, zu fragen. Es ist ohnehin gefährlich, ein Lebenszeichen von sich zu geben, denn wenn auffällt, dass ich noch da bin, werde ich kurzerhand ins Bett abkommandiert.

Und so geschieht es. Ein plötzliches, erst ungläubiges und gleich darauf erinnerndes Registrieren, dann ein knappes «So, Frollein, jetzt wird et aber Zeit für disch!». Darauf ein rituelles «Och bütte, Papi, darf ich noch ein bisschen aufbleiben, heute is doch Weihnachten ...», darauf: «Weißt du eijentlisch, wie spät et is? Jetz aber flott!»

Ich erhebe mich, und traurig schleppend vollzieht sich die Abschiedszeremonie.

«AUF WIEDERSEHEN, OMI, KOMM GUT NACH HAUSE. UND VIELEN DANK FÜR DIE SCHÖNEN GESCHENKE!!!»

Würfeln und um die entsprechende Augenzahl weiterziehen. «Auf Wiedersehen, Opi, komm gut nach Hause. Und vielen Dank für die schönen Geschenke.»

(Ich wette, er weiß überhaupt nicht, wovon ich rede. Wahrscheinlich hat er Geld in eine Juwelierpfötchenhand geschoben – so, wie er gleich, vor der Nachhausefahrt, unserem Personal in der Küche Geld in die umgedrehten Hände schieben wird – und dem guten Mann gesagt, er soll was Schönes draus machen. So komme ich zu meinem zwölfteiligen Monogrammsortiment, denn der Mann denkt mit und baut natürlich für die nächsten Jahre vor. Juweliere sind schlau. Besonders die aus Köln.)

«Auf Wiedersehen, Onkel Jupp. Und vielen Dank für das schöne Geschenk.»

Was war's noch gleich ... Ach so, ja, außer den Sagen des klassischen Altertums hat er mir noch eine Käthe-Kruse-Puppe zugedacht, obwohl ich mir ein «Schlummerle» wünsche, das auch richtig pinkeln kann. Macht nichts. Jupp ist nett.

Er bekommt ein freiwilliges Küsschen, während mir noch die feuchten Spuren der Großelternverabschiedung an den Backen kleben. Noch ein Küsschen für Papi.

«Gute Nacht, Papi, schlaf gut.»

«Jute Nacht, Thea, schlaf jut.»

Eins für Hedi: «Mami, kommst du noch gute Nacht sagen?»

«Jetzt gehst erst amal ins Bett. Dann schaun mer mal.»

Ich gehe. Meinen Pappkarton in die hinterste Zimmerecke und den Trägerrock unters Bett schieben. Falls Hedi noch kommt.

Das war Weihnachten.

5

W i r   v e r b r i n g e n   S i l v e s t e r am Alpensee. Das schneeschwangere Bergpanorama gleich vor dem Rohrmoser'schen Hotelfenster hat keinerlei Ähnlichkeit mit der regenfeuchten Wintermiefigkeit unserer rheinischen Tiefebenengruft. Seit Wochen habe ich Hedi schon gelöchert, ob wir wieder nach Garmisch fahren würden, ob meine «Cousinen» Wibke und Verena auch kommen, wie lange ich an Silvester aufbleiben darf, ob es Feuerwerk gibt und zum Nachtisch wieder Mandarinenkompott, ob der See zugefroren ist und ob der Lechner Toni uns exklusiv und zum wiederholten Mal das Skifahren beibringen wird.

Ich hänge an dem Hotel und allem, was dazugehört, mit meinem ganzen Herzen. Meinen so genannten Großeltern, Reserl und Schorsch Rohrmoser, bringe ich Sympathie (für Reserl) und Respekt (für Schorsch), aber längst nicht die gleiche Anhänglichkeit entgegen. Das Hotel, den See und die verwunschen verschneiten Waldwege, die Fünf-Uhr-Tees in der Hotelhalle, jahrein, jahraus begleitet vom «Althans-Trio», das dafür die neuesten Schlager adaptiert, die Nachmittage auf dem hoteleigenen Skihang, wo wir als Hotelierenkel von den auf ihrem Spaziergang innehaltenden Hotelgästen bestaunt werden – das alles liebe ich heiß und innig und verteidige es trotzig gegen die tiefe Einsicht, dass ich nicht dazugehöre. Die Bockschultes aus Soest –Tante Annemirl und Onkel Walter mit ihren Kindern Wibke und Verena – zählen ebenso zu den «Echten» wie die Sippe der ältesten Hedi-Schwester und Rohrmoser-Tochter Waltraud, genannt Walli. Sie ist mit dem waschechten Bierbrauer Xaver Sembacher verheiratet, der sich mit ihr gemeinsam eine dreiköpfige Kinderschar an den Hals gehängt hat und unsere wechselnden Amischlitten mit oberbayrisch sturköpfigem Schweigen quittiert.

Tante Walli und Onkel Xaver sind mir die liebsten, nicht nur, weil sie das kleinste Haus, die meisten Kinder (ein Mädchen und zwei Bub'n) und einen komischen Dackel namens Wiggerl besitzen, sondern weil bei ihnen zu Hause in Griesheim stets eine von leichtem Chaos umwehte Stimmung vorherrscht. Bei alldem findet Walli noch die Gelegenheit, absolut umwerfend auszusehen, das genaue Gegenteil von Hedi: schwarze Haare, schwarze Glutaugen, ein voller Mund, bei dem im geschlossenen Zustand immer ein winziges Löchlein die Ober- von der Unterlippe trennt, und dieser kleine Spalt verleiht ihr einen ungeheuer sinnlichen Ausdruck. Sie trägt ihre zierliche Nase hoch und lachend selbstbewusst, und auf einer ihrer wohlproportionierten Wangen hat die Natur großzügig einen Schönheitsfleck platziert. Ich finde Walli wahnsinnig attraktiv und bedaure wegen ihres darüber hinaus extrem lebenslustigen und amüsierwütigen Charakters, dass nicht sie meinen Vater geheiratet hat. Gleichzeitig sehe ich aber ein, dass das Onkel Xaver gegenüber nicht gerade fair gewesen wäre, zumal er in meiner Sympathiehitliste ganz oben steht. Er ist der einzige Mensch, der mich ohne weitere Fragen in seine Welt und in den Kreis der ihn umgebenden Kinder einschließt, und als ich einmal aus erzieherischen Gründen von Hedi eine Zeit lang ganz alleine zu den Sembachers verschickt werde, nimmt er mich am Abend, wenn alle noch zusammensitzen und sich meine Fremdheit in Heimweh verwandelt, vollkommen selbstverständlich auf den Schoß.

So gern ich Xaver und Walli habe, so sehr schüchtern mich ihre Kinder ein. Rundgesichtige, pausbäckige Wesen in Dirndl und Lederhosen, die bereits zum Frühstück pro Kind zwei Honigsemmeln und drei Tassen Kakao verschlingen, anschließend mit lautem Gejohle in den Garten stürzen, Fußball spielen, auf Bäume klettern, in froschlaichgefüllten Naturseen schwimmen und vor nichts Angst haben. Mir zittern beim Anblick einer leicht erhöhten Astgabel die Knie, der Froschlaich bremst jedwede Bereitschaft zum Wasserkontakt, und das lärmende Verfolgen eines Balles zu mehreren führt bei mir in kürzester Zeit zu totaler Orientierungslosigkeit.

Die drei Sembacher'schen Gören kommentieren meine ungelenken Versuche, es ihnen gleichzutun, mit ungläubigem Staunen oder misstrauischen Blicken. Meine schlichte Weigerung, mich mit ihnen in den flächendeckend laichüberzogenen Weiher zu werfen und den Glibber mit meinen Handflächen im Vorwärtsschwimmen teilend zur Seite zu räumen, wird dann allerdings mit hämischem Spott und meiner Erklärung zum Weichei gestraft. Damit ist die letzte Respekthürde beseitigt, und ich werde den sachkundigen Beurteilungen der Griesheimer Kleinstadtjugend zum Fraß vorgeworfen.

Gleich zu Beginn unserer Begegnung habe ich mit allen in astreinem Oberbayrisch parliert, was aber zu keinerlei Verwirrung oder wenigstens einem erstaunten Heben der Augenbrauen geführt hat. Im Gegenteil scheinen alle der Überzeugung zu sein, es handele sich dabei um die allergrößte Selbstverständlichkeit. Die Feststellung, dass ich über meine allgemeine Unfähigkeit hinaus auch noch aus einer Gegend stamme, die irgendwo gleich neben dem Ural liegt, besiegelt meinen endgültigen Untergang. Ich erhalte keinerlei mildernde Umstände, und fortan bezeichnet man mich abfällig als «die Rhöndorferin», was etwa gleichbedeutend ist mit dem gesellschaftlichen Todesurteil.

Meine einzige Rettung besteht in der Zuhilfenahme der bewährten Schockmethode: Ich konfrontiere sie ausgiebig und in übertriebener Weise mit meinem Heimatidiom, was mir kurzzeitig die Genugtuung gibt, die Kinderschar erstaunt zu sehen. Im Folgenden aber stelle ich fest, dass diese Methode doch kräftig auf meine Kosten geht, da sie in mir das unschöne Gefühl der Selbsterniedrigung erzeugt. Jedenfalls bringt es sie dazu, sich, wenn auch nur kurz, darüber zu wundern, warum ich denn außer meiner eigenen auch noch ihre Stammessprache beherrsche. Nach meinem Reinfall mit Hedi ist dies bereits die zweite in einer langen Kette von Niederlagen, die im Laufe meines Lebens immer dann folgen sollen, wenn ich mich bemühe, durch chamäleonhafte Anpassung irgendwo in Gnaden aufgenommen zu werden.

Das Prinzip meines Überlebenskampfes in der oberbayrischen Diaspora bleibt auch in Garmisch relativ unverändert. Die erste Regel lautet: auf keinen Fall auffallen! Und das von Anfang an.

Wenn ich, wie häufig, ohne Hedi und meinen Vater zum Alpensee vorausgeschickt werde, steige ich zu Wibke, Verena und deren Kindermädchen Gerlinde, die mir schon seit Münster entgegenfiebern, in Bonn in den Nachtzug und am nächsten Morgen ungewaschen und todmüde auf dem Münchner Hauptbahnhof wieder aus. Falls ich nicht stattdessen doch mit Hedi und Papi im Auto fahre. Jedes Jahr bete ich schon seit November, dass das Los auf den Zug fallen möge, ansonsten bereite ich mich bebend auf eine der schönsten und ergiebigsten Kotzpartien in der Geschichte der deutschen Autobahn vor.

Wenn aber die Sache gut für mich ausgeht, schmiege ich mich im nächtlichen Zugabteil nach dem Kampf ums obere Bett in die frischen, glatten Laken, das neueste Comic-Heft von Mickymaus oder Fix und Foxi in den Händen, voller Vorfreude auf den lockenden Inhalt, während draußen in flackernden Abständen die Bahnhofslampen vorbeiziehen und in etwas größerer Entfernung Straßenlaternen und erleuchtete Wohnzimmerfenster, aus denen Fernsehmattscheiben heimelig schimmern. Das monotone Ruckeln und Rumpeln der Schienen und Bahnschwellen unter mir erfüllt mich mit einem tiefen Glücksgefühl. So auf der Durchreise, am Beginn von etwas Neuem, Schönem, noch jungfräulich Unbekanntem, das alte, benutzte und verpfuschte Leben hinter sich lassend, so soll es immer sein. Dieser herrliche Zustand gemeinsamer Erwartung: Was werden wir machen, wie wird es sein, wird vielleicht sogar etwas Außergewöhnliches passieren? Ich vergesse, dass Gerlinde, das Ekel, uns begleitet und denke selig an die vor mir liegende lange, dreiwöchige Zeit mit meinen «Cousinen», in deren Verlauf wir uns nach Herzenslust streiten, versöhnen und miteinander Spaß haben können. Unter mir zetert gerade Wibke gegen Verena, die ihr ihr neuestes Enid-Blyton-Buch nicht ausleihen möchte, obwohl sie es doch auf dem Weg von Münster nach Bonn schon komplett ausgelesen hat. Verena macht es aber Spaß, Wibke zu piesacken. Ich bin die Älteste, Verena ist ein Jahr und Wibke zwei Jahre jünger als ich. Meistens machen Verena und ich gemeinsam Wibke fertig.

Irgendwann auf der Höhe von Bingen oder Mainz sind wir müde vom ersten Wortgefecht, unser immer schleppenderes Gespräch verläppert, wir verstummen, nachdem Gerlinde uns die erste Androhung sofortiger Rückfahrt durch die Zwischentür geschleudert hat.

Um sieben Uhr werden wir unsanft ins Leben und auf den grauen Münchner Bahnsteig geworfen. Ich bin in der Fremde. Um mich herum granteln bayrische Gepäckträger mit hölzernen Karren, auf die sie die von Gerlinde bewachten Koffer mit unseren Skipullovern, Anoraks und kratzenden Wollschals wuchten, dabei kauen sie an stinkenden Zigarrenstumpen, deren Rauch uns als Willkommensgruß die Tränen in die Augen treibt. Die Schlafkrümel vernebeln uns noch den Blick, trotzdem sind wir aus dem Stand in der Lage, kichernd und zielgenau über die Absonderlichkeiten unserer neuen Umgebung zu lästern. Im klammen Morgendunst zockeln wir nun hinter dem Dienstmann und unseren Habseligkeiten her, und nach einigen seltsamen Windungen landen wir schließlich auf einer Art Abstellgleis irgendwo am Ende der Welt, wo ganz sicher niemals ein Zug vorbeikommen wird. Fröstelnd finden wir uns damit ab, hier an diesem Ort dem Vergessen anheimzufallen, da erbarmen sich näher kommend ein paar Waggons unserer kleinen Schar, und wir lassen das, was sich da Starnberger Bahnhof nennt, hinter uns.

Vor dem Fenster des Eilzugs nach Garmisch ziehen hügelige Wiesen vorbei, Kühe, braun-weiß gefleckt, ganz anders als die strengen, schwarz-weißen bei uns zu Hause, heben den schweren Kopf, wenn der Zug pfeifend an ihnen vorbeirollt, schauen uns nach, begleitet von sanftem Glockengebimmel, und ich schließe sie in mein Herz. Trotz meines Glücks über den Anblick der geliebten Landschaft bin ich nervös, die Wiesen sind bräunlich grün, kein Fetzchen Schnee, nirgends. Ängstlich bestürmen wir Gerlinde: Liegt in Garmisch Schnee, ist der Alpensee zugefroren, können wir Ski fahren, Gerlinde, sag doch mal, weißt du es? Gerlinde sagt, ja, ich glaube, ich weiß nicht, lasst mich in Ruhe, ihr werdet es noch früh genug sehen. Und während Verena und Wibke sich gegenseitig knuffen und puffen, sich die Comics aus der Hand reißen, bei Gerlinde petzen, heulen, sich beruhigen, einander versichern, dass sie nie wieder miteinander sprechen werden, die Plätze wechseln, um nicht mehr nebeneinander sitzen zu müssen, währenddessen schaue ich und schaue und schaue in eine Märklin-Landschaft aus kleinen, kurvigen Eisenbahnschienen, Kuhweiden, Bahnhofshäuschen und beschrankten Bahnübergängen, und dann entdecke ich nach einer kleinen keuchenden Steigung den ersten schorfigen Flecken Schnee an der Böschung. Während die anderen noch zetern, genieße ich mein Wissen einen winzigen Augenblick ganz für mich allein. Ich bin glücklich.

Kurz vor Garmisch sind wir von der Zugheizung und der

Fahrt müde geschaukelt, und so steigen wir streitend und jammernd aus dem Abteil, schleifen unsere Siebensachen mürrisch über den Bahnsteig und hangeln uns weiternörgelnd in Hieber-Ferdls zigarrenrauchvernebelten VW-Bus, in dem schon ein paar halb erstickte Hotelgäste ungeduldig der Abfahrt harren. Gerlinde signalisiert uns unmissverständlich, dass wir uns gefälligst zu benehmen hätten, und wir gehorchen, zu müde zur Gegenwehr. Ich lasse es mir aber nicht nehmen, ein paar kräftige oberbayrische Worte an Ferdl zu richten, denn ab jetzt gilt es zu zeigen, wer man ist und wo man hingehört. Und wenn man schon nirgends hingehört, dann muss man sich wenigstens einen anständigen Platz erobern.

Auf sein grantiges «Servus, gemma!» erwidere ich ein fehlerfreies «Griaß di, Ferdl, fahrst uns aufi?».

Ferdl ist mir einerseits unheimlich wegen seiner zugeknöpft-mürrischen Art, andererseits schätze ich die Vorstellung, dass unter seinem grauen Hotelfahrerkittel mit dem aufgestickten «Alpensee-Hotel»-Schriftzug ein butterweiches Herz schlägt. Ferdl drückt sich so etwas wie ein schiefes Grinsen ab, schubst mich auf den Notsitz, und mit einem endgültigen Knall scheppert die Schiebetür um Haaresbreite neben mir ins Schloss. Infolge seiner charmanten Art legt sich ein bleiernes Schweigen auf die zusammengepferchte Gesellschaft, nur ab und zu durchbrochen vom ängstlichen und dezenten Hüsteln eines asthmatischen Fahrgastes. Ferdl bedenkt derlei Einmischung in seine inneren Angelegenheiten mit einem tödlichen Blick in den Rückspiegel, der von dort über die Bande wie ein Kugelblitz an die hinteren Fensterscheiben schleudert, davon abprallend schließlich beim verschreckten Empfänger landet und ihn bis ans Ende unseres Ausflugs zum Schweigen bringt.

Nachdem Ferdl in unverständlicher und dafür umso beeindruckenderer Weise fluchend die Klippen des touristenautoverseuchten Garmischer Ortskerns umkurvt und den Rand des

Städtchens erreicht hat, dehnen sich vor meinem entzückten Auge die schneebedeckten Wiesen mit all den Heustadl-Blockhütten, aus denen das Heu zwischen den Balken hervorquillt. Ich drücke mir die Nase an der feucht beschlagenen Fensterscheibe platt. Bei diesem Anblick weiß ich, dass es wahr ist. Ich bin in Garmisch. Am Alpensee. Geliebter Alpensee.

Hieber-Ferdl legt sich mit einer letzten Anstrengung ins Zeug. Wir fahren auf einer geraden, schmalen Straße quer durch die Wiesen auf den Ausläufer eines mit schneebeladenen hohen Tannen bewachsenen Bergleins zu. Ferdl senkt den Fuß aufs Gaspedal, dem VW-Bus entfährt ein gequältes Aufheulen, und wir nähern uns unausweichlich einer sich entschlossen herabsenkenden Bahnschranke. Von rechts keucht bereits in Sichtweite die Zugspitzbahn heran, ein blaues Bähnlein, dem angesichts unseres Kamikazeclubs ein niedliches Pfeifen entweicht. Hieber tritt kraftvoll ins Pedal wie ein Rodeo-Cowboy in die Steigbügel, wobei sein Mund im Rhythmus seiner Flüche unablässig undurchdringlichen Qualm absondert. Wir werden durch die Beschleunigung abwechselnd gegen die Türen und gegeneinander gepresst, im Skiträger an der Hecktür scheppern die Holzbretter aneinander und klappern im Verein mit den Zähnen meiner linken Nachbarin, dass es nur so eine Freude ist. Mir gegenüber sitzt Verena und grinst mir zu. Sie hat eine eigenartige Freude an den Absonderlichkeiten, die das Leben in Form einiger Zeitgenossen für sie bereithält, und auf dieser Basis haben Verena und ich hin und wieder eine gewisse Übereinstimmung. Gerlinde weist inzwischen eine grünlich-bleiche Gesichtsfarbe auf, und Wibke jammert vorsorglich: «Mir ist schlecht.»

Ich gehe davon aus, dass außer Verena und mir wohl kaum einer der Mitreisenden die Fahrt genießt. Mit Ausnahme von Ferdl, natürlich.

Er zieht den Kopf ein, als wir unter der Schrankenguillotine hindurchtauchen, und während wir von der jähen Berührung mit den Schienen unter uns mit den Köpfen an die Decke geschleudert werden, meine ich noch den Atem des Zuges neben mir zu spüren. Ich wage einen scheelen Blick auf meine Nachbarin, eine Dame mittleren Alters, in Pelz und Hütchen, der ich meinen soeben abgesonderten Begeisterungsfurz anzuhängen gedenke, und stelle fest, dass die Vorspiegelung falscher Tatsachen wohl kaum nötig ist. Sie sieht aus, als hätte sie gerade vor Angst ihre Hose genässt. Noch aber ist sie nicht erlöst, denn jetzt nimmt Ferdl den Kampf mit den Serpentinen auf. Ungefähr sieben ordentlich vereiste Haarnadelkurven liegen noch zwischen uns und Großmutters Umarmung, und wie es aussieht, ist keineswegs entschieden, dass wir sie lebend erreichen werden.

Beim Anlauf auf die erste Kehre sind wir noch Nutznießer des Schwungs aus der Bahnschrankenaktion, doch bereits wenige Meter später fressen sich Hiebers Schneeketten schon angestrengt knirschend in den widerspenstigen Grund. Ferdl sammelt all seine Flüche zusammen und erschreckt damit Motor und Insassen gleichermaßen, worauf jeder auf der Stelle sein Bestes gibt. Während es unter der Motorhaube ächzt und stöhnt, halten wir drinnen in stiller Übereinkunft die Luft an und blasen die Backen auf, bis wir knapp vor der Detonation stehen. Als uns daraufhin die schöne Luft urplötzlich entweicht, verleiht das dem Bus, Ferdl oder wem auch immer eine derartige Schubkraft, dass wir uns unversehens jenseits der nächsten Steigung wieder finden. Hieber-Ferdl lässt befriedigt für ein paar Meter die Pedale schleifen, und neben mir sinkt die Dame mit dem Hütchen entspannt in sich zusammen. Ihr Gesicht zeigt jetzt genau den Ausdruck der Verblödung, der eintritt, wenn man endgültig mit dem Leben abgeschlossen hat.

Gerade bin ich versucht, ihr tröstende Worte zu spenden, da naht bereits die nächste Herausforderung. Wir haben uns inzwischen etwa auf zwei Drittel des Weges nach oben gearbeitet, und der nachbarlichen Damenbrust entringt sich ein herzzerreißendes Stöhnen beim Anblick des Riesenbusses, der uns voll besetzt mit fröhlichen Skifahrern und Wandersleuten entgegenschwankt. Das Zusammentreffen könnte nicht dramatischer sein. Rechts von uns die Felswand, notdürftig mit Drahtgitter gegen drohend angekündigten Steinschlag gesichert, links der Abgrund. Eine steile Wiese, an deren Ausläufern uns Bahngleise und Zugspitzbahn begrüßen. Der gegnerische Busfahrer bedeutet uns mit siegessicherer Geste, uns nach rückwärts zu verziehen, zur nächsten Ausweichstelle, dorthin, wo der Pfeffer wächst, und die Schadenfreude seiner Passagiere strahlt uns aus ihren grinsenden Gesichtern entgegen.

Da startet Hieber-Ferdl, seinen allerschönsten Fluch ausstoßend, ultimativ durch. Die Schneeketten scharren auf der vereisten Fahrbahn wie die Hufe einer angreifenden Büffelherde, wirbeln Rollsplit auf, der zischend hochfliegt und gegen die Fenster prasselt.

«So a saubleeder Depp, so a damischer, der Saupreiß, der depperte!»

Brüllendes Motorengeräusch. Gigantische Qualmwolken. Durch die getrübte Windschutzscheibe sehen wir das ungläubige Gesicht des Busfahrers auf uns zu rasen. Hieber-Ferdl schwingt wie David anstelle seiner Schleuder die Reste seines Stumpens in der geballten Faust gegen den Goliath vor uns, und ich dränge mich instinktiv ein wenig näher an den zitternden Körper links von mir. Jeden Moment erwarte ich das eklige Knirschen aufgeschlitzten Bleches zu meiner Rechten. Adieu, Omi Rohrmoser, adieu, Alpensee, adieu, Mandarinenkompott zum Nachtisch! Ich möchte die Augen schließen vor dem sich abzeichnenden Verhängnis, doch eine fremde Macht hindert mich daran und zwingt mich sehenden Auges, meinem Schöpfer gegenüberzutreten.

«Grundgütiger!»

Auch um mich herum wird man religiös.

«Du Saubazi, du gscherter! 'S Maij derst aufsperrn, aba wia breit dei bleeder Bus ist, des woaßt net!»

Mit diesen Worten und einem abschließenden zufriedenen «Saupreiß, bleeder!» brettert Ferdl durch die nadelöhrschmale Lücke zwischen Bus und Fels. Den fröhlichen Skifahrern bleibt das Grinsen gefroren in den Mundwinkeln hängen, und ich präsentiere ihnen als Dreingabe im Umdrehen das längste Stück Zunge, das ich aus den Tiefen meines Rachens heraushängen lassen kann.

Unser VW-Bus knattert oben angekommen an den ersten hoteleigenen Nebengebäuden vorbei, lässt die Wäscherei rechts, das Geburtshaus der Rohrmosers und den jetzt verschneiten Tennisplatz links liegen und wird von Ferdl mit kreischenden Bremsen und weit ausholendem Schwung vor der Hoteleinfahrt zum Stehen gebracht, dass die Eisbrocken nur so spritzen.

Ferdl schwingt sich leise grummelnd von seinem Fahrersitz und reißt mit lautem Krachen die Schiebetür auf. Er greift mir handfest unter die Arme, hebt mich hoch und stellt mich wie einen Sack Kartoffeln draußen ab, bevor er sich der Pelzdame annimmt, um ihr nach der kleinen Spritztour galant wieder festen Boden unter den Füßen zu verschaffen.

«So, auf geht's, gemma. Wos is jetzat, geht's net weiter oder wia ham mir's da?»

Die Dame hat inzwischen die Atmung eingestellt, aber ihrem Gatten, als der sich der ängstliche Hüstler nunmehr entpuppt, entfleucht tapfer ein klitzekleiner Protesthauch. Zaghaftes Räuspern.

«Würden Sie bitte die Freundlichkeit haben, meiner Frau gegenüber einen etwas anderen Ton anzuschlagen?»

Ferdls Arme bleiben mit der willenlos darin erschlafften Gattin einen Moment ehrlich verwirrt und verständnislos ausgestreckt in der Luft hängen. Ich kann förmlich sehen, wie sein Hirn angestrengte Übersetzungsarbeit ins Hochbayrische leistet, bis ihm der Kern der Mitteilung schließlich dämmert. Als sei ihm die Dame gerade wieder eingefallen, lehnt er sie achtlos an ihren Ehemann und grantelt, ohne dabei den Mund auch nur geringfügig zu öffnen, in seinen Stumpen, wohl wissend, dass er einen Ruf als Unikum und als solches Privilegien beim Beleidigen zahlender Kundschaft zu verteidigen hat. «I red, wia mei Schnabel gwachsn is. Host mi?!», und wendet sich voll grandioser Nichtachtung dem Entladen der Skibretter zu.

Der Gast versteht. A Ruah is.

Ich esse Mandarinenkompott aus einem gläsernen Hotel-Dessertschälchen. Aus der Dose. Kriege ich zu Hause nicht. Andächtig und schweigsam schaufele ich Löffel für Löffel in mich hinein. Verena, Wibke, Gerlinde und ich sitzen im Bauernstüberl, das uralte Holz der getäfelten Wände duftet nach Bayern, gleich neben der Stirnseite des lang gezogenen, hölzernen Familientisches schwenkt rhythmisch die schwere Schwingtür zur Küche auf und zu, spuckt Kellner in weißen Jacken aus und saugt sie in nicht abreißendem Strom wieder ein. Ich kenne jeden Einzelnen von ihnen, es sind immer dieselben, jedes Jahr. Sie begrüßen uns wie alte Bekannte, manche sind zuvorkommend, als seien wir junge Damen. Der Oberkellner ist ein Italiener. Er heißt Gianni und ist meine große Liebe. Außer dem Hotelportier, dem Sendlinger. Wenn ich nicht schon Cary Grant versprochen wäre, würde ich ihn nehmen, das steht fest.

Wibke zeigt erste Schluckhemmungen. Ein waidwunder Blick von schräg unten nach rechts oben zu Gerlinde.

«Ich kann nicht mehr ...»

«Du isst jetzt!»

Interessiert und kaltherzig beobachte ich die Entwicklung. Wibke und ich teilen nämlich die Abneigung gegen nahezu jede Form der Nahrungsaufnahme, wenn man einmal von allen erdenklichen Limonadenerzeugnissen absieht. Dieses erste Ergebnis einer mit tödlicher Sicherheit wiederkehrenden Auseinandersetzung ist auch für mich von nicht geringer Bedeutung. Fürs Erste bleibt Wibke aber verschont, denn die Schwingtür öffnet sich erneut, und die Küche entlässt unsere Omi Reserl (meine dritte, ich habe hin und wieder Probleme mit der Übersicht über die Bestände).

Reserl verbringt ihre Tage eingesperrt in einem Zwei-mal-zwei-Meter-Kabuff, von wo aus sie eingehüllt in weißlichen, feuchtheißen Küchendunst über ein Mikrophon die Bestellungen der Gäste, die «Bons», ausruft. Einmal am Tag um die Mittagszeit unterbricht sie ihre Fron und eilt an den Familienstammtisch, nur, um in Windeseile ein Mittagessen hinunterzuschlingen und anschließend für den Rest des Nachmittags wieder in ihren Küchenknast zu verschwinden. Die kurzen Phasen der Nahrungsaufnahme sind so ziemlich das Einzige, was ich in der Zeit meiner Aufenthalte am Alpensee von Reserl erhasche, außerhalb dieser Momente ist sie von ihrer Eigenschaft als Hoteliersgattin restlos absorbiert. Sie hängt in ihre Arbeit eingespannt wie ein Ackergaul in sein Geschirr, und nicht nur sie kann der unsichtbaren Trense, die sie fesselt, nicht entrinnen, auch alle anderen Mitglieder des Rohrmoser-Clans sind Gefangene ihrer Gastgeberpflichten.

Als ausgesprochen merkwürdig empfinde ich zum Beispiel die täglichen Wallfahrten, die mein Opi Schorsch entlang der mit Hotelgästen besetzten Tische absolviert, den immer gleichen Text im immer gleichen Tonfall auf den Lippen. Er, der stammesgeschichtlich eher der Gattung der Hieber-Ferdls zuneigt, verzieht seine faltenreichen und wettergegerbten Züge zu einem von ihm wahrscheinlich für vornehm gehaltenen Lächeln und wünscht «Guten Appetit». Dabei artikuliert er diese beiden an sich doch harmlosen Worte in einer Weise, als würden ihm dabei die Zunge umgedreht und die Zähne aus dem Kiefer gebrochen. Ich bekomme direkt Angst, er könne von einer Sprachlähmung befallen werden. Reserl huscht in ihrer dicklichen, freundlichen Herzlichkeit mit wiegenden Hüften, Watschelgang und liebem Lächeln durch Küche, Hotelhalle und die Gänge des Hauses, in Gedanken immer schon woanders. Schorsch hingegen stülpt sich den Trachtenhut mit dem gigantischen Gamsbart auf den spärlich mit grauem Strupphaar bewachsenen Kopf, zieht eine kräftige Prise Schnupftabak in die leuchtend rote Knollennase und begibt sich auf den See zum Eisstockschießen. Seine große Sorge gilt ohnehin nicht sosehr dem Wohl der Gäste, sondern vielmehr der Pflege der Eisoberfläche, wobei er eine Zärtlichkeit entwickelt, die den Vergleich mit einer jungen Mutter bei der Betreuung ihres neugeborenen Säuglings nicht zu scheuen braucht. Darüber hinaus fordern seine Aufgaben als Vorsitzender des traditionsreichen Eishockeyvereins «SC Alpensee» seinen ganzen Einsatz, und ich bekomme ihn, genau wie Reserl, lediglich bei den Mahlzeiten zu Gesicht. Was allerdings meinen Respekt vor seiner Person nur noch steigert.

Nichtsdestoweniger sind die beiden ihren Gästen und der Familientradition treu ergeben, und dies scheint auch für ihre Kundschaft zu gelten. Jedenfalls variiert die Besetzung der Stammgäste von Jahr zu Jahr nur unerheblich, und treten tatsächlich einmal Unvorhersehbarkeiten wie zum Beispiel kurzfristige Absagen ein, oder, schlimmer noch, werden Buchungen gar nicht erst getätigt, so bilden diese Vorkommnisse Gesprächsstoff für mehrere Mittag- und Abendessen. Vorzugsweise Hedi mischt sich gern in die betriebsinternen Angelegenheiten ihrer Eltern ein und beginnt auch gleich in zupackender Weise, die Dinge in die Hand zu nehmen und neu zu ordnen, wobei sie nicht mit Tadel an Schorsch und Reserls geschäftsführenden Talenten spart. Besonders, wenn es darum geht, die Fähigkeiten des Personals auf den Prüfstand zu legen und über Verbleib oder

Demission eines Angestellten zu urteilen, hält Hedi ihren Rat bereit.

Diese zurechtweisenden Vorträge, gerichtet immerhin an echte Autoritätspersonen, welche Hedis Eltern für mich darstellen, werden von Verena, Wibke und mir mit äußerster Aufmerksamkeit verfolgt, so wie es uns überhaupt eigen ist, uns an den Niederlagen anderer ausgiebig zu delektieren. In Anbetracht der Tatsache, dass insbesondere Wibke und ich immer wieder gern erwählte Opfer aller möglichen Erziehungsattacken sind, entspannt uns das Miterleben fremder Streitigkeiten ganz außerordentlich, sofern wir selbst nur als Beobachter beteiligt sind.

Leider finden die interessantesten Gefechte meist erst spätabends an der Hotelbar statt, wo man als Zugabe nebenbei auch noch die schönsten Boshaftigkeiten über dem einen oder anderen Gast ausschütten kann. Hedi liebt es nämlich, sich des Abends in ihr Cocktailkleid zu werfen, flächendeckend Ringe, Ketten und Brillantarmbänder über ihren Körper zu verteilen, um dann am Arm ihres stattlichen Gatten ihren Aufstieg von der Tochter des Hauses zur Fabrikantengattin anschaulich vorzuführen. Sollte sich unter dem anwesenden Logiervolk auch nur ein einziger weiblicher Gast befinden, den angesichts solch schamlos vorgeführten Selbstbewusstseins ein Anflug vielleicht sogar ein klein wenig neidischer Unsicherheit befällt, dann wird gnadenlos zugestochen. Immer mittenrein in die dargebotenen Weichteile, denn Hedi findet, ohne hinzusehen, treffsicher jede Schwachstelle wie ein blinder Maulwurf seinen Bau. Wir, die wir nicht dabei sein dürfen, sondern in der Finsternis unserer Zimmer oben in Reserls Wohnung unterm Hoteldach in den Betten schmachten, Bedauern im Herzen ob all der gesellschaftlichen Ereignisse, die uns durch die Lappen gehen, wir erfahren schließlich doch alles.

Spätestens am nächsten Tag, beim kurzen Stelldichein der Familie beim Mittagessen, wenn Reserl, Vorwurf in der Stimme, sich ihre Jüngste vorknöpft: «Aisso, ge', dass di net schämst, aisso weißt as! Des kannst doch net machn, des san doch Gäst', mei, Hedi, des lernst fei nie. Frag amal den Vaddi, die Frau Herzog, die hat heut morgn gsagt, dass scho am Sonntag abreisn. Uuunmeeglich!»

Worauf Hedi, mäßig beeindruckt, den Schmollmund trotzig geschürzt, um eine Antwort nicht verlegen bleibt. «Aber schieln tut's trotzdem! Wenn's gescheit gradaus schaun tät, na tät's a net alweil d' Zigarettn nebn an Aschenbecher legn. Aba recht vornehm tun, des hamma gern! Da kann i ja nur lachn! A rechte Zwiederwurzn, des is!»

Mein Vater wirft einen strengen Blick auf seine Angetraute, was selten ist, und bietet Reserl Unterstützung. «Muddi, du häst Rescht. Dat war unmöschlisch. Hedi, dat jeht nit. Dat sin Jäst!»

«Aber gschielt hat's!»

«Ever da kann se doch nix für, wat soll dat denn jetz?»

«Mei, mir is eh gleich, die oide Hex ...!»

«Jetzat gibst a Ruah! Und dass di net noch amal derwischn lässt, ge?!»

Schorsch hat gesprochen. Hedi schmollt und schweigt. Genießerisch lasse ich mir seine Worte auf der Zunge zergehen. Ruhig soll sie sein, hat er zu ihr gesagt! Ich hab's genau gehört. Ruhig soll sie sein! Und sie hält den Mund! Wahnsinn.

Nach einer derart unterhaltsamen Mahlzeit ohne größere Verluste auf unserer Seite werden Verena, Wibke und ich in unser nachmittägliches Schneepflugtraining entlassen. Auf dem Weg zu der von Hieber-Ferdl eifersüchtig bewachten Bude mit den Skiern der Hotelgäste muss ich meinen begeisterten «Cousinen» noch etwa zwanzigmal das schöne Wort «Zwiederwurzn» vorsprechen, was jedes Mal zu den herrlichsten, von kreischenden Lachkaskaden unterbrochenen Erstickungsanfällen bei Wibke führt. Verenas eher stoisches Gemüt zeigt mehr analytisches Interesse. «Was heißtn das eigentlich?»

«Keine Ahnung, aber es klingt gut.»

Sie ist's zufrieden.

Nachdem wir unsere Holzbretter umständlich geschultert und sie harmlosen Sparziergängern auf ihrem Verdauungsgang versehentlich ein paarmal um die Ohren geschlagen haben, finden wir uns am Fuß des hoteleigenen Idiotenhügels gleich neben dem Alpenblickcafé ein und kämpfen mit der Skibindung. Ich verfluche innerlich den Sadisten, der das Gestrüpp aus Metallfedern, Gummibändern und Lederschlaufen erfand, nur, um mir und meinen Leidensgenossen die Schneelaune zu verderben. Der Lechner Toni, unser Lehrer, reicht uns mit professioneller Gelassenheit eine helfende Hand, wobei sofort eine verbissen harte Konkurrenz zwischen Wibke und mir darüber entbrennt, wem von uns beiden er das freundlichere Lächeln, die schnellere Hilfe und den Platz neben sich auf dem Schlepplift schenkt. Verena bedarf nicht im Entferntesten des Maßes an Zuwendung, ohne das Wibke und ich nicht einen Ski vor den anderen brächten. Sie hat vielmehr die Persönlichkeitsstruktur einer gutmütigen Kuh, die auch dann Milch gibt, wenn die Musik im Stall mal ausfällt. Wibkes und meine sensiblen Gemüter hingegen verlangen nach ständiger Anerkennung. Der Lechner ist sich denn auch der Fragilität unserer Psyche bewusst und hält jederzeit genügend Tempotaschentücher zum Tränentrocknen und ebenso viele oberbayrische Schmankerln zum anschließenden Aufmuntern bereit. Spätestens nach seinem ersten Unterrichtstag mit uns wird ihm zudem klar, dass er den kommenden Tag nur mit Hilfe von ausreichend Heftpflaster überstehen wird, da Wibke und ich die Angewohnheit haben, gelegentliche Meinungsverschiedenheiten unter Zuhilfenahme unserer Skistöcke auszutragen. Es gelingt mir auch tatsächlich, Wibke eines Tages einen beeindruckenden Schmiss zuzufügen, der anschließend genäht werden muss, was den Lechner zeitweilig in ratlose Depression stürzt und ihm den Glauben an das Gute im Allgemeinen und das im Kinde im Besonderen raubt. Ich werde daraufhin von Hedi, Gerlinde und dem übrigen Rohrmoser-Clan mit tagelangem Bann belegt, während Wibke in wirklich vorbildhafter Weise leidet und sogar von ihrer Erzfeindin Verena zärtlich mit den neuesten Comics, Malstiften und interessantem Hoteltratsch versorgt wird.

Ich bin ein Monster, das steht fest. Eine kurze Zeit lang konnte ich vergessen, dass ich nicht dazugehöre – was schon seltsam genug ist. Jetzt, da ich eine der Ihren beschädigt habe, da fremdes Blut geflossen ist, wache ich unsanft auf. Dieses Kopfschütteln. Was ist nur mit dem Kind los? Wie konnte sie so etwas tun! So was hat man ja noch nie erlebt! Ich bin so eine Art Wesen von einem anderen Volk, einem, das man bisher nicht kannte. Eine Wilde mit heidnischen Gebräuchen, blutrünstig und unberechenbar. Unkalkulierbar jedenfalls für alle, die meinen Stamm nicht kennen. Selbst Reserl, die Sanfte, die sonst auch mich – so wie ihre blutsverwandte Enkelschar – an ihren weichen Busen drückt, selbst sie betrachtet mich aus sicherer Entfernung und schüttelt sorgenvoll den Kopf.

Nach ein paar Tagen auf meinem Zimmer, ohne die Vergnügungen des Fünf-Uhr-Tees in der Hotelhalle bei Pflaumenkuchen und Schokolade, ohne Skifahren und abendliches Konsumieren von Daktari und sonntags Flipper, nachdem ich mir die Augen ausgeweint und der Muttergottes ewigen Gehorsam geschworen habe, sollte mich jemals wieder jemand lieb haben; da endlich wird die Quarantäne aufgehoben. Der Lechner begrüßt mich, als sei nichts gewesen, und ich bin das liebste Kind der Welt. Ich sage ununterbrochen «bitte» und «danke», egal zu wem, sodass es versehentlich auch die verstörte Verena trifft, bin von zuvorkommender Höflichkeit Hieber-Ferdl gegenüber, der mich sofort misstrauisch zum Skiwachsen verdonnert, und auch sonst ein Ausbund an Unterwürfigkeit. Dabei lauere ich doch nur auf den ersten Patzer vonseiten der lieben Cousinen, auf dass ich aus der Dauerliebenswürdigkeit entlassen bin und endlich wieder den Schaden aufseiten anderer genießen darf. Der Moment lässt auch nicht lange auf sich warten, denn Wibke bildet sich ein, sie könne aufgrund ihrer lebensbedrohenden Verletzung fortan die Nahrungsaufnahme verweigern, und stößt damit auf Unverständnis. Ich begrüße alte Zeiten, als Gerlinde wieder den Kleiderbügel drohend gegen ihre eigene Klientel richtet und Wibke jammernd bei Verena Deckung sucht, der jedoch das schwesterliche Wohl am Allerwertesten vorbeigeht.

Von nun an tausche ich wie gewohnt nachmittags Skistiefel und vereiste Matten gegen Lackschuhe und glattes Hotelparkett und twiste mir beim Tanztee zu den Klängen des «Althans-Trios» die Wut und den Trieb aus dem Bauch, bis mir die Zunge aus dem Hals hängt. Verena und Wibke twisten auch, aber ich bin besser! Wir sind die Attraktion, die Lieblinge der mittelalten Gästeschar. Und wir verteidigen die paar Quadratmeter rutschige Tanzfläche gnadenlos gegen alle Paare, die meinen, sie könnten auch ein wenig darauf herumschieben. Natürlich versetzt unsere Hartnäckigkeit Reserl, Schorsch, Gerlinde und so weiter in helle Aufregung, und überall um uns herum entschuldigt man sich für unsere penetrante Tanzflächenbesetzung. Aber wir zahlen es den fremden Tänzern heim, sodass sie wünschten, sie hätten uns nie verscheucht. Niemand findet so klare und vernichtende Worte für das Schauspiel, das die werten Gäste, jetzt im alleinigen Besitz der Vergnügungsfläche, uns mit ihren Bewegungskünsten bieten, und wir sparen nicht an Bemühungen, sie und unsere Umgebung diese auch hören zu lassen. Am nächsten Tag dürfen wir wieder tanzen.

Twist, diese modernste aller Bewegungsformen, versetzt mich in eine bis dahin nicht gekannte Ekstase. Ich bin sechs Jahre alt (gehst du denn schon in die Schule? – Nein, aber ich komme bald …), und mein Verletzungskonto weist nicht wie bei den Kindern meiner Stiefverwandtschaft Stürze aus Astgabeln, von Fahrrädern und beim Rollschuhlaufen auf, sondern speist sich einzig aus misslungenen Pirouetten, entgleisten Kniebeugen und verdrehten Fußgelenken als Folge exzessiven Twisttanzens. Noch heute trage ich mit Stolz eine beachtliche Narbe am Hinterkopf, hervorgerufen durch einen fulminanten Sturz gegen den Türrahmen des Sembach'schen Wohnzimmers in Griesheim und die daran anschließende eilige, nächtliche Nähaktion eines befreundeten Kinderarztes. Wenn ich die Sembach'schen Sprösslinge schon nicht beim Froschlaichwerfen schlagen kann, so will ich sie wenigstens mit meinen Tanzkünsten beeindrucken. Das gelingt mir auch insofern, als mein Cousin Wolfi mich bei meiner bandagierten Rückkehr mit den gönnerhaften Worten empfängt:

«Du, des war echt klass', mir ham fei länger aufbleim dürfn!»

Außer unserer täglichen Runde Twist bieten Verena, Wibke und ich den Hotelgästen noch weitere Attraktionen. Einmal zum Beispiel, als wir Weihnachten nicht im regentriefigen Rhöndorf, sondern im traumverschneiten Garmisch verbringen, wird dieses unverhoffte Geschenk auch gleich mit schwerem Zoll belegt. Die Cousinen und ich finden uns unversehens in weißen Kitteln mit Brokatbordüre und angenähten güldenen Schwingen wieder, denn, so wird uns streng bedeutet, wir stellen hiermit die drei Englein dar, die den erfreuten Hotelgästen von der Ankunft des lieben Jesulein künden sollen. Goldig. Ab sofort wird jeden Tag eisern geprobt, und prompt werde ich von meinen unterm heimischen Weihnachtsbaum durchlittenen Erfahrungen traumatisch heimgesucht. Die Angelegenheit wird zusätzlich durch die erschütternde Unglaubwürdigkeit des Stückes und der darin handelnden Personen erschwert.

Es ist nämlich so, dass Verena, Wibke und ich drei herzensgute Himmelswesen verkörpern, die zu dem einzigen Zweck auf die Erde herabgekommen sind, den von mir gefürchteten Vetter vom Alpenblickcafé und seine darbende Familie in Gestalt seiner ein Jahr älteren Schwester und einer schmuddeligen Puppe vor dem Verderben, in diesem Fall dem nahen Hungertod, zu retten. Nicht nur, dass ich nicht im Traum daran dächte, diesem Ekel, das uns bei unseren Skileibesübungen beobachtet und dabei hämische Sottisen fallen lässt, auch nur eine trockene Brotkruste zu überlassen; nein, beim Anblick seines breiten Grinsens steigt mir die Zornesröte ins Gesicht, ich werde von schrecklicher Versagensangst gepeinigt und vergesse wie gehabt jede Zeile des Geübten. In Anbetracht der Verwirrung, die des Vetters Nähe bei mir auslöst, kommt man überein, die Kindlein getrennt proben zu lassen und die Mitspieler erst zu dem Zeitpunkt zusammenzuführen, an dem es unerbittlich ernst wird.

So stehen wir dann eines Heiligabendnachmittags plötzlich mit wehenden Gewändern, rot geschminkten Bäckchen und einer Reisetasche in der Hand, in welcher sich Speise, Trank und ein frisches Hemd für den Familienvater befinden, vor dem erwartungsvoll-weihnachtsseligen Auditorium, und Gerlinde, die uns als Souffleuse dient, hält eine salbungsvolle Einführung ins kommende Bühnengeschehen. Das ist auch nötig, denn es gelingt unter meiner tätigen Mithilfe, in kürzester Zeit den ohnehin schwer begreiflichen Handlungsfaden endgültig zu verwirren, sämtliche Requisiten falsch einzusetzen und auf den richtigen Text im Großen und Ganzen völlig zu verzichten. Am Ende, so viel ist mir noch düster in Erinnerung, erhält jedes Kind aus unerfindlichen Gründen einen Apfel, die Puppe kriegt auch einen, und wir dürfen uns verbeugen. Alle lächeln blöde, Gerlinde ebenfalls, sie ist ganz rot geworden, wahrscheinlich, so denke ich, schämt sie sich über die dusselige Idee zu dieser Aufführung, aber, o Wunder, Applausregen prasselt auf uns nieder, einige der Zuschauer gebärden sich nahezu wild vor Freude über unsere großartige Leistung, und mit Erstaunen sehe ich, wie Hedi am anderen Ende der Halle die Glückwünsche für meine Talente entgegennimmt. Wir steigen in unserer Engelstracht steifbeinig vom Podium, das sonst dem Althans-Trio gehört, und lassen uns loben. Ich suche hoffnungsfroh gleich Hedis Nähe, die ja eben noch strahlend den Hymnen über meine Künste lauschte, und werde von ihr gewohnt herzlich empfangen: «Des hast ja grad noch amal g'schafft, hättst di fei scho amal a bisserl zsammreißn können!»

Ihr Lächeln zeigt eher Spott als Freude, doch für den lobenden Gast vis-à-vis geht sie doch auf die Knie und umfängt meine Taille, um mich an sich zu drücken. Ich bin verstört, fühle mich unbehaglich und habe nur den einen Wunsch: aus diesem Bettlaken rauszukommen, in Lackschuhe und Petticoat zu steigen und zu twisten, dass die Gelenke knirschen.

Spätestens an Silvester werde ich für alles entschädigt. Nachmittags werden wir ins Bett gestopft, um zu schlafen. Wir sind natürlich kein bisschen müde, wälzen uns stattdessen von einer Seite auf die andere, schleichen über den Flur, um einander heimlich zu besuchen, und riskieren damit, von der Teilnahme an der rauschenden Ballnacht ausgeschlossen zu werden. Sind wir jedoch Gerlindes Kontrollgang noch einmal entkommen, öffnet man gegen fünf Uhr nachmittags die Türen unserer Zimmerkäfige und heißt uns, die bereitliegenden Samt- und Rüschenträume anzulegen. Danach fliegen wir mit wehenden Röcken die drei Etagen des Hotels bis zur Halle hinunter, um uns dort ausgiebig zu spreizen, den Gästen zu gefallen und dem Personal auf die Nerven zu gehen.

Verenas Gefallsucht hält sich dabei in Grenzen, sie ist ohnehin gewohnt, überall auf wohlwollende Bewunderung zu treffen, denn sie ist das Superkind in unserem Trio. Verena isst und trinkt stoisch alles, was man ihr vorsetzt, nimmt stetig an

Gewicht zu, so wie es dem Schönheitsideal der Familie und der Tabelle des Kinderarztes entspricht, reitet zu Hause auf den väterlichen Gäulen wie ein Berserker, wobei sie sogar Hindernisse überspringt, und macht im Übrigen den Mund eigentlich nur zum Kauen auf. Sie trägt ihr Samtenes denn auch eher wie ein Pferd seinen Sattel, mit gelassener Gleichgültigkeit. Wibke hält im Wesentlichen nicht viel länger durch, nachdem sie ein paarmal von einem Gast am Kinn gekrault worden ist, verliert sie den Geschmack am Schönsein-Wollen und zieht sich nach oben, in Omis Dachhöhle, vor das Silvesterfernsehprogramm zurück.

Ich jedoch bin unersättlich. Den ganzen Rest des Nachmittags paradiere ich zwischen Foyer, Speisesaal, Tanztee-Halle und Bauernstüberl hin und her, stecke meine Nase in alle erreichbaren Ecken, lasse mich hingebungsvoll und wahllos ob meiner eleganten Erscheinung loben und kann nicht genug kriegen. Ich bin wichtig. Ich errege Aufmerksamkeit. Ich bin schön! Der Sendlinger erlaubt mir, zu ihm hinter den Empfangstresen zu kommen und den Gästen die Schlüssel zu überreichen. Ich weiß genau, dass alle sich Blicke zuwerfen und sich amüsieren über das Kind, das so erwachsen tut, aber ich sehe darüber hinweg. Solange es einen, nur einen Einzigen, gibt, der sieht, was in mir steckt, welch unbeschreiblich großartiges weibliches Wesen aus mir werden wird, wie atemberaubend attraktiv, gescheit und einzigartig ich sein werde, ja, schon bin … So schreite ich mit leichtem Hüftschwung durch die Räume, überzeugt, eine Spur bewundernder Blicke und anerkennend hochgezogener Augenbrauen hinter mir zu lassen.

In meinem Hirn brodelt es. Nicht nur an Silvester. Etwa seit meinem fünften Lebensjahr bin ich nicht mehr nur Thea, ein Kind im Vorschulalter, das mit krummem Rücken und hochgezogenen Schultern in Gesellschaft von Weißhauben, Putzfrauen, Schäferhunden, einer Stiefmutter und einem chimärenhaften Vater durch den Tag schleicht, immer auf der Hut, möglichst keine Fehler zu machen und Bestrafung zu entgehen. Ich bin auch eine romantische Figur, eine tragische Heldin, eine geheimnisvolle, skandalumwitterte Frau, mädchenhaft, fragil, schutzbedürftig, mit großen braunen Rehaugen und einem Blick wie ein verwundeter Schwan (so wie Audrey Hepburn) und hoch gewachsen, schlank und biegsam, mit prächtigen Haaren, blitzenden Augen und dem witzigsten und scharfzüngigsten Schandmaul, das die Welt je gehört hat (so wie Katharine Hepburn). Und jedes Mal werde ich gerettet von Cary Grant, dem schönsten, dem lustigsten, dem herrlichsten und männlichsten aller Männer! Er ist mein Prinz, er wird es bleiben, mein Leben lang. Ihm halte ich die Treue. Noch wenn ich achtzig sein werde und mit gichtigen Fingern in Südengland meine Rosentriebe schneide, wird er mich nachts auf seinen Armen die große Treppe herunter aus dem Haus tragen, während mein zartes Negligé im lauen Nachtwind weht. Ich werde mein faltiges Gesicht in die Kissen schmiegen, so wie ich meine Kinderbacken in die Kissen schmiege, ihm die leicht geöffneten Lippen selig zum Kuss darbiete und dabei träume, ich spürte das leichte Kratzen seines frisch rasierten Kinns. Er lächelt mich an, wissend und ein wenig spöttisch, und er allein sieht bis auf den Grund meiner Seele, dringt vor in die tiefsten Tiefen einer Sehnsucht, die nie wieder so stark und unzerstörbar sein wird wie jetzt, da ich sechs Jahre alt bin und jeden Mann, dem ich begegne, messe an ihm, dem Besten, dem Einzigen.

Einstweilen muss ich mich allerdings mit den männlichen Gästen begnügen, die ich in der Hotelhalle antreffe. Ich wähle jedes Jahr einen anderen Favoriten aus dem Angebot der Erholungssuchenden, doch die Einzigen, die auf die Dauer mit der harten Konkurrenz aus den heimlich angeschauten Hollywoodfilmen Schritt halten können, sind Gianni und der Sendlinger. Männer in Uniform, bewaffnet höchstens mit einem Serviertuch und dem Generalschlüssel. Solange Archie Leach und ich uns noch nicht begegnet sind, so lange bieten sie mir Schutz und ihren Arm.

Ich bin weder verrückt noch frühreif. Auch Sex ist dabei nicht im Spiel. Ich onaniere mindestens seit meinem dritten Lebensjahr, ohne große Ahnung zu haben von dem, was ich da treibe. Ich benütze es, weil es angenehm ist und ich danach besser einschlafen kann. Es ist von Vorteil, eine Ermüdungsmethode zu kennen, wenn man um sieben Uhr abends ins Bett gestopft wird, eine Zeit, zu der andere gerade den Tag beginnen. Ich erzähle niemandem davon, außer später meiner Schulfreundin, denn irgendwie dämmert mir, dass diese Handlung nicht salonfähig ist – kein Wunder, da, wo sie vorgenommen wird.

Mit Cary Grant hat mein Hand-an-mich-Legen jedoch nicht das Geringste zu tun. Das ist Liebe. Das weiß ich genau. An ihn denke ich nicht wie ein lüsternes Kind, sondern wie eine Frau. Und ich öffne nicht die Beine, sondern meine Seele weit für ihn, bereit zu entsagen, denn Liebe ist Verzicht. Nicht auf Sex, nein, aber auf irgendetwas anderes, da bin ich ganz sicher, denn sie macht traurig. Wenn er mich nachts in der Dunkelheit meines Zimmers küsst, muss ich weinen.

Ganz anders als eines Tages bei Onkel Henry, der plötzlich im Badezimmer steht, während ich meinen zwölfjährigen Mädchenkörper in der Wanne stehend abdusche, während Shampoo aus meinen Haaren an mir hinunterrinnt. Ich bin schreckensstarr, und Onkel Henry kommt langsam und vorsichtig auf mich zu, die Augen fast geschlossen und den Mund zu einem Schnütchen geformt.

«Na, Theakind, gibste deinem Onkel einen Kuss?»

Ich schäme mich zu Tode, wie ich da nackt und nass vor ihm stehe, und könnte schreien vor Angst, als sein Mund sich sehr zart und sehr vorsichtig auf meinen legt. Ich fühle etwas sehr Kleines, Weiches und Feuchtes auf meinen Lippen, das sich fast unmerklich bewegt. Es stupst ein bisschen, ganz wenig nur, kaum spürbar. Es dauert nur einen winzigen Moment. Dann öffnet mein Onkel die Augen, sieht mich lächelnd an und geht rückwärts, den Blick traurig auf mich gerichtet, zurück zur Tür.

Als er draußen ist, bleibe ich in der Wanne stehen, unfähig, mich zu bewegen, das Wasser und der restliche Schaum trocknen langsam an meinem Körper, und ich friere. Es dauert eine Ewigkeit, bis ich mich angezogen habe und hinunter ins Wohnzimmer gehe. Es ist Samstag, der Tag zum Haarewaschen, und meine Eltern und Onkel Henry spielen Karten. Mein Onkel lacht, denn er verliert gerade. Ich setze mich bei meinem Vater auf die Sessellehne und versuche, normal zu sein. An diesem Abend denke ich vor dem Einschlafen nicht an Cary Grant. Ich denke an meinen Onkel und das kleine feuchte Stupsen. Um es zu vergessen, lese ich zum hundertsten Mal «Wir Kinder aus Bullerbü» und lasse mich von Lisas ironischem Erzählton und Oles Angst vor dem Verlust seiner Milchzähne trösten. Ich selbst habe schon lange keine Milchzähne mehr.

Zurück zu Verena und Wibke. Oben in Reserls «Salettl» – einer Art Dachzimmerkoje, saugemütlich und randvoll mit Kissen, rechts und links der Holzverkleidung hängen geblümte Chintzvorhänge, und auf dem Boden liegen ausgebleichte Perser – rollte inzwischen das Silvestermenü über den Fernsehschirm. Zuerst wäre da mal der amerikanische Spielfilm der dreißiger oder vierziger Jahre. Wunderbar schlagfertige Helden kämpfen mit den Wirren der Liebe und überstehen sämtliche Gefahren, heraufbeschworen durch falsche Freunde, konkurrierende, eifersüchtige Bösewichter oder die Tücken des Schicksals, bis sie sich am Ende in die Arme sinken. Eigentlich ein Programm für Genießer wie mich, in welches aber hin und wieder ein Wermutstropfen in Gestalt zum ungünstigsten Zeitpunkt hereinplatzender Erwachsener fällt, die von uns begrüßt werden wollen. Wir verdrehen die Augen, schauen uns viel sagend an und bringen die missliebige Störung so schnell wie möglich hinter uns, nur um anschließend sofort selbst in Zwietracht zu verfallen, da Wibke plötzlich keine Lust mehr hat und Verena auf einem anderen Programm irgendein blödes Reitturnier angucken will. Wenn ich aber schon den Film nicht sehen kann, dann wenigstens die Silvestergala mit Rudolf Schock und Margit Schramm, meinen Lieblingshelden, gleich nach Marika Kilius und Hans Jürgen Bäumler. Streit, Wortwechsel, Geschrei, Schläge ... Gerlindes Einsatz. Wir werden getrennt. Androhung eines Anwesenheitsverbots beim Feuerwerk. Wibke heult. Verena zickt und sagt, ihr sei das sowieso egal. Ich sage gar nichts, ich will endlich den verdammten Film sehen. Anschließend Versöhnung unter Aufsicht. Der Film ist inzwischen zu Ende. Das Reitturnier auch. Einzig Wibke ist glücklich, denn jetzt folgt Zirkus Krone. Stars in der Manege. Gleich darauf die nächste Unterbrechung: Wir müssen runter zum Abendessen, augenblicklich.

Die luftballonbehangene Hotelhalle ist voller Menschen. Die Männer stehen steif in Smoking und gestärktem Hemd, die Frauen bauschen sich in Taft und Tüll und tragen so viel Schmuck spazieren, dass man von all dem Glanz glatt erblinden könnte. Auch Hedi und mein Vater, Annemirl und Walter Bockschulte sowie Reserl und Schorsch mischen sich unters wogende Volk. In der Tanzteehalle sind riesige Tische aufgebaut, ellenlange Tafeln bedeckt mit blütenweißen Tischdecken, spiegelblanken Gläsern, glitzernden Leuchtern aus Hotelsilber und Blumengestecken aus weißen Freesien und rosa Moosrosen. Über allem schweben Luftballons und Luftschlangen, und irgendein vergnügungssüchtiger Gast lässt unter den kritischen Blicken einer um seriöse Haltung bemühten Mehrheit voreilig eine Ladung Konfetti niedergehen. Alle sind eine große Familie, selbst im Kampf um den besten Platz in der Tischordnung, die bereits seit Tagen Anlass ständiger familiärer Auseinandersetzung ist.

Reserl und Schorsch versuchen mit Hedis unerwünschter Einmischung jedes Jahr erneut, den Spagat zwischen den einzelnen Wettbewerbern um die bedeutendste Persönlichkeit des Abends möglichst lange und schmerzfrei auszuhalten, doch bei der Nachlese am folgenden Tag zeigt sich stets unbarmherzig ihr Versagen. Da hatte Herr X, der schwerreiche Hersteller von Waschmaschinen aus dem schönen Essen, doch tatsächlich den ganzen Abend lang den bösen Blick, weil er nur in zweiter Reihe hinter der Familie Y, den noch reicheren Besitzern einer Wurstfabrik in Warendorf, platziert wurde. Das wiederum ergab sich aber aus der Notwendigkeit, ebendiese Familie Y möglichst vom Schwiegersohn Walter Bockschulte und seiner Familie fern zu halten, da Reserl dessen lockere westfälische Zunge fürchtet und noch mehr sein unüberhörbares Organ. Für sie steht jedenfalls fest, dass Onkel Walter kontrolliert werden muss, denn wenn man ihn nur ließe, würde er dem Konkurrenten auf der Stelle seine Meinung über dessen Wurstpreise und -qualität ohne Rücksicht auf Zeugen und Verluste um die Ohren hauen, und dem ist beizeiten Einhalt zu gebieten.

Nach und nach hat jeder Hintern seinen Stuhl gefunden, die Waschmaschinen sitzen an der Wand, die Bockschultes am einen Ende, die Warendorfer Würste am anderen. Und mittendrin zwischen all den Mercedeshändlern, Pharmaherstellern, Bauunternehmern, Chefärzten, Getränkegroßhändlern, Stahlbaronen und Ministerialdirigenten hocken wir und repräsentieren den gepflegten Kinderpopo. Die meisten der gewichtigen Vertreter von Industrie und Handel sind einander längst bekannt. Dennoch erlebe ich im Laufe des Abends so wie jedes Jahr die eine oder andere Blutsbrüderschaft, mehrere Alkoholleichen, mindestens einen Schwächeanfall und zahlreiche wütende Frauen, die aufgrund allzu zupackenden Verhaltens ihrer Männer angesichts fremder Dekolletés schäumend den Saal verlassen. Unterhaltsame Einlagen, über die besonders Hedi sich unter Reserls missbilligenden Blicken etwas zu deutlich freut. Eine der seltenen Gelegenheiten, bei der ich mich mit ihr in geheimem Einverständnis befinde, denn auch ich bin ganz entzückt über ein wenig Mithilfe der Gäste bei der Gestaltung der Festlichkeiten.

Im weiteren Verlauf wird gegessen, gegessen, gegessen. Zu Beginn gibt es Krabbencocktail mit rosa Soße und einer Kirsche obendrauf, was mich bereits vollauf zufrieden stellt. Meinetwegen könnte man auch gleich anschließend die Tafel aufheben. Die Versammelten sind allerdings wild entschlossen, in den folgenden Stunden in sich hineinzustopfen, was nur geht, und es geht eine Menge. Platten voller Rehrücken unter Bergen von Pfifferlingen, Filet Wellington und komische panierte Kartoffelbällchen mit komplizierten französischen Namen, winzige dünne Böhnchen, bei deren Anblick die Damen in Entzücken ausbrechen, unzählige Kännchen mit brauner Soße und Schälchen voller Preiselbeeren werden herein- und wieder hinausgeschleppt.

Am Ende aber kommt das Allerschlimmste: Die Althans-Kapelle, die schon den ganzen Abend lang dezent den Bass zupft, die Klavierpedale tritt und mit dem Besen das Schlagzeug schrubbt, spielt einen Tusch … und Auftritt: die Schar der Köche, allen voran der Küchenchef. Sie stehen da mit roten Gesichtern und hohen weißen Mützen, Pepitahosen und weißen Jacken und wissen nicht, wo sie mit ihren Händen hin sollen. In der Nähe der Tür, die zur Küche führt, drängeln sie sich aneinander wie ängstliche Kaninchen, für einen kurzen Moment befreit aus dem Hades, in den sie verbannt sind, entlassen ins blendende Licht der Oberwelt; ausgesetzt den neugierigen Blicken ihrer glücklichen Bewohner, die jetzt das Besteck auf den Tellerrand sinken lassen und die blinzelnden Höhlenmenschen interessiert betrachten. So nimmt mein parteiisches Auge die Szene wahr, und ich wünsche mich für die nächsten fünf Minuten weit,

weit fort. Doch kein Ausweg bietet sich aus dem Labyrinth der Tische und Stühle, der schwitzenden Halbglatzen und dicken Männerbäuche, der beißenden Parfümwolken und taftbetonierten Hochfrisuren. Ich muss zusehen, wie sich nun zum begeisterten Trommelwirbel des enthemmten Schlagzeugers zwei Jungköche zur Parade mit einer riesigen fünfetagigen Eisbombe bereitmachen. Die Gästeschar applaudiert, der Küchenchef, der sich jetzt stolz verbeugt, entflammt ein Streichholz und hält es an das Gebilde aus Eis, Biskuit und kandierten Früchten. Sofort bildet sich eine weiche Hülle aus blauen Flämmchen mit orangefarben züngelnden Spitzen und schließt das Kunstwerk ein. Mit schüchternem Stolz traben die Jungköche ächzend unter dem Gewicht des Eisturms durch eine Schneise zwischen den Tischen geradewegs auf unseren Rohrmoser-Tisch zu. Die Gäste fangen an, im Takt der Trommel zu klatschen, und ihre Blicke wandern mit den Köchen hin zu uns; ich merke, wie ich unaufhaltsam rot werde, mir wird warm, dann heiß, und als die beiden das Ungetüm vor Schorsch und Reserl absetzen, habe ich das Gefühl, ich stünde in Flammen. Ein Sturm der Begeisterung entfacht sich nun im Saal, es ertönen Bravo-Rufe, einige Esser aus den hinteren Reihen sind aufgestanden, um mit dabei zu sein beim ersten Höhepunkt des Abends. Ein paar Plätze neben mir lächelt Reserl verschämt-bescheiden in die Runde, und Schorsch an ihrer Seite nickt dazu, als habe der Küchenchef eine Rechenaufgabe zu seiner Zufriedenheit gelöst. Wie sie da hinter der Tischdekoration sitzen, wirken sie wie Oberhäupter einer europäischen Königsfamilie, und der Chefkoch erlebt den Zenit seines armseligen Bürgerlebens, als er unverhofft den Kleidersaum der Hochgestellten berühren darf.

Der Unterschied zum höfischen Zeremoniell, das ich mit großem Interesse und bei jeder Gelegenheit heimlich im Fernsehen verfolge, besteht nur darin, dass Reserl, Schorsch und der Koch nicht annähernd die gleiche Souveränität des Auftretens beherrschen. Habe ich bei den gekrönten Häuptern stets den Eindruck, dass sie sich ihrer Größe und Bedeutung voll bewusst sind und gnädig andere an ihrem wahrhaft wichtigen Dasein teilhaben lassen, so wirken Hedis Eltern lediglich verlegen, ja leicht gequält von all den Pflichten, die ihnen das Hotelierleben aufbürdet. Ich rutsche vor Peinlichkeit fast unter den Tisch, und Hedi neben mir zischt mich mit alkoholgeröteten Bäckchen zurück auf meinen Stuhl.

Ich weiß, warum ich das alles nicht aushalte: den Anblick der jungen Kellner, die den Abend mit den Spritztüten zum Formen der Kartoffelhäufchen und beim Basteln von Salatdekorationen verbringen müssen, während alle anderen doch feiern; das von unterdrücktem Stolz strahlende Gesicht des Küchenchefs, der dabei den Eindruck macht, als würde er trotzdem lieber zurück in die sicheren Dampfnebel seines Küchenreiches fliehen, und die dezent swingenden Melodien, mit denen das Musikertrio die Stimmung wattiert. Ich habe Mitleid, tiefes, trauriges Mitleid, mit denen, die diesen Amüsierbetrieb am Laufen halten, und ich weiß, dass man mich, würde ich jemandem davon erzählen, todsicher für verrückt erklärte. Also leide ich still vor mich hin beim Anblick der devoten Verlegenheit. Als der Küchenchef unwillkürlich einen Diener andeutet, während er vor den versammelten Gästen seinen ganzen Stolz präsentiert, da könnte ich in Tränen ausbrechen. Ich weiß, dass am Ende alle über sein Werk herfallen, es nicht nur vertilgen, sondern auch beurteilen werden.

«Weißt, Muddi», wird Hedi am nächsten Tag zur Reserl sagen, «des war ganz ordntlich, was der Leidinger gestern gmacht hat. Aber das Fleisch, des war fei nix, ge!»

«Was?! Was soll jetzat da nix gwesn sein, kannst mir des amal sagn?» –

«Mei, zäh war's halt, des hast doch gmerkt. Ge, Alfred?»

Und so weiter.

Die Kluft, da ist sie wieder. Während die Gäste klatschen, die Eisbombe lodert und die Jungköche von einem Fuß auf den anderen treten, sehe ich, wie das Parkett sich spaltet, der Saal sich teilt. Auf der einen Seite grau in grau die Köche, die Musiker, die beflissenen Kellner, der Sendlinger, der Lechner, ja sogar der Hieber-Ferdl und gegenüber der bunte Pulk aus Smokings, Abendkleidern und prallen Brieftaschen, bedeckt mit Luftschlangen, Papierhütchen, in jeder Hand ein Champagnerglas. Zwischen den beiden Hälften der Spalt, nicht breit, nur tief, leicht zu überschreiten, sogar für meine kurzen Kinderbeine. Ich bleibe auf der Seite der Pappnasen und schaue zu den Grauen hinüber. Ich schäme mich.

Das Eisbombenfeuer ist erloschen. Reserl bedankt sich beim Leidinger und gibt ihm die Hand. Der Leidinger lächelt sie an und freut sich. Die Gäste klatschen immer noch. Sie freuen sich auch. Auch Hedi schenkt dem Leidinger ein strahlendes Lächeln, ich registriere es mit Verwunderung. Langsam normalisiert sich meine Körpertemperatur, die Bombe wird angeschnitten und von flinken Kellnern emsig verteilt, in einiger Entfernung sehe ich Gianni. Mein Vater und Onkel Walter lachen herzlich über einen Witz, den die Waschmaschine aus Essen gemacht hat, Hedi lästert mit Annemirl über die Frau eines Bauunternehmers gerade so laut, dass sie genug davon mitkriegt, um beleidigt zu sein; die Bombe ist aufgegessen, die Teller sind abgeräumt, das Althans-Trio greift in die Saiten und haut auf die Tasten, und Reserl und Schorsch erheben sich zum Eröffnungstanz dieses Silvesterabends.

Der Spalt hat sich geschlossen.

Ich stürze auf die Tanzfläche.

Die Strumpfhose rutscht, die Lackschuhe qualmen. Die Unterhose schiebt sich ständig in den Spalt zwischen den Pobacken, sodass verräterisch befreiende Griffe an den Hintern nötig werden, und doch bin ich im siebten Himmel. Ich drehe seit mindestens zwei Stunden ununterbrochen meine Füße ins Parkett, dass man meinen könnte, ich wolle mich auf die andere Seite der Erdkugel durchschrauben. Hedi schwebt mit gönnerhaftem Lächeln in meines Vaters Arm vorbei, und ich werde neidisch. Ich will ihn auch mal haben, auch ich habe ein Recht auf eine Portion ernste Männlichkeit. Enthemmt von all der physischen Ekstase und gelockert von der Ausnahme des Tages, twiste ich zum gerade aktuellen Walzertakt zwischen den Beinen der anderen Tänzer auf die beiden zu. Das nicht sehr geräumige Parkett ist ziemlich übervölkert, und im Überschwang meiner Anstrengungen teile ich ordentlich nach allen Seiten aus, was Hedi dazu veranlasst, mein Vergnügen ab jetzt einzuschränken. «Jetzat machst amal a Pause, ge, du tust ja da umanandazappln grad als wennsd a weng deppert wärst!»

Der Schlag sitzt tief, er geht direkt ans Eingemachte. Mein Stolz ist schwer verletzt, ich taumele, werde angezählt, doch irgendwo sitzt noch die kleine Kraftreserve, das kleine bisschen «Dukriegstmichnichtkaputt – dakannstdumachenwasduwillst», ich hole aus und lande eine harte rechte Gerade.

«Papi tanzt du mal mit mir nur einmal bittebitte nur heute weil Silvester ist und wir haben noch gar nicht getanzt ihr tanzt doch schon die ganze Zeit ich möchte auch mal mit dir tanzen bittebitte nur weil Silvester ist …»

«Is jut, Frollein, aber pass ens op, dat de dinge Föß ens wieder findst …»

Ich weiß nicht, was er damit meint, aber glückselig sehe ich meinen Vater mir zuzwinkern, bestechlich, wie er ist. Angetan von den Tanztalenten seiner Tochter, die er im Übrigen im Zuge der Entwicklung einer vorzeigbaren Weiblichkeit für unverzichtbar hält, schwebt er beim letzten Takt des Walzerstücks an den Rand der Tanzfläche, deponiert die säuerlich dreinblickende Hedi kurzerhand am Tisch der inzwischen äußerst froh gestimmten Waschmaschine und kehrt zu mir zurück, die ich mit ohrenbetäubend lärmendem Herzschlag auf ihn warte. Alle schauen uns an, als mein Vater mich angrinst und in den Arm nimmt, meine Nase landet auf der Höhe seines untersten Smokingjackenknopfs.

«So, Frollein, jetzt zeig ens, wat de kannst. Lommer jonn.»

Lommer jonn. Unten am Boden, zu meinen Füßen, tun sich verwirrende Dinge, große schwarze Schuhe bewegen sich unerwartet plötzlich in Richtungen, die unmöglich zu ahnen sind, obenrum werde ich fest gehalten von starken Männerhänden, so wie ich es mir immer gewünscht habe. Mein Papi ist der beste, Archie Leach, verzeih mir. Aber was soll ich bloß mit meinen Füßen machen? Meine Lackschuhe trippeln und stolpern führerlos über glattes Holz, hierhin, dorthin und wieder zurück. Ich hänge in seinen Armen wie der Sack Möhren, den er allsonntäglich bei seinen Pferden im Stall in Bergisch Gladbach schultert. Gleich wird er mich huckepack nehmen und irgendwo am Rand der Tanzarena auskippen.

«Na, Frollein, is doch nit esu einfach, wie de dir dat vorjestellt hast, ne?»

Ich schaue verwirrt zu ihm auf, was meint er, will er mich vorführen, sollen alle sehen, dass ich nicht tanzen kann? Nein, keineswegs, er lächelt, freundlich-spöttisch, genau so wie ich es mag, und zieht mich lachend noch etwas fester an sich heran.

«Dat häste jetz davon», amüsiert er sich und schnippst mit den Fingern laut zum Takt der Musik.

Meine Füße machen weiter willenlose Bewegungen, sie gehören mir nicht mehr, ich fühle mich wie eine Marionette, der man die Strippen durchgeschnitten hat. Oben lächelt mein Vater und hält mich warm in seinen Armen, unten stolpert die Katastrophe zur Vollendung. Als die Musik endet, werden wir beklatscht, und ich weiß nicht zu unterscheiden: War das jetzt ein Triumph oder eine Niederlage? Als mein Vater mich am Arm zu Hedi an den Tisch führt, wird mir die Richtung allerdings schnell klar.

«Na, des war ja net berühmt, da musst wohl doch noch a weng üben, ge? Aber heut nimmer, jetzat is erst amal Schluss mit dera Umanandspringerei.»

Natürlich. Strafe muss sein.

Ich setze mich an einen Tisch am Rand der Tanzfläche und schaue zu. Ich bin seltsam angezogen und zugleich abgestoßen von den mich umwogenden Körpern, den Männern und Frauen, die sich im Laufe einiger Stunden unmerklich verändern, deren Lachen lauter wird und deren Münder dabei immer weiter offen stehen, sodass ich ihre roten Zungen und die viel zu weißen Jacketkronen sehen kann. Die Männer fassen den Frauen beim Tanz mit einer Hand feist auf den von tiefen Dekolletés enthüllten nackten Rücken, die Gesichter sind angestrengt. Schweiß glänzt darauf, sie geben ihn weiter auf die Wangen ihrer Partnerin, die sie besitzergreifend an sich schmiegen. Unwillkürlich befällt mich Ekel beim Anblick dieser Männer, die verzweifelt versuchen, ihre Glieder locker und modern zum Rhythmus zu bewegen. Um mich herum drehen sich die gleichen Menschen, die mir vor ein paar Stunden ihre ganze Aufmerksamkeit schenkten, als ich in der Hotelhalle willig ihre Schmeicheleien entgegennahm. Jetzt finde ich sie fremd, vulgär, und doch möchte ich ein Teil von ihnen sein, von diesem schwitzigen Menschenpulk, ich möchte mich darin auflösen, dazugehören, in wohliger Übereinstimmung mit ihnen: in Geschmack, Urteil, Lebensweise, Humor, in ihren Idealen und ihren Vorurteilen. Sie stellen die Spielregeln auf, durch sie werde ich erhöht oder erniedrigt, ihr Urteil macht aus mir ein hübsches, intelligentes Mädchen, Anlass zu größten Hoffnungen, oder ein linkisches, hässliches und ungezogenes Kind, das nur Schwierigkeiten macht und dessen Eltern zu bedauern sind. Welchem zukünftigen Ideal ich vielleicht einmal entsprechen soll, spielt für mich keine Rolle, im Gegenteil. Ich bin glücklich bei dem Gedanken, auch einmal eine Frau mit einem tiefen Rückendekolleté zu werden, die von einem schwitzenden Mann über eine Hoteltanzfläche geschoben wird. Und ich brauche dringend eine Adresse, um mich immer dann ins rechte Licht zu rücken, wenn Hedi gerade wieder der Meinung ist, ich sei eine einzige Katastrophe auf zwei Beinen. Vollendet und geziert, mit kindlich-altklugem Gehabe und dem Talent, Erwachsene flüchtig zu beeindrucken, biete ich mich ihnen dar. Ich bin in meiner Wahl nicht pingelig, und dicke Männer und dumme Frauen zu begeistern ist keine schwere Aufgabe. Immerhin retten sie mich durch ihr ahnungsloses Lob kurzfristig vor Hedis Niedertracht. Verena und Wibke kommen, um mich in meiner Betrachtung zu stören. Der ungeliebte Vetter aus dem Alpenblickcafé bereitet sich auf seinen Einsatz vor. Wir sollen rauskommen, auf den Hotelvorplatz. Gleich knallt es.

Draußen vor der Auffahrt drängen sich schon die Menschen, Sektgläser in den Händen. Mein Herz schlägt höher. Einen Augenblick lang bin ich im Paradies, eingehüllt in eine sternenklare Nacht, umgeben von den Schneehaufen, die der Hausdiener aufgeschaufelt hat, um die Auffahrt für die Autos der Gäste freizumachen. Mir gegenüber die uralte, unglaublich hohe Tanne, die seit Weihnachten mit roten, blauen, grünen und gelben Glühbirnen geschmückt ist und zu deren Füßen sich die Bronzebüste von Schorschs Großvater befindet, dem Patriarchen und Gründer der Rohrmoser'schen Hotelierdynastie. Von innen aus der Hotelhalle scheint warmes Licht auf die verschneite Szenerie, die bunten Lichter der Tanne beleuchten den unberührten weißen Schnee, der ihre Zweige schwer nach unten biegt, in einiger Entfernung glänzen die Lichter des Alpenblickcafés und spiegeln sich auf dem von Schorsch polierten Eis des Sees. Einen kostbaren Augenblick lang fühle ich mich wie das Zentrum eines geheimen Kosmos, einer Welt, die nie vergeht, die mich in ihre weißen Schneearme schließt und mir zuflüstert: Schau, so wird es immer sein. Es gehört dir. Niemand kann es dir nehmen.

Ein paar Jahre später wird das Hotel verkauft, und alles ist vorbei.

Jetzt zündet der Vetter die erste Rakete, sie taucht die Welt in flirrenden, silbernen Funkenregen, als sie hoch über uns zerplatzt.

«Ein jutes neues Jahr», wünscht mir mein Vater, und ich nehme seine Hand.

6

Der Alltag hat mich wieder. Draußen matscht der feuchte Siebengebirgswinter. Die Hunde stinken aus regenschwerem Fell. Ich lege meine echte «Schlummerle»-Puppe trocken, fülle ihr oben ein Fläschchen ein, presse ihr dann unbarmherzig den Bauch zusammen und gucke zu, wie sie unten pinkelt. Wunderbar! Der Inhalt des Schuhkartons von Omi Änne (Jahre später weiß ich, dass sie ihre halbe Monatsrente dafür hingelegt hat). Danach zähle ich meine Mainzelmännchen-Figuren und rechne aus, wie lange ich wohl brauche, um jemanden rumzukriegen, mir die übrigen zu schenken – das Fehlen des schlauen Det reißt die größte Lücke.

Ich schaue meine Bilderbücher an und versuche schon mal, ein bisschen zu lesen. Eins nach dem anderen und dann wieder von vorn. Ich schimpfe stundenlang mit meinen Puppen und verhaue sie. Ich streune durchs Haus und gucke, wer außer mir noch da ist. Ich stehe in der Waschküche neben der Mangelmaschine und sehe Friderike beim Mangeln zu. Die ganze Zeit friere ich. Die feuchte Kälte kriecht überall hinein. Ich laufe mit weit abgespreizten Armen, weil der kalte Schweiß unter meinen Achseln juckt, während die Ärmelnähte der karierten Wollkleider an meiner Haut scheuern. Kleine weiße Härchen stechen aus dem Stoff heraus wie die borstigen Haare eines ergrauenden Schopfes.

Endlich, nach endlosen Wochen der Langeweile und Melancholie, entdecke ich bei einem Erkundungsgang im Garten jubelnd das erste Schneeglöckchen.

Es ist Frühling geworden. Die Luft, die der Wind vom nahen

Fluss zu mir herüberträgt, riecht nach dem Diesel der Rheinschlepper und der wilden Frische der noch näher gelegenen Kläranlage. Ich sitze auf meiner Schaukel und schwinge laut singend und weit ausholend über den Scheißhaufen der Hunde hin und her. Die Schaukel steht im Zwinger, wahrscheinlich würde sie auf unserer Gänseblümchenwiese vor dem Swimmingpool das gepflegte Bild einer geordneten Gartenlandschaft trüben. Seit ewiger Zeit versuche ich, im Vorwärtsschwung mit den Füßen die Müllcontainer zu berühren, die jenseits des Zwingerzaunes neben dem Lieferantentor postiert sind. Wenn es mir einmal gelingt, nur einmal, dann darf ich mir was wünschen.

«Mit siebzehn hat man noch Tro-ime, …»

Schwung nach vorn …

«da wachsen noch alle Booo-ime…»

Schwung zurück …

«in den Himmel der Liiieehihibe …»

vor …

«Doch wenn man jung ist …,»

zurück …

«so herrlich jung ist …,»

…

«dann glaubt man, ja dann glaubt man daraaaaan …»

Ich glaube, o ja, ich glaube! Ich glaube an meine Zukunft, an die Zeit, die vor mir liegt, die alles bringt, was ich mir immer gewünscht habe: Anerkennung, Erfolg und – Liebe.

Kurz nach Ostern 1964 werde ich eingeschult. Unser Ort hat eine gewisse Berühmtheit erlangt, da der Altkanzler der Bundesrepublik Deutschland schon vor vielen Jahren beschlossen hat, sich auf einem der auslaufenden Hügel des Siebengebirges niederzulassen und dort Rosen zu züchten sowie sonntags den dörflichen Gottesdienst zu frequentieren. Das ändert aber nichts an der Tatsache, dass der Ort lediglich etwa zweitausend

Einwohner hat, die pro Jahrgang nicht mehr als circa fünfzehn Kinder produzieren. Ich komme also in eine so genannte Zwergschule, in der ich die nächsten drei Jahre das Vergnügen habe, den Unterrichtsraum ebenso wie die einzige Lehrkraft mit zwei weiteren Klassen zu teilen. Nur die vierte, genau genommen das, was nach dreijährigem gnadenlosem Aussieben noch von ihr übrig ist, kommt in den Genuss eines eigenen Raums. Wenn die bis dorthin vorgedrungenen Schüler Glück haben, kommt hin und wieder ein Lehrer vorbei, der ihnen mitteilt, dass sie im Zweifelsfall zu dumm oder wahlweise zu faul sind, um – falls ihre Versetzung überhaupt erfolgen sollte – anschließend ein Gymnasium zu besuchen.

Solchermaßen motiviert kämpfe ich mich jeden Morgen aus dem Bett und versuche, über die vertraute Übelkeit zu siegen, um anschließend nach bekannter Frühstücksprozedur zur Schule zu rasen, denn durch den morgendlichen Kampf mit den Teigwaren bin ich regelmäßig in Verzug. Würde ich Sport und die unangenehmen Umstände schulischer Unterweisung im Fach Leibesübung nicht aus tiefster Seele verabscheuen, hätte ich täglich die beste Voraussetzung für ein kontinuierliches Training über eine mittlere Streckendistanz. Meine persönliche Bestzeit mit gefülltem Schulranzen beläuft sich auf drei Minuten über tausend Meter, aufgestellt irgendwann in den Jahren 1964 bis 67.

Ein schonungsloser kurzer Blick zurück zum Tag der Feststellung meiner Schulreife liefert ein einigermaßen adäquates Bild meiner vermutlich angeborenen Einstellung zum Schulbetrieb. Es ist Herbst 1963, und ich bin gerade sechs Jahre alt geworden. Hedi schnappt mich eines schönen Tages nach dem mittäglichen Essensmarathon und zerrt mich ankündigungslos zum brodelnden Rhöndorfer Ortskern in meine zukünftige Schule, einen einladenden Gründerzeit-Backsteinbau mit restlos durchasphaltiertem Schulhof, zwei verschissenen Klohäuschen und einem nach Linoleum und Kinderschweiß stinkenden Vorraum mit den Garderobenhaken für die Mäntel der Schüler. Wir müssen in diesem Vorraum warten, eine für Hedi relativ ungewohnte Situation. Mir ist etwas schlecht vor Aufregung, denn Hedi hat mich auf dem Weg hinreichend mit meiner Unbeholfenheit, meinem Mangel an Intelligenz, meiner unpraktischen Art und was ihr sonst noch so einfiel konfrontiert. Nicht mehr ganz unbefangen trete ich jetzt also meiner zukünftigen Lehrerin gegenüber, einer bebrillten Riesin in entsetzlich spießiger Kleidung, die mir eine schlaffe Hand gibt und sagt:

«Du bist also die Thea.»

Es folgt ein Sehtest.

Ich soll ihr sagen, was auf den Bildern einer Karte zu erkennen ist, die in einiger Entfernung von mir an der Wand hängt. Kein Problem. Ich werde gebeten, lauter zu sprechen. Ich wage kaum, den Mund aufzumachen, solange Hedi mich bewacht. Anschließend will die Brille wissen, wie gut ich höre. Ich soll wiederholen, was sie mir vorsagt. Tu ich.

«Vier … sieben … neunundzwanzig …»

Ich sage ihr alles brav nach.

Schließlich hält sie mir ihre Hände mit zehn ausgestreckten Fingern vors Gesicht und fragt mich:

«Wie viele Finger siehst du?»

Ich wiederhole: «Wie viele Finger siehst du?»

Verständnisloser Blick zu Hedi. «Nein, du sollst antworten. Wie viele Finger siehst du?»

Ich starre sie an, verstehe nicht. Also ein erneuter Versuch: «Du sollst antworten. Wie viele Finger siehst du …?»

Ich kann nicht begreifen, warum sie möchte, dass ich in derart strengem Ton mit ihr spreche. Hedi atmet hörbar schwer und zieht die Luft ein. Die Brille sieht mich durch dicke Gläser sinnend an, ich schaue zurück, bereit für neue Befehle, und seien sie noch so absurd.

Die Brille wendet sich seufzend ab, und Hedi verbringt die

nächsten Wochen damit, wann immer sich eine Gelegenheit bietet, jedem mitzuteilen, wie unvorstellbar dämlich ich bin. Und dass es überhaupt ein Wunder ist, dass die mich noch genommen haben.

Ich stehe auf der Treppe zum Schulgebäude, bekleidet mit einem kratzenden roten Wollmantel, aufgestellt zum Klassenfoto, eingerahmt von schubsenden, knuffenden Kindern (Jungs!) und einer bebrillten Lehrerin in Trevirakostüm und Stützstrümpfen. Ich fühle mich, als hätte man mich weit weg von zu Hause ausgesetzt. Hinter mir liegt eine Stunde in dem stickigen Klassenraum, während Hedi draußen auf mich wartet. Auf allerseltsamste, ja nahezu magische Weise kommt es dazu, dass ein anderes Mädchen und ich uns wie von einem Magneten angezogen in dieselbe Bank setzen. Und da werden wir bleiben, verschworen und verschweißt zu einem Ganzen, bis schließlich der Wechsel zum Gymnasium uns scheidet. Geli bleibt während der nächsten drei Jahre der einzige Lichtblick meiner Schulzeit.

Nach dem gnädigen Ende der Fotografiererei empfangen wir unsere Schultüten. Meine ist natürlich die größte. Die anderen starren mich mit feindseligem Staunen an. Gelis dickliche Mutter schaut nach einem Blick auf die Tüte ihrer Tochter, die meiner gegenüber höchstens halbes Format aufweist, verlegen entschuldigend hinüber zu Hedi, diese wie immer strahlend in Pömps und französischem Modellmantel. Hedi erteilt ihr gnädig lächelnd Absolution. Ein Junge namens Udo, dessen bräunliche Gesichtsfarbe nahe legt, dass der Schmutz seiner vergangenen Lebensjahre eine unauflösliche Verbindung mit ihm eingegangen ist, rempelt mich an: «Ey, Mann, dat is ja ne dolle Tüte! Jibste mir wat ab?»

Ich fühle mich ein klein wenig unwohl.

Wir sind eingeklemmt in bekritzelten, von Taschenmessern zerschnitzten Schulbänken aus Holz, und wir lernen schreiben auf einer kleinen Schiefertafel, auf der weiße Linien eingezogen sind, die man bei Todesstrafe nicht übermalen darf. Wir müssen uns Griffel kaufen, Anspitzer und ein Schwämmchen. Davon bin ich allerdings begeistert, denn das alles gibt es bei den Schwestern Marcks, zwei altjüngferlichen etwa fünfzigjährigen Mädchen, die einen kleinen Zeitungs- und Schreibwarenladen mit angrenzender Leihbibliothek betreiben.

Die Damen führen in ihrem Sortiment einfach alles, was ein Kind braucht: Mickymaus und Fix und Foxi, Blei- und Malstifte, Radiergummis, Gummibärchen und Lakritzschnecken. Und die «Bild am Sonntag» fürs Familienoberhaupt. Im Hinterzimmer findet die dörfliche Damenwelt zwischen klebrig abgegriffenen Schutzumschlägen aus dicker Klarsichtfolie die ganze Welt der Liebe. Lebensrettende Ärzte, verwitwete Bergbauern, aufrechte Förster mit und ohne Silberwald, gestrauchelte Krankenschwestern, aber auch enttäuschte Gräfinnen, glutäugige italienische Principes und unwissentlich steinreiche Waisenmädchen erleiden darin ihr Schicksal. Man meint beinah, das viel tönende Konzert ihrer Stimmen zu vernehmen, wenn man sich der stets in dämmrigem Dunkel liegenden Hinterstube nähert. Auch für uns Kinder ist gesorgt, und für kurze Zeit erliege ich dem naturnahen, pausbäckigen Charme von «Pucki», einem rechten Wildfang von einem Förstermädel. Das Schönste aber ist, dass die Marcksens einen gut florierenden Handel mit von uns hoch begehrten Heiligenbildchen betreiben, mit denen man sich beim obligatorischen sonntäglichen Kirchgang die Predigt versüßen kann. Geli und ich nutzen jedenfalls jede Gelegenheit, bei den Fräulein Marcks unser Taschengeld sinnbringend anzulegen.

Es besteht eine eigenartige Ambivalenz zwischen meiner Angst vor der Schule einerseits und meiner Begeisterung für das Lernen andererseits. Ich erfahre staunend, dass ich eine so genannte schnelle Auffassungsgabe habe und mir das Lernen leicht fällt. Natürlich hat das außer mir auch niemand anders erwartet, denn wie könnte es wohl sein, dass das Kind der bedeutenden Fabrikantenfamilie, größter Arbeitgeber am Ort und Herrscher über Soll und Haben so mancher Haushaltskasse, etwa dümmer sein sollte als die Kinder der örtlichen Tagelöhner, Arbeiter und kleinen Angestellten. Die Tagelöhnerkinder sind erwartungsgemäß die schlechtesten in der Klasse. Sie müssen ihr Versagen erst gar nicht lange unter Beweis stellen, sie wissen, was von ihnen erwartet wird, und halten sich brav an die Spielregeln. Von der ersten Stunde an sind sie so grottenschlecht im Unterricht, dass es alle richtig glücklich macht, wie gut sie doch funktionieren. Man ist regelrecht erleichtert über die miserablen Leistungen der beiden Hauptversager.

Der eine, Eddi Küppers, ist der älteste Sohn eines direkt neben unserem weitläufigen Firmengrundstück in einem winzigen Hüttchen hausenden Gelegenheitsarbeiters, Oberhaupt einer unübersehbaren Zahl weiterer Kinder. Der andere, Theo Schulz, ist von noch zweifelhafterer Herkunft. Seine Eltern wohnen im einzigen vierstöckigen Mehrfamilienhaus unseres wackligen Fachwerkörtchens, von der ordentlichen Bevölkerung gerne als Hort der Asozialen empfunden und abfällig «dat Hochhaus» genannt. Eddi und Theo sind von Beginn an unzertrennlich. Die besten Freunde, ganz genau wie Geli und ich. Ihre miesen Noten kompensieren sie in den Pausen auf dem Schulhof durch ausgiebige Prügeleien mit feindlichen Jungs, Weicheiern aus geregelten Verhältnissen, die gleich zur Brille rennen und dort heulen. Geli und ich haben gelernt, dass es richtig ist, solche Vorfälle umgehend der Obrigkeit zu melden. Eddi und Theo hassen uns dafür, besonders mich. Ich bin im Petzen durch mein jahrelanges Heimtraining recht geübt – das heißt, wenn ich loslege, dann konsequent. Geli hat zwei Schwestern, sie spürt wohl hin und wieder Mitleid und petzt in eher milder Form. Manchmal überredet sie mich gar, eine Schandtat nicht zu melden, dann bin ich irritiert und verstehe nicht, wie sie sich eine so leicht zu erzielende Genugtuung entgehen lassen kann.

Mit fortschreitender Schulzeit kommen Eddi, Theo, Geli und ich uns unerwartet näher. Unsere malträtierten Bänke werden durch glatte, neue, «kommunikatives Lernen» fördernde Vierertische ersetzt, der Zeitgeist fordert seinen Tribut. Geli und ich erhalten als Klassenbeste den Auftrag, uns um Eddi und Theo zu kümmern und ihnen mit sagenhafter Intelligenz und leuchtenden «Betragen: Eins»-Noten beizustehen.

Wir beschließen mit plötzlich erwachtem karitativem Ehrgeiz, ihnen eine praktische und moralische Stütze zu sein, und sind überaus irritiert angesichts der zornigen Ablehnung, die uns über den einigenden Tisch entgegenwabert wie zäher Kuchenteig. Aussichtslos, der Brille unsere Lage klarzumachen. Sie steht ungerührt wie ein Fels in der Schülerbrandung, mit deren Eindämmung sie vollauf beschäftigt ist. Als Eddi und Theo hassgetrieben ihre selbst gedrehten Nasenpopel zu mir rüberschnipsen, erlebe ich meinen ersten authentischen und gnadenlos direkten Zusammenprall mit Angehörigen einer anderen, wirklich anderen Gesellschaftsklasse.

Es ist unerklärlich, warum wir unseren Rollen so gerecht werden. Warum hat Eddi Küppers keinen Intelligenzquotienten von mindestens 180, überspringt drei Klassen, wird ein berühmter Genforscher und kauft seinen abgeschufteten und versoffenen Eltern ein schmuckes Häuschen und seinen Geschwistern einen Job? Warum hängt er mir stattdessen nasebohrend gegenüber, mit dreckstrotzenden Fingernägeln und löchrigen Hosen, und ritzt Schweinereien in die kommunikationsfördernde Tischplatte? Warum sage ich zu ihm «Narrenhände beschmieren Tisch und Wände», gerade so laut, dass die Brille aufmerksam wird und seine Ungehörigkeit mit gut zwei Stunden

Eckestehen ahndet? Warum tue ich das? Warum kann ich ohne Schwierigkeiten ein «i» von der Tafel abmalen, 5 + 7 ausrechnen und «Vater wäscht sein Auto. Mutter kocht das Essen» aus der Fibel vorlesen, ohne einen Knoten in der Zunge zu kriegen? Niemand übt das zu Hause mit mir, es ist selbstverständlich, dass ich diese Dinge kann. Natürlich übt auch niemand mit Eddi, aber warum kann er nicht das, was ich kann? Und warum kann ich es, statt es, wie er, nicht zu können?

Die Antwort ist: Etwas anderes ist nicht vorgesehen. Denn tritt tatsächlich einmal das Erstaunliche ein und eine Aufgabe gelingt ihm, dann sind Verwunderung und Lob so übermächtig, dass Eddi eingeschüchtert dumpf begreift: Da ist ihm etwas absolut danebengegangen. So was darf nicht nochmal passieren. Ist schließlich gegen die Natur. Also gibt er sich künftig mächtig Mühe, den üblichen Erwartungen gerecht zu werden. Schafft er auch. Er und Theo bleiben sitzen.

Auch Geli und ich bemühen uns redlich. Mein Vater gibt gleich zu Beginn die Losung aus: «Et müssen ja nit nur Einser sin, ever Zweier, dat erwarten mer schon von dir.»

Und so geschieht es. Ich kriege nur eine einzige Drei, und die erwerbe ich mir redlich im Sport. Damit kann man leben. Geli funktioniert ähnlich gut wie ich, nur in der Leibesübung ist sie besser. Wir teilen ohnehin fast alles, Vorlieben ebenso wie Abneigungen, zumindest solange Geli sich meinem Diktat unterwirft. Zum Beispiel in der Frage, welches Spiel wir als nächstes spielen, ob wir die Rollschuhe anschnallen oder das Fahrrad besteigen, oder – was das Schönste und absolut streng verboten ist –: Wir schleichen uns heimlich auf das benachbarte Fabrikgelände und erobern genüsslich die lang gestreckten, provisorisch aus Holz zusammengezimmerten Lagerhallen für die Kartons mit den Drogerienpröbchen.

Verzückt wühlen wir im spärlich von außen durch die Bretterritzen fallenden Licht in Kisten mit winzigen Cremedöschen, klitzekleinen Ölfläschchen, putzigen Puderspendern und schnuckeligen Seifenstückchen. Beim kleinsten Geräusch hechten wir hinter den nächsten Kartonstapel und halten die Luft an, bis eine von uns schließlich anfängt, blöde zu kichern. In zwanghafter Albernheit klammern wir uns keuchend und quietschend aneinander, inzwischen machen wir bei den halbherzigen Versuchen, uns zu beherrschen, mehr Lärm als der bald darauf stattfindende Abriss der Hallen. Nach einiger Zeit wagen wir uns wieder hervor, die Geräusche der Lastwagen, die draußen auf dem Firmengelände herumkurven, dringen aus weiter Ferne zu uns herüber, manchmal sehen wir durch einen Bretterschlitz, wie jemand vorbeigeht, dann geht das Gekicher von vorne los. Wir stopfen uns die Taschen mit Pröbchen voll und fühlen uns, als hätten wir verbotene Schätze gehoben. Danach muss der Nervenkitzel erhöht werden: Infolge absichtlich ungeschicktem Herumstöberns gerät irgendein Turm ins Wanken und stürzt polternd ein. Wir halten uns tief im allerletzten Winkel versteckt und schwelgen in genießerischer Hysterie.

Natürlich werden wir entdeckt. Der ölverschmierte Garagenwart, der nebenan gerade den neuesten Schlitten meines Vaters wienert, verfügt über ein gutes Gehör, ausreichend Misstrauen und eine Taschenlampe. Er findet uns, die wir inzwischen doch in leichter Panik sind und vor den elterlichen Maßnahmen schlottern, hingekauert und redet uns ins schlechte Gewissen: «Dat dürft ihr doch bestimmt nit, dat is doch jefährlich …» – Klar, deshalb machen wir es ja!, möchte ich ihn am liebsten aufklären –, «… wenn dat ens anfängt ze brennen, dann weiß doch keiner, dat ihr hier seid …»

Ein völlig fremder Gedanke. Aber reizvoll.

Dramatische Szenen spielen sich ab: Flammen schlagen lichterloh aus den Hallen, geschmolzene Cremedöschen werden durch die Wucht der Explosionen hinausgeschleudert, und ich irre halb ohnmächtig durch die verwüsteten Gänge. Vor der Halle rennt Hedi händeringend auf und ab, während ein Funkenregen auf sie niedergeht. Vermutlich werde ich umkommen. Würde sie um mich trauern? Ich merke, dass mir die Entwicklung des Geschehens entgleitet, und disponiere um. Der Garagenwart in Gestalt von Cary Grant wird mich retten und mich in seinen Armen dem Inferno gerade noch rechtzeitig entreißen. Geli stößt mir einen Arm in die Seite. «Thea, wat solln wer denn jetz machen? Meine Mutter schimpft mich.»

So profan ist das Leben. Ich verspüre nicht die geringste Lust auf Kopfnüsse, Ohrfeigen, eine nette kleine Tracht Prügel, eine Woche ohne Geli oder sonstige Leckereien vom stiefmütterlichen Sühnebüfett. Ich lächle. «Wir machen das nie wieder. Ehrlich.»

Noch mehr lächeln, süßes Lächeln. Der Garagenwart guckt auf uns runter, das Gesicht vom Öl gebräunt wie ein Apache.

«Aber bitte … sagen Sie nix meinen Eltern.»

Pause. Es ist heraus. Auf zur nächsten Etappe. Aber zuerst muss ich dem Mann eine Chance geben, sein gutes Herz zu entdecken: «Mein Vater verhaut mich.»

Der Apache zuckt zusammen. Ich lege nach: «Ne, Geli, du wirst auch verhauen, wenn du nach Hause kommst?»

Geli guckt verwirrt und schüttelt dann bedächtig den Kopf. Schlagen steht bei Pützens nicht auf dem Programm. Diesmal haue ich ihr in die Rippen. Ihr Gesicht nimmt einen gequälten Ausdruck an.

«Bitte. Nur das eine Mal. Wir tun es nie wieder.»

Wenn mir doch der Name des Apachen einfiele! Es würde helfen, wenn ich ihn persönlich ansprechen könnte, ganz bestimmt. In meinem Gedächtnis gähnt ein großes Loch, bisher war alles nur ein Spiel, doch langsam kriecht die Angst in mir hoch, breitet sich aus wie kleine wendige Schlangen, die in meinem Bauch herumgleiten. Es ist vorbei mit der Verstellung, die Überlegenheit zum Teufel, ein kleines flehendes Häufchen

Schiss steht mühsam die Tränen zurückhaltend vor einem Mann in blauem Overall und hofft, dem Marterpfahl noch einmal zu entgehen.

Er hat mich nicht verraten. Niemand von den Firmenangestellten wird es jemals tun. Es gehört wohl nicht zu ihrer Pflichtauffassung, ein Kind bei seinen Eltern zu verpfeifen für etwas, das sie selbst kaum für verwerflich halten. Ich danke es ihnen nicht. Es ist ebenjener mitleidige Garagenwart, der mich drei Jahre später im Firmenopel zum Gymnasium fährt. Seine Mundfaulheit um halb acht morgens verwandle ich in Angst vor dem Entweichen einer Alkoholfahne. Und das verpfeife ich dann. Gleichzeitig suche ich in ihm und anderen den Freund. Oder vielmehr den Bewunderer, der willig Applaus spendet, wenn ich ihm zeige, wie man etwas Besonderes ist.

Dazu gehört zum Beispiel, ein Kind geschiedener Eltern zu sein. Das ist wirklich sehr besonders: Mit mir verbindet sich für alle im Dorf das ganz gewisse Prickeln. Denn Scheidung, so viel ist klar, setzt Schmutz und Schande unbedingt voraus. Ich mache es mir zur Gewohnheit, wann immer ein Treffen mit Marjot/Margaux hinter mir liegt, die Nähe mitleidsvoller Menschen aufzusuchen, denn erst durch deren traurigen Blick erblüht mein tristes Schicksal zu exquisiter Tragik. So sitze ich stundenlang in irgendeiner Schreiner-, Maler- oder Schlosserwerkstatt und versuche zäh und geschickt, die Sprache auf den roten Karmann Ghia zu bringen, der kürzlich deutlich sichtbar vor unserer Toreinfahrt hielt. Die Besuche meiner Mutter sind rar, und so achte ich besonders peinlich darauf, dass beim gemeinsamen Verlassen des Firmengeländes in ihrem Sportwagen genügend Zeugen zur Verfügung stehen, die staunend unseren Aufbruch mitverfolgen und mir nach meiner Rückkehr Trost spenden können.

Seit ihrem allerersten Kurzbesuch bei mir, der ihr gemäß dem Scheidungsurteil durch aufmerksame familiäre Buchführung von ihrem Vierzehn-Tage-Kontingent abgezogen wird, vollzieht sich gnadenlos dasselbe Ritual. Egal, ob ich nun vier, acht oder zwölf Jahre alt bin: Das Telefon klingelt, vorzugsweise während wir Mittag essen. Hedi stöhnt.

«Ge, du, des is bestimmt für dich …»

Mein Vater frotzelt zurück, bis sie schließlich aufsteht und missmutig den Hörer abnimmt.

«Goldmann.»

Die Stille, die jetzt folgt, kann ich unter allen Momenten, die je die Welt in ihrem Lauf anhielten, erkennen. Mein Herz bleibt stehen, mein Gesicht wird chinarot, mit einem Schlag sind meine Achselhöhlen nass von Schweiß, und alles, noch bevor sich Hedi langsam zu mir wendet und mir mit eisigem Ton den Hörer hinhält.

«Thea, des is für dich!»

Mit weichen Knien stehe ich auf, lege meine Serviette auf den Tisch und wanke Richtung Telefon, ein Weg, der viele Kilometer lang ist, gesäumt von tiefen Gräben voller Giftschlangen und Skorpione. Auf halber Strecke begegne ich Hedi, die mit fleckigem Gesicht an mir vorbeigeht und mich keines Blickes würdigt. Auch sie weiß nicht, wohin mit sich, und ich denke, o Gott, warum muss sie das jetzt aushalten, warum muss sie dabei sein, wie soll ich es hinterher wieder gutmachen? Der Hörer ist noch warm von Hedis kurzem Griff, auch ihr ist anscheinend ziemlich plötzlich heiß geworden.

«Hallo», sage ich zaghaft in die Muschel.

Ich versuche, den Essern den Rücken zuzuwenden, damit ich sie dabei nicht ansehen muss.

«Hallo, Thealein, hier ist Mami», tönt es laut und optimistisch aus einem anderen Leben.

«Ja», sage ich, weil ich nicht weiß, was ich sonst sagen soll. «Wie geht es dir?» Unerbittlich spricht die Stimme weiter, und sie erwartet eine Antwort.

«Gut.»

Im Hintergrund am Esstisch wird gesprochen, alle geben sich den Anschein, als führten sie eine normale Unterhaltung, so wie jeden Tag:

«Wie war's in der Firma?»

«Och, de Knopmann hät schon widder ene neue Lizenzanfrage anjeschlepp ...»

An ihrem Ton merke ich, dass ich schuld bin. Ich bin schuld, dass meine Mutter bei uns anruft.

«Bist du gesund?»

«Ja.»

«Was macht die Schule?»

«Gut.»

«Hast du mein Paket bekommen?»

«E-hm.»

Meine einsilbigen Antworten fallen in den Raum und zerschellen auf dem Parkettfußboden mit lautem und dreistem Klirren. Ich weiß genau, dass sie mir zuhören, dass ihnen kein einziger Buchstabe unseres armseligen Dialogs entgeht. Meine Antworten geben keinen Aufschluss über den Inhalt des Gesagten, die Worte des Feindes liegen noch nicht blank auf unserem Mittagstisch, bereit, seziert zu werden.

«Die Omi lässt dich schön grüßen.»

«Ja.»

«Sie hat dich sehr lieb.»

«Hhm.»

«Ich habe dich auch sehr lieb.»

«...»

Ich dich auch? Du lieber Himmel, sie erwartet doch nicht etwa, dass ich jetzt, ... hier ...??! Am anderen Ende, irgendwo in einem fernen Land, das ich wahrscheinlich niemals betreten werde, in dem die Menschen ohne Zeugen telefonieren und schockierende Dinge sagen, tritt zum Zerreißen gespannte Stille ein.

«Was ist los, kannst du nicht sprechen?»

In ihrer Stimme liegt mühsam unterdrückter Ärger.

«Jetzt lassen sie das Kind nicht mal …»

Der Rest geht in Gemurmel unter. Ist da noch jemand bei ihr, bei dem sie sich beschwert? Wo ist sie? In einem Studio? Beim Fotografieren? Zu Hause? Welches Zuhause? Ist sie noch in der alten Wohnung, dem kleinen Apartment in einer Kölner Mietskaserne, das voll gestopft ist mit tollen, seidenen Negligés und Körben voller Modeschmuck, mit dem ich mich behängen darf? Ich kann sie nicht fragen, ich kann nicht. Jedes Zeichen von Neugier, von Freude (Unbefangenheit?) ist glatter Selbstmord. Ich habe schon jetzt genug damit zu tun, mir auszudenken, wie ich es anstellen soll, den Rest des Tages unversehrt zu überleben. Der Missmut in der Stimme meiner Mutter macht mir Kummer. Jetzt ruft sie mich einmal an, und dann kann ich nicht mal richtig mit ihr sprechen. Auf mich ist kein Verlass, nur im Versagen.

«Na gut, Thea, hast du am Wochenende schon was vor? Ich könnte dich abholen, und wir könnten vielleicht …»

Mir wird siedend heiß. Wie wundervoll, welch eine ganz und gar phantastische Vorstellung, ich und meine Mami, die schöne, elegante Mami …

«Ich muss den Papi fragen», sage ich lahm.

«Ja», kommt es ungeduldig vom anderen Ende.

Ich lasse den Hörer sinken.

«Papi …»

Er tut, als höre er mich nicht, und isst weiter. Das Plastik des Hörers verschmilzt langsam mit meiner Hand. Er muss mich hören, ich muss einfach dieses Gespräch hinter mich bringen!

«Papi, ich muss dich mal was fragen.»

Hedi sieht mich kurz an. Er hebt den Kopf, scheinbar unbeteiligt.

«Ja, wat is?»

Ich stocke, es geht nicht, ich bringe es nicht über die Lippen, nicht hier, nicht, wenn Hedi dabei ist. Aber ich habe keine Wahl. Ich würge das Wort hervor.

«Ich soll euch fragen, ob M…m…ami mich am Wochenende zu einem Ausflug abholen darf.»

Ich glühe. Hedi senkt den Blick auf ihren Teller, hochrot im Gesicht. Ich möchte sie trösten. Schau mal, so schlimm ist es doch gar nicht, es ist doch nur ein Wort, ein blödes unwichtiges Wort, auch wenn ich fast sterbe, wenn ich es jetzt aussprechen muss, mir war es doch eigentlich ganz egal, wie ich dich nenne, *ihr* habt es doch so gewollt! Ich war bereit, alles zu sagen, ich hätte dich Hedi genannt, und meine Mami könnte ich ja hier zu Hause Margot nennen oder Fräulein Schmitz … Aber es soll ja immer alles seine Ordnung haben. Sei doch nicht so furchtbar gekränkt, bitte. Bitte!!

Mein Vater spielt wie immer Autorität.

«Augenblick.»

Er wirft dynamisch seine Serviette von sich und steht auf, es werden immer weniger am Tisch, nur noch Hedi und die Weißhaube bleiben zurück. Hedi spielt an ihrem Weinglas. Die Weißhaube schweigt betreten. Mit weit ausholenden Schritten kommt mein Vater näher, ich zittere, als ich ihm den verschwitzten Hörer übergebe, und flüchte an den Tisch. Mir fällt nichts Besseres ein, als sofort um Vergebung bittend nach Hedis Hand zu greifen, die keine Anstalten macht, sie mir zu überlassen. Sie zieht sie zurück zu irgendeiner überflüssigen Aktion, legt meinem Vater einen umgedrehten Teller über sein Essen, damit es warm bleibt, so, als sei er für Stunden unabkömmlich.

Meine Ohren sind wie Antennen auf das knappe Gespräch gerichtet, das sich in meinem Rücken jetzt entspinnt.

«Hier is Alfred. Wann willst du sie holen?»

Wann, wie lange, von mir aus. Das ist die Reihenfolge der zu klärenden Voraussetzungen einer Erlaubnis. Vor lauter angestrengter, bemüht kurz angebundener Sachlichkeit spricht mein Vater fast schon hochdeutsch. Alarmstufe rot. Pause.

«Am Sonntag um fünf seid ihr wieder da, is dat klar?»

Natürlich. Er legt auf, zufrieden mit sich und seiner Leistung. Aufgeräumt kehrt er an den Tisch zurück, setzt sich mir gegenüber und schaut mir aus grauen Augen direkt ins Gesicht.

«Un dat de dich benimmst, Frollein.»

Am Samstagnachmittag um vier stehe ich ausstaffiert mit meinem roten Mantel, einem karierten Wollhütchen und mit einer kleinen Reisetasche in der Diele. Ich zittere vor Margots Ankunft, nicht etwa, weil ich Angst vor ihr hätte, sondern vor der spannungsgeladenen Situation, die sich bis zu ihrem tatsächlichen Erscheinen unerträglich zuspitzt. Hedi und Alfred verschanzen sich wie beim Räuber-und-Gendarm-Spiel in ihrem Schlafzimmer, obwohl man annehmen könnte, sie wären – da in der Überzahl – doch leicht in der Lage, Margot locker zu überwältigen, zu fesseln, zu knebeln und unschädlich zu machen. Anscheinend ist ihnen jedoch nicht daran gelegen, und so muss ich mich beizeiten von ihnen verabschieden und dann mit Blick durch die gläserne Haustür nur noch warten.

Ich hocke neben der Hundematte, kraule den dankbaren Schäferhund, der hinten nicht mehr richtig hoch kann, und erkläre ihm die Lage. Der ganze Hass und Hedis und meines Vaters Hilflosigkeit türmen sich im Haus wie Mauersteine, von denen ich langsam erdrückt werde. Ich krieche in mich zusammen und hoffe, dass es schnell vorbei ist.

Kaum zu ertragen ist die Demütigung, die noch auf Margot und mich wartet. Sie darf nicht bis ins Haus hinein, sie darf nicht weiter heran als bis zum Gartentor. Jenseits seiner Gitter beginnt eine verbotene Welt, vermintes Gelände. Sollte Margot es wagen, diese magische Grenze zu überschreiten, würde unsere heilige Gartenerde durch die verderbten Moleküle ihres Körpers auf ewig kontaminiert werden, so viel steht fest.

Einmal allerdings, ich bin ungefähr fünf – nie löst sich das Rätsel, warum es geschieht –, wird Margot bei ihrer Ankunft hereingebeten, sie wird ins Wohnzimmer geführt und dort aufs Sofa eingeladen, das Personal kredenzt Kaffee und Plätzchen, und alle sitzen einträchtig beisammen: Mami & Mami & Papi & Thea. Ich sitze zwischen meinem Vater und Margot, ganz vorne auf der Sofakante, und schwanke zwischen hysterischer Euphorie und panischer Angst. Ich verstehe nicht ein einziges Wort von dem, was alle meine Eltern miteinander reden, ich weiß nur, dass tatsächlich nur Worte abgeschossen werden und keine Giftpfeile. Nach einer Weile kann ich mich sogar entspannen, ich kuschle mich an meinen Vater, er legt den Arm um meine Schulter, und ich werde hingebungsvoll blödsinnig vor Glück.

Dann, so schnell und überraschend alles kam, so schnell löst es sich wieder auf. Man verabschiedet sich, nicht gerade überschwänglich, aber auch nicht so tiefgefroren, wie es den vermurksten Beziehungen entspräche, ich werde mitsamt Gepäck verladen, und weg sind wir. Ich weiß nicht, was vorgefallen ist, aber nie wieder ist es zu einem Bild vergleichbarer Eintracht gekommen.

Als Margot schließlich klingelt, nimmt Friderike meinen Koffer und begleitet mich bis ans geschlossene Tor. Im letzten Augenblick wird es geöffnet, als könnte Margot sonst an uns vorbei ins Haus entwischen. Friderike, Margot und mir ist der Vorgang gleichermaßen peinlich, was nichts daran ändert, dass jeder für sich freundlich um verlogene Natürlichkeit bemüht ist. Das Personal übergibt mich und mein Gepäck, ich verschwinde in Margots engem knallrotem Flitzer. Ich krabble an Omi Änne vorbei auf den Notsitz, und Margot faltet sich hinterm Steuer zusammen und gibt Gas. Bis dahin haben wir außer einigen hastigen Begrüßungsformeln noch keinen vernünftigen Satz gewechselt. Omi Änne darf überhaupt nicht in Erscheinung treten. Wenn sie es wagte, auch nur einen Zeh in die Einfahrt zu stellen, wäre mein Vater wahrscheinlich bereit, die Hunde auf sie zu hetzen. Sie tut es nicht, sodass die Hunde drinnen bleiben können.

Der rote Karmann Ghia kurvt röhrend durch das Siebengebirge. Margots schlappe Einsachtzig hängen locker hingegossen hinterm Armaturenbrett, und sie schafft das Kunststück, trotz Schuhgröße einundvierzig lässig aus dem Fußgelenk das Gaspedal zu drücken, als würde sie mit den Zehen Asche von einer Zigarette schnipsen. Neben ihr sitzt aufrecht Omi Änne, gekleidet in ihr bestes Kostüm, ein Geschenk von Margot aus dem Hause Chanel. Margot staubt nämlich bei ihren Fototerminen zahllose Roben der gehobenen Kategorie ab, und hin und wieder ziert ein solches Stück dann Omi Schmitzens altgedienten Körper.

Überhaupt hält Omi Änne sehr auf sich, die Fingernägel sind gefeilt und frisch lackiert, das Haar in zartem Altersblond gefärbt, die blauen Lippen (das Herz!) rötlich angehaucht. Die ramponierten Füße mit den krummen Zehen – das Laufen wird ihr später immer mehr zur Qual – stecken in bequemen, dennoch eleganten Schuhen, und überhaupt ist ihre Erscheinung die einer gepflegten Frau um die sechzig. So ist es auch besonders rätselhaft, warum Hedi sich bei jeder Gelegenheit über die vermeintliche Geschmacksverirrung der alten Dame im Übermaß erregt und ihr am Ende Lächerlichkeit attestiert. Besonders, da sie sich ja nie begegnen. Es sei denn, Hedi steht mit einem Teleskop am Fenster und sucht das Wageninnere ab, solange wir noch das Gepäck und mich verstauen.

Der Karmann knattert über die Margarethenhöhe, ein Berglein hinter Königswinter. Die Fahrt bis jetzt war voller Kurven, trotzdem ist mir kein bisschen schlecht. Die Kiste stinkt nicht nach Benzin wie Papis Amischlitten, und außerdem spielen wir «Ich sehe was, was du nicht siehst». Angeregt durch Omi Ännes Anwesenheit – eine begnadete Zockerin –, spielen wir eigentlich immer irgendwas, und so bin ich fürs Erste mal beschäftigt.

Wir rollen auf genau der gleichen Autobahn, auf der auch mein Vater «den Wagen ausfährt» – wie er Tempo 200 gern bezeichnet –, wenn wir zum Beispiel sonntags Omi Mathilde, Opi Max und Papis Pferdeschar besuchen. Jetzt habe ich das Gefühl, als hätte ich diese Straße noch nie gesehen, die Landschaft drumherum ist fremd, der graue Asphalt führt in verheißungsvolle Weiten.

Es wird langsam still bei uns im Wagen. Anfangs, kaum der Hauseinfahrt entronnen, sind beide neugierig. Besonders Omi Änne will alles Mögliche wissen: wie es mir geht, wie ich in der Schule bin, wie es dem Papi geht, ob ich mich mit Hedi gut verstehe. Alles ziemlich unangenehme Fragen, und ich bin erleichtert, als dieser Teil endlich abgehakt werden kann. Auf der Autobahn sind wir schließlich bei Reserl und Schorsch angelangt, nach denen sich jetzt auch Margot betont herzlich erkundigt. Sie kommt zu einem abschließenden Urteil, dem nicht zu widersprechen ist: «Das Reserl, das ist eine nette Frau!»

Es klingt aus ihrem Mund wie ein sehr generöses Lob und zeigt ihre edle Bereitschaft, auch dem Feind Gerechtigkeit widerfahren zu lassen. Und doch spüre ich auf winzig kleinen Wellen den unterdrückten Hass durchs Auto treiben, der falsche Ton ist leise, aber deutlich und pfeift in meinem Ohr.

«Ich war ja damals mit dem Papi am Alpensee, da warst du noch gar nicht geboren.»

Aha. Ich weiß, es kommt noch mehr. Aber was? Was kommt? Worauf soll ich mich vorbereiten? Auf Empörung? Neugier zeigen? Wirklich, Mami? Toll, erzähl doch mal! Wie war denn das?

«Die haben ja schon immer Schwierigkeiten gehabt. Das Hotel lief ja nicht richtig. Die Hedi war damals noch ein Teenager, sie trug immer zu enge Skianzüge und ist damit vor den Gästen herumgelaufen.»

Es ist nicht ganz eindeutig, ob sie zu mir oder zu Omi Änne spricht. Ich begreife nicht recht, dass sie Hedi gerade mehr oder weniger zur Nutte erklärt hat oder aber ihr zumindest Verschlagenheit beim Aufreißen potenzieller Ehemänner unterstellt. So weit sind meine Kenntnisse auf dem Gebiet des Geschlechterkampfes noch nicht gediehen. Aber dass sie ihr Verhalten als unwürdig anprangert, das verstehe ich blind.

«Und die ganze Hotelrenovierung, das hat ja alles der Papi bezahlt.»

Das Urteil ist gesprochen. Diese neue Ehe ist ein klarer Fall von Ausbeutung. Ich werde den Verdacht nicht los, dass sie sich selber gern ein wenig in dieser Richtung betätigt hätte. Ganz eindeutig jedenfalls benimmt sich Margot wie jemand, dem etwas genommen wurde und der jetzt so tut, als ginge ihn das gar nichts an. Ein mir geläufiger Vorgang, den ich beinah jeden Tag auf dem Schulhof erlebe. Bei uns herrscht jedenfalls die gängige Regel, auch bei größtem Verlust ein möglichst gelangweiltes «Macht-mir-doch-gar-nichts-aus»-Gesicht zu ziehen und den Pöbel links liegen zu lassen. Das Gegenteil ist bei Margot und Omi Änne der Fall, die Neugierde bringt die beiden fast um.

Ich will aber nicht bestreiten, dass auch ein Quäntchen Sorge mit dabei ist. Das gesamte Familienprogramm wird abgerollt, es ist eine Menge liegen geblieben seit dem letzten Mal, man muss nachholen. Selbst die Stiefverwandtschaft, die Wurstmacher aus Soest, mit denen ein stilvoller und ästhetikbestimmter Mensch wie Margot öffentlich niemals etwas zu tun bekommen möchte, werden durchgenommen. Verena und Wibke, die Bockschultes selbst, das Kindermädchen, einfach alle. Ich gebe einsilbig Auskunft.

Es kommt mir komisch vor, von Menschen zu berichten,

die Margot das letzte Mal vor mindestens sechs Jahren gesehen hat und die sie, das ist mir völlig klar, auch nicht leiden kann. Schlimmer noch, mich kränkt die Verachtung, die aus ihren hingeworfenen Sätzen spricht, sogar die scharfen kleinen Bemerkungen, die über Hedi fallen, lassen mich durchaus nicht kalt. Sie schneiden mir ins Herz, ich möchte sie verteidigen, denn tief innen drin in mir lebt so etwas wie Verständnis für Hedis Unglück, ihr Versagen angesichts des Unbewältigbaren, als das sie ihr Leben mit Alfred, seinem Clan und mir – da bin ich sicher – oft empfindet. Immer, wenn Margot Überlegenheit zeigt, liebe ich Hedi besonders. Ihr Leiden im Kampf darum, den sie umzingelnden Scheintoten ein vergnügliches Leben abzutrotzen, ist mir in diesen Momenten sympathischer als Margots hochmütige Aburteilung der sauren Trauben, an die sie nicht mehr rankommt.

Immer wenn ich Margot über ‹meine› Familie Auskunft gebe, spüre ich, wie die Luft vor Spannung zittert. Meine beiden Mütter können Eifersucht und gegenseitige Missachtung nicht verbergen. Ja, wirklich, sogar Margot ist eifersüchtig, worauf, erahne ich erst im Lauf der Zeit. Anfangs, bei unseren ersten Begegnungen, kann ich mir unmöglich vorstellen, warum die weltgewandte, souveräne, dunkeläugige Ausgabe einer Grace-Kelly-Schönheit allen Ernstes neidisch sein soll auf die hübsche und stramme Bajuwarin, die sich ihr doch so unterlegen fühlt. Aber es gibt einen Grund, und ich finde ihn heraus. Nach wenigen kurzen Besuchstagen fügt sich schließlich das Bild: Hedi hat Margots Platz eingenommen. Sie hat ganz einfach gewonnen.

Trotzdem darf ich mich jetzt nicht verwirren lassen. Wenn ich mit Margot und Omi Änne zusammen bin, kommt es darauf an, ihnen kein allzu gutes Bild von den mich umgebenden Personen zu zeichnen, andererseits dürfen sie aber auch nicht zu schlecht wegkommen. Ich habe schon einmal erlebt, wie Margot angelegentlich meiner wütenden Schilderung einer noch frischen Auseinandersetzung mit Hedi einschließlich genüsslich ausgeschmückter Kopfnuss- und Ohrfeigenkombination völlig aus dem Häuschen geriet. Mindestens der Staatsanwalt, am besten noch die heilige Inquisition, sollte sie fertig machen. Zunächst fand ich ja auch einen gewissen Gefallen an der Idee, dass Hedi vielleicht für den Rest ihres Lebens in dunkler Kerkerhaft bei Wasser und Brot schmoren sollte, als mir aber nach einigen von Omi Änne an Margot gerichteten Worten klar wird, dass das noch keineswegs beschlossene Sache ist, sondern genauso gut das Gegenteil eintreten kann – Margot im Kerker wegen übler Nachrede und ich in Hedi'scher Einzelhaft –, da überlege ich es mir nochmal und revidiere meine Zeugenaussage auf ein gesellschaftlich anerkanntes Maß an körperlicher Kinderzüchtigung.

Draußen, an der kleinen dreieckigen Autoscheibe, rast ein Wald vorbei. Die Bäume haben lange dünne Stämme, die sich zu einem einzigen, breiten und fast transparenten Stamm zusammenfügen, wenn ich meinen Blick an einem Fleck verharren lasse.

«Im Grunewald, im Grunewald ist Holzauktion, ist Holzauktion, ist Holzauktion …» Wir singen, während wir am Kölner Königsforst vorbeifahren, laut und in auf und ab schaukelndem Rhythmus. Ich singe «Holzaktion» statt «Auktion» und kann mir unter beidem nichts vorstellen.

«Denkste denn, denkste denn, du Berliner Pflanze, denkste denn, ick liebe dir, nur weil ick mit dir tanze?!»

Margots von ihrem Vater ererbtes preußisches Liedgut erklingt dreistimmig aus unseren Kehlen, und ich stelle mir einen Mann vor, der aus unerfindlichen Gründen mit einer riesigen Topfpflanze im Arm, einer Art Gummibaum, zum Polkatakt über die derben Holzdielen eines Berliner Tanzsaales galoppiert.

Als kurz vor Köln die Autobahn endet, tauchen wir in unbekanntes Straßengeflecht ein, und ich muss an Opi Max' und Omi Mathildes Villa denken. Wo sie wohl liegt? Wo die beiden jetzt sind? Es ist ungeheuer prickelnd, mit ihnen in der gleichen Stadt und gleichzeitig Lichtjahre entfernt zu sein. Unglaublich. Ich bin endlich mit meiner Mutter zusammen, und meine Gedanken sind unterwegs in einer Welt, der ich sonst so gern entfliehen möchte. Der Karmann biegt in eine nie gesehene Straße ein, und ich erlebe eine fremde Stadt.

Obwohl ich die Strecke zu Max' und Mathildes Villa im feinen Braunsfeld wohl an die zweihundertmal mit meinem Vater und Hedi gefahren bin, weiß ich trotzdem letzten Endes nie, wie wir dorthin gekommen sind. Erst zwei, drei Straßen vor dem eigentlichen Ziel erkenne ich Vertrautes wieder, das große Ganze sehe ich niemals vor mir. Noch heute habe ich keine Ahnung, wie Köln eigentlich aussieht, ich kenne nur einzelne Teile in verschiedenen Welten, die sich nie begegnen. Ausgeschlossen, dass ein und derselbe Mensch sich jemals gleichzeitig in beiden bewegt. Man stelle sich vor: Irgendwo in der Kölner Innenstadt liegt die Mietskaserne meiner Mutter, da, wo Autos, Straßenbahnen, Motorräder laut und stinkend zwischen Menschenmassen und Baustellen herumkurven. Von da aus macht sich jemand auf nach Braunsfeld, in die Villenstraßen, wo die Häuser umgeben sind von Gärten mit japanischen Kirschbäumen, Vogeltränken und im Winter Futterhäuschen, nah am wohlgestalteten Stadtpark gelegen, in dem frisch gestärkte Kindermädchen frisch gewaschene Babys spazieren fahren! Undenkbar.

Natürlich weiß ich auch im Alter von sechs Jahren, was eine Stadt ist. Es handelt sich dabei um eine mehr oder weniger zusammenhängende Ansammlung von Gebäuden, die im Laufe der Zeit schließlich eine genügend große Zahl bilden, um ihnen mit der Bezeichnung «Stadt» einen Namen zu geben. Im

Prinzip ist mir also klar, dass Köln immer Köln ist, egal, wo der Einwohner sich gerade befindet. Dennoch stimmt das nicht. Es handelt sich um eine große Täuschung.

Ich kenne nur ein Köln, und das ist das Köln mit der Backsteinvilla meiner Großeltern, mit dem Diener und dem Chauffeur, mit dessen Frau und dem Dienstmädchen. Jenseits der entsetzlich öden und nicht enden wollenden Aachener Straße liegt es eingebettet in ein kleines Straßennetz, das wiederum durch die Friedrich-Schmidt-Straße vom Stadtwald getrennt wird, in dem meine Großeltern selten mal spazieren gehen. Das Personal führt dort den Hund aus, Omi Mathildes unberechenbaren Schnauzer. Man ist unter sich. Auch in den Nachbarhäusern schütteln die Dienstmädchen den Staubwedel auf den Balkonen aus, und auch in den Nachbargärten blühen im Frühling die Azaleen.

«Wohin fahren wir zuerst?»

Ich möchte wissen, ob ich gleich in Margots Wohnung die Negligés aus den Schränken zerren und den Modeschmuck aus den Schachteln kippen darf, um mich sofort der neuen, schicken Umgebung anzupassen.

«Wo möchtest du denn gerne hin, Thealein?», will Margot nichts ahnend wissen.

«Nach Hause», antworte ich wie aus der Pistole geschossen. Damit meine ich zu ihr, zu Seidennachthemden, Ohrringen und Fernsehen.

«Da ist es so gemütlich», gebe ich bekannt, was ja auch irgendwie der Wahrheit entspricht.

Margot wundert sich ein bisschen, dass ich nicht etwas mehr Unternehmungslust zeige, überhaupt liebt sie es – in dieser Hinsicht ähnelt sie leider Hedi –, wenn ich Initiative an den Tag lege, sie wollen, dass ich mich bewege und gesund und munter bin. Margot will zwar außerdem noch, dass ich endlich elegant werde, und ihr Gesichtsausdruck verändert sich dramatisch, sobald sie meine Kleidung mit den Augen taxiert. Ich finde keine Gnade mit meinem karierten Hütchen und dem zu weiten Mantel, sie findet mich pomeranzig, ohne es zu sagen, aber natürlich spüre ich es überdeutlich.

Es nagt in Margot. Es demütigt sie, hinausgeschmissen worden zu sein. Wie abgeschnitten ist die Verbindung zu den Menschen, die doch einmal stolz auf sie waren und die ihr ein Leben mit angenehm vielen irdischen Gütern versprachen. Denn Margot ist sehr interessiert an materiellen Dingen, o ja. Ich spüre das an vielen Kleinigkeiten, die Nebensätze, die hin und wieder fallen, sind verräterisch.

«Der Alfred hat so viel Geld, und was macht sie damit? Diese Einrichtung! Und guck mal, wie sie das Kind anzieht!»

Und so weiter. Derartige Missfallensbekundungen tragen nicht gerade zur Hebung meines ohnehin angeschlagenen Selbstwertgefühls bei, und mit aller Vorfreude auf Margots lichtumflutete Erscheinung an unserem Gartentor mischt sich immer eine kräftige Portion Magenflattern vor ihrem kategorischen Urteil über unser Hinterwäldlertum. Als Margot mit Alfred lebte, da war die Geschmackswelt noch in Ordnung. Sie hat dem Jungen wahren Stil und wahre Werte vermittelt, die er in der elterlichen Backstein-, Perserteppich- und Stillleben-mit-Fasanen-Atmosphäre niemals kennen gelernt hätte.

Vorbei an einer riesigen Baugrube drängelt Margot den Wagen durch das Gewühl auf einer lärmigen Kreuzung. Ich bestaune Geschäfte, Ampeln, Müllautos, Taxis, Menschen, Hunde, Kinder mit Plastiktüten voller Samstagseinkäufe und Pfandflaschen, und wir biegen durch eine schmale Einfahrt auf einen Hof hinter einem mehrstöckigen, hässlichen, modernen Gebäude ohne Balkone. Margot parkt, und ab jetzt ergebe ich mich der Faszination einer echten Mietskaserne.

Es beginnt damit, dass wir beim Betreten des stickigen, halb gekachelten, halb in einer graugrünen, undefinierbaren Farbe verputzten Treppenhauses direkt neben dem Fahrstuhl den Müllschlucker passieren. Eine moderne Errungenschaft, die sich auf jeder Etage befindet, beim Entleeren ein Höllenspektakel verursacht und mich absolut und rundum glücklich macht. Kein Mensch, am wenigsten ich selbst, könnte das Mysterium aufklären, warum ich beim Anblick dieses von den meisten Menschen mit verhaltenem Abscheu bedachten Gerätes in derartiges Entzücken verfalle, aber das scheppernde Ding hat es mir angetan. Ich gerate nahezu in Ekstase bei der Vorstellung, wie irgendwelche Gegenstände, oben eingeworfen, durchs ganze Haus im Innern der Wände heruntergleiten und in verborgenen Tiefen landen, aus denen sie nie wiederkehren. Das nur zum Thema Müll. Der Grad meiner Entfremdung von gewissen, im Allgemeinen eher unbeliebten Tätigkeiten des Alltags ist beträchtlich. Ich würde am liebsten den ganzen Tag stinkende Abfälle die Schächte hinunterbefördern und am Ende noch hinterherrutschen. Margot und Omi Änne quittieren meine seltsame Vorliebe mit einem amüsierten gegenseitigen Blick. Das Kind. Tja, das Kind.

Das Kind schwankt von einem Extrem ins andere. Kaum spuckt der enge Fahrstuhl uns im vierten Stock vor Margots Wohnungstür aus, reiht sich eine Attraktion an die nächste. Den Anfang macht ein echter Türspion. Sesam öffnet sich, und ich atme endlich eine neue Welt. Die Luft ist voll Parfüm, und im Flur rankt aufgedruckter Efeu über die Tapete. Die Decken sind niedrig und die Zimmer klein. Aber sie sind angefüllt mit Dingen, die mein Auge nie geschaut.

Tigerkissen liegen hingeworfen auf kleinen englischen Sofas, chinesische Porzellanleuchten mit warmgoldenen Lampenschirmen stehen auf kolonialen Beistelltischen aus Mahagoni, riesige Körbe aus grobem Geflecht gefüllt mit Zeitschriften und Gürteln stehen einfach irgendwo auf dem Fußboden. Bilder mit seltsam verrutschten Perspektiven und in kräftigen, wilden

Farben hängen an der Wand, es gibt Regale voller Bücher mit verheißungsvollen Schutzumschlägen und einen antiken Sekretär, auf dem Berge von Zeitungen, Briefen, Notizen in Margots großzügiger Handschrift und Postkarten ihrer seltsamen Freunde aus fremden Ländern gestapelt sind.

Das Aufregendste sind aber all die Gegenstände, die der Schönheit dienen, die Mäntel und Hüte, die goldenen gehäkelten Strickmützen, seidenen Halstücher – nicht wie die von Hedi mit Hufeisen und Pferdetrensen bedruckt, sondern mit Blumen und wildem Paisley-Muster, die Nylonstrumpfhosen in den wildesten Farben, die zusammengedreht und in kleinen Knäueln in einem der zahllosen Körbe liegen, die Gürtel – Ketten aus großen, goldenen Ringen, die auf Margots Hüften ruhend ein kurzes Kleid veredeln, und die Parade ihrer Schuhe, die ellenlang mit riesengroßen Schnallen und dennoch von flacher Eleganz den halben Flur einnehmen. Das irritierend Wundervolle an Margots Wohnung besteht darin, dass alles offen liegt, die Betrachtung, ja sogar der Zugriff ist erlaubt, und sofort mache ich Gebrauch davon.

Der erste Weg führt mich ins Schlafzimmer. Noch während Margot und Omi Änne sich aus den Mänteln schälen, pilgere ich wie ein nach Heilung Lechzender in Lourdes zu Margots Schminktisch und der Ansammlung von Fläschchen, Tiegeln und Flacons, die mich von weitem schon begrüßen. In durchsichtigen Plastikschächtelchen liegen ordentlich hingebettet falsche Augenwimpern, Döschen, gefüllt mit fester schwarzer Masse, warten darauf, dass ich hineinspucke und mit dem beiliegenden Bürstchen das Zeug zu einem breiigen Schlamm verrühre, um damit meine Wimpern zu bestreichen. Eine phantastische Auswahl aller erdenklichen Lidschattenfarben erschwert mir die Entscheidung zur Weiterbehandlung meiner Gesichtszüge, und ich schwelge wonnevoll seufzend in tausendundeiner Möglichkeit. Blau? Ist nicht gut bei meiner blassen Haut. Grün?

Zu schrill. Braun. Braun ist einfach ideal. Es fehlt nur noch Rouge. Und Lidstrich. Unverzichtbar, aber eine echte Prüfung, selbst für Könner. Ich lecke mit der Zunge den fädchendünnen Pinsel an, drehe und wende ihn in demselben schwarzen Brei, der, inzwischen gehärtet, schon meine Wimpern verklebt, und versuche mit geziertem Schwung, ein modisches Strichlein am äußeren Lidrand zu ziehen. Leider geht mir unterwegs vom einen Ende zum anderen entweder die Farbe aus oder der Anlauf flöten, sodass nach mehrmaligem Ansatz und einer riskanten Berg- und Talfahrt ein ziemlich exzentrisches Zickzack meinen Blick dämonisiert.

Das empfindet wohl auch der bald darauf erscheinende Gast, einer der zahlreichen hochinteressanten – von Hedi ungleich direkter als «Spinner» bezeichneten – Freunde Margots. Vermutlich glaubt er an eine Erscheinung, als ich ihm, angetan mit Margots bestem zartblauen Negligé und passendem Morgenmantel, behängt mit etwa einem Kilo ihres massivsten Strassschmucks in Gestalt meterlanger Ohrgehänge und Ketten über meine Schleppe strauchelnd im engen Flur entgegenstolpere.

Ich bin im siebten Himmel, das hier ist besser als Karneval, denn es ist ernst. Ich habe nicht einen Moment lang das Gefühl, verkleidet zu sein, ich bewege mich in einer Art vorweggenommener Erscheinungsform, als Dame in einer vornehmen und eleganten Welt, in der die Menschen große, gelassene Gesten machen, nach köstlichen Düften riechen und eine etwas schleppende Sprache sprechen. Denn das tun sie, Margot und ihre Freunde. Abgesehen von Omi Änne, deren dezenter Gladbecker Akzent einen Hauch von Gewöhnlichkeit zur Atmosphäre beisteuert, schwingt in den Gesprächen zwischen Margot und der Schar von Modeschöpfern, Fotografen, Modejournalisten und Redakteuren eine seltsame, fremde Melodie. Ihre Gespräche beginnen mit kleinen, entzückten, beinah gesungenen Aufschreien: «Haach, nee ...», und fahren fort, indem sie gewöhnlichen «ch»-Lauten etwas ungeheuer Besonderes verleihen, nämlich ein zusätzliches «s». Daraus wird aber dann noch lange kein gewöhnliches, vulgäres «sch», sondern es führt lediglich dazu, dass «ich» nicht mehr «I-ch» ausgesprochen wird, aber beileibe auch nicht «Isch», womit sie ja nur einen einfachen französischen Effekt erreicht hätten. Vielmehr gelingt ihnen die Schöpfung einer neuen Sprache, die ich nie zuvor gehört habe, und beflügelt durch mein Talent zur Adaption des Gehörten, kehre ich von den Minibesuchen bei meiner Mutter mit einer völlig neuen Sprechweise nach Hause in die Provinz zurück, wo dann Friderike und die anderen staunend ihre Ohren auf den neuen Pegel einstellen. Nur Hedi verbittet sich das «affige Getue», und nach einer Woche ist alles vorbei. Bis dahin pflege ich sorgsam die neu gewonnene Weltläufigkeit mit auf halber Strecke abgestoppten «sch's», nasal und gedrückt ausgesprochenen Vokalen und stark singender und verlangsamter Diktion. Das Ganze klingt ungefähr wie eine Mischung aus Hildegard Knef (leichter Berliner Einschlag ist auch unbedingt erwünscht) und schwulem Nachrichtensprecher. Natürlich habe ich keine Ahnung, was das ist, aber Hedis Bemerkungen lassen ahnen, dass es sich um nichts Gutes handelt.

Ich stehe also mit meiner Schleppe kämpfend, der Mund leuchtend von granatrotem Lippenstift, dem neu eingetroffenen Gast im mütterlichen Flur gegenüber und möchte mich bewundern lassen. Der Mann ist klein, dunkelhaarig, trägt ein Halstuch und ein seltsames Jackett, er macht gezierte Bewegungen, und dabei wandert sein Blick an mir herunter wie der eines Jurors bei irgendeinem Wettbewerb.

«Allô, Margaux, comment vas-tu? Bonjour, Madame, mein Gott, Sie seän unglaublisch gut aus, wirklisch also, dein Muttär wird immär jüngär. Is das dein Tochtär? Vraiment?»

Er sieht auf mich herab, skeptisch.

«Thealein, das ist Alain, ein guter Freund aus Paris.»

Margots vokalpressende, etwas berlinernde Stimme schprischt aus großer Höhe herab zu mir, und ich gebe Alain artig die Hand. Sein Blick ist kalt, er hat Spott in den Augen, ich kann sehen, dass er mich nicht erwartet hat, lieber mit Margot allein gewesen wäre und mich wahrscheinlich ziemlich zum Kotzen findet. Ich stelle fest, dass es mir genauso geht.

«Also, Theà, bonjour …»

Und zu Margot gewandt: «Sie ist ein bissschen ihre Zeit voraus, nischt wahr?»

Er lacht über seinen Witz, und ich hasse ihn sofort. Sie gehen ins Wohnzimmer, er belegt mit elegant abgespreizten Armen die Couch, Margaux gießt sich ihm gegenüber in die andere.

«Mamilein, machst du uns einen Kaffee?»

Mamilein steht schon in der Küche und brüht auf. Ich flüchte mit bitteren Gefühlen an Margots Toilettentisch und sehe nach, was ich noch verbessern kann. Omi Änne kredenzt Kaffee, lässt sich von dem kalten Fisch auf der Couch Honig ums Maul schmieren, und ich langweile mich inzwischen zu Tode. Ich möchte jetzt fernsehen, malen, irgendwas mit meiner gut riechenden Mami gemeinsam auf dem Sofa hockend machen.

Stattdessen klingelt es erneut, der Nächste steht vor der Tür. Omi Änne öffnet, und ein Gejuchze und Geraune dringt zu mir ins Schlafzimmer, als sich alle um den Hals fallen. Ich starte einen neuen Versuch, jemanden zu beeindrucken, und präsentiere mich in voller Schönheit noch einmal vor dem Neuankömmling. Ein berühmter Fotograf, erfahre ich. Erstaunt gehobene Augenbrauen, ein amüsiertes Lächeln.

«Ihr seht euch wirklich ähnlich, Margot. Wie alt bist du denn?»

Ein Knicks, ein Händedruck, Abgang auf die Couch, Kaffee, Geplauder, Mamilein macht neuen Kaffee, Gespräche über «Produktionen», «Models», «Schauen» (Modenschauen, wie ich nach einer Weile kapiere) und so weiter. Es nimmt kein Ende. Schließlich werden Omi Änne und ich in den Zoo geschickt, das Kind langweilt sich.

Wieder streiten die Gefühle. Ich muss mit meiner längst nicht so ansehnlichen Omi vorlieb nehmen, obwohl ich mich doch im Glanz der wunderschönen Mutter sonnen möchte. Die aber ist umringt von weit gereisten und bedeutenden Menschen, manche gar sind so wichtig, dass man sie aus dem Fernsehen kennt – wobei es Anfang der sechziger Jahre ja schon Respekt einflößend ist, jemanden zu kennen, der bei der Lokalzeitung die Anzeigen bearbeitet.

Ich finde diese unendlich wichtigen Menschen toll, großartig, aufregend und fühle mich durch ihre Anwesenheit geadelt. Ich gehöre zum inneren Kreis der Eingeweihten, ich habe Zutritt zu Bereichen, die den normalen Sterblichen verschlossen sind. Ja, nicht mal Hedi oder mein Vater dürfen an den Dingen teilhaben, die mir zugänglich sind. Hochmut im Herzen, genieße ich meine armseligen Privilegien jedes Mal, wenn ich in Margots Nähe bin. Das Teilhaben an einer für andere verschlossenen Welt macht die Besonderheit meiner Aufenthalte bei ihr aus.

Mit sechs Jahren begleite ich sie ins Foto-, mit acht zur Regionalsendung ins Fernsehstudio. Margot hat den Weg vom Mannequin («Männeken», wie Omi Mathilde zu sagen pflegt) über die Moderedakteurin zur Fernsehjournalistin genommen (auch wenn es sich bei letzterer Tätigkeit hauptsächlich um die Befragung berühmter Herztransplanteure, attraktiver James Bond-Darsteller und Schlagerduos fürs allsamstägliche Magazin im Vorabendprogramm handelt, wird diese Tätigkeit im allgemeinen Sprachgebrauch als Journalismus bezeichnet), und ich werde jedes Mal ein kleines Stück Wegs bei diesem rasenden Aufstieg mitgenommen. Ich bekomme Autogramme von Christiaan Barnard, Sean Connery, Neil Armstrong und Cindy & Bert, und sofort stelle ich Überlegungen an, wozu sich diese

Trophäen vielleicht einmal verwenden lassen würden. Zum Beispiel könnte Dr. Barnard mir, sollte ich jemals in die Verlegenheit kommen, ein neues Organ zu benötigen, assistiert von Mr. Armstrong am Rand eines Mondkraters mein schrottreifes Herzstück entnehmen und durch ein strammes neues ersetzen, während das Schlagerpärchen – von 007 mit einer Geheimwaffe in Schach gehalten – mich mit einem schmissigen «Spaniens Gitarren» in die notwendige Ohnmachtsnarkose versetzt. Von ähnlich wirren Träumen werde ich nach meiner Rückkehr ins trostlose Rhöndorf häufig heimgesucht, wenn mein armer Geist des Nachts verzweifelt versucht, die ungewohnten Eindrücke zu verdauen.

Das ist der interessante Teil des mütterlichen Besuchsrituals. Es gibt dabei selten einen Moment, in dem ich einfach nur mit Margot zusammen bin, Zeiten, während deren wir uns eigentlich kennen lernen könnten. Es ist bizarr: Obwohl ich es hasse, bei Omi Änne entsorgt zu werden, wenn Margot arbeitet, und ich mir nichts sehnlicher wünsche, als endlich mal mit ihr allein zu sein, langweile ich mich, wenn ich nichts Sensationelles geboten bekomme und nicht im Studio die Schminktische plündern und die Perücken der Models anprobieren kann.

Aber manchmal, da fallen aus heiterem Himmel wahre Sternstunden der Glückseligkeit, und alles ist einfach perfekt. Dann sitzen wir zu Hause bei Margot und spielen Würfel, Rommé und Canasta, und wenn der Besuch auf einen Donnerstag fällt, gehen wir in Omi Ännes Damenkegelclub. Ich darf im Kreis etwa zwanzig kichernder und kreischender Frauen zwischen vierzig und fünfundsechzig die Kugel rollen, und glücklich schaue ich ihr nach, wie sie im Zickzack die Bahn an der Bande entlangrumpelt und den einen oder anderen aufrechten Kegel niedermäht. Die Atmosphäre in dem kölschbierschwangeren Keller, mit diesen Frauen, die alle ein bisschen zu laut lachen, ein bisschen zu vulgär sind, einfach schrill, laut und lustig – das alles ist wundervoll befreiend. Ich vergesse sämtliche Schuldgefühle, die mich stets begleiten, egal, wen sie betreffen, Hedi, Margot oder Omi Änne. Ich bin ich und dabei eine von ihnen.

Als ob sie mich bestätigen wollen, feuern die Damen mich an, je nach Sättigungsgrad mit Kölsch und diversen Schnäpsen mehr oder weniger temperamentvoll.

«Ja, Thea! Wunderbar! Noch en bissje Schwung! Hopp, lommer jonn! Noch ens!»

«Luurens, dat Pänz hät en rischtisch jutet Händschen! He, Änne, hörens! Dat is en ächtet Talent! Pass ens op, dat se nit verdorben wird, von ihre feine Pinkels!»

Was für einen Spaß sie haben! Sie spielen, und ich spiele mit. Solcherlei billige Vergnügungen sind zu Hause nicht an der Tagesordnung. Meine Eltern spielen Skat, aber nur mit handverlesenen Freunden des Hauses. Niemals würde mein Vater mit irgendwelchen anderen Vätern aus dem Dorf an einem bestimmten Wochentag zusammensitzen und Karten dreschen. Das geschieht in unserem Wohnzimmer mit Hedi, Onkel Henry oder Jupp, fein säuberlich getrennt von der Außenwelt. Die Vergnügungen meiner Großmutter finden hingegen öffentlich statt. Die Kegelschwestern fahren zusammen in Urlaub, manchmal zur Kur. Immer geht es um nichts Geringeres, als dem Leben möglichst viel Vergnügen abzugewinnen und sich dabei ihrer gegenseitigen Freundschaft zu versichern. In Anwesenheit dieser Frauen, in der alkoholschwangeren Kegelbahnatmosphäre kommt mir alles leicht vor. Ich muss mich nicht ständig entschuldigen für die Bedürfnisse, die ich habe. Es ist vorgesehen, Spaß zu haben. Das Leben soll Freude machen, dazu ist es da. Ein Aspekt, der mir das erste Mal begegnet.

Ich trinke Kölsch und darf Schnaps nippen, Omi Änne nimmt auf krummen Füßen kräftig Anlauf, während Annie, die Bäckersfrau, Wilma, die Monteurswitwe, Kläre, die Frau mit dem Elektrofachgeschäft, und Else, Omis beste Freundin, sich noch einen genehmigen. Zurück in Margots bescheidenem Schlafgemach, schwört Omi Änne nachdrücklich auf die Heilkraft von Klosterfrau Melissengeist, da ich nach all den Genüssen von heftiger Unpässlichkeit heimgesucht werde. Von der nach Nagellackentferner schmeckenden Essenz wird mir dann wenigstens richtig schlecht, und Margot bringt gerade noch rechtzeitig die Satinlaken in Sicherheit, während ich einer bereits bekannten Beschäftigung nachgehe. Bis zum nächsten Tag ist aber alles wieder gut.

Samstags guckt Omi Änne abends die Sportschau, Bundesliga mit Ernst Huberty. Ich sitze in wallenden Negligés, geschmückt und bemalt, auf dem Sofa, die Gäste sind vertrieben, denn jetzt ist die heilige Stunde. Omi Ännes Herz schlägt für Schalke, Rot-Weiß Essen, Oberhausen, Borussia Mönchengladbach, auch für Fortuna Köln, aber nichts geht über den 1. FC. Fanatisch fiebert sie bei jeder Ecke mit, sie ahnt ein Abseits schon, bevor das Spiel überhaupt angepfiffen wird, und ohne Reue verteidigt sie zäh selbst mieseste Fouls im gegnerischen Strafraum gegen jede höhere Einsicht und vor allem gegen ihren Erzfeind, den Schiedsrichter. Ich bin fasziniert, wie sehr mich ihre Leidenschaft an meinen Vater erinnert, und wenn er sich jemals hätte erinnern wollen, welch ein perfektes Paar sie einst waren, als sie noch gemeinsam meiner verständnislosen Mutter die Abseitsregel eintrichtern wollten, was wäre wohl aus mir geworden! Doch so ist das Einzige, was ich von beiden gemeinsam auf meinen Lebensweg mitbekomme, eine Eins-A-Lektion über die Götter des runden Leders: Overath, Grabowski, Libuda, später Netzer, Beckenbauer, Breitner, Müller und so weiter.

Nach der Sportschau gucken wir weiter fern, und Margot kommentiert die Leistungen des Moderators, die Garderobe einer Ansagerin oder tauscht mit Omi Änne Erinnerungen an «den netten Jungen» – gemeint ist ein Fernsehjournalist –, an den Mamilein sich doch bestimmt noch erinnert, von damals,

als sie so reizend miteinander ausgegangen sind. Jahre später wird mir an der seltsamen Resistenz meines Vaters gegenüber dem tatsächlich enormen Charme des «netten Jungen» deutlich, dass es sich exakt um den netten Jungen handelt, der ihm seine Ehe verhagelte.

In gnädiger Unwissenheit um solcherlei Nebensächlichkeiten genieße ich also die raren Momente, in denen ich mich geborgen fühle; so könnte es doch immer sein, wir drei – Omi, Mami, Kind – auf dem Sofa, Omi brät zum Abendessen Buletten, anschließend abwechselnd Karten spielen oder verbotene Filme gucken, beides mit allergrößtem Lustgewinn, und am Ende ins Bett, spät natürlich.

Ein paar Jahre später, als Margot in Hamburg lebt und als Modejournalistin, Fotomodell und später beim Fernsehen arbeitet, werden die Wochenendausflüge anstrengender. Ich muss weitere Strecken überwinden, am schnellsten natürlich mit dem Flieger. Die Lufthansa-Kotztüte mit dem praktischen Kniff wird mein vertrauter Begleiter, und ich brauche von den drei Tagen, die ich meist mit Margot und der unvermeidlichen Omi verbringe, etwa je einen halben bei Hin- und Rückfahrt, um mich von den Reisestrapazen zu erholen. Ich bin inzwischen acht Jahre alt und für ein paar Zwecke ganz gut zu gebrauchen.

Zum Beispiel werde ich mitgenommen auf Fototermine, bei denen Kindermodefotos für die «Hör Zu» gemacht werden. Es ist Ostern, produziert wird für Weihnachten. Draußen ist es warm, und ich muss kratzende Wollpullover anziehen. Wir werden geschminkt, bekommen zarte Wimpernfärbung und Rouge und Puder und sogar etwas Lippenstift. Meiner Meinung nach zu wenig. Dann werde ich mit anderen Kindern zusammen zu einer Gruppe arrangiert, ein Weihnachtsmann gesellt sich dazu, vor uns breitet sich weißer künstlicher Schnee aus. Wir dürfen uns nicht bewegen, weil sonst immer wieder Spuren im perfekten Weiß entstehen, die ein mürrischer Assistent andauernd wegfegt. Schließlich stehen wir ja in einer unberührten Schneelandschaft irgendwo in den exklusiven Schweizer Alpen, jedenfalls lässt die Hintergrundtapete, vor der wir transpirieren, diesen gewagten Rückschluss zu. Zwar frage ich mich zwischenzeitlich, wie um alles in der Welt wir es denn geschafft haben sollen, uns vor dem Bergpanorama einzufinden, ohne all die jungfräuliche Unberührtheit zu zertrampeln, der Gedanke wird mir aber von der verlogenen Freundlichkeit des Fotografen, der uns augenscheinlich alle zur Hölle wünscht, aus dem Hirn gescheucht. Es ist furchtbar heiß, Unmengen blendender Kilowatts aus gigantischen Scheinwerfern schmelzen uns nieder. Die Kinder, mit denen ich zusammengepfercht bin und die wie ich rotbackig-fröhlich in die Optik strahlen sollen, sind meiner Meinung nach ziemlich blöd, ein kleiner Junge quengelt ständig rum und verlangt alles Mögliche: zu trinken, Klo gehen, Kaugummi und wieder von vorne. Sein unendlich gelangweiltes Pfannkuchengesicht erzeugt in mir eine heiße Welle von Gleich-hau-ich-dir-in-die-Fresse-Aggressionen, aber der unvermittelte Schwall gewaltiger Schneemassen, der sich – ausgespuckt aus dem Gebläse einer röhrenden Maschine – über uns ergießt, kommt mir zuvor. Das weiße Zeug fällt auf uns nieder und bleibt an uns kleben. Es juckt, und ich muss andauernd niesen. Außerdem schwitze ich, und in Kombination mit den kratzenden Wollsachen ist das besonders eklig. Ich kann mich kein bisschen «locker» bewegen, wie es gewünscht wird, und stehe die ganze Zeit steif mit abgespreizten Armen da, um das schwüle Jucken unter den Achseln zu vertreiben. Der Fotograf gibt Kommandos, und eine Frau, die, wie ich lerne, für «die Produktion» verantwortlich ist, gibt sie an uns weiter. Wir sollen lächeln. Den Weihnachtsmann anschauen. Der Weihnachtsmann schwitzt auch und ist ungeduldig. Er hasst uns und präsentiert uns mürrisch einen Sack mit Geschenken. Ich stehe zwischen einem Schlitten und dem blöden kleinen Jungen, der höchstens fünf ist. Ich soll seine Hand nehmen und ihn anlächeln. Natürlich. Zehn andere Kinder mit je zwei Händen stehen zur Verfügung, aber ich wieder, wer sonst! Ich habe noch nie die Hand von irgendeinem Kind genommen, das ich nicht kenne, und die von dem hier schon gar nicht! Mir ist klar, dass Widerstand zwecklos ist, alle starren mich an und warten, dass ich endlich reagiere, ich weiß genau, dass sie darüber reden, wie komisch ich bin, wie anders als andere Kinder, schüchtern, nein, nicht mal das, das hätte ja noch etwas Freundliches.

Es ist eher so, dass Margots Freunde und Bekannte irgendwie indigniert sind über meine Unfähigkeit zur einfachen Kontaktaufnahme. Sie reagieren mit leichtem Augenbrauenhochziehen und Naserümpfen, wenn ich beim Nett-, Fröhlich- und Gut-Erzogensein mal wieder versage. Auf die gute Erziehung wird nämlich besonders viel Wert gelegt. Sie ist eigentlich sogar das Wichtigste. Leider gehört das mit dem Nett-und-fröhlich-Sein unmittelbar dazu. Weiß der Teufel, warum, ich denke eigentlich immer, man könnte doch prima gut erzogen sein, mit allen Schikanen; zum Beispiel wissen, wie man mit einer Hummerzange umgehen muss und all so was, ohne dabei so blöde fröhlich und unkompliziert sein zu müssen. Das versteht aber keiner. Sie sind der Meinung, ich müsste bei allem, was ich tue, dauernd lächeln und dabei kindlich und lustig wirken. Das ist aber so ziemlich der letzte Ausdruck, der mir für mein Innenleben passend erscheint. Ich möchte bleich und interessant sein statt gesund und rotbackig!

Im Augenblick haben die Verfechter der Rotbackigkeit eindeutig die Oberhand, und ich nehme angeekelt die verschwitzte Hand des nörgelnden, schwiemeligen Pausbackengnoms neben mir in meine. Erleichterung auf der Gegenseite. Endlich. Endlich hat dieses blöde komplizierte Balg verstanden, was wir von ihm wollen. Komisch, das ist doch Margots Tochter, die müsste doch eigentlich … Ach so, sie lebt bei ihrem Vater … ja, die sind wahrscheinlich ziemlich spießig … armes Kind … na, da kann man nichts machen …

In mir regt sich Widerstand.

Margot steht etwas im Hintergrund. Ich werfe hin und wieder einen unruhigen Blick zu ihr hin. Sie spricht mit der Frau, die die Kommandos gibt und die «Produktion» macht. Sie hat rote Haare, eine tiefe Stimme, raucht wie ein Schlot und scheint nett zu sein. Eigentlich jedenfalls. Im Moment ist sie eine Freundin von Margot, und Margot sieht streng aus und unzufrieden, wenn sie in meine Richtung sieht. Sie möchte, dass ich alles richtig mache und gut aussehe. Ich spüre, dass es ihr viel bedeutet, mich einmal so zu sehen, wie sie mich gerne hätte, und das am besten gedruckt: modern, ansprechend gekleidet und natürlich hübsch.

Als alles vorbei ist, kann Margot es nicht ertragen, dass ich meine alten Sachen wieder anziehe, und beschwatzt die Produktionsfrau, ihr die Kleider, die ich getragen habe, sofort zu überlassen, es steht dem Kind doch so gut.

«… und bei dem, was sie sonst so trägt, sie hat ja nicht *ein* anständiges Kleid, sieh dir das doch bloß mal an, wie das Kind rumlaufen muss …»

Sie bekommt den Mantel und das Kleid, billiger natürlich. So wie Omi Ännes Chanel-Kostüm. Alle sind begeistert, nur ich nicht. Ich sehe zwar gut aus, aber es kratzt immer noch. Außerdem habe ich jetzt ein verdammtes Problem. Schon während der ganzen Fotografiererei denke ich angstvoll daran, was Hedi und mein Vater wohl sagen werden, wenn sie erfahren, dass ich für eine Zeitschrift fotografiert worden bin. Ich verdränge den Gedanken blitzartig, denn ich gerate auf der Stelle in eine derartige Panik, dass ich fast über die jungfräuliche Schneedecke aus dem Studio rase. Später äußere ich Margot gegenüber schrecklich angespannt die Befürchtung, dass mein Vater wütend wird, wenn er es erfährt. Ich habe furchtbare Angst, dass sie mich fragen wird, warum ich das nicht gleich gesagt habe. Und so kommt es auch. Sie wird nervös und sauer und wirft mir vor, dass es jetzt zu spät sei, ich bin auf allen Fotos drauf, und sonst müssten die ja die ganze «Produktion» wegschmeißen, was das kostet, und überhaupt ist das ja grauenhaft, was man mit mir macht (zu Hause), und dass man mit mir ja gar nichts machen kann (hier bei ihr). Ich fühle mich unendlich schuldig, aber so genau habe ich es ja nun auch nicht gewusst, ich meine, ich weiß ja nicht vorher, was sie vorhat, und wenn wir dann mittendrin sind, dämmert mir, dass mein Vater vielleicht einen Wutausbruch kriegen könnte, und dann kriege ich Panik, denn ich muss ja wieder zurück, irgendwie kommt ja doch immer alles raus, und dann setzt es was zu Hause, und da ist Margot ja dann nicht mehr dabei. Ja, und jetzt stehe ich also da in diesen billig abgestaubten Fotoklamotten und sage, dass ich glaube, dass mein Vater wütend wird, wenn seine Tochter in der Zeitung abgebildet ist. Er hasst alle Illustrierten und alles Öffentliche seit der Scheidung, und jetzt ist meine über alles bewunderte Mutter gestresst, weil sie die gescheiterte Produktion nicht verantworten kann. Und was ich mich gar nicht mehr zu sagen traue: Die Klamotten werde ich zu Hause auch nicht anziehen dürfen. Ich muss eine Lösung finden, wie ich es schaffe, sie nicht in meinen Koffer zu packen. Hedi würde sie beim Auspacken finden. Ich werde es Margot sagen müssen. Irgendwann, vor der Heimreise. Schöne Scheiße. Ich sterbe beinah vor lauter Schuldgefühl.

Im Lauf der Jahre und der Reihe darin enthaltener Margot-Ferien erlebe ich viele solcher Situationen. Ich werde im exklusiven Frisiersalon einer Hamburger Ondulierqueen unter riesigen Kronleuchtern inmitten goldlackierter Barockmöbelimitate mit Perücken und Haarteilen ausstaffiert, bekomme weiße Kleider und Spitzenstrumpfhosen angezogen und werde mit meiner atemberaubend schönen Margot, die ebenfalls mit Tonnen von

Haarteilen bestückt und Büscheln falscher Wimpern beklebt ihren mütterlichen Blick empfindsam auf mir ruhen lässt, um einen überdimensionalen Adventskranz gruppiert, den wir wie zwei brotdoofe Kälber gemeinsam anschmachten. Wir sind unendlich ergriffen, und alle um uns herum, Friseuse, Stylistin und vermutlich auch der Fotograf, sind von unserer Darbietung zu Tränen gerührt.

Im November oder Dezember desselben Jahres, ich habe alles erfolgreich verheimlicht und verdrängt, komme ich aus der Schule und kriege zuerst eine «Hör Zu», augenscheinlich die Weihnachtsausgabe, und anschließend die väterlichen Hände um die Ohren gehauen, danach werde ich Zeugin eines wütenden, ja schneidenden Telefonates zwischen meinem Vater und Margot, dem ich entnehmen kann, dass sie mich nicht mehr sehen darf, und es sei die Frage, ob unter diesen Umständen und ihrer damit verbundenen Heimtücke überhaupt noch jemals. Aber wie alle anderen Schreckensszenarien geht auch dieses vorüber. Wenigstens auf dem Schulhof werde ich ehrfürchtig auf meine Berühmtheit angesprochen.

Ein andermal verbringe ich ein paar Tage meiner Osterferien mit Margot und Omi Änne in Berlin. Margot hat, was Berlin betrifft, ein relativ gestörtes Verhältnis zur Realität. Kaum setzt sie einen Fuß auf Berliner Boden – und das beginnt schon am Flughafen –, benimmt sie sich, als sei sie «Hildchen» (Hildegard) Knef und Marlene Dietrich in Personalunion. Falschsentimental sieht sie sich als wahre Tochter Berlins, obwohl sie doch so unleugbar aus Köln kommt wie Tünnes und Schäl und der Karneval. Wahrscheinlich ist die Erinnerung an ihren vergötterten Vater und seine preußischen Prinzipien daran schuld, denn irgendetwas an Berlin hat es ihr angetan. Sie betrachtet es als höchste Auszeichnung, dem Geschlecht derer zu entspringen, die sich durch Tugenden wie Disziplin und Eigensinn, Tradition und Bildung, Weltläufigkeit, scharfen Witz und Eleganz auszeichnen.

So jedenfalls klingen ihre emphatischen Beschreibungen des gemeinen Berliners, und ich bin nicht wenig erstaunt, als wir am Flughafen Tempelhof nach einem ziemlich schaukeligen Flug statt von einem schneidigen und hochgebildeten Jungoffizier von einem ziemlich fiesen Grenzpolizisten mit schlechter Laune, finsterem Gebaren und fettigem Haar empfangen werden. Wir müssen unsere Pässe zeigen, was mich tief erstaunt, denn bisher war mir nicht bewusst, dass wir das Land verlassen haben. Damit aber nicht genug der Eigenheiten, denn obwohl Margot alle ihr zur Verfügung stehenden Mittel – Zahnpastalächeln, Charme und so weiter – einsetzt, zetert der dicke, verschwitzte Taxifahrer mit der schlimmsten Pisslaune, die man sich vorstellen kann, den ganzen Weg zum feinen Hilton Hotel über die Dummheit aller Menschen – mit Ausnahme seiner selbst –, der Frauen, der anderen Autofahrer im Allgemeinen sowie der autofahrenden Frauen im Besonderen. Bei unserer Ankunft sind wir alle rechtschaffen erschöpft, er vom Meckern, wir vom Zuhören. Im weiteren Verlauf meines kurzen, aber ereignisreichen Berlinaufenthalts kann ich kaum die von Margot gepriesenen «tollen Leute» entdecken, dafür aber einen Haufen hässliche, mies gelaunte und misanthropische Dauernörgler, deren Herz mit Schnauze in der Hauptsache aus ziemlich wenig Herz, dafür aber jeder Menge Schnauze besteht, die sie gern und weit aufreißen.

Meine subtilen Beobachtungen behalte ich zunächst jedoch für mich, denn Margot ist beschäftigt. Kaum dass wir angekommen sind und unser Gepäck in den beiden luxuriösen Zimmern mit Verbindungstür abgeladen haben, gilt es in der Hotelbar einen ortsansässigen Modeschöpfer zu treffen. Man kennt sich aus alten Zeiten, als Margot die Illustriertencover zierte, als der Dreiklang aus New York, London und Paris sie ständig begleitete. Margot und er hängen in den ledernen Barsesseln und nippen an hohen Gläsern mit klarer Flüssigkeit und vielen Eiswürfeln, Omi Änne sitzt mit übereinander geschlagenen Beinen etwas abseits, und hin und wieder wirft ihr der elegante Herr aus der Modebranche ein Kompliment hin, das sie dankbar wedelnd wie ein Hündchen aufschnappt.

Ich genieße inzwischen die Weltstadt Berlin. Das ist das Leben! Hotelbar, schummeriges Licht, sanftes Eiswürfelklingeln in Cocktailgläsern, Oliven, Salznüsse, schwere Ledergarnituren und Tische mit Glasplatten, kleine, runde weiße Papieruntersetzer, ein langer Bartresen mit Männern in Anzügen auf hohen Barhockern, Cocktailshaker, leise Jazzmusik … ich bin hingerissen. Voller Erwartung auf das, was mir der Abend noch bringen wird, gieße ich mich ebenfalls so elegant wie irgend möglich in einen der dunklen Sessel und lausche den verheißungsvollen Plänen für den weiteren Verlauf, die Margot und ihr Freund gerade schmieden. Zuerst also die Schau des anderen ortsansässigen Modeschöpfers, bei der tout Berlin und vieles mehr anwesend sein werden. Danach die Party, zu der man auch die berühmte Schauspielerin XY erwartet, für die der Meister exklusiv die Roben schneidert. Ich sehe mich schon im Lichterglanz der Kronleuchter, schwebend durch all die herrlichen Säle inmitten schöner und besonderer Menschen, als Margot mich jäh aus meinen Träumen reißt.

«Theachen, es ist jetzt Zeit, ins Bett zu gehen. Die Omi bringt dich. Mamilein, wir sehen uns dann morgen?»

Ich bin sprachlos. Das kann doch nicht wahr sein! Sie kann mich doch nicht von all diesen Herrlichkeiten ausschließen! «Ich möchte aber mit, Mami», entfährt es mir ganz unelegant laut und dringlich.

Mami und der Herr gucken amüsiert.

«Also, Thealein, das ist wirklich nichts für dich, du würdest dich nur langweilen. Das ist nichts für Kinder. Mamilein …?»

Hat sie eine Ahnung. Und ob das was für mich ist! Warum bin ich denn hier in dem tollen Hotel, wenn ich nicht ein bisschen mitmachen darf bei all den netten Sachen, die Margot vorhat?

Mamilein erhebt sich. «Komm, Thea, wir gehen jetzt schlafen.»

Ich denke nicht daran. Zum ersten Mal mache ich Margot ein bisschen Schwierigkeiten. Ich sehe überhaupt nicht ein, warum ich mit ihr in Berlin bin, wenn sie mich dauernd bei Omi ablädt. So schnell bin ich nicht bereit, aufzugeben.

«Nein, ich möchte mit. Bitte, Mami, ich bin auch lieb, ich langweile mich ganz bestimmt nicht, ehrlich.»

«Nein. Es geht nicht. Das ist nicht für Kinder, was glaubst du denn?»

Der Ton wird härter. Na gut, meiner auch. «Warum hast du mich denn mitgenommen, wenn ich jetzt nicht mitdarf?»

Margot wird ein bisschen weißer im Gesicht. Sie wird langsam wütend, und wenn sie wütend wird, dann wird sie nervös, und das ist unangenehm. Es macht Angst. So habe ich das jetzt auch wieder nicht gewollt. Es ist offensichtlich, dass ihr diese Debatte überhaupt keinen Spaß bereitet. Vom Bartresen gucken schon ein paar Männer zu uns rüber, und der elegante Herr wirkt, als fühle er sich etwas unbehaglich. Margot und ich haben tatsächlich eine Meinungsverschiedenheit. Umso erstaunlicher, als ich ihr doch völlig unterworfen bin.

«Thea …», setzt Margot mit mühsam unterdrücktem Zorn erneut an.

Jetzt tritt Omi auf den Plan. «So, Thea, du komms getz mit, getz wird geschlafen, Ende mit der Diskussion!»

Sie nimmt mit ihren gichtverkrümmten Fingern, in denen erstaunlich viel Kraft steckt, meine Hand im Schraubstockgriff und zieht mich aus dem Sessel. «Verabschiede dich. Ordentlich.»

Ich fühle mich zutiefst gedemütigt. Deklassiert. Ich wollte an ihrer Welt teilhaben, und sie haben mich wieder in meine Kinderrolle zurückgeschubst. Missmutig gebe ich dem Modeschöpfer mit dem jetzt wieder amüsierten Blick die Hand.

«Vielleicht ein andermal, wenn du größer bist», sagt er gönnerhaft.

Ja, Blödmann, denke ich, das ist dann aber nicht dasselbe.

«Aua, du tust mir weh!», fauche ich Omi Änne an, die mich hinter sich herzieht.

Ich sage Margot nicht «Gute Nacht». Wir verschwinden aufs Zimmer, ich mit Hass im Herzen.

Natürlich ist die Zimmeraufteilung mal wieder so eingerichtet, dass ich in einem Bett mit Omi schlafe statt mit meiner Mami, wie ich es mir gewünscht habe. Bevor wir schließlich schlafen gehen – wobei ich mich leider nicht ums Waschen herumdrücken kann, denn Omi passt gnadenlos auf –, entdecke ich noch die Frühstückslisten, die man ausgefüllt mit den Wünschen des Gastes außen an die Tür hängt. Es scheint mir logisch, dass dies vor dem Einschlafen noch erledigt werden muss.

Am nächsten Morgen, als ich eben unwillig die Augen aufschlage, werde ich Zeuge, wie Margot sich nebenan mit Omi, die wie üblich schon seit Stunden wach ist, über mich unterhält. Die Tür ist einen Spaltbreit geöffnet, und niemand kann sehen, dass ich wach bin. Während Margot, in ihren seidenen Morgenmantel gehüllt, die erste Zigarette qualmt, nehmen die beiden voller Besorgnis meine ganze verkorkste Person durch. Ich höre jedes Wort, und ich könnte sterben vor Entsetzen und Scham. Ich habe nicht gewusst, dass ich derart missraten und ganz und gar unattraktiv und schlecht erzogen bin.

«Das Kind weiß ja überhaupt nicht, wie man sich benimmt», höre ich Margots klagende Stimme. «Was machen die bloß mit ihr, dass sie so ist? Sie spielt sich auf, sie muss dauernd im Vordergrund stehen, sie weiß nicht mal richtig, wie man sitzt oder geht oder steht. Sieh dir bloß ihre Haltung an, es ist zum Verrücktwerden! Und diese Kleider! Mein Gott, schrecklich. Die muss mal anständig erzogen werden! Was macht die bloß mit dem Kind?!»

«Na, also Margot, wat kanns du denn erwarten? Der Alfred, der kann dat nich, der kann sich doch nich durchsetzen, dat weiß du doch ... Und waschen tut se sich auch nich. Dat kann so nich weitergehen, wirklich nich ...»

Margot seufzt tief, unter schwerer Last. «Ich muss den Alfred anrufen, unbedingt!»

Ich erstarre in meinem Bett. Tu das nicht! O bitte, tu das nicht!!! Was willst du denn von ihm, du kannst doch sowieso nichts machen! Die Antwort ist schon da.

«Ich muss mal ernsthaft mit ihm über ihre Erziehung reden, die haben so viel Geld, und sieh dir das Kind an. Katastrophal!»

Ja, das ist es, katastrophal. Ich bin zerstört. Ich ziehe mir die Decke über den Kopf und möchte nie wieder rauskommen. Aber wenn ich mich erholt habe, wird meine Rache furchtbar sein.

Ohne dass ich es weiß, nähert sie sich bereits unaufhaltsam.

Es klopft an der Zimmertür. Ich höre, wie Margot aufsteht und öffnet. Ich höre Klappern, ein Knarren und rhythmisches Quietschen. Eine fremde Stimme, die sagt: «Guten Morgen!» Dann Margot.

«Mamilein, um Gottes willen, komm mal her. Hast du das bestellt?»

Hysterie schwingt mit in ihrem Ton, und ich kann hören, wie Omi sich zur Tür bewegt.

«Ach du lieber Gott, ach du *lieber Gott* ...!!»

«Hören Sie, das ist ein Irrtum, das kann nicht für uns sein ...»

Erneutes Klappern, noch mehr Quietschen.

«Doch, gnädige Frau, ganz bestimmt, das ist kein Irrtum …»

Ich liege stocksteif im Bett und halte den Atem an. Sekundenschnell wird mir klar, dass da irgendetwas ganz besonders schief läuft. Ich presse die Augenlider zusammen und stelle mir vor, ich schlafe tief und muss auch nicht mehr aufwachen.

Es klappt nicht. Schade.

Die Zwischentür wird aufgerissen, das Klappern und Quietschen hat aufgehört.

«Thea, wach auf!»

Ich bin tot. Nur mein Körper liegt da im Bett, ich bin im Himmel, beim lieben Gott. Mit dem spreche ich nämlich gerade, ziemlich intensiv.

«Thea!!! Steh jetzt auf! Es ist neun Uhr morgens, verdammt nochmal!»

Margots Stimmlage hat sich eine Oktave nach oben geschoben, das Timbre ist verändert. Heiser, unterdrückt, wie kurz vor einem Schreikrampf. Ich werde geschüttelt. Omi steht neben meinem Bett und zieht die Decke weg.

«Thea, los getz. Mach, dass du hochkomms. Weiß du eigentlich, wat du der Mami antus?»

Ich öffne ein Auge und drehe mich unschuldig, als wäre ich wohlig verschlafen, auf die andere Seite.

«Jaaa …», hauche ich blödsinnig, innerlich zitternd vor Angst.

Ich vernehme jetzt unterdrücktes Schluchzen. Gegen meinen Willen öffne ich das zweite Auge und sehe durch die Zwischentür Margot zusammengesunken in einem Sessel hocken, Tränen in den Augen, Verzweiflung im Gesicht.

«Mein Gott, womit habe ich das verdient, was ist nur mit dem Kind los? Ich habe sie doch lieb, und warum tut sie mir das an?!»

Es versetzt mir einen Stich. Wieder habe ich jemanden enttäuscht. Aber womit denn, was ist denn so Furchtbares geschehen? Welches ist mein Verbrechen, was habe ich getan, um so schnell Margots Gunst zu verlieren? «Was is denn?», bebt es über meine Lippen.

«Komma mit!»

Großmutter greift erneut nach mir, aber ich komme ihr zuvor. Ich gehe lieber freiwillig, als mich von ihrer Krallenhand packen zu lassen.

Den Nebenraum, schön aufgereiht vor meiner tränenfeuchten Mutter, füllen drei stattliche, hübsch weiß gedeckte Servierwagen. Darauf türmt sich so ziemlich alles, was das internationale Hilton dem verwöhnten Gast des Morgens zu bieten hat.

Continental breakfast: Brötchen, Butter, Marmelade, weich gekochte Eier, Wurst, Schinken, Käse, Orangensaft, Kaffee, Tee, Kakao und so weiter.

English breakfast: Rühreier, Spiegeleier, Speck, Schinken, Würstchen, Porridge, Cornflakes, Orangen-, Grapefruit- und Tomatensaft, Obstsalat, Toast, Butter, Jelly und nochmal Kaffee, Tee und Kakao.

Es ist eine Pracht. Zum Heulen schön. Das findet Margot anscheinend auch. Sie hält die von mir sorgfältig ausgefüllten, von Tränentropfen nass geheulten Bestellzettel auf dem Schoß und konfrontiert mich in schweigender Anklage mit der ganzen, irreversiblen Wahrheit: Ich habe auf beiden Listen für je drei Personen pro Zimmer das ganze verfügbare Sortiment angekreuzt. Sozusagen der Supergau.

Margot sieht sich angesichts einer Frühstücksrechnung in Höhe von etwa vierhundert Mark nicht in der Lage, den Tag mit mir zu verbringen, und Omi Änne wird abgeordnet, mich in den Zoo zu schleppen. Das Hiltonpersonal, besonders der Hotelmanager, hingegen, den Margot später, als ihre Kräfte zurückkehren, aufsucht, um eine Schadensbegrenzung für sich herauszuschlagen, findet, ich sei ein ganz wunderbares Kind. Der gern gesehene Gast der Zukunft.

Im Zoo gehe ich dann zur Abwechslung verloren. Es geschieht im Affenhaus, wo ich mit unendlicher Faszination einen ebenso unendlich traurigen Orang-Utan dabei beobachte, wie er, durch eine dicke Glasscheibe getrennt von den begeistert angeekelten Zuschauern, eine Banane zuerst langsam schält, kaut, isst und dann in einem langen breiigen Fluss wieder auf den kalten, gekachelten Käfigboden spuckt. Als er damit fertig ist, saugt er den Matsch mit gespitztem Affenmaul stoisch wieder ein. So geht das ungefähr eine halbe Stunde. Ich habe in meinem ganzen Leben noch nicht so etwas Trauriges gesehen und kann mich einfach nicht trennen. Omi Änne versucht ihr Bestes. Sie lockt mich mit Löwen, Eisbären und Leoparden, aber ich bin an nichts anderem interessiert, als endlich Kontakt zu meinem Bruder hinter Glas zu kriegen. Ich quetsche meine Nase an die Scheibe und spreche ihm gut zu. He, du bist nicht allein, hallo, guck doch mal, ich bin hier, ich, Thea, hey, heb doch mal den Kopf und guck mich an … hallo.

«Ich geh getz weiter», höre ich mit halbem Ohr Omi Änne sagen.

«Ja, ich komme», sage ich.

Hallo, guck mich doch mal an, einmal, bitte … Er guckt nicht. Banane rein … schlürf … Banane raus … flatsch. Ein moderner Sisyphos. Ich trenne mich, ungern. Draußen, vor dem Affenhaus, sehe ich mich um. Omi ist weg. Seufzend mache ich mich auf den Weg.

Ich lande auf dem Kudamm. Irgendwie habe ich blöderweise einen Zooausgang erwischt und finde mich plötzlich inmitten der tobenden Weltstadt. Busse, Autos, unglaublich viele Menschen. Billig gekleidet, hässlich und laut mit einem ekelhaften, stechenden Akzent brüllen sie sich an. Der allgemeine Umgangston in dieser Stadt scheint das Schreien zu sein. Ich wandere vor mich hin, immer die Straße runter. Ich weiß, das Hotel ist hier irgendwo, nicht weit. Und da ist dieser Mercedesstern, der dreht sich blau und hoch über allem. Den kann ich mir merken, ich weiß, ich muss nur darauf zugehen. Ich fühle mich verloren, aber komischerweise nicht unwohl. Ich gehe und gehe, es schiebt und schubst und drängelt puffend und knuffend an mir vorbei, alles um mich herum fühlt sich riesig an und seltsam unecht, doch trotz all dem Gerempel ungefährlich, ich fühle mich aufgehoben, schaumig-sanft. Es wird langsam dämmerig, die Reklamelichter heben sich vom bläulich grauen Himmel ab, die Straßenlaternen werfen Licht auf Menschen und Hausfassaden, in Schaufenstern leuchtet Neonlicht auf Jacken, Mäntel und schöne Kleider, auf Bücher, Schallplatten und neue Autos und auf mich, wenn ich mich in den Scheiben spiegele. Ich fühle mich wohl und möchte ewig so alleine durch die fremde, scheußlich-schöne Stadt geschoben werden.

Es ist jetzt richtig dunkel geworden und ein bisschen kalt. Langsam kommt mir der Gedanke, dass man mich möglicherweise vermissen könnte. Wenigstens der Ordnung halber. Ich bin schon eine ganze Weile unterwegs, und inzwischen habe ich Probleme mit der Orientierung. Der blaue Mercedesstern dreht sich unverändert lockend in der Ferne, aber in der lichtdurchstrahlten Dunkelheit lässt sich unmöglich feststellen, wo in drei Teufels Namen das dämliche Hotel ist. Ich verspüre ohnehin nicht allzu viel Lust, mich bei meiner entnervten Mutter und der vermutlich völlig am Boden zerstörten Omi einzufinden. Aber gut. Ich tue etwas, das ich noch nie im Leben getan habe. Ich zupfe eine wildfremde Frau im Vorbeigehen am Mantel und frage, als sei es das Einfachste der Welt: «Entschuldigung, wo ist denn das Hilton-Hotel? Ich muss nach Hause.»

Sie schaut ein wenig befremdet auf mich herab, sieht ein etwa achtjähriges Mädchen in rotem Mantel und zu großen Schuhen und entschließt sich zu einer Auskunft.

«Da musste jetz jradeaus jehn, und denn, wenn de zur näschsten Kreuzung kommst, wa, denn jehste reschts. Det isset.»

Omi Änne ist einem Infarkt durch die Einnahme einer Kollektion von Herztabletten zuvorgekommen und steckt mich ohne ein Wort und nach Verabreichung einer gewaltigen Ohrfeige ins Bett. Danach nehme ich ihr ein Versprechen ab. Kein Wort zu Margot. Und Margot bleibt wirklich ahnungslos, denn sie war den ganzen Tag im Fotostudio. Omi ist in Ordnung.

Während meiner nächtlichen Wanderung habe ich unweit des Hotels eine nette kleine Kirmes entdeckt, und vor dem Einschlafen nehme ich mir wild entschlossen vor, am folgenden Tag eine zahlungskräftige Begleitperson dorthin zu schleppen. Vorzugsweise Margot, denn gerne würde ich ein paar Runden im Karussell mit meiner schönen Mami drehen. Aber Margot steht wie immer nicht zur Verfügung, und so fällt das Los auf das einzig verbliebene Opfer: Omi. Das erfordert allerdings zunächst einiges an Überzeugungsarbeit, aber konsequentes und nervtötendes Betteln führt schließlich doch zum Ziel.

Margot zieht nämlich den messerscharfen Schluss, dass ich, solange ich auf der Kirmes bin, im Hilton wenigstens keine neuen Bestellungen aufgeben kann, und so rückt sie ein paar Kröten für uns heraus. Omi scheint Kettenkarussell, Schiffsschaukel, Riesenrad und Winterreise etwa ebenso viel Vergnügen abzugewinnen wie einer Wurzelkanalentzündung. Nachdem wir ein ordentliches Programm inklusive Liebesapfel, Zuckerwatte, Würstchen mit Senf und Lebkuchenherz absolviert haben, wankt sie auf krummen Füßen und mit schmerzendem Rücken mit mir im Schlepptau zurück in unsere Unterkunft.

Dort freut sie sich auf einen Augenblick der Ruhe und Besinnung, ausgestreckt auf dem gastlichen Hotelbett. Fürsorglich-harmlos erkundige ich mich nach ihrem Wohlergehen. Dann bitte ich sie um eine Mark. Erschöpft greift sie zum Portemonnaie.

«Danke, Omi. Möchtest du eine Massage?»

Bevor sie noch Zeit hat, mein großzügiges Angebot misstrauisch zu prüfen, versenke ich strahlend das Markstück in einem metallenen Schlitz auf ihrem Nachttisch. Augenblicklich bricht eine Art mittleres Erdbeben los. Das Bett beginnt von Geisterhand gesteuert die darauf befindliche Änne Schmitz zu rütteln wie ein Grillwürstchen auf dem Rost. Interessiert beobachte ich die Reaktion der Entgeisterten, die mit schockgeweiteten Augen und die Hände ins Laken gekrallt ihr Gleichgewicht wiederherzustellen versucht.

«Thea, um Gottes willen, wat is dat?!! Stell dat ab, schnell!»

«Das ist ein Rüttelbett, Omi», verkünde ich stolz und suche den Abschaltknopf, um ihrem Flehen zu entsprechen.

Geht aber nicht. Das Bett hat beschlossen, so lange weiterzuschaukeln, bis auch der letzte Pfennig der kostbaren Mark endgültig aufgebraucht ist. Omi Änne versucht nun ihrerseits der wild gewordenen Matratze zu entkommen, ist aber erst in dem Moment erfolgreich, als ihr unstetes Lager mit sanftem Beben ohnehin die Arbeit einstellt. Blass und weich geschleudert lässt sie sich leicht verkrümmt in die aushauchenden Vibrationen zurückfallen.

«Na, Omi, war's schön?», erkundige ich mich besorgt. «Willst du nochmal?»

Matt hebt sie eine zitternde Hand. «Untersteh dich …»

Ein andermal, ein paar Jahre später, treffen Margot, Omi Änne und ich in Margots eleganter Wohnung zusammen, um dort das Osterfest zu feiern.

Omi kocht, und ich langweile mich. Am Anfang leiste ich ihr im Souterrain in der Küche Gesellschaft, während Margot in den oberen Räumen ihrer Doppeletage die Hamburger Society mit Gin Tonic und Champagner abfüllt. Ihre beiden riesigen Wohnzimmer mit den weißen Sofas, den Tigerkissen und den englischen Mahagonimöbeln sind rammelvoll mit Stylisten, Modemachern, Klatschreportern, Fotografen, Fernsehtypen und Pelzcouturiers. Normalerweise finde ich das großartig und winde mich wohlig in der Menge wie ein Aal in Fischbrühe. Heute gehen mir alle auf die Nerven. Ich fühle mich allein und einsam und habe tatsächlich so was Ähnliches wie Sehnsucht nach zu Hause, dem provinziellen Rhöndorf, dem muffigen Haus und Hedis rauer Herzlichkeit. Manchmal denke ich, dass sie so schlecht nicht ist, besonders wenn mir Margot – wie gerade jetzt – so fremd vorkommt wie ein Außerirdischer aus einer fernen Galaxis.

Ich schlendere durch die unteren Räume, stöbere ein bisschen im Badezimmer in den Pudertöpfen und lande schließlich im Schlafzimmer. Ich schmeiße mich auf Margots Fellbettdecke, vergrabe meine Nase in der gut riechenden toten Tierhaut und werfe einen gelangweilten Blick auf den laufenden Fernseher, den irgendjemand auszuschalten vergessen hat.

Zwei Stunden später, als ich benommen auf dem Bett hocke und Margot nach mir gucken kommt, weil ihr eingefallen ist, dass ich auch noch da bin, hat sich etwas in mir verändert. Auf unerklärliche Weise fühle ich mich nicht mehr allein.

Ich habe die außergewöhnlichsten und unbegreiflichsten Dinge gesehen. Einen jungen Mann, der sich auf seltsam unwiderstehliche Weise Zutritt zu einer reichen Mailänder Familie verschafft und alle durcheinander bringt. Bilder, in denen das Hausmädchen nach der Begegnung mit ihm sofort ins Haus rennt und sich vergiften will, bleiben in mein Gedächtnis eingebrannt. Die unglaublich schöne, edle, dunkelhaarige Frau des Familienoberhauptes steht plötzlich an einer verkommenen Straßenecke und lässt sich von einem Knaben unter den Rock fassen. Er zieht sie hinter eine Art Schuppen, wo sie sich mitten in den Dreck und er sich auf sie drauflegt. Unbegreiflich und erregend. Der Sohn beginnt in seinem Zimmer zu malen wie ein Entfesselter, die Tochter liegt bewegungslos und starr auf ihrem Bett und spricht kein Wort. Der Vater sieht komische

Dinge. Er läuft durch eine Wüste, die ganz rot ist, und die Bilder sind verzerrt und hitzedurchglüht. Dabei schreit er etwas, das ich nicht verstehe. Das Hausmädchen schließlich geht zurück in sein Heimatdorf, lebt dort von Brennnesseln und lässt sich bis zum Kinn eingraben. Der junge Mann, der ein bisschen wie Christus auf meinen Heiligenbildchen aussieht, sucht sie auf. Sie sieht ihn aus ihren riesigen Augen mit den schweren dunklen Lidern an, Tränen quellen daraus hervor, bevor sie sich endgültig zuschaufeln lässt.

Jahre später weiß ich, dass ich Pasolinis «Teorema» gesehen habe. Weiß der Himmel, ob das, was ich sehe, auch das ist, was tatsächlich in dem Film zu sehen ist. Ich weiß nur, dass ich die bizarren Ereignisse und die Reaktionen der Filmfiguren als absolut natürlich und selbstverständlich, ja beinahe notwendig empfinde. Genauso ist es. Und nur so kann es sein. Aber davon verstehen die in den oberen Räumen nichts.

Immer wenn ich schließlich nach meinen Abenteuern im Kreis der beautiful people-Gesellschaft wieder am Fuß der heimatlichen Weinberge eintreffe, erliege ich einer grenzenlosen Trauer und Melancholie. Es ist wahr, ich begehe Verrat. Der rote Karmann Ghia setzt mich in der Hauseinfahrt ab, drinnen bellen die Hunde, Margot klingelt am Tor, umarmt mich flüchtig und gehetzt, das Tor summt, sie drückt dagegen, Friderike kommt und nimmt mich in Empfang. In der einen Hand hält sie meinen Koffer, an der anderen mich, wir gehen auf das riesige, einsame Haus zu, ein müder Hund beschnüffelt mich freudig, im Hintergrund startet der Karmann, ich drehe mich um und sehe Omi Änne durch die Scheibe winken. Margot wird von ihr verdeckt, ich kann sie nicht mehr erkennen. Die Stickigkeit des Hauses, seine Einrichtung, seine Todesruhe, die ganze Atmosphäre von Schuld und Unterdrückung schlagen mir wie eine dichte Miefwolke entgegen.

«Ist sie da?», frage ich Friderike, schnell und leise.

Sie weiß sofort, wer gemeint ist, und nickt. Ich seufze unterdrückt. Sie hätte ja auch aus sein können. Ich winke dem Auto ein ganz kleines bisschen hinterher, aber nicht zu viel, denn ich weiß, dass Hedi hinter dem Küchenfenster steht und mich beobachtet. Sie tut so, als ob sie kocht, Gemüse schabt oder irgendetwas anderes, das Friderike genauso gut machen könnte, ich finde sie über den Küchentresen gebeugt, sehr beschäftigt und betont desinteressiert.

Wenn sie da ist, gehe ich immer sofort in die Küche, um zu zeigen, dass mein erster Weg mich zu ihr führt, zu ihr, meiner wahren, richtigen und einzigen Mutter. Ich schalte um, mit bebendem Herzen, von einer Sekunde auf die andere. Es geht, ich habe Übung. Ich habe das schon tausendmal gemacht, immer wieder, und jedes Mal ist es dasselbe Ritual. Sie dreht mir den Rücken zu. Ich tapse lautlos in den Raum. Unaufdringlich, das möchte ich sein, unaufdringlich, aber dennoch spürbar. Sie soll sehen, dass ich mir Mühe gebe. Große Mühe. Die größte.

«Hallo, Mami.»

Ich sage es leise und warte auf eine Reaktion. Sie gibt eine lausige Vorstellung mit ihrem Versuch, unbeteiligt zu scheinen.

«Na, wie war's?»

Immer noch dreht sie mir den Rücken zu. Die Worte treffen mich wie Peitschenschläge, ich weiß, was sie bedeuten. Ich fühle mich wie Petrus im Palast des Hohepriesters: Er weiß, dass er Christus verraten wird, er kennt die Prophezeiung, und doch will er sie nicht wahrhaben. Auch ich weiß, was ich tun werde. Auch ich will es nicht glauben. Und doch ist es so unabwendbar wie das Frühjahrshochwasser im Rhein. Ich gebe mich gleichgültig. «Och, es ging so.»

Bitte, lieber Gott, lass sie nicht weiterfragen. Lass mich einmal entkommen, nur ein einziges Mal. Ich spüre ihre Angst und Kränkung, sie ist so eifersüchtig, dass sie bald daran erstickt, ich will ihr ja helfen. Ich will ja, dass sie keinen Anlass spürt, dass sie sich nicht klein und schäbig fühlt gegenüber der großen, dunklen Eleganz, ich will ja, dass sie sich meiner sicher sein kann. Sofern es darum überhaupt geht. Vielleicht ist ihr Schmerz ein ganz anderer, vielleicht ist sie gar nicht an mir interessiert, daran, welche meiner beiden Mütter ich bevorzuge. Egal, ich habe keine Wahl. Ich will ihr gefallen, mit ihr muss ich leben und auskommen die nächsten Jahre, das ist mir klar wie nichts sonst auf der Welt. Und dann macht sie immer denselben schrecklichen Fehler. So auch diesmal.

«Und die Oide? Hat's wieder so g'schnarcht?»

Ich sehe auf ihren Rücken, noch immer hat sie sich nicht einmal umgedreht, jetzt bewegt sie sich von ihrem Gemüseputzplatz ein paar Schritte nach links hinüber zur Spüle, vermeidet dabei jeden Blick nach hinten zu mir, und ich hasse sie. Sie zwingt mich zum endgültigen Verrat an Omi Änne, dem Menschen, den ich in den vergangenen Ferientagen selbst oft innerlich verflucht habe, die immer dabei war, egal, wann und wo, besonders, wenn ich gerne mal mit Margot allein gewesen wäre. Oft haben wir im selben Bett geschlafen, ich lag neben dem alten Körper einer Frau, die stolz darauf war, gepflegt zu sein, sauber gewaschen, gesalbt, manikürt, frisch duftend nach *«Esther» Lauder*, den von Margot billig abgestaubten, normalerweise sündhaft teuren Kosmetikprodukten. Ich finde es lächerlich, dass so eine alte, abgearbeitete Frau wie Änne Schmitz aus Gladbeck, mit gichtigen Füßen und knotigen Händen, statt ordentlicher Niveacreme lieber so genannten «Moisturizer» aufträgt. Den Kopf voller Lockenwickler und das Gesicht voller Nachtcreme, so lag sie neben mir in Margots exklusiver Bettwäsche, während Margot auf einer bedeutenden Party bedeutende Menschen traf.

Aber das hier ist trotzdem nicht zulässig. Dieses Niedermachen. Hedi wartet mit gestrafftem Rücken auf eine Antwort.

Und diese Antwort kann nur auf eine ganz bestimmte Weise ausfallen. Ich spüre eine Welle unendlicher Trauer und endgültiger Resignation in mir aufsteigen.

«Ja», höre ich mich sagen, «ja, es war fei ganz grauslich. I hab a paarmal gar net schlafen können.»

Es ist alles da, wie auf Knopfdruck. Die Worte kullern aus mir heraus, fein aufgezogen auf einer langen Schnur, lauter kleine Lügenperlen, jede einzelne ein Messerstich in den Rücken von Änne Schmitz.

Sie dreht sich um, der Bann ist gebrochen, der Code stimmt, die Mauern öffnen sich, um mehr hineinzulassen, mehr Lügen, mehr Gemeinheit, mehr Verrat. Einmal, ein einziges Mal nur, habe ich Hedi erzählt, dass Omi Änne schnarcht. Nur, um ihrer Eifersucht von vorneherein die Nahrung zu nehmen. Und weil ich dachte, dass sie mich von nun an in Ruhe lässt. Aber nein, sie saugt es glücklich auf, verwendet es, gnadenlos, immer wieder, nach jedem Aufenthalt. Nach einiger Zeit gebe ich auf, ich weiß, was von mir erwartet wird, und ich versuche, nicht an die Konsequenzen zu denken. Ab jetzt ist alles egal, ich verleugne, was mir lieb und teuer ist. Mach es kaputt, Thea, bevor ein anderer es für dich tut. Ich opfere alles, Omi, Mutter, ihre Freunde, ich denunziere und verleumde sie, ich denke mir immer neue Dinge aus, die sie getan haben könnten, Hauptsache, dass es Hedi gefällt. Es gibt kein Halten mehr, keine Grenzen. Keine Gnade. Für niemanden.

Danach ist Hedi satt und zufrieden. Ich gehe in mein Zimmer und heule mir dort die Augen aus. Ich flehe um Vergebung, bei meiner Mutter, meiner Omi und bei Gott. Ich habe mich dazu verstiegen, Hedi zu umarmen und unter heftigen Liebkosungen zu beteuern, wie froh ich bin, wieder zu Hause zu sein.

In den folgenden Tagen zahle ich den Preis für das plötzliche Einbrechen Margots in Hedis Ex-Ehefrauen-freie Welt in Form unausgesetzter kleiner Sticheleien, Ohrfeigen und Gemeinheiten. Vor und nach meinem Aufenthalt bei Margot steigern sich Hedis Eifersucht und ihr Hass auf die Verderbtheit meiner ganzen mütterlichen Familie ins Unermessliche. Ich setze alles daran, ihr währenddessen möglichst überhaupt nicht mehr zu begegnen.

Zu Beginn, als Margot mich – frisch aus New York zurückgekehrt – zu meinen ersten Kurzbesuchen abholt, bin ich so klein, dass ich es kaum richtig mitkriege. Wahrscheinlich nimmt der Kampf gegen meine unzähligen Kinderschwestern meine ganze Zeit und Kraft in Anspruch, sodass meine eigene Mutter mir völlig entgeht.

Als ich dann regelmäßiger, soweit ich die lumpigen paar Tage im Jahr so bezeichnen kann, mit ihr zusammen bin, wird mir das Ausmaß des Kulturkampfs zwischen unserem und ihrem Leben erst langsam bewusst. All die Negligés, der voluminöse Modeschmuck, die Bücher, deren Titel ich noch nie gesehen habe, die Kochbücher mit Gerichten, von deren Existenz ich nicht wusste! All das sind Dornen in Hedis Fleisch, und wie ein Flagellant geißelt sie sich mit immer neuen Berichten aus meinem Mund und aus der Welt der fremden mysteriösen Frau. Die Sprachen, die ich höre, wenn Margot telefoniert, die melodisch und anziehend klingen, die Frau, die auf elegante Weise raucht, trinkt, Kleidung wechselt, vor Kameras posiert, geschminkt wird, ihre Augen mit riesigen falschen Wimpern beklebt, verschwenderisch den Lippenstift aufträgt, das Rouge verteilt: Dieses einzige Schwelgen in Farben, Düften, Pudern, Schmuck …, ich liebe es, und Margot liebt es auch. Und Hedi weiß es. Und sie weiß auch, dass sie nicht genügt. Dass sie niemals so sein wird wie Margot, niemals ihre Klasse haben wird. Was immer das sein soll: «Klasse».

Margot allerdings scheint ebenso überzeugt zu sein von der Existenz jener Kriterien, mit der innerhalb einer bestimmten

Gesellschaft «würdige» von «unwürdigen» Kreaturen unterschieden werden. Und wenn sie könnte, ließe sie Hedi spüren, dass *sie* in keinem Fall zu den würdigen gehört.

In Ermangelung solcher Gelegenheiten bin ich dazu da, ihre Beschwerden über meine unzulängliche Vorbereitung auf das wirkliche Leben – das Leben in einer (ihrer!) ton- und geschmacksprägenden Kaste nämlich – entgegenzunehmen. Sie liebt jede ästhetische Bereicherung und jeden geschmackvollen Luxus, und sie bildet sich eine Menge auf ihre Geschmackssicherheit ein. Daher liebt sie es auch weit weniger, mich mit meiner Kleidung, meiner mangelnden Bildung und allen übrigen erziehungsbedingten Defiziten zu erleben. Anfangs begreife ich nicht, warum sie leidet. Ich spüre nur, dass etwas nicht stimmt, dass ich nicht genüge, genau wie zu Hause auch, doch ich kann nichts tun, als ihre Bemerkungen über meine Schuhe, meine Kleider, Strümpfe und Mäntel über mich ergehen zu lassen. Sie hat vermutlich Recht, sie sind scheußlich. Aber wie seltsam ist es, dass sich tief in mir ein Widerstand gegen ihr apodiktisches Urteil bildet. Ich nehme plötzlich Partei für Hedi und ihren ganzen hilflosen Versuch, den richtigen Geschmack zu treffen. In ihren Augen geht es darum, dass ich aussehe, wie ein Kind aus einer guten Familie – oder was sie dafür hält – gefälligst auszusehen hat. Etwas in mir rebelliert gegen die Unfehlbarkeit des Richtigen, des modischen Up-to-date-Seins. Obwohl ich natürlich liebend gerne meine knielangen, sackartig und schwer an meiner mageren Gestalt baumelnden, kratzenden, karierten Wollkleider mit weißem Kragen gegen ein paar fetzige bunte Miniröcke, wild gemusterte Strumpfhosen und ein Paar roter Lackschuhe oder verrückter Stiefel eingetauscht hätte. Margot hat Zugang zu den Lieferanten des letzten Schreis, und ich habe entgegen den Prägungen meines Elternhauses auch noch ein paar eigene Vorstellungen entwickelt. Die wiederum bewegen sich eindeutig in Richtung Miniröcke und schräge Strumpfhosen, keine Frage. Dennoch tut es weh, von Margots gnadenlosen Bannflüchen gegen meine heimische Lebensart getroffen zu werden. Sie leidet auf eine derart rechthaberische Art und Weise unter meiner äußeren Erscheinung, dass es mich nahezu wütend macht. In solchen Stunden schlägt mein Herz für Hedi, voll und ganz und ungestört von den komplizierten Balanceakten einer möglichst gerechten Verteilung meiner Person auf beide Damen.

7

Es ist die Zeit zwischen meinem achten und neunten Lebensjahr, in der mir klar wird, dass mein Platz in der Gesellschaft feststeht. Ich kann da nicht weg, da, wo ich stehe. Es gibt kein Entrinnen, und kein Verleugnen rettet mich vor der Tatsache, dass ich niemals aufgehen kann in der Masse derer, die so sind wie alle anderen auch. Zwei Bilder prägen sich mir ein: Ich sitze auf dem Rücksitz unseres gerade aktuellen Sportwagens – entweder eine Corvette, ein Chevrolet oder vielleicht auch schon der Lamborghini, den mein Vater nachgerade zärtlich liebt, meergrün mit beigefarbenen Ledersitzen –, der Wagen steht geparkt gleich neben der winzigen Rhöndorfer Post, galaktisch und fehl am Platz wie Mr. Spock in einer Moschee, und von außen schauen ein paar Jungs hinein zu mir, staunend, bewundernd und auch etwas verächtlich. Ich weiß nicht, was schlimmer ist: der Genuss, den ich empfinde, weil ich drin bin und sie draußen, oder die Unbehaglichkeit, so schamlos direkt reich zu sein und augenscheinlich zu den feinen Pinkels mit dem scharfen Auto zu gehören.

Das andere Bild stammt aus einem Film, den ich zufällig mal im Fernsehen sehe. Es ist ein Kinderfilm, er spielt in Belgien und handelt von einem ziemlich einsamen, reichen Mädchen, das Kontakt mit armen Bergarbeiterkindern bekommt. In dem Film gehen alle sehr verständnisvoll miteinander um, das reiche Mädchen ist überhaupt nicht hochnäsig, und die armen Kinder haben keine Vorurteile gegen reiche Leute. Die Erwachsenen schon, aber die Kinder sind natürlich klüger. Einmal wird das reiche Mädchen von den armen Kindern zum Essen mit nach

Hause genommen. Auf dem einfachen Holztisch in der Küche steht eine riesige Schüssel mit einer Art Brei darin. Jeder bekommt einen Holzlöffel, und alle essen aus dieser einen Schüssel. Meine Identifikation ist grenzenlos. Dies ist das perfekte Bild des Glücks. Diese Menschen sind gut.

Im wirklichen Leben gelingt mir das «Gutsein» hingegen überhaupt nicht. Ich bin meilenweit davon entfernt, ein makelloses Leben zu führen, welches ich mir aus den unterschiedlichsten Motiven doch so sehr wünsche. Einmal ist da das Verlangen, endlich von Hedi akzeptiert und geliebt zu werden. Also: alles richtig machen. Das erfordert ständiges Nachdenken, um immer auf der Höhe dessen zu sein, was im Moment «richtig» ist. Zum zweiten nicht dem Klischee von der reichen Pissnelke zu entsprechen, nämlich eingebildet und illoyal zu sein. Ständig stoße ich an meine Grenzen, und so geht es immer weiter, ein einziger Kreislauf aus Anspruch und Nichtgenügen. Ich sehne mich nach einer ganz normalen Auseinandersetzung mit meinen Eltern über die Höhe meines Taschengeldes oder darüber, dass ich schon wieder die Kleider meiner älteren Schwester auftragen muss, obwohl ich doch auch gerne mal was eigenes hätte. Einfache, klare Probleme, wie Geli und ihre Geschwister und alle anderen Kinder in unserem Kaff sie mit ihren Eltern ausfechten.

Wobei nicht endgültig geklärt ist, wie ich im Ernstfall reagieren würde. Geli muss nämlich zu Hause mithelfen. In der grausamen Konsequenz bedeutet das spülen und abtrocknen, Zimmer aufräumen, Staub wischen, einkaufen, staubsaugen etc. Ich nicht. Wir haben ja Personal. Wofür ich eine gewisse Dankbarkeit dann doch wieder nicht leugnen kann.

Gelis Vater ist Ingenieur, ihre Mutter schlichte Hausfrau. Hedi natürlich auch. Aber wer würde wagen, das auch nur zu denken! Gelis Mutter, Frau Pütz, ist ein bisschen dick und schüchtern. Hedi ist blondes Selbstbewusstsein und auftrumpfend. Bei Pützens gibt es Buletten zu Mittag, ziemlich genau abgezählt, für jeden zwei, gegessen wird in der Küche. Wir essen Vorspeise, Hauptgang und Nachtisch. Notfalls, bis wir platzen. Wir werden dabei von Friderike, dem ungelenken Herrn Müngers oder vom forschen Dragan, unserem jugoslawischen Neuzugang, bedient; Gelis Teller füllt ihre Mutter selbst. Ihre Wohnung gehört dem Betrieb, in dem der Vater arbeitet. Sie haben einen Obstgarten hinter dem Haus mit Johannisbeersträuchern und Apfelbäumen. Aus dem Obst macht Frau Pütz Marmelade und Kompott. Unser Haus hat etwa dreißig Zimmer und zuerst ein Außen-, später auch ein Hallenschwimmbad. Geli darf ab April Kniestrümpfe anziehen, ich dagegen frühestens, wenn wir das erste Mal hitzefrei kriegen. An der Kleiderordnung bestimmt sich der Grad unserer Freiheit. Geli hat entschieden Vorsprung. Sie darf Cordhosen tragen. Der letzte Schrei. Sie hat auch weniger Streit mit ihrer Mutter. Eigentlich fast gar nicht. Mit ihrem Vater sowieso nicht, den sieht sie hauptsächlich am Wochenende, wenn wir zu meinem Leidwesen getrennte Wege gehen. Sie bei einem Familienausflug im mit Sonntagsfahrertempo kriechenden väterlichen Ford Taunus, ich bei Tempo 200 im Lamborghini auf dem Weg nach Köln zum Sonntagskaffee in die großelterliche Gruft. Ich habe keine Geschwister. Geli muss auf ihre kleine Schwester Regine aufpassen. Die ist drei Jahre alt, und ich kann sie nicht ausstehen. Sie ist für mich eine willkommene Gelegenheit, meine Wut auf die Welt auszulassen. Ich verhaue also Regine, es klatscht ordentlich Ohrfeigen, ganz so, wie ich es von Hedi gelernt habe. Und plötzlich bekomme ich das erste Mal Streit mit Geli. Jahre später erzählt sie mir, wie Regine mich immer noch hasst. Doch ich fühlte mich wütend, stark, überlegen und im Recht.

Ich verbringe fast jeden Tag mit Geli. Wir malen, kleine unglaublich idyllische Häuschen mit Gärtchen und Zäunchen und Wölkchen und einer gelben Sonne in der rechten oberen

Ecke, der Himmel ist immer blau und unten ganz gerade abgeschnitten, ungefähr in der Mitte des Blattes, und das ist dann die Stelle, wo der Himmel einfach aufhört und der Horizont anfängt. Dann, nach einem Streifen weißen, unbemalten Papiers, folgt etwas weiter unten ein grüner Streifen Wiese, aus der akkurat gelbe, blaue und rote Blumen mit einem gelben Klecks darin herausstechen. Auf der Wiese, mit den Schuhen exakt auf den Spitzen des quietschgrünen Rasens balancierend, stehen glückliche Kinder. Sie machen eigentlich nichts, außer, dass sie eindeutig glücklich sind. Sie haben blaue Augen und blonde Haare, Locken meistens, und sind der Traum jeder Mutter. Sie stehen unter einem Apfelbaum, prallvoll mit knallroten Äpfeln, bestrahlt von einer wärmenden Sonne, eins mit sich und ihrer putzigen kleinen Welt. Geli ist sehr ordentlich, und so sind auch ihre Bilder. Ich bin nahezu fanatisch im Erfinden neuer Details und Finessen zur Verschönerung des Ambientes. So verlebe ich ganze Nachmittage beim normgetreuen Ausfüllen eines klassischen deutschen Spitzgiebeldaches mit den dazu gehörenden roten Schindeln, während draußen die Sonne so schön scheint wie auf meinem Bild. Geli ist fasziniert von meiner Ausdauer und versucht hin und wieder zaghaft einen Hinweis auf die klasse zum Rollschuhlaufen geeigneten Wetterverhältnisse, wird aber von mir gnadenlos überhört, worauf ihr Elan relativ schnell erlahmt und etwaiger Widerstand gegen meine anders lautenden Pläne bereits im Ansatz erstirbt. Geli ist ohnehin sehr verlässlich, was ihre Bereitschaft zur Unterwerfung betrifft, sie ist mein perfekter Haussklave. Wir spielen «Mensch ärgere dich nicht» – nach meinen Regeln. Sollte sie es wagen, mit einer passenden Augenzahl einen meiner tapferen Mannen rauswerfen zu wollen, so überzeuge ich sie kurzerhand unter Androhung von Spielabbruch, Aufkündigung der Freundschaft oder Gefahr für Leib und Leben, dies zu unterlassen, was mich im Gegenzug aber nicht hindert, sowohl meine unpassenden Augenzahlen zu manipulieren, zur positiven Veränderung ungünstiger Standorte eigener Spielfiguren das Spielbrett zu schubsen oder kurzerhand wegen gegnerischen Betrugs die für mich untragbare Partie zu annullieren. Geli erträgt.

Wir fahren aber auch Rollschuh und Fahrrad und laufen auf Stelzen. Es macht Spaß. Wenn es darum geht, ein neues Spiel auszusuchen, bestimme ich. Geli ist einverstanden. Manchmal sind andere Mädchen aus dem Dorf dabei, selten, denn meine Autorität verringert sich proportional zur steigenden Anzahl der Mitspielerinnen. Wir spielen «Verstecken». Im Ersinnen extravaganter Rückzugsorte bin ich groß. Mich findet so leicht keiner. Das Wichtigste ist, ihnen zuvorzukommen, sobald eine das Thema «Nachlaufen» (Fangen) aufbringt. Unbedingt eine Abstimmung darüber vermeiden! Ich bin nämlich zu langsam. Keine Chance.

Wir fahren unsere Puppen spazieren. Wir streunen durch die verwilderten Wiesen hinter dem Firmengrundstück, da, wo Eddi Küppers wohnt, und ich verpfeife ihn beim Pförtner, wenn ich ihn auf unserem Firmengelände erwische. Wir schleichen uns in den Nachbargarten, an dem kleinen Sträßchen, das zwischen uns, den Zuggleisen, der Autoschnellstraße und der Rheinuferstraßenbahn entlangläuft. Da gibt es einen Pflaumenbaum, die Pflaumen sind entweder faul, verwurmt oder unreif. Wir entscheiden uns für die unreifen, weil wir uns vor den anderen ekeln. Wir kriegen Bauchweh und halten uns am nächsten Tag an die Stachelbeeren. Wir setzen uns die Badehauben von Hedi auf, mit denen sie ihr Haar beim Duschen schützt, und spielen Koch. Von Friderike kriegen wir alte Töpfe und Kochlöffel, damit gehen wir in den Hundezwinger oder in den Teil des Gartens, wo die Johannisbeerbüsche stehen, reißen Blätter oder Fruchtstände von den Bäumen und werfen sie in die Töpfe. Wir haben sie mit Wasser gefüllt und rühren nun wie die Wilden darin herum. Das Resultat nennen wir

Suppe und bieten es jedem an, der uns nichts ahnend über den Weg läuft.

Wir kochen auch mit meinem «Cousin» Wolfi aus Griesheim, wenn die Griesheimer uns besuchen. Er ist ein Jahr jünger und lässt sich im Swimmingpool unter Wasser an den Pimmel fassen. Es ist klasse, er wehrt sich gar nicht, sodass ich großmütig auch Geli das Angebot zum Zugriff auf meinen Vetter machen kann. Es geht eine Weile gut mit Geli, mir und ihm, wir ziehen ihm beim Tauchen die Badehose runter, und er lacht und versucht dasselbe bei uns. Wir sind aber größer und haben längere Arme, mit denen wir ihn uns vom Leib halten. Zumindest, solange wir uns im Flachen bewegen, denn keiner von uns kann richtig schwimmen.

Ein neuralgischer Punkt in Hedis und meiner innigen Beziehung. Meine physischen Unzulänglichkeiten, die sich unvermeidlich in langsamsten Zeiten bei Hundertmeterläufen, kürzesten Würfen und verstolperten Weitsprüngen manifestieren, entfalten sich zu voller Dramatik angesichts feuchter Tiefen. Ich habe Schiss. Kein noch so falsch-freundlicher Ton bringt mich dazu, mich mittels froschartiger Schwimmbewegung vom rettenden Beckenrand zu lösen. Schließlich haben sämtliche Begegnungen mit fließenden oder stehenden Gewässern bisher traumatische Eindrücke in mir hinterlassen.

Da ich Hedis «Kraft durch Freude»-Ideal weder in frühen noch in späteren Jahren erfüllen kann, gelte ich zur Strafe als empfindlich und darf infolgedessen nichts tun, was mich einer möglichen Erkältung aussetzen könnte. Während ich gerade noch im eigenen Pool schwimmen *sollte*, *darf* ich jetzt nicht ins Wasser. Nicht mal zur Abkühlung bei brüllender Sommerhitze. Nur wenn ich endlich schwimmen lerne. Das fröhliche Stelldichein mit Wolfis Pimmel bleibt eine enorme Ausnahme, die aus Hedis Drang entspringt, sich gegenüber ihrer bayrischunkomplizierten Schwester Walli, Wolfis Mutter, als liebevolle, liberale Stiefmutter zu präsentieren. Kaum ist Tante Walli abgereist und Wolfi für den Rest seiner Ferien Hedi überlassen, paddelt er also in unserem Becken herum, und ich darf nicht rein. Ich bin mit meinem Zorn allein. Zu empfindlich. Wutanfall. Ohrfeigen. Aufs Zimmer.

Oben stehe ich am schnörkelig vergitterten Fenster, Wolfis bayrisch gutturales Quietschen und Hedis vulgäres Gelächter kreischen hochtönend in meinem Schädel. Unten am Pool gießt sie Spott und Hohn über mich, weil ich ja noch nicht schwimmen kann, obwohl ich ein Jahr älter bin als ihr Hätschelmöpschen Wolfi. Geli steht daneben und weiß nicht, was sie tun soll. Ich reiße in ohnmächtiger Wut hilflos an den rot und grün geblümten Gardinen, die meinen Fensterausblick in die verbotene Freiheit umrahmen, meine Lippen speien Unkontrolliertes.

«Ichhassedichichhassedichichhassedich!»

Tränen heißer Wut und Ohnmacht sprühen. Hedi wird büßen. O ja. Brennender Hass.

Eines sehr heißen Sommertages kurz nach den Ferien stehe ich am Beckenrand und schaue sehnsüchtig und voll bekleidet zu, wie mein Vater seine Bahnen zieht. Plötzlich ein Schlag. Meine Arme fliegen nach hinten an meinen Hintern, schockhaft, erstaunt, was ist das, ich schwanke, der Garten taumelt, rechts das Rosenbeet neben dem Becken kippt, ich grabsche um mich, falle, schreie, falle, die Welt zersplittert in einem knallenden Aufprall. Der Schrei zergurgelt in einem weichen, chlorig-nassen Schwall, der sich in meinen Rachen ergießt, meine Arme schlagen wild, Finger krallen ins Leere, die Welt ist flüssig, gibt nach, teilt sich in millionstel Einzeltropfen und entweicht in glattes kachelblaues Nichts. Schwerer voll gesogener Stoff zieht mich in schauderhafte Tiefen. Ich bin allein, wie ich es noch niemals war. Ich wehre mich verzweifelt gegen den Tod, über mir tobt das aufgewühlte Wasser und in mir unkontrollierbare Panik. Mein Gerudere spült mich nach oben, ich pruste, schreie, schlage um mich, suche Halt, finde keinen, brülle nach Hilfe. Hedi steht am Beckenrand und lacht sich tot. Dieses Bild brennt sich mir ein, als ich mich schließlich würgend und heulend an der Überlaufrinne festklammere. Ich krieche in triefenden Kleidern aus dem Becken, zutiefst gedemütigt. Mein Vater hat auf Hedis Geheiß nicht eingegriffen.

«Wennst immer glei hilfst, na lernt's des nia!»

Ich verzeihe es ihm nie.

Ich schließe mich in meinem Zimmer ein und verbringe den Nachmittag damit, mir vorzustellen, auf welche besonders schmerzhafte, grausame und vor allem langwierige Art und Weise ich Hedi einmal umbringen werde.

Ich lerne schließlich doch noch schwimmen. Ich habe keine Ahnung, wo und wann es geschieht. Eines Tages kann ich es einfach.

Immer häufiger sind meine Widerstandskräfte gegen die feindliche Erwachsenenwelt aufgezehrt. Einzig mein Sexualtrieb lässt mich nicht im Stich. Die zuverlässige Antriebsfeder zu innovativen Taten. Eines Tages überkommt mich der zwanghafte Wunsch, während eines Versteckspiels mit Geli im Gebüsch meine Hosen runterzulassen und ihr meinen blanken Hintern entgegenzurecken. Ich bin ungefähr sieben oder acht Jahre alt und finde es ungeheuer aufregend. Ich verlange von Geli im Gegenzug natürlich dasselbe. Ich habe ja bis dahin überhaupt noch keinen Arsch gesehen außer meinem eigenen. Auch sie hat glücklicherweise großes Interesse an meinem wertvollen Körperteil und lässt – ein wenig verschämt, aber willig – die Hosen runter. Wir drehen uns also gegenseitig unsere Hintern zu und schwelgen im Anblick der weißen Rundungen.

Am Abend schwelge ich dann in der größten Tracht Prügel, die mir mein Vater je verpasst. Seine stahlkalten Augen bohren sich in mich hinein, und sein Mund fragt mit zusammengekniffenen Lippen: «Wat has du heut Nachmittach im Jebüsch jemacht?!»

Ich werde kreidebleich und begreife sofort. Es war das Schlimmste, was ich je habe tun können.

«Ich weiß nicht, wir haben Verstecken gespielt ...» Mein Stimmchen ist sehr dünn.

«Un wat has du noch jemacht? Kannste nich antworten?»

Es ist zwecklos. Ich klappe zusammen. Ein Flüstern. «Ich habe mir mit Geli den Po gezeigt.»

Er schlägt mich windelweich. Er schlägt und schlägt. Tu das nie wieder! Tu das ja nie wieder! Anschließend auf meinem Zimmer ist nichts mehr wie vorher.

Einmal schlage ich Geli. Sie geht nach Hause und weint. Ihre Mutter ruft bei uns an, als wir beim Abendessen sind, und besteht darauf, dass ich vorbeikomme, um mit Geli zu sprechen. Hedi kehrt voller Empörung an den Tisch zurück. «Thea, also uuunmeeglich. Also weißt, des hätt i jetzat fei net dacht, dass'd dei eigne Freindin schlägst!»

Wie konnte ich ihnen das antun! Blicke fliegen zu meinem Vater. Er windet sich. Das einfache Volk ist an seinen Abendbrottisch vorgedrungen, mit einem Begehr, das eine schüchterne Frau wie Gelis Mutter ihre Ängste vergessen lässt, und nun stellt sie sich mutig vor ihr Junges und gegen die Mächtigen.

Ich muss den Makel beseitigen. Dafür darf ich sogar früher vom Abendessen aufstehen. Augenblicklich. Ich soll mich bei Geli entschuldigen. Ich bin geschockt. Plötzlich ist das also ein solches Problem, wenn jemand geschlagen wird. Dunkel spüre ich das Ungeheuerliche meines Vergehens. Ich schleiche zweihundert Meter die dämmrige Hauptstraße unseres Dorfes entlang und klingle ganz offiziell am Vordereingang der Pütz'-schen Wohnung. Normalerweise nehmen wir die Küchentreppe, die direkt in den Garten führt. Doch heute Abend ist alles anders.

Die Familie sitzt vereint im gummibaumgeschmückten Wohnzimmer, das sie so gut wie nie benutzt, Geli, auf dem Schoß ihrer Mutter, sieht verweint aus. Ihr Vater klemmt unbehaglich daneben, ihre Schwestern flankieren sie rechts und links. Es hat die Ausmaße einer griechischen Tragödie. Frau Pütz erhebt klagend und milde vorwurfsvoll die Stimme, dabei Geli leise auf ihrem Schoß wiegend. «Thea, die Geli is ganz traurich, sie hat dich doch so lieb und is ganz durschenander. Warum has du sie denn eigentlich geschlagen?»

Verwirrend. Zum ersten Mal erfahre ich, dass jemand mich liebt. Es klingt beinahe unschicklich und irritierend. Und warum? Ja, warum habe ich sie geschlagen? Aus Wut? Mit Recht? Einfach aus Ungeduld? Ich erinnere mich nicht, ich kann es einfach nicht sagen. Ich schäme mich so furchtbar, dass ich vor Peinlichkeit fast berste. Gleichzeitig könnte ich sterben vor Neid auf Geli in ihrem Schmerz, die sich, umrahmt von ihren beiden nasebohrenden Schwestern und den mitleidvollen Eltern, ganz ihren köstlichen Tränen hingeben darf. Sie meidet meinen Blick so wie ich ihren.

«Hm … h … hm … I … iich … möchtemichbeiGelientschuldigen.»

Mit chinarotem, gesenktem Kopf und brustkorbsprengendem Herzklopfen wasche ich eingedenk des väterlichen Stahlblicks den Schandfleck von meiner Familie. Ich bin gut erzogen, ein Mädchen aus gutem Hause.

«Ne, Thea, so was tut man doch nich?»

Wie ähnlich sich unsere Eltern doch sind. Nichts ist so schlimm wie die Verletzung der Etikette. Dann zu ihrer waidwunden Tochter.

«Is wieder gut, Geli, ne? Jetz vertracht ihr euch wieder, ne?»

Frau Pütz mag mich nämlich. Trotz allem. Außerdem hat sie es gern harmonisch. So ist das mit Geli und mir.

Manchmal darf Geli nach der Schule bei uns zu Mittag essen. Dort hält sie, verstört von den Ritualen unseres Feinschmeckerhaushalts, das Messer falsch in der Hand, stößt ihr Glas um, kleckert auf die blütenweiße Tischdecke – wofür ich normalerweise erste Kopfnüsse kassiere – und so fort. Geli fühlt sich von Grund auf fehl am Platz und ist gleichzeitig sehr beeindruckt. Am Abend bei Frau Pützens Schnittchen mit Gurke ist sie dann zutiefst erleichtert, dass ihr das Leben nicht ständig solche Prüfungen abverlangt. Ich dagegen bin selig, dass Geli meine Qualen teilt und von meinem Nichtgenügen ablenkt. Schadenfroh registriere ich Hedis tiefe innere Zerrissenheit angesichts der Frage, ob sie es sich leisten kann, ihrer Missbilligung gegenüber Geli Ausdruck zu verleihen. Es juckt ihr auf der Zunge und in den Fingern, während ihr ein schleimig zuckersüßes «Des macht nix, des kann mer doch waschn» aus dem rosa Mündchen rollt. An solch glücklichen Tagen verlasse ich den Mittagstisch gestärkt. Geli kann sich in meiner Welt nicht bewegen – und ich versage in ihrer.

Wir fahren in Papis Lamborghini nach Brüssel. Er macht einen Geschäftsbesuch, und wir bleiben übers Wochenende. Aus unerfindlichen Gründen darf ich mit und sogar Geli dazu einladen.

Bis Aachen brettern wir über die Autobahn, und alles geht gut. Geli und ich kleben mit den Knien unterm Kinn auf der Reserverückbank und werden von der Fliehkraft an die Heckscheibe gepresst. Mein Vater trägt beim Autofahren «Autohandschuhe», mit abgeschnittenen Fingern und Löchern gegen Schwitzen. Sie sind aus teurem Leder und haben kreisrunde Ausschnitte an den Fingerknöcheln, damit er die Hände besser ums flatternde Lenkrad krümmen kann.

Kurz hinter der belgischen Grenze hört die Autobahn auf, alles sieht mit einem Schlag ärmlich und grau aus, die Häuser entlang der Straße, auf der sich der Schwerlastverkehr Stoßstange an Stoßstange entlangwälzt, sind klein und schief, die Fassaden verschorft. Ich stelle mir vor, was für Leute dahinter wohnen, wie sie leben, was sie tun. Geli neben mir hat andere Sorgen. Ihr ist schlecht. Ich erkenne es mit Freude und gleichzeitiger Besorgnis, denn wie wird Hedi reagieren? Ich habe neben meinem Bedürfnis nach Überlegenheit und der Genugtuung, unangenehme Dinge auf Geli abwälzen zu können, doch noch einen gewissen Schutzinstinkt ihr gegenüber und außerdem den Wunsch, dass es ihr bei mir und meinen Lieben gefallen möge. Ich werfe mich also in die Bresche.

«Maaamiii … der Geli ist schlehecht …»

Ruckartig fliegt Hedis Kopf, umrahmt von dem unterm Kinn geknoteten Kopftuch, nach hinten. Sekundenschnelles Erfassen der Lage. «Du, Alfred, fahr amal schnell rechts ran …»

Geli kippt an der hektisch den Sitz nach vorn klappenden Hedi vorbei aus dem Wagen, und Frau Pützens sorgfältig komponiertes Frühstück, eine schöne Basis für die lange Fahrt ins ferne Land, kippt in den Rinnstein vor die kleinen, grauen, belgischen Häuslein. Ein paar ebenso graue, belgische Menschen beobachten interessiert die wunderliche Szene, in der eine sehr elegante, blonde Frau mit Seidenkopftuch neben einem meergrünen, extraterrestrisch anmutenden Sportwagen mit deutschem Nummernschild einem nicht ganz so eleganten, etwa achtjährigen Mädchen beim Kotzen vor ihrem bescheidenen Eigenheim assistiert. Nach Verrichtung wird das jetzt ebenfalls ziemlich graue Kind wieder verladen. Als handle es sich um eine luxuriöse Strafexpedition, bricht das Trüppchen aus einer anderen Welt zur Weiterfahrt auf. Ich schaue aus dem Rückfenster, glücklich, dass es diesmal nicht mich getroffen hat, ein wenig irritiert durch den säuerlichen Geruch, der jetzt von Geli ausgeht, aber einigermaßen eins mit mir und der Welt. Ich mag Belgien. Ich fühle mich vollkommen fremd, aber alles wirkt erdhaft, wirklich, wie Graubrot mit Kruste.

Brüssel ist eine einzige Baustelle. Sofort verliere ich jede Orientierung. An jeder Ecke wird gebaggert und gegraben, Gerüste und Kräne versperren den Weg, die Fahrt durch die Stadt zum «Westbury», das zu einer großen amerikanischen Hotelkette gehört und den Inbegriff von Internationalität und Moderne darstellt, dauert ewig. Geli ist leichenblass, als wir endlich ankommen.

Das «Westbury» ist ein Wolkenkratzer, ich fühle mich, als wäre ich in Amerika. In der weitläufigen Hotelhalle mit dem riesigen Empfangstresen, den Portiers und Pagen in Uniform, dem Fahrstuhl, der bis zum zwölften Stock reicht, verliert Geli endgültig jede Sicherheit. Hilfe suchend pendelt ihr Blick zwischen Fußboden und mir hin und her. Der Lift entlässt uns in den achten Stock, Hedi geht voran, der Page öffnet eine Zimmertür, geradeaus im Blickfeld sehe ich durch die Fenster nur Himmel und ein, zwei hohe Türme. Ich höre, wie Hedi irgendetwas zu mir sagt, ich kann nicht verstehen, was es ist, ich werde wie an einer Schnur zum Fenster gezogen und schaue und schaue. Dann wird eine Tür geschlossen.

Geli sitzt auf dem Bett im achten Stock, auch sie schaut aus dem Fenster, ihr ist immer noch schlecht, und sie fühlt sich verlassen.

«Wo schlafen denn deine Eltern?»

Ich höre nur mit halbem Ohr zu. Draußen, das ist toll, klasse!

«Ich weiß nich. Ich glaub, irgendwo … hier …?»

Ich habe keine Ahnung. Hedi hat es uns natürlich gesagt, das gehört zum Pflichtprogramm. Und genauso natürlich haben wir es nicht mitgekriegt. Wir sind mit anderen Dingen beschäftigt. Geli mit Angsthaben und ich mit Träumen. Jetzt sitzen wir hier auf unseren Betten, im Luxus, und sind mit uns allein. Ich genieße es, ich finde es großartig, sollen sie doch bloß weit weg sein, wunderbar, ich bin in der großen Welt, in einem Land mit einer fremden, wundervoll klingenden Sprache, draußen, tief unter mir, fahren fremde Automarken, die nachts gelbe Scheinwerfer haben statt weiße wie bei uns. Die Häuser sehen anders aus, irgendwie haben sie mehr Steine, sind mächtiger, größer, wuchtiger als bei uns zu Hause; alles ist so solide und aufregend. Es gibt Passagen, tunnelartige Durchgänge mit Läden darin, das habe ich im Vorbeifahren gesehen, unglaubliche Pralinengeschäfte und riesige Kaufhäuser in wunderschönen alten Gebäuden mit ornamentgeschmückten Fassaden. Ich möchte sofort aus dem Zimmer und auf die Straße stürmen, da unten umherstreifen, mit Geli und in Freiheit. Aber Geli hat Angst. Sie fühlt sich fremd. ‹Hoffentlich mache ich alles richtig!›, steht deutlich lesbar auf ihrer blassen Stirn. Ich fühle mich enttäuscht und gleichzeitig überlegen. Das mit der Überlegenheit ist in der Freundschaft zu Geli für mich wichtig. Was das betrifft, macht sie es mir leicht, auf meine Kosten zu kommen.

Hedi holt uns ab. Mein Vater hat einen Geschäftstermin, und sie wird die Lücke seiner Abwesenheit mit Einkaufen schließen. Ein oft erprobtes und bewährtes Mittel gegen Langeweile und ein prima Training für den Umgang mit Verkäufern und anderen Untergebenen. Man muss in Form bleiben.

Nachdem Geli und ich durch sämtliche Abteilungen eines wundervollen Jugendstilkaufhauses geschleift wurden, endet unsere Expedition bei den Damenschuhen, wo Hedi, entzückt über die durchschnittlich mindestens eine Nummer kleineren Füße der belgischen Damenwelt, sofort zwei Paar glänzende schwarze und blaue Pumps ersteht. Dabei wird an Missbilligung des Personals nicht gespart, in all meiner abgrundtiefen Scham bin ich dennoch beeindruckt, wie es ihr sogar in einer fremden

Sprache noch gelingt, so viel Verächtlichkeit hervorzubringen. Während des Probiervorgangs und den damit verbundenen Zurechtweisungen stehe ich blöde lächelnd daneben, bemüht, die Aufmerksamkeit des Verkäufers von Hedi ab- und auf mich zu lenken. He, guck mich an, sie ist gar nicht so schlimm, schau mal, wie schön ich lächeln kann! Ich entschuldige mich für ihr furchtbares Benehmen mit allem Charme, den aufzubieten ich imstande bin, und gleichzeitig buhle ich um Einverständnis. Hör mal, ich finde es ja auch widerlich. Sie ist eine alte Pissnelke. Weiß doch jeder. Indiskutabel. Wissen wir beide, du und ich. Ich bin aber ganz anders. Bitte, nimm das zur Kenntnis. Ich gehöre nicht dazu. Klar, es sieht so aus, ich hänge an ihr dran, wie ein Sträfling an der Kugelkette. Aber das ist nur außen. Glaub mir, bitte. Ich hab noch eine ganz andere Mutter. Und mein Vater ist auch nicht so schlecht. Es ist nämlich nichts so, wie du denkst.

(Diese inneren Monologe entwickeln sich zu einer Art Überlebenshilfe in allen Hedi-Situationen, aus denen es kein Entrinnen gibt. Später, als ich älter bin, gehe ich dazu über, vor wildfremden Menschen, zum Beispiel Mitreisenden in Zügen und Flugzeugen, meine ganze Lebensgeschichte inklusive der Unterschiede zwischen Hedi und mir auszuschütten, nur, um mich endlich davon zu befreien, mit ihrem Wesen verkettet zu sein.)

Geli steht neben mir und starrt auf den Boden. Hedi hat ihre Pumps, sie drückt mir die Tüte in die Hand. «Da, des kannst amal tragn. Damitst' a amal was tust.»

Wir stolpern hinter ihr her durch die Gänge des herrlichen Geschäfts. Ich liebe Kaufhäuser. Die Fülle. Die Menschen. Die Rolltreppen. An meinem Handgelenk schlenkert die Schuhtüte, darauf ein Aufdruck in verschnörkelten Buchstaben und französischer Sprache. Wunderbar. Links neben mir erscheint jetzt ein riesiges Regal mit einem unglaublichen Sortiment von

Schulheften, Ringbüchern und Spiralblocks. Ich bin magisch angezogen. Die Umschläge haben große bunte Karos oder Bilder von Segelbooten, Disneyfiguren, Hunden und Katzen. So was gibt es bei den Schwestern Marcks nicht. Zaghaft berühre ich ein wunderschönes dickes Schreibheft. Das möchte ich gerne haben, der Moment, in dem ich das erste Wort auf die jungfräuliche erste Seite schreiben würde, wäre unvergleichlich …

In Brüssels größtem Kaufhaus gehe ich während Hedis Einkaufsorgie verloren. Neben mir Schreibhefte, auf der anderen Seite Haushaltswaren. Hedi ist weg. Geli auch. Ich stehe wie angenagelt. Nicht bewegen jetzt, gleich ist alles vorbei, sie sind nur um die nächste Ecke und holen mich gleich wieder ab. Niemand holt mich. Ich gehe mit staksigen Schritten auf das Regalende zu. Halte Ausschau. Nach allen Seiten. Hintenvorneobenunten gleichzeitig. Meine Blicke fliegen wirr und kreisen durch den Raum. Über mir wölbt sich eine Kuppel, das Licht fällt durch bunte Glasscheiben, die kunstvoll aneinander geklebt sind, um mich herum drehen die Geländer der verschiedenen Etagen endlos ihre Bahn, rundherum, wie die Reling auf einem Schiff. In der Mitte die beiden Rolltreppen, eine rauf, die andere runter. Kassen klingeln, Verkäuferinnen rufen, Mütter zerren ihre Kinder hinter sich her und fauchen sie in einer gutturalen, jetzt gar nicht mehr so schönen Sprache an. Bitte, lieber Gott … wie auf Knopfdruck steigt aus der Tiefe eine kleine fromme Litanei nach oben und drängt sich murmelnd über meine Lippen. … bittebitte lieber Gott wo ist die Mami Hilfe bitte bitte sie soll kommen Hilfe bittebittebitte.

Die Mami kommt nicht. Das runde Kaufhaus dreht sich langsam um sich selbst. Ich heule nicht. Ich werde in diesem belgischen Kaufhaus nicht heulen, auf keinen Fall, ich bin dem gewachsen, ich bin doch schon groß …

Es klatscht auf meiner Backe. Von hinten.

«Ja sag amal, spinnst denn du? Was fällt dir eigntlich ein?

Glaubst, du kannst machn, wasd willst? Herrschaftszeitn, ja glaubst des? Steht's da umanand wia a Sack Mehl und rührt si net! Jessas na!»

Vertraute Töne. Die Welt hat mich wieder. Dankbar registriere ich das Brennen auf meiner Wange und auf Teilen meines Hinterkopfs. Geli schielt von unten eingeschüchtert zu mir hoch. Ich versuche ein Grinsen. Ist schon okay, so blöd ist sie nun mal, mach dir keine Sorgen, kennst sie ja. Hast du doch zu Hause bei uns schon oft genug gesehen. Im Ausland ist sie auch nicht anders. Und zu dir ist sie sowieso immer scheißfreundlich. So oder ähnlich lautet meine wortlose Mitteilung. Jäh werde ich in der Wiederfindung meines Selbstbewusstseins unterbrochen. «Sag amal, wo san denn die Schuh?»

Wir finden sie schließlich im kaufhauseigenen Fundbüro. Vorher hat Hedi mich – und Geli – durch jeden gottverdammten Winkel des gigantischen Gebäudes geschleift, ununterbrochen bayrische Galle speiend und wütend jeden meiner Schritte rekonstruierend, seit ich im Besitz der kostbaren Tüte war. Wegen der Erleichterung über den Fund werde ich am Ende unter den Augen eines unangenehm berührten Kaufhausangestellten nochmal ordentlich durchgeschüttelt, was mir selbst weniger unangenehm, dafür aber an Hedis Statt wieder entsetzlich peinlich ist. Mein entschuldigendes, durch das Schütteln etwas verwackeltes Lächeln in Richtung des Mitleidvollen misslingt allerdings, denn inzwischen ist mein Vorsatz, auf keinen Fall zu heulen, gründlich im Eimer.

Nach der folgenden, durch die Baustellen heftig verzögerten Taxifahrt unter der Last der hedischen Schmeicheleien ächzend («Mei, so was Doofes, uuunglaublich, wia kammer bloß so blöd sein, des gibt's ja gar net, zwoa linke Händ und a Gedächtnis wia a oide Frau, mitdia kammer ja nix, aber auch gar nix anfanga, uuunmeeeglich!»), treffen wir erschöpft im «Westbury» ein. Das Selbstbewusstsein, Teil der weiten Welt zu sein, hat schwer gelitten; aber jetzt müssen wir uns auf die nahende Prüfung eines französischen Diners in einem formidablen Restaurant konzentrieren.

Geli stirbt schon vorher. Ihre klappernde Angst vor der gedämpften Etikette gibt mir erneut Kraft und Mut zurück, und ich tue alles, um ihr in der anrollenden Brandung aus Champagner und Rotwein ein Halt zu sein.

Mein Vater geleitet uns mit weltmännischer und weit ausholender Geste in einen schummerig beleuchteten engen Raum mit niedriger Decke im ersten Stock eines uralten wackligen Hauses in der Brüsseler Altstadt. Vergeblich sucht mein flinkes Auge den Raum nach einem sympathischen, älteren Kellner für die notwendige Komplizenschaft ab. Das Einzige, was ich zu sehen bekomme, sind mehrere dickliche Frauen mittleren Alters, angetan mit trachtenähnlichen Kleidern, geziert von weißen Spitzenschürzen. Ich bin enttäuscht. So habe ich mir das nicht vorgestellt. Geli ist aufgeregt. Sie stolpert neben mir auf dem Weg zum Tisch schon ein bisschen über den Teppichläufer und fängt daraufhin an zu kichern. Das ist normalerweise streng verboten. Ich werfe ihr einen Blick zu. Interessant, wie mein Vater reagiert. Bis jetzt gar nicht. Na, mal sehen.

Eine Dickmamsell rückt die Stühle vom Tisch ab. Wir schieben uns, wie wir es gewohnt sind, seitlich davor, wackeln unsere Hintern ein bisschen zurecht und lassen uns nieder. Geli weiß nicht, wo sie hintreten soll. Sie weiß auch nicht, wie man richtig mit dem Hintern wackelt, sodass man den Stuhl auch trifft, wenn man sich setzt. Folgerichtig landet nur Gelis halbe Hinterbacke da, wo sie hingehört, und ein erneuter Kicherschwall gluckert ihr aus der Kehle. Für mich ist das ein völlig neues Restaurantgefühl, man stelle sich vor, kichernd zwischen Kandelabern und zentnerschweren Weinkarten! Langsam finde ich Geschmack am Rückschritt in eine vollkommen alberne Kinderwelt, die ich schon lange überwunden, ja eigentlich stets verachtet habe. Geli und ich sitzen jetzt glücklich nebeneinander, Hedi und mein Vater uns gegenüber. Das Ritual nimmt seinen Lauf. Hedi bestellt «pour les enfants», glücklicherweise kennt der Belgier kein Rahmgeschnetzeltes, dafür aber sehr gut «Sole meunière», was mir zu einem leichten und unverhofften Sieg verhilft. Geli mag keinen Fisch, es gelingt ihr gerade noch, sich auf Hedis Anfrage mit kaum hörbarem Stimmchen ein Naturschnitzel zu erkämpfen.

Die Dickmamsell rollt von dannen, wir sind uns selbst überlassen. Es ist nicht ganz klar, was von uns erwartet wird. Hedi und mein Vater könnten jetzt anfangen, sich zu unterhalten, Geli und ich auch. Ist aber schwierig, weil man alles hören kann, was die anderen sagen. Wir starren verlegen aufs Tischtuch. Ich fange an, probehalber ein bisschen zu kichern.

Hedi und mein Vater reden über irgendwelche Leute, die sie kennen und die nicht mehr so sind, wie sie mal waren, jedenfalls Hedis Meinung nach, und die eigentlich noch nie besonders toll gewesen sind, auch dies Hedis Meinung nach. «Des wird eh nix, des kann i dir jetzat scho sagn, da brauchst dir gar koane Müh net gebn, der hot doch überhaupts koa Chance …»

«Liebschen, dat weiß isch nit, lommer ens sin, vielleisch küt do noch jet, dat weiß mer nie, außerdem ist dat ene janz ärmen Kääl, da kann isch doch nit …»

Geli kichert jetzt auch. Alles ist komisch. Die vornehme Umgebung. Die anderen Gäste. Die Dickmamsell. Vor allem die.

Sie kehrt mit den Getränken an unseren Tisch zurück. Hedi trinkt einen Aperitif. Das tut sie immer. Es gehört irgendwie dazu, ich habe das Gefühl, sie macht das, weil sie es so gelernt hat. So wie die meisten Kellner sie fragen: «Und Madame? Einen Aperitif?!», kann man allerdings nicht nein sagen, das muss ich zugeben. Eher würde man sich an Aperitifs zu Tode saufen, als sich der Nötigung mutig entgegenzustellen und sich durch Kulturlosigkeit zu blamieren. Die Dickmamsell setzt also ein kleines trichterförmiges Glas mit einer ölig-bräunlichen Flüssigkeit vor Hedi ab, und sie hebt es geziert mit ihren weichen rosa Händchen an die weichen rosa Lippen. Mein Vater bekommt ein Bier. So weit geht seine Unterwerfung gegenüber Stilfragen nicht, dass er auf seinen Genuss verzichten würde.

«Aaah ...», gluckgluckgluck, «... dat tut jut.» Seufzer, wohliges Ausatmen. Die Dickmamsell platziert schwungvoll und mit einem pausbackigen Lächeln zwei Flaschen Limonade neben unserem Besteck und dreht unsere kopfstehenden Gläser um.

«Les petites demoiselles ... et voilà!»

Mit gesenktem Kopf schiele ich nach rechts zu Geli, und ermutigt durch ihr von unterdrücktem Kichern rötliches Gesicht, produziere ich ein kunstvoll erstricktes Grunzen. Der Erfolg ist überwältigend. Geli wird knallrot, die Dickmamsell schaut etwas irritiert und walzt dann quer durch den Raum wieder Richtung Küche. Mein Vater hebt erstaunt den Blick. Das kennt er nicht. Hedi fährt hoch.

«Was isn da so komisch? Hörst jetzat amal auf? Sonst kannst glei wieder gehn, geh?»

Nicken. Kichern. Hihihi. Ja, Mami. Entschuldigung. Hihihihihihiiiieee. Jetzt hat es mich auch erwischt. Es ist echt, und es wird ernst. Geli starrt katatonisch geradeaus. Ich auch. Wir bersten innerlich. Die Dickmamsell kommt mit dem Essen. Für einen kurzen Moment bin ich gefährdet, vollkommen die Fassung zu verlieren. Ich schaue weg, ganz weit, ganz woanders hin. Links aus dem Fenster neben mir. Draußen ist es dunkel, gegenüber eine wacklige Hausfassade, kleine Fensterchen in Fachwerk, Butzenscheiben. Dahinter Leute an Tischen, kleine Lämpchen stehen darauf und beleuchten warm die essenden, trinkenden, lachenden Menschen. Kellner laufen herum und tragen Teller hin und her. Es sieht melancholisch und romantisch aus. Ein Spiegelbild unserer selbst.

Ich esse Seezunge. Geli säbelt an ihrem Fleischstück herum.

Sie wird verfolgt von dem Gedanken, ihre sensiblen Geschmacksnerven könnten mit einem mikroskopisch kleinen Stück Fett zusammentreffen. Um vorzubeugen, massakriert sie das arme fettlose Schnitzel zur totalen Unkenntlichkeit. Ich teile ihren Ekel gegen fleischliches Fett, aber ebenso bin ich von ihrer hilflosen Metzelei befremdet. Hedis Blick spricht Bände. Ich kann sie beinahe verstehen.

Die Dickmamsell hat uns zu ihren Lieblingsgästen erkoren. Fröhlich watschelt sie auf uns zu, lässt ihr Auge wohlgefällig auf den kauenden Mündern ruhen und fragt nach unserem Befinden. Mein Vater parliert französisch, ich lausche andächtig. Toll. Wie er das kann. Einfach klasse. Ich bewundere ihn.

«Was hat sie gesagt, Papi?»

«Wie et schmeckt.»

«Ach so.»

Die Dickmamsell strahlt Hedi an und gibt keine Ruhe. Sie nimmt jedes einzelne Gericht durch, sogar die Beilagen. Jetzt ist Geli dran, wie schmecken die *petits pois*, sie offeriert gleichzeitig einen Nachschlag. Die erschrockene Geli reißt abwehrend die Arme nach oben, nein danke, bitte nicht, ich bin schon ganz satt …

Wie kleine Knallschoten aus meiner Spielzeugpistole werden Erbsen in den Raum katapultiert, ein grüner Regen prasselt auf den Teppich, den Nachbartisch, gegen das Fenster, Erbsen fallen in Kerzenflammen und verschmoren zischend, versinken in Hedis Hochfrisur, knallen gegen meines Vaters Brillengläser und bleiben an der weiß gestärkten Spitzenschürze der Dickmamsell kleben. Mit klingendem, in endlosem Echo verhallendem Scheppern eiert die silberne Erbsenschüssel über den Fußboden, bis sie endlich vor den Füßen einer Mamsellkollegin ausrollt, sich viele Male drehend wie ein Hund, der endlich seine Position zum Ausruhen findet. Ein Inferno. Atemberaubend. Großartig.

Ich halte die Luft an. Wahnsinn. Der ganze Raum ist erstarrt, als hätte ein geheimes Kommando außerirdischer Eindringlinge uns bösartig eingefroren und bei vollem Bewusstsein zu ewiger Unbeweglichkeit verdammt. Aus den Augenwinkeln sehe ich Geli in den einsamsten Sekunden ihres Lebens eine unauflösliche Verbindung mit ihrem Stuhl eingehen. Vor meinen Augen verschmelzen beide zu unkenntlicher Einheit. Geli hat sich aufgelöst. Sie ist einfach nicht mehr da. Hedis rosa Mündchen öffnet sich halb.

«Um Gotts willn!»

Ein heiseres Stöhnen entringt sich ihrer Brust. Mein Vater löst sich aus der Erstarrung, greift an seine Brille und klaubt eine fettige Erbse vom Glas. «Leven Jott …»

Die Dickmamsell steht pummelig und verdattert, eine unsichtbare Erbsenschüssel in der immer noch erhobenen Hand. Da plötzlich zieht ein Lächeln über ihr Gesicht, bäuerlich, belgisch, erdenwarm und spitzbübisch, man könnte meinen, der anarchische Ausbruch habe ihr gefallen. Geschäftigkeit bricht aus. Sie streicht Geli über den tief herabhängenden Kopf, von dem inzwischen ein paar Tränen tropfen, pflückt uns einige zermatschte Erbsen von den Klamotten, weist diskret – «Madame …» – auf Hedis erbsengekröntes Haupt hin und redet dabei ununterbrochen in schönstem belgischem Französisch auf meinen nicht sehr glücklich wirkenden Vater ein. Die Botschaft ist leicht zu verstehen. Monsieur, das macht doch nichts. Es sind doch noch Kinder. Ich beschließe, dass die Dickmamsell fast so gut ist wie ein richtiger Kellner. Aber nur fast.

Danach bringt sie neue Erbsen.

Nachts liegen Geli und ich im achten Stock unseres amerikanischen Luxushotels im Bett und brüllen.

«Wie schmecken die Erbsen?!», schreit Geli ein ums andere Mal, und ich ersticke fast vor bauchmuskelkrampfendem Lachen.

Heulend, kreischend, mit den Beinen strampelnd vor fassungslosem Vergnügen brüllen wir uns durch die Nacht, immer wenn eine sich ein kleines bisschen beruhigt hat, weiß die andere, was sie zu tun hat.

«Wie schmecken die Erbsen?»

Und der Tanz geht weiter. Wir benehmen uns wie zwei ganz außerordentliche, hysterisch-glückliche Idioten. Bis wir vor Erschöpfung einschlafen.

Heimlich habe ich der belgischen Dickmamsell ein Denkmal gesetzt. Ich bin sogar bereit, sie in mein Nachtgebet einzuschließen, für den schönsten und längsten Lachkrampf meiner Kindheit. Ich bin überzeugt, wo immer ich Geli auf dieser Welt wieder träfe, ein kleines «Wie schmecken die Erbsen?» ließe unser gesamtes inzwischen gelebtes Leben sekundenschnell zurückschrumpfen bis zu dem Moment orgiastischer lachkollernder Vereinigung in einem Hotelzimmer in Brüssel, irgendwo zwischen Himmel und Erde.

Nach unserer glorreichen Rückkehr wollen sich die Pützens pflichtschuldig und standesgemäß für all die Martern revanchieren, die ihre Tochter bei uns genießen durfte. Ich werde zu einem gemeinsamen Ausflug auf den bewährten Drachenfels eingeladen. Zum Abschluss winkt ein frühes Abendessen im Ruinenrestaurant, dem Inbegriff bescheiden-kleinbürgerlicher Luxusträume. Man gönnt sich was. Mir auch. Der Kellner bringt Speisekarten mit dunkelroten, klebrigen Plastikdeckeln und verschwindet wieder, bevor wir den Mund für erste Getränkebestellungen aufkriegen. Vater Pütz versenkt sich eingeschüchtert ins Studium der angebotenen Speisen. Deutscher Hackbraten, Jägerschnitzel mit Pilzsoße, Strammer Max, Gulaschsuppe und Würstchen. Die Kinderschar starrt andächtig schweigend und Hilfe suchend auf die Tischplatte. Mutter Pütz hält die knatschige Regine auf dem Schoß und wirft ihrem

Mann einen bedenklichen Blick zu. Die Erkenntnis trifft mich unvorbereitet: Die Pützens fühlen sich unbehaglich. Sie sind es nicht gewohnt, öffentlich ihre Wünsche zu äußern. Das verschwommene Gefühl der Überlegenheit, das Gelis Familie in mir erzeugt, macht sich jetzt richtig breit.

Der ältliche Kellner kehrt zurück. Seine Haltung ist ganz Offensive. Er steht klein, dick und breitbeinig, die Füße in den ausgelatschten Schuhen ruhen auf den Außenkanten. Er zieht die nicht sehr saubere Serviette von seinem Arm, klaubt den Kugelschreiber hinter seinem Ohr hervor, streicht die quer über den Kopf gekämmten strähnigen Haare aus der schweißbeperlten Stirn und zückt den Notizblock. «So, bitte, wat darf et sein?»

«Viermal die Würstchen.» Es klingt unsicher, ein bisschen wacklig. Der Kellner sieht den Gast an. Zum ersten Mal nimmt er ihn richtig wahr. Hier sitzen sechs Personen am Tisch, an *seinem* Tisch. Weiß dieser Mann denn nicht, was sich gehört? Hinter seiner Stirn addiert es, und gerade ist er zu einem vorläufigen Endergebnis inklusive mageren Trinkgelds gekommen. «Un zu trinken?»

Der Ton ist bissig, mit Spott und Resignation gefärbt. Herr Pütz hat darüber noch nicht nachgedacht. Marita und Geli ringen unterm Plastiktischtuch die Hände und wünschen sich ganz andere Eltern. Aber Frau Pütz nimmt die Herausforderung an. So klein lässt sie sich nicht machen, das wäre ja noch schöner. «Wir möschten gern drei Limonaden …»

«… und ein Bier.» Ein kleines bisschen von ihrem Trotz färbt auch auf den braven Vater ab. Der wendet sich jetzt mir zu. Die Bestellung galt nur dem eigenen Fleisch und Blut, nie würde man sich erdreisten, mich einfach in die allgemeinen Regeln einzuschließen. Sie lauten in etwa:

Erstens: Wir haben wenig Geld und können uns kaum was leisten.

Zweitens: Wir sind fünf.
Drittens: Das, was wir uns leisten können, wird geteilt.
Viertens: Es gibt keine Extrawünsche.
Fünftens: Andere haben mehr als wir.
Sechstens: Dafür müssen wir uns nicht schämen.
Siebtens: So ist das Leben. Hauptsache, wir bleiben gesund.

Herr Pütz sieht mich freundlich und ein wenig müde an. «Und du, Thea, was möchtest du?»

Ich habe Hunger. Würstchen mag ich nicht.

«Ein Wiener Schnitzel.»

Angespannte Atemlosigkeit. Fünf Augenpaare richten sich auf mich. Dann auf den Ehemann und Erzeuger. Herr Pütz hebt wie in Zeitlupe den Blick zum Kellner, der mich betrachtet, wie man ein sehr seltenes Gewächs anschaut. Ich genieße es. Endlich sieht er mich, sieht, dass ich nicht zu diesen einfachen Leuten gehöre, die verängstigt sind, bloß weil sie ein paar Würstchen bestellen müssen. Ich bin erfahren, weit gereist und habe die Welt gesehen!

«Mit Brot oder Kartoffelsalat?»

«Mit Kartoffelsalat», sage ich ungerührt. «Und ein Spezi.»

Ich finde diesen Kellner ziemlich widerlich. Er ist meiner nicht würdig. Das steht fest.

Die Bestellung kommt. Mutter Pütz sorgt für Gerechtigkeit zwischen Marita, Geli und Regine, die anstandslos die präzise zerstückelten Teilwürstchen in ihre Senfhäufchen tauchen. Das Schnitzel dauert länger, und alle müssen auf mich warten. Marita, Geli und Regine sehen zu, wie ich es verdrücke. Mit Kartoffelsalat. Und Spezi. Herr Pütz zahlt, und wir gehen.

Sie liefern mich zu Hause ab. Herr Pütz wartet im Auto. Frau Pütz ist lieb und eingeschüchtert. Vor unserer Haustür bleibt sie stehen. Sie hat Angst vor den Schäferhunden. Geli wird vorgeschickt.

«Vielen Dank», sagt Hedi – Modellkleid, Lippenstift und

Lidschatten – hinunter zum Fuß der Treppe, von wo die rundliche Frau Pütz im guten Kostüm zu ihr aufschaut.

«Aber das ist doch nicht nötich, das haben wir doch gerne getan. Auf Wiedersehen, Thea, bis morgen.»

Morgen ist Sonntag, da hole ich Geli auf dem Weg zur Kirche ab.

Sonntagabend, und ich langweile mich. Im Fernsehen gibt es «Der Kommissar», meine Lieblingssendung. Ich darf aber immer nur die erste Viertelstunde gucken, um halb neun muss ich ins Bett. Ich bin vollkommen verrückt nach dieser Serie, weil darin alles immer so irrsinnig tief schürfend ist, alles, was getan und gesagt wird, ist bedeutend, vor allem, wie es geschieht. Die Personen, besonders die Verdächtigen, sagen nämlich immer alles mindestens zweimal, manchmal sogar drei- oder viermal:

Ein großzügiges Einfamilienhaus irgendwo am teuren Stadtrand von München, im Grünen. Es ist spätnachts, die Bewohner, ein Ehepaar – sie um die dreißig, er erheblich älter –, werden von der Kriminalpolizei aus dem Schlaf geklingelt. Sie im Negligé, er im Pyjama. Alle befinden sich im teuer eingerichteten Wohnzimmer.

KOMMISSAR KELLER zur Ehefrau: «Wo waren Sie heute Abend gegen achtzehn Uhr?

EHEFRAU: …

KOMMISSAR: «Waren Sie zu Hause?»

EHEMANN zur Ehefrau, besorgt, nervös: «Der Herr Kommissar hat dich gefragt, ob du zu Hause warst, hast du nicht gehört? So antworte doch!»

EHEFRAU, somnambul: «Wer ist dieser Mann …?»

EHEMANN, ungeduldig, beflissener Blick zum Kommissar: «Du hast doch gehört, Hilde … zu Hause? Ob du zu Hause warst!»

EHEMANN wendet sich Hilfe suchend an den Kommissar. Der betrachtet versonnen die geistesabwesende Ehefrau.

KOMMISSAR zu Ehemann, geduldig: «Lassen Sie nur …», zu Ehefrau, sanft: «Gnädige Frau, darf ich Sie fragen, wann Sie heute Abend zu Hause waren?»
EHEFRAU, sieht durch ihn hindurch: «Zu Hause … was ist das?»

Ich bin hingerissen. Die ganze Dramatik meines jungen Lebens findet sich in den weisen Dialogen des Autors; zur Vollendung gebracht vom Kommissar und seinen Mitstreitern: dem Assistenten Harry («Ja, Chef, mach ich!»), der verhuschten Sekretärin Rehbein («Sie haben ja noch gar nichts gegessen, Chef!» – «Ach, Rehbeinchen …») und zahllosen obskuren Gestalten, vornehmlich aus der Münchner Halb- und Neureichenwelt. Die persergeschmückten Einfamilienhäuser im Grünen, die frustrierten Industriellengattinnen mit den strizzihaften Geliebten und die fetten betrogenen Ehemänner, Besitzer konkursgefährdeter Holz- oder Getränkegroßhandel, sind mir seltsam vertraut. Die seelischen und moralischen Abgründe, die sich nach jeder neuen Kommissarfolge vor mir auftun, sind Medizin gegen meine unendliche Trübsal und Langeweile. Sie bieten mir Gewissheit, dass auch im engsten Leben das Verhängnis lauert und alle Menschen ein Geheimnis haben. Gern nehme ich die Erlebnisse des tapferen kleinen Kommissars zum Anlass, mir die schönsten heimlichen Skandale innerhalb meiner eigenen Sippe auszumalen, ich versage aber leider meist schon bei der Bemühung, mir Hedi und meinen Vater im Bett vorzustellen, noch viel weniger ist meine Phantasie in der Lage, ihnen irgendwelche Geliebten an den Körper zu pressen. So bleibt das Fernsehen mein einziger Trost und die alleinige Quelle, aus der Aufmunterung ins triste Einerlei unserer öden Wohnzimmerfluchten fließt. Und genau deshalb wird es mir, wann immer es geht, von Hedi verboten.

Ich freue mich samstagnachmittags auf «Daktari» – Hedi schickt mich zum wöchentlichen Haarewaschen, mein Vater guckt die Sportschau. Wenn ich endlich fertig bin, sehe ich Tore in Zeitlupe und höre fachmännische Kommentare.

Sonntagmittags «Flipper» – wir sind auf dem Weg nach Bergisch Gladbach, zum Reitstall, «Pferde bewegen». Sonntagnachmittags «Bonanza» – Kaffeeschlürfen und Krankheitsanalyse bei den großelterlichen Trauerklößen im dunkeldumpfen Wohnzimmer.

Dort, zwischen all den Schiffbrüchigen, die in goldwuchtigen Barockrahmen gegen die Elemente kämpfen, den brokatbezogenen Sesseln mit den Löwenkrallenfüßen und den zahllosen Truthähnen und Fasanen, die auf riesigen Ölschinken sehr tot die Federn hängen lassen, wünsche ich mir die aufmunternde Gesellschaft von «Lieber Onkel Bill», «Bezaubernde Jeannie» und «Tennisschläger und Kanonen». In sehr seltenen Augenblicken, etwa, wenn mal wieder Familienintrigen ausgekocht und Erbschaftsfragen gelöst werden müssen, darf ich in den nie benutzten Partykeller (man stelle sich vor: Meine klapprigen Großeltern swingen zu den Capri-Fischern, Likör fließt in Strömen, die Salzstangen krachen, und die Bude wackelt), der dafür aber mit einem ältlichen Fernsehapparat ausgestattet ist. Umgeben von Nippes aus Muranoglas und Untersetzern mit Motiven aus Bozen und Meran, kauere ich auf der Eckbank im Partykeller-Herrgottswinkel unter einem INRI und den daran hängenden geweihten Palmzweigen. Omi und Opi haben die originelle Ausstattung Hedis Fürsorge zu verdanken, die wahrscheinlich glaubt, kein Mensch könne auf Dauer ohne die Segnungen bayrischen Brauchtums auskommen. Im Fernseher reiten die kernigen Jungs von der Ponderosa, Hop Sing beschwert sich bei Ben Cartwright über kränkende Behandlung durch dessen wilde Rangen, und ich verberge mein Gesicht hinter einem Häkelkissen, wenn die nächste Schießerei losgeht. Ein- und ausschalten darf ich den Apparat im Übrigen nicht, unter meinen unkundigen Händen könnte das empfindsame Stück ja zu Elektrostaub zerfallen.

Unsere Fernseher sind überhaupt wahre Heiligtümer. Auch die bei uns zu Hause in Rhöndorf darf ich unter Androhung der Todesstrafe nicht berühren, die heiligen Kühe in Indien haben allen Grund, vor Neid zu erblassen. Um den Abschreckungseffekt zu unterstreichen, starren mir von dem bizarren, der neuen Zeit gemäßen Hausaltar aus zahllosen Fotos die Augen unserer Verstorbenen entgegen, ähnlich Wiedergängern, die keine Ruhe finden, weil sie in ihrem Todesschlaf vom ewigen Licht des blau flackernden Bildschirms bestrahlt werden. Es werden mehr und mehr im Laufe der Jahre, hin und wieder gesellt sich ein neugeborenes Verwandtenbaby hinzu. Hedi hat zäh alle unsere Lieben auf dem Fernsehapparat versammelt, auch feindliche Verwandtschaft wie Agnes findet selbstverständlich dort ihren Platz. Es ist fast so, als wollte Hedi sich versichern, dass sie auch alle echt sind, dass sie wirklich irgendwo existieren, wenn auch weit von ihr entfernt: in Garmisch, in der Soester Börde oder wo auch immer. Mir bleiben sie fremd, Wesen aus einem anderen Leben, nicht aus meinem.

Ich habe eine seltsam tiefe Überzeugung, ein festes Gefühl, dass ich nicht dort hingehöre, wo ich mich befinde. Nicht in diese Welt der gerahmten Schein- und echten Toten, der Sitzgruppen und Geschirrspülmaschinen, der Farbfernseher und Sportwagen, der Reitpferde und Weltreisen. Aber wohin dann? Wohin gehöre ich dann? Wo ist es, das andere, das Richtige, das Vielversprechende, Verheißungsvolle, Wunderbare? Wo ist der Prinz, der mich rettet, der mich fortträgt, weit weg von hier, dahin, wo *es* stattfindet? *Es* ist da, ich weiß es, *es* ist irgendwo und wartet auf mich, wenn ich groß bin, wenn ich weg kann, wenn …

«Bonanza» ist zu Ende, ich komme hinter meinem Häkelkissenschutz hervor und schlage mich in die großelterliche Küche zu Heinz. Es ist ein altmodischer Raum voller Einbaumöbel mit dem typischen Gilb der frühen fünfziger Jahre. Heinz bereitet das Essen vor, er freut sich furchtbar, wenn er Besuch haben darf, es ist sein Besuch, und er hat den Ehrgeiz, alles ganz besonders toll zu machen. Er hat sich, wie immer, einen besonderen Leckerbissen für den Sohn des Hauses ausgedacht, meinem feinschmeckenden Vater möchte er gefallen, und es soll, so hofft er, auch vor Hedis Augen Gnade finden. Ich habe böse Vorahnungen von überbackenem Kalbshirn mit glibberigem Rührei – Dinge, die der Gourmet so richtig schätzt. Doch nach einem Blick in Heinz' Töpfe kann ich mich für heute entspannen.

Heinz bedient bei Tisch, er hat vor Eifer rote Bäckchen und trägt seine Platten und Tabletts stolz wie Siegerpokale vor sich her. Seine untersetzte Gestalt wirkt ungeheuer beflissen, alles an ihm ist in aufgeregter Bewegung. Er geht schnell auf krummen, gichtigen O-Beinen von einem zum anderen, schiebt die Platten mit Fleisch und Gemüse zwischen seine Gäste und drängt die Speisen mit unausgesetzter Lobpreisung regelrecht auf. Er tut zu viel des Guten, aber ich liebe ihn. Mein Herz ist ganz auf seiner Seite und zittert umso heftiger, je penetranter er wird.

«Gnädige Frau, schauen Sie nur, gnädige Frau, so ein wunderbares Filetsteak, extra kurz gebraten, so, wie Sie es mögen, und dieser herrliche Spargel, darf ich Ihnen noch etwas auflegen, es ist doch zu schade …»

Hedi verdreht die Augen. Sie mag Heinz nicht. Sie findet ihn nervtötend. «Naa, gehn 'S bloß weg …»

Er sieht aus, als hätte er einen nassen Waschlappen ins Gesicht gekriegt. Gebremst in vollem Lauf. Gedemütigt. Ich habe das Gefühl, es bereitet ihr Vergnügen. Er dreht sich abrupt um, die Lippen zusammengepresst, dass ihm kein Ton entschlüpft. Nach ein paar Schritten strafft er den Rücken, seine kleine, gedrungene Gestalt mit dem kugeligen spärlich behaarten Schädel wirkt plötzlich kraftvoll und trotzig und deshalb umso trauriger. Ich sehe ihm stumm nach, wie er mit den hoffnungsvoll zubereiteten Speisen wieder in die Küche verschwindet. Ich weiß, er ist tief gekränkt, und mir ist zum Heulen. Er tut mir unendlich Leid. Diese Gemeinheit. Diese Ungerechtigkeit. Das darf sie einem alten Mann nicht antun.

«Des Fleisch is zäh, des bringst net nunter.»

Hedis Worte versinken in den Falten der schweren dunklen Samtvorhänge, die die Fenster blickdicht verschließen, und bleiben unauslöschlich in der gemusterten Goldprägetapete kleben. Alarm. Omi Mathilde dreht wie ein Raubvogel eine Gesichtshälfte in Hedis Richtung und beugt ihren Kopf dabei ein wenig vor. «Wat haste jesacht, Hedi?»

Schrill hallt der Ton nach. Hedi guckt unschuldig. «I hab g'sagt, des Fleisch is zäh. Des kannst net essn.»

Diesmal lauter. Schwerhörigengerecht. Mathilde zieht den Kopf wieder ein wie eine Schildkröte. Ihr Gesichtsausdruck wandelt sich von Neugier zu absoluter Leere. Sie denkt nach. Die Botschaft muss erst Eingang finden. Ich habe aufgehört zu kauen. Wie wird sie sich entscheiden? Wird sie wütend werden? Oder lieber doch Heinz opfern? Auch sie hackt gern auf ihm herum. Aber sie mag Hedi nicht. Hedi weiß es. Mein Vater weiß es. Ich weiß es. Jeder weiß es, niemand würde es jemals zugeben. Mathilde richtet sich auf. «Wie kannste denn so jet sachen!? Dat is vom Jiebels! Dat jib et ja nit, dat dat zäh is!»

Sie ist empört. Das gefällt mir. Besser, Hedi kriegt ihr Fett weg als Heinz. Viel besser! Ich nehme das Kauen wieder auf. Mein Vater ist in der Klemme. Weiber! Ich kann es an seinem Gesicht ablesen. Er muss schlichten, und er hasst es. «Muddi, lass et jut sin …»

Mehr fällt ihm nicht ein. Was soll er auch tun? Wenn er sich auf Muddis Seite schlägt, kann er schon mal für den Nachhauseweg üben, wenn er neben Hedi unentrinnbar im Lamborghinischalensitz klemmt und sie fünfzig Kilometer lang Zeit hat, sich bei ihm über Muddi, Heinz, das Essen, das Haus und noch viel mehr zu beschweren. Aber Muddi gibt nicht auf, Muddi kommt erst in Fahrt. «Wat soll dat heißen, lass et jut sin? Bei uns jib et kein zähet Fillestück! Max! Maaahax! Sach ens jet!»

Max sagt zu alldem gar nichts und starrt lieber unglücklich vor sich hin. Ihm liegt sowieso nichts am Essen. Vater und Sohn sehen sich über den Tisch hinweg an, Männer, hilflos. Mathilde und Hedi schmollen für den Rest des zähen Abends. Jede auf ihre Weise. Hedi weist den Nachtisch zurück, den der beleidigte Heinz stumm aufträgt, und nacheinander gehen alle auf ihn los, um ihre Unabhängigkeit unter Beweis zu stellen. Man braucht schließlich niemandem, der einem sagt, wie man mit dem Personal umzugehen hat! So weit kommt's noch.

Allerdings gibt es auch rare Momente, in denen Heinz sich wehrt: «Jnädje Frau, also alles, was recht ist …»

«Sag amal, muss i mir des bietn lassn? Wo san mir denn? Alfred, willst a amal was dazu sagn oder net?!»

Alfred bekommt den kalten Blick.

«Heinz …!!» Die Stimme steigt an, einsam hängt der Name im Raum, unvollendete Drohung. Ich sehe Heinz in mühsam beherrschtem, erregtem Widerspruch die Lippen zusammenpressen und wie immer den Raum Richtung Küche verlassen, seine Speisen auf dem Tablett zurückbalancierend wie ein Kind, das man vor feindlichen Truppen schützen muss.

Manchmal fallen Mathilde und Hedi, selten vereint, aber gemeinsam umso stärker über ihn her, und erneut wagt Heinz mutig Widerspruch.

«Also, gnädige Frau» – zu Mathilde –, «das Fleisch ist ganz zart, besseres Fleisch bekommen Sie wirklich nirgendwo, ich weiß nicht, was Sie noch verlangen …»

Zwei Köpfe schwenken voll synchron zu Sohn und Ehemann. Wie erwartet:

«Heinz …!!!»

Und Heinz geht.

Ich leide. Heinz ist mein Freund, bei ihm in seinem Küchenreich ist es gemütlich. Er ist die Quelle all der geheimen Informationen, die ich gierig in mich aufsauge, der Hüter und Bewahrer der verschütteten Geschichte meiner Eltern aus der Zeit, als alles noch gut war, leicht und jung und hoffnungsvoll. In flüsterndem Verschwörerton erzählt er mir kichernd Anekdoten, die Geschichte, als mein Vater – sein geliebter Alfred – für meine Mutter – seine geliebte Margot – zusammen mit Omi Änne des Nachts eine Hühnerkralle an einer langen Schnur vom Flur des fünften Stocks ins dunkle Treppenhaus gleich neben das Minutenlicht gehängt hat. Und wie sie geschrien hat vor Schreck und Entsetzen, als sie beim Nachhausekommen von irgendeiner Modenschau drauffasste. Und wie sie oben geschrien haben vor Begeisterung und gelacht aus kindisch-schadenfrohem Vergnügen über ihre Angst. Und wie es damals noch gar keine Rolle spielte, dass sie sich fotografieren ließ und über Laufstege marschierte. Dass er vielmehr stolz war. Und glücklich mit ihr. Und mit Änne.

«Deine Großmutter und er, die hatten sich gesucht und gefunden. Die haben nur Blödsinn gemacht, nur Blödsinn, nichts als Blödsinn! Und deine Mutter und dein Vater, die waren ein gutes Paar, das kannst du mir glauben. Anders als … du weißt schon … *Sie* … Um Gottes willen! Thea, psst! Du kannst doch schweigen, du bist doch schon groß … Ich darf doch gar nicht …»

Und so weiter.

Andeutungen. Hier ein bisschen, da eine Kleinigkeit. Vor meinen Augen entstehen Bilder aus einer längst versunkenen Zeit, lebendig. Mein Vater und meine Mutter lachend. Aus vollem Hals. Mit Omi Änne. Vorbei, vorbei, nie wieder. Heinz und mich eint die Abneigung gegen Hedi. Und natürlich der Druck, ihr zu gefallen. Wir wissen, dass es ohne sie nicht geht. Und ich, ich will sie doch so gerne lieben. Wenn es bloß einfacher wäre!

Doch sie ist mies zu Heinz. Sie behandelt ihn wie mich, wenn ich mal wieder zu blöd bin für irgendetwas. Aber ich bin ein Kind, und er ist erwachsen, ein Mann von fast sechzig Jahren. Ich kann das unterscheiden, o ja, Hedi, so einen Mann, den darf man nicht zurechtweisen und klein machen und verletzen! Ich möchte ihn trösten, ihm sagen, dass ich auf seiner Seite bin, und drücke mich, sobald es geht, zu ihm in die Küche. Dort werde ich dann staunend und unangenehm berührt Zeuge, wie er zornig und gekränkt vor sich hin murmelnd das Hausmädchen Maria zusammenstaucht. Ungeduldig und verletzend, ja sogar herrschsüchtig und böse. Er auch …

Ich schleiche rückwärts aus der Küche, unbemerkt. Die Familie sitzt inzwischen im Wohnzimmer auf der Couchgarnitur und schleppt ein Gespräch durch die verbleibende Zeit bis zur Abfahrt.

Ich bin allein. Neben dem Eingang zum Küchenbereich führt getrennt durch eine Wand, parallel zur Treppe in der Eingangshalle, die Treppe fürs Personal in den ersten Stock. Während ich die knarrenden Stufen hochsteige, werden die Stimmen unten dünner, nur Mathildes schrille Töne dringen in Abständen zu mir herauf. Sie sind wieder bei den Krankheiten. Oben erobere ich die Räume, einen nach dem anderen. Wild gemusterte weiche Perserbrücken und -teppiche dämpfen jeden meiner Schritte, und ich fühle mich aufgeregt, als täte ich etwas sehr Verbotenes. Ich bewege mich durch Zimmer, voll gestopft mit schweren Truhen und Löwenkrallensesseln, an den Wänden noch mehr dramatische Seestücke und traurige Stillleben, ich öffne Schränke und Schubladen, meine Hände streifen durch

Kleidungsstücke und Perlenketten, betasten Haarbürsten und Puderdosen, nehmen Bücher mit seltsamen altdeutschen Buchstaben aus dunkelbraunen Holzregalen, und immer weiter schleiche ich leise bis ins Schlafzimmer von Max und Mathilde. Das Allerheiligste. Endlich.

Ich stehe still, andächtig. An der Wand neben dem riesigen Bett hängt ein ganz ungeheures Bild, der eigentliche Grund meiner Wallfahrt in die obere Etage. Auf einer Art Diwan, dem Betrachter den Rücken zukehrend, liegt eine nackte Frau. Sie ist üppig, ihr Fleisch ist weiß, schlägt kleine runde Falten in der Taille und wölbt sich lüstern an den Hüften und Oberschenkeln. Sie ist so unglaublich nackt, dass ich mir einfach nicht vorstellen kann, wie mein Großvater, ja, wie überhaupt irgendein Mensch sich in diesem Raum bewegen kann, ohne ununterbrochen diese Kreatur anzustarren. Ich finde sie nicht eigentlich schön, sie ist so dick, so aufdringlich fleischlich, aber ich bin von ihr fasziniert. Überhaupt gehört das Streunen durch die oberen Räume, die Schlaf-, Gäste-, Bade- und Ankleidezimmer, zu den glücklichen und schuldhaften Vergnügungen während der ansonsten öden und quälenden Besuche bei Max und Mathilde.

Ein weiterer Lichtblick ist höchstens noch das Ritual der Keksausgabe, an dem ich nach meiner Ankunft jedes Mal teilhabe, zusammen mit Mathildes bissigem Riesenschnauzer, der uns am liebsten zerfleischen würde, sobald wir aus dem Wagen geklettert sind. Der Hund und ich warten im Wohnzimmer geduldig vor dem riesigen holländischen Barockschrank aus dunkler Eiche, Omi-Frauchen zaubert die Löffelbiskuits hervor und teilt uns beiden ganz gerecht je zwei davon zu. Danach gehen der Hund und ich getrennte Wege, er interessiert sich ohnehin nur für seine Besitzerin und bereitet sich von jetzt an schon mal auf seinen Abschiedsauftritt vor, wenn es nämlich darauf ankommt, uns – die Eindringlinge – nochmal ordentlich fertig zu machen.

Die Stimmen werden jetzt lauter. Sie bewegen sich auf die Eingangsdiele zu, und ich muss mich beeilen, unten anzukommen, bevor klar wird, dass ich mich oben herumgetrieben habe. Ich atme tief ein. Ich möchte eine Erinnerung an den aufregenden, fremden Geruch mitnehmen, der in diesen dunklen, schwermütigen Räumen hängt.

Ich weiß, was jetzt kommt.

Hedi wird während der ganzen Fahrt über Heinz herziehen. Ich werde quer auf dem Rücksitz des Autos liegen, aus dem winzigen Fenster die Sterne oder den schwarzen Himmel betrachten, je nachdem. Dabei werde ich mir vorstellen, wie Heinz zusammen mit Maria abspült und alles in Ordnung bringt. Wie er sie dabei schikaniert, immer noch gekränkt. Wie er sich in der Tür zum Wohnzimmer stehend ein gestelztes «Wünsche wohl zu ruhen, die Herrschaften – gnädige Frau» abringt und danach müde und endgültig in sein Dachkämmerchen hinaufsteigt. Das Gefühl für seine Einsamkeit überwältigt mich derart schmerzhaft, dass ich plötzlich ohne jede Angst, nur getrieben von der Empörung über ihre maßlose Selbstgerechtigkeit, Hedis Litanei über Heinz' unmögliches Verhalten unterbreche.

«Er hat es doch nur gut gemeint, er hat sich so viel Mühe gegeben, und mir hat es gut geschmeckt, warum bist du so gemein zu ihm gewesen?»

In einem Atemzug, zornig und gerecht. Hedis Ungläubigkeit, dass ich es tatsächlich gewagt habe, ihr zu widersprechen, ist sogar noch an ihrem Hinterkopf abzulesen. Ich halte die Luft an. Was habe ich getan! Ihr Körper verrenkt sich in einer Drehung, und ihr wütendes Gesicht blitzt weiß auf im Schein der Autobahnlampen. «Sag amal, spinnst du?! Du bist glei ruhig, und hältst di fei raus, sonst fängst glei eine, ge?!»

Ich danke stumm dem italienischen Designer teurer Sportwagen, dass er ein Einsehen hat mit armen geschlagenen Kindern und weitsichtig keinen Platz für raumgreifende Aktionen vom Vordersitz in Richtung der rückwärtig untergebrachten Fahrgäste vorsieht. Ich rutsche tiefer in meinen Sitz. Hedi wirft sich mit einem trotzigen kleinen Plumps zurück in ihre Lederpolster und grantelt weiter.

Ich blende ihren Nörgelton aus, schaue hinaus in die schwarze Nacht und warte auf das Schönste. Gleich kommt es, irgendwo auf der Strecke zwischen Köln und Bonn, auf beiden Seiten der Autobahn leuchten plötzlich Millionen von Lichtern, erst sind es nur Punkte, kleine strahlende weiße Punkte, doch bald erkenne ich Umrisse, verschlungene Röhren, bläulich glänzende Stahlkonstruktionen aus riesigen, runden tonnenartigen Teilen, die auf unerklärliche Weise und unentwirrbar miteinander verbunden sind. Galaktisch wie eine Raumstation, ein enormes futuristisches Gebäude. Schornsteinartige Türme ragen aus den verwickelten Stahlkörpern ins All, besetzt mit zahllosen Lichtpunkten wie mit glänzenden Perlen. Wie ein großes Wunder stehen diese gigantischen Stahlgebilde im Nichts, riesig, einsam und leuchtend in der Dunkelheit. Es ist tröstlich. Der Lamborghini durchschneidet die Nacht mit gleichmäßigem Raunen, wir tauchen in die Unendlichkeit ein wie in einen von strahlenden Funken flankierten Zeittunnel, und ich gebe mich meinen Träumen hin.

8

S o v e r g e h t d i e Z e i t bis zu meinem dritten Schuljahr, in dem wir Opfer eines ministeriell verordneten Kurzschuljahres werden. Im Schweinsgalopp wird uns der Lehrplan von zwei Schuljahren eingetrichtert. Das glatte Aus für die weitere Bildungskarriere von Eddi Küppers und Theo Schulz, die ja nicht mal in der Lage sind, den Stoff *eines* Jahres halbwegs zu bewältigen.

Zuvor nimmt Theo aber noch die letzte Gelegenheit wahr, Rache an mir und meiner besonderen Liebenswürdigkeit im Umgang mit ihm zu üben.

Eines schönen Tages kurz vor den Sommerferien werden wir wie üblich zur großen Pause auf den Schulhof gejagt, um uns in der gesunden Frischluft zu bewegen oder die verschissenen Klohäuschen aufzusuchen. Da jeder, dessen Ekelschwelle nicht gegen null tendiert, lieber seine Blase bis zum Platzen dicht halten würde, als die Erleichterung in urinbesprenkelte Emailschüsseln zu genießen, entscheiden wir uns für den obligatorischen Hofgang. Auch an diesem Tag bin ich zunächst mit der wichtigsten Frage beschäftigt, deren Lösung von Mal zu Mal schwieriger wird. Wie werde ich mein Pausenbrot los? Nachdem ich es ungefähr zwanzigmal verschenkt habe, werde ich dabei von Fräulein Peikert erwischt, die von Hedi den strengen Auftrag hat, mich bei der lebenswichtigen Nahrungsaufnahme zu kontrollieren. Danach brechen erst mal harte Zeiten an, in denen ich ihr deutlich etwas vorkauen muss, damit sie einsieht, dass ich gewillt bin, meinen Verpflichtungen nachzukommen. Ich würge und schlucke an dem strohtrockenen rheinischen Graubrot herum, bis mir das Zeug in Klumpen aus den Mundwinkeln quillt. Nach ein paar Tagen hat Fräulein Peikert dann aber glücklicherweise mehr mit der Trennung und Bestrafung prügelnder Streithähne und rotzfrecher Dorfbengel zu tun, sodass ihre Aufmerksamkeit von meiner magersuchtgefährdeten Person abgelenkt wird. Ich drehe also versunken mein durchfettetes Pergamentpapierpäckchen in den tintenbekleckstenFingern und werfe begehrliche Blicke zum Abfalleimer, wissend, dass ich ihn nicht benutzen kann, denn auch dort ist Fräulein Peikert schon mal fündig geworden. Wohin bloß mit dem verdammten Ding? Zentnerschwer lastet das Brot in meinen Händen, als ich plötzlich all meiner Probleme ledig werde.

Während ich mir noch den Kopf über eine unauffällige Entsorgungsmethode zerbreche, nehme ich undeutlich wahr, wie um mich herum eine gewaltige Hatz stattfindet. Eddi, Theo, Udo und ein paar andere finstere Gestalten aus dem Kreis meiner Mitschüler spielen Nachlaufen. In ihrem Fall bedeutet das, den Geschnappten möglichst zu Fall zu bringen und am besten auch gleich zu verhauen. Der Kampf spielt sich in meiner unmittelbaren Nähe ab, in Abständen streift mich der Luftzug der Vorbeirasenden. Plötzlich spüre ich einen Rempler an der Schulter, ein kurzes Taumeln, ein Sinken, einen Stich und Nacht.

Ich erwache von meinem eigenen, markerschütternden Gebrüll. Als ich die Augen öffne, blinzele ich direkt in die dicken Brillengläser von Fräulein Peikert. Sämtliche Schüler stehen wie angeleimt im Halbkreis um sie herum und starren mit blöden Gesichtern zu mir herab. Ich liege wie ein Käfer auf dem Rücken, direkt auf dem harten Schulhofasphalt und dem zermatschten Pausenbrot, aber ich spüre nichts außer dem sagenhaften, atemraubend stechenden Schmerz, der aus meinem rechten Bein strömend den Rest meines Körpers überwältigt.

Ich schreie wie am Spieß. Fräulein Peikert beugt ihr Gesicht über mich und versucht mich zu übertönen.

«Thea, hör doch mal auf, sei doch mal ruhich! Wat is denn?»

«Auaaaaaa!!!! Auauauauaua!!!! Auuu!!! Mein Beiiiin!!! Auaaaaaha-ha-haaa!!!»

Der Gesichtsausdruck der anderen Kinder verändert sich sichtbar von Verständnislosigkeit zu Anerkennung über so viel Stimmgewalt und Unbeirrbarkeit. Fräulein Peikert ist da gänzlich anderer Meinung, sie hat die Faxen dicke. «Thea, steh jetz auf! Du jehst jetz in die Klasse, da kannst du disch dann ausheulen, bis die Pause vorbei is! Wird's bald?!»

Ich sehe sie an, meine Augen sind tränenlos, so stark ist der Schmerz. Ich kann es nicht fassen. Ich *kann* doch nicht aufstehen, das muss sie doch sehen! Ich versuche, wenigstens leiser zu schreien.

«Ich kann nich … ich ka-ha-ha-hannnnich … auauaua …»

Die Brille ist mitleidlos. «Und ihr macht jetz mal weiter. Los, verschwindet mal hier!»

Der Halbkreis löst sich widerstrebend auf, zurück bleiben ich, die gestrenge Brille und Geli, die neben mir ausharrt, ängstliche Blicke zur Brille werfend und auf ihr Urteil wartend. Es kommt prompt: «Du auch. Genuch jetz.»

Geli schenkt mir ein bedauerndes, solidarisches Lächeln. Ich schnurzele auf dem Boden in mich zusammen wie ein trockener Regenwurm, laut heulend und von pfeilartigen Stichen gepeinigt.

«Thea, isch sach et jetz zum letzten Mal: Steh jetz auf!! Et reischt!»

Ich weiß, wann ich verloren habe. Ich richte mich auf, stütze meine Ellenbogen aufs Pflaster, um wenigstens den Oberkörper hochzukriegen. Alles sackt mir weg, als das Bein sich dabei bewegt, ich schreie laut auf, der genervten Lehrkraft reißt der

Geduldsfaden. Sie zerrt mich am Kragen nach oben und zieht mich hoch.

«Du jehst jetz in die Klasse, himmelherrjottnochemal!»

Ich kann nicht stehen. Ich bin fast ohnmächtig vor Schmerzen und schleppe mich irgendwie die hundert Kilometer vom Schulhofzentrum die fünf Steintreppen hinauf bis in unser Klassenzimmer. Schluchzend hänge ich den Rest der Pause in meiner Bank, das rechte Bein so gut wie möglich von mir gestreckt, und wünschte, ich könnte meinen Kopf an Hedis Schulter vergraben und einfach nur krank sein. Marietta aus der Zweiten hat Tafeldienst und verschmiert mit einem nassen Schwamm die Kreidezeichen auf der Tafel zu streifigweißer Unkenntlichkeit. Nach zehnminütigem unausgesetztem Heulen ist sie weich gekocht und des Mitleids voll. Marietta holt Fräulein Peikert, und jetzt endlich holt auch Fräulein Peikert Verstärkung. Ein Anruf bei uns zu Hause ergibt, dass Hedi leider unabkömmlich ist. Man schickt aber den Betriebsfahrer. Es erscheint der freundliche Garagenwart, Herr Bräutigam, wirft einen kurzen Blick auf meine verheulte Jämmerlichkeit, hievt mich auf seine starken Arme und verkündet mit nicht eben freundlichem Tonfall seine Diagnose: «Dat is jebrochen, dat sieht doch jeder!»

Mit diesen starken Worten lassen wir die gastliche Stätte und die kreidebleiche Brille hinter uns. *Sie hat mich mit einem gebrochenen Bein Treppen steigen lassen!* Über Herrn Bräutigams ölverschmierte Schulter werfe ich ihr mit schmerzverzerrten Zügen einen Blick zu, der sie, sollten meine Wünsche in Erfüllung gehen, ihr Leben lang verfolgen wird.

Der tatkräftige Herr Bräutigam fährt mich erst mal nach Honnef, Rhöndorfs Nachbargemeinde, zum Friseur. Dort taucht eine lockenwicklergespickte Hedi unter der Trockenhaube hervor und hastet mit wehendem Frisierumhang zu uns in den Wagen. Ich schmiege mich an sie, glücklich, endlich in behüteten Verhältnissen zu sein. Wer weiß denn schon, ob Herrn Bräutigams knallharte Sofortdiagnose auch der Wahrheit entspricht? Und so sitzen wir im Orthopädenwartezimmer, ich vergrabe mein Gesicht in Hedis Frisierumhang, um mich vor den mitleidigen Blicken der übrigen Patienten zu verbergen, und bete, meinem Schicksal doch noch zu entgehen.

Wir verlassen die Arztpraxis gemeinsam mit einem tonnenschweren, bis zur Hüfte gipsverpackten Bein.

Die am folgenden Tag einsetzenden Sommerferien verbringe ich dann mit der kontemplativen Betrachtung des grünen Laubdachs, das sich über mir spannt, während ich im Liegestuhl das Bein hochlege, verzweifelt mit einem chinesischen Rückenkratzer darin herumstochere und dabei dem begeisterten Quietschen und Kreischen sämtlicher verfügbarer Nachbarskinder, Cousinen und Cousins lausche, die sich bei saharaheißen Temperaturen auf Hedis Einladung hin in unserem Swimmingpool vergnügen. Seufzend blättere ich zum x-ten Mal lustlos dasselbe Comicheft durch und betrachte die bunten Mickymaus-Figuren, die Hedi mir zur Ermunterung auf den Gips gemalt hat. Sie meint es gut. Ich weiß. Ich bin stolz und gerührt und zeige am ersten Tag allen, was ich für ein tolles Gipsbein habe und wie großartig meine Mami malen kann. Ich fühle mich irrsinnig interessant. Ungefähr einen Tag lang. Danach juckt es dann. Acht Wochen lang. Danke, Theo.

Nach den Sommerferien, pünktlich zum Schulbeginn, kommt der Gips ab. Das Bein ist irrsinnig dünn, und ich werde von der Vorstellung geplagt, dass es absolut nie wieder Normalformat annehmen wird. Goodbye, Cary Grant, als Krüppel wirst du mich wohl nicht nehmen wollen. Aus irgendeinem Grund entwickeln sich jedoch nach einiger Zeit spärliche Muskeln, und ich kann wieder Hoffnung schöpfen. Das verdanke ich wahrscheinlich nicht zuletzt meinen morgendlichen Spurts zur Schule. Das

Frühstücksritual ist mir nämlich erhalten geblieben und somit auch meine Tendenz zum Versäumnis des Schulbeginns.

Jeden Morgen, den ich nicht damit beschäftigt bin, meinen eigenen Rekord zu brechen, hole ich Geli zu Hause ab. Nach Unterrichtsschluss traben wir gemeinsam nach Hause. Hin und wieder, wenn die Zeit es erlaubt, statten wir dem kleinen Rewe-Laden auf unserem Weg einen Besuch ab und gehen «englisch einkaufen», wie Geli es vornehm bezeichnet. Damit meint sie klauen, und es ist schon erstaunlich, wie ausgerechnet Geli, ein Muster an Tugend und Ehrlichkeit, solche Ausdrücke und ihre Anwendung beherrscht. Auf ewig bleibt mir ein Rätsel, was die Engländer damit zu tun haben, basierend auf Gelis überzeugender Darstellung halte ich sie jedenfalls für weltweit anerkannte Vorbilder im unrechtmäßigen Erwerb begehrter Waren. Ich bin sicher, sie hätten ihre helle Freude an uns, wir sind klassische Naturbegabungen. Eine lenkt den ahnungslos freundlichen Herrn Heinen an der Kasse ab, die andere sackt ein. Aus den Schubfächern voller Lakritzen, Gummibärchen und Dauerlutschern schöpfen wir aus dem Vollen in unsere Taschen. Ich mag kein Lakritz, Geli liebt es. Ich dagegen bin süchtig nach kleinen Gummifläschchen mit dem typischen Coca-Cola-Geschmack, denn Cola ist zu Hause streng verboten. Wenn ich dran bin mit Abräumen, fällt die Ausbeute an Salmis und Lakritzen entsprechend mager aus, während der Berg der Cola-Fläschchen meine Taschen bis zu den Kniekehlen runterzieht. Es ist kaum anzunehmen, dass dem wackeren Kaufmann unsere Geschäftigkeit entgeht, aber entweder hat er ein Einsehen in die Notwendigkeit gewisser Kindheitsverbrechen, oder er ist tatsächlich so dämlich, dass er blind wie ein Maulwurf unsere ausgebeulten Klamotten, verklebten Hände und vor Gier bereits kauenden Münder übersieht, als wir uns mit irgendeinem Alibikauf bewaffnet an ihm vorbeischleichen. Auf dem Nachhauseweg hauen wir uns den Magen voll. Während sich in meinem Mund kloßartig unzählige Colaflaschen klumpen, zieht Geli neben mir genüsslich die zwei Strippen ihrer Lakritzschnecken, «Elefantenkacke» genannt, auseinander und schleudert sie in rasender Kreisbewegung immer wieder um ihren Zeigefinger, bis sie durch die Körperwärme endlich so herrlich weich und ausgeleiert und schmutzig geworden sind, dass man sie mit Genuss verzehren mag. Zu Hause angekommen, ist uns beiden todschlecht, mein Gaumen ist wund und brennt von all der Säure, den Geschmacksverstärkern und dem künstlichen Aroma, aber um nichts in der Welt möchte ich das herrliche Gefühl von spuckeschleimigen Colagummis auf meiner Zunge vermissen.

Spätestens am Samstagnachmittag bei unserer wöchentlichen Beichte treffen Geli und ich uns wieder. Dann enthüllen wir beschämt in Pastor Lemmers schrankartigem, verdunkeltem und übel riechendem Beichtstuhl, dass wir geklaut haben. Zur Strafe beten wir etwa vier Vaterunser, drei Gegrüßetseistdumaria und einen Rosenkranz. Am Montag gehen wir wieder zu Rewe. Es ist stärker als wir.

In Köln gibt es vier Witzfiguren: «Tünnes und Schäl», «dat Fritzchen» und «de Herr Pastor», Betonung auf der zweiten Silbe. Tünnes und Schäl bilden eine Einheit wie Dick und Doof, dat Fritzchen entspricht ungefähr der Hamburger «Klein Erna», und der Herr Pastor kann beliebig mit allen ansonsten feststehenden Größen kombiniert werden.

Diese unumstößliche Tatsache wirft einen deutlichen Schatten auf mein junges Leben, bestätigt sie doch die Kirche und den Klerus als festen Bestandteil meines Alltags. Es ist einfach nicht vorstellbar, dass in der prallen Erzdiözese Köln mit dem monströsen Dom und ihren Ausläufern ins benachbarte Umland noch irgendeine andere Glaubensrichtung Luft bekäme als der Katholizismus. Ich werde in einem katholischen Krankenhaus in Köln-Lindenthal geboren. Großmutter Mathilde hat das Privileg, mich über das krankenhauseigene Taufbecken zu halten, während Omi Änne die riesige Taufkerze stemmen darf. Meine erste Bekanntschaft mit den Ritualen der christlichen Lehre ist der Grundstein zu all dem Brimborium, das im Laufe meines rheinischen Kinderlebens über mich hereinbricht.

Seit ich denken kann, bete ich. Morgens, mittags, abends, vor der Schule, in der Schule, in der Kirche, vor Angst, vor Dankbarkeit, mit Grund und prophylaktisch. Lieber Gott, mach mich fromm, dass ich in den Himmel komm, Amen. Müde bin ich, geh zur Ruh, schließe beide Augen zu, Vater, lass die Augen dein über meinem Bette sein, Amen … und beschütze meine Mami (welche, lasse ich sicherheitshalber offen), meinen Papi, Omi und Opi, Tante Agnes, Onkel Henry, die Hunde … usw. Unter Zeugen, Hedi oder Weißhaube, je nachdem, muss ich mächtig aufpassen, niemanden zu vergessen. Natürlich ist auch die Reihenfolge der Genannten von ungeheuer subtiler Bedeutung, denn wie leicht können daraus Rückschlüsse auf meine wahren Sympathien und Abneigungen gezogen werden! Höchste Diplomatie und Konzentration sind gefordert. Bei Gelingen sind alle zufrieden: Hedi, Weißhauben, Gott und ich auch.

Richtig schwierig wird das Ganze aber erst, als die Sünde ins Spiel kommt. Leider kommt sie ziemlich schnell, ich bin mal gerade so eben im Besitz von Sprache und Verstand, da konfrontiert man mich mit der grausamen Wahrheit.

Soweit ich verstehe, verhält es sich so: Der liebe Gott sieht alles und davon einiges gar nicht gern. Zum Beispiel, wenn man sich nicht waschen lassen will, wenn man nicht pünktlich ins Bett geht, wenn man nicht isst wie ein Scheunendrescher, wenn man sich dreckig macht und heult, sobald einem Jod auf aufgeschlagene Knie gekippt wird, wenn man nicht gehorcht, wenn man frech ist, wenn man keinen Mittagsschlaf machen will, wenn man wenn man wenn man ... Ich fange an, mich zu fragen, wo denn die Lücken sind – wofür der liebe Gott sich eigentlich nicht interessiert. Leider wird relativ schnell klar, dass es sich um eine einigermaßen flächendeckende göttliche Maßnahme handelt, und zweifelsfrei ist das Entdecken von «Sünde» eine seiner Lieblingsbeschäftigungen. Aha. Was aber heißt das jetzt, außer, dass man es nicht tun soll? Es gäbe ja immerhin die Möglichkeit, sich einverstanden zu zeigen und ansonsten weiterhin lustig vor sich hin zu sündigen. Eine Lösung, die vor allem Angehörige des katholischen Glaubens frühzeitig für sich entdeckt haben, wie sich später – zu spät für mich! – herausstellt. Zunächst wird mir unmissverständlich klargemacht, dass derlei Ausweichmanöver für mich absolut nicht infrage kommen.

Erstens bedeutet «Sünde» nämlich auch zugleich Strafe. Ich lerne, dass Gott so eine Art Plus- und Minus-Konto hat, auf dem er immer mal wieder Kassensturz macht. Und wenn man zu sehr im Minus ist, dann kommt man nicht in den Himmel, wenn man stirbt. Und sterben kann man schließlich jederzeit. Auch das ist Bestandteil eines wahren Christenlebens: Der Tod lauert an jeder Ecke, und man hat gefälligst vorbereitet zu sein. Am besten täglich frisch gebeichtet, so wie man sich morgens die Zähne putzt. Ich stehe sowohl mit dem einen als auch mit dem anderen auf Kriegsfuß.

Zweitens eignet sich die «Sünde» ganz prima als Erziehungsregulativ, denn sobald bei meiner Bestrafung die Argumente ausgehen, gibt es ja Gott sei Dank immer noch die Sünde, und man hat den allerbesten Grund, sich schon mal stellvertretend für den lieben Gott in die Arbeit zu stürzen. Wie ich es auch drehe und wende, die Sache ist absolut wasserdicht und bombenfest. Gott ist auf ihrer Seite.

Als eine Art psychopathologische Reaktion entwickle ich daraufhin Schübe von «Gutsein-Wollen» und lebe wie eine Nonne. Ich komme mir irrsinnig rein vor und kann vor Heiligkeit kaum laufen. Ich bewege mich, als liefe ich auf Schienen, und habe innerlich sozusagen permanent die Hände zum Gebet gefaltet, ein leutseliges, alles verstehendes Lächeln umspielt meine Lippen, und aus lauter Barmherzigkeit gegenüber den mich umgebenden – wenn auch schuldlos – Nichtswürdigen wachsen mir beinah Flügelhauben. Dieser Zustand dauert ungefähr einen Tag. Am nächsten Morgen bin ich dann in einer derart aggressiven Stimmung, dass ich auf der Stelle die schwärzesten Sünden überhaupt begehe.

So richtig bewusst wird mir der unbarmherzig gegen mich geführte Glaubenskrieg aber erst mit meinem Eintritt in die Schule. Jeden Donnerstagmorgen verschlafen wir, noch vor den zahllosen folgenden Schulgebeten und Katechismuslehren, die erste Stunde im Kindergottesdienst. Mal ganz davon abgesehen, dass ich morgens um acht ohnehin noch im Koma liege, mein Körper zwar anwesend ist, mein Geist hingegen in seltsamen Schleifen durch dunkle Welten mäandert, bin ich einfach nicht in der Lage, mich auch nur annähernd aufrecht in einer Kirchenbank zu halten, geschweige denn all das Aufstehen, Hinknien, Andächtigsein und Singen (Morgens! Winter! Kalt!) einigermaßen vorschriftsmäßig hinzukriegen. Regelmäßig ist dies einer jener seltenen Augenblicke, in denen ich meinem Schöpfer danke, dass er mich doch zum Mädchen gemacht hat, denn Mädchen werden nicht Messdiener. Ha! Das Einzige, was mich an unzähligen kalten Wintermorgen in der steinklammen Kirche wärmt, sind die wohligen Wellen süßer Rache, die mich angesichts der widerwilligen, verlogenen Andacht durchströmen, mit der Eddi Küppers und Theo Schulz Pastor Lemmers den jeweils gerade benötigten Fetisch reichen.

Pastor Lemmers ist eine dörfliche Institution und hat einen Stimmbandschaden. Der Mangel an Lautstärke wird durch die ungeheure Intensität seiner geflüstert von der Kanzel geschleuderten Predigten kompensiert, wobei zugegebenermaßen die überzeugende Wucht auf der Strecke bleibt. Von Gottes ergebener Schafherde in den Bänken vor ihm erfordert sein Vortrag eine gewisse Mitarbeit. Wir, seine Gemeinde, tragen letztlich zum Gelingen seiner Anstrengungen bei, wir sind es, die ihm volle Befriedigung bei seiner Aufgabe, uns zu läutern und zu bekehren, zuteil werden lassen, die ihm den Eintritt in die Gefilde ewiger Seligkeit ermöglichen und somit sein Seelenheil befördern. Zumindest sollte es so sein. Was Geli, mich und den Rest der zu rettenden Kinderseelen betrifft, stößt seine Bemühung nicht eben auf begeisterte Gegenliebe. Während der örtliche Stellvertreter Gottes auf der Kanzel hoch über unseren Kinderbänken verzweifelt bemüht ist, sich Gehör zu verschaffen, beschäftigen wir uns unten hingebungsvoll mit der ästhetischen Bewertung und dem regen Austausch bunter Heiligenbilder. Mein einziger Trost, der mir über zähe Stunden heiserer Beschwörungen hinweghilft, sind die ungezählten Jünger, Märtyrer und sonstigen Heiligen sämtlicher verfügbarer alter und neuer Testamente. Sicher wäre ich für mein zukünftiges Leben gefestigt und für den Schoß der Kirche gerettet worden, hätte ich Pastor Lemmers' eindringlich hingehauchte Worte nur erhört.

Wir erhören sie aber nicht, sondern sind vollkommen damit beschäftigt, zwei wunderschön verzückt aussehende schmerzensreiche Mütter Gottes gegen einen spektakulär Gekreuzigten zu handeln. Geli möchte wenigstens eine tränenumflorte Maria gern behalten, ich will aber beide gegen meinen Christus. Klar, dass der Mann in diesem Geschäft mehr wert ist, schließlich müssen wir seinetwegen kostbare Stunden auf harten Kirchenbänken abreißen. Heimlich gefällt mir aber die Muttergottes viel besser, eigentlich geht es ohnehin nur darum, wer die schöneren Klamotten trägt, und da liegt sie ungeschlagen weit vorn. Sie ist immer in einen blauen, weiten Mantel gehüllt, entweder mit einem roten, manchmal mit einem weißen Kleid darunter, während Christus phantasielos immer nur langweilige weite weiße Schlabbergewänder oder einen Lendenschurz an seinem ausgemergelten, äußerst unattraktiven Körper zu bieten hat. Heiligenscheine haben sie natürlich alle, und wenn es hart auf hart kommt, gibt deren Styling letztlich den Ausschlag.

Leider hat Pastor Lemmers für unsere Leidenschaft nichts übrig. Er schickt drohende Blicke in unsere Richtung, wir senken die Köpfe und tun, als wären wir andächtig. Sind wir auch, denn unter der Ablage für die Gebetbücher floriert der Handel weiter. Das geht besonders gut im Knien. Obwohl wir Knien natürlich alle hassen wie die Pest, jetzt kommt es uns nicht ungelegen. Eine gewisse Geräuschentwicklung lässt sich bei unseren Tauschgeschäften allerdings nicht vermeiden, und unser krampfhaftes Flüstern übertönt kraft unserer sehr gesunden Stimmbänder das irritierend störende Säuseln, das oben von der Kanzel dringt. Und so kommt es, dass ich eines schönen Sonntags im Hochamt unter den Augen meines Bundeskanzlers aus dem Gottesdienst geschmissen werde.

Geli und ich sind völlig versunken in eine Darstellung vom Abendmahl, auf der die komplette Jüngertruppe mit Christus in der Mitte versammelt ist. Die Kostbarkeit befindet sich dank einer kürzlich günstigen Gelegenheit bei den Schwestern Marcks in meinem Besitz, dafür hat Geli eine Muttergottes, der man sogar echten Goldglimmer auf ihren beeindruckenden Heiligenschein gestreut hat. Zwischen uns entbrennt über die Frage der angemessenen Werteinschätzung unserer Heiligtümer eine in heftigem Flüsterton geführte Debatte. Die anwesende Gemeinde steht bereits kurz vor der Spaltung in zwei sekundierende Lager, als ich plötzlich unvermittelt meinen Namen aus der einschläfernden Litanei von der Kanzel tropfen höre. Der liebe Gott sieht alles. Und wenn nicht er, so doch sein Statthalter. Und der verfolgt seine Aufgabe mit heiligem Ernst. Pastor Lemmers schwebt wie ein Rächer des Himmels über mir, weist mit ausgestrecktem Arm auf mich und Geli und röchelt uns seinen heiseren, nichtsdestoweniger flammenden Schicksalsspruch entgegen: «Thea Joldmann und Angelika Pütz, isch weise eusch aus dem Hause Jottes, denn ihr seid nischt würdich, an Seiner Herrlischkeit teilzuhaben!»

Mit Köpfen so rot wie die japanische Nationalflagge schieben wir uns, eilig unsere Schätze zusammenraffend, auf den Mittelgang. Neben mir kichert Ralf, unser Klassenbester, in den Geli, Marietta aus der Zweiten und eigentlich auch alle anderen Mädchen verknallt sind. Welch eine Demütigung! Außerdem müssen wir aufpassen, dass wir noch schnell wirklich alle Bildchen auf der glatten Gebetbuchablage zu fassen kriegen, denn ich kann sehen, dass ein paar andere Kinder, die auch die Sonntagsfron erleiden müssen, schon wie die Geier auf ihren Kniebänken hängen, bereit, sofort einen Raubzug zu starten. Nur das Kratzen meiner zu kurzen Fingernägel bei dem verzweifelten Versuch, das Abendmahl von der klebrigen Holzoberfläche zu retten, durchdringt die erwartungsvolle Stille; es klappt nicht, es reißt durch, und mein hoffnungsvolles Tauschgeschäft mit Geli ist geplatzt. Ich stoße innerlich die unglaublichsten und allersündhaftesten Verwünschungen gegen Pastor Lemmers hervor, die ich mir nur vorstellen kann. Währenddessen schleichen wir mit gesenkten Häuptern den ganzen Weg von der ersten bis zur letzten Reihe an allen Bänken entlang zum Ausgang. Dabei passieren wir eine wie in einem Museum mit roter Kordel abgehängte Bank. Die Kordel trennt den Zugang vom Mittelgang her ab, und bei der vor allzu viel Nähe zu schützenden Kostbarkeit handelt es sich um den Mann, der sich Bundeskanzler nennt und bei dessen Parlamentsreden ich mich abends langweile, wenn mein Vater im Fernsehen die Nachrichten sieht. Ich finde ihn furchtbar hässlich und sehr alt. Er hat einen flachen Kopf, so als hätte ihn jemand von vorne im Gesicht voll mit einer Bratpfanne erwischt, und seine Haut ist voller großer

Sommersprossen, die man, so erfahre ich einmal auf meine Nachfrage hin, Altersflecken nennt. Er hat Schlitzaugen wie ein Kaukasier und sieht krank aus, irgendwie gelb. Dazu kommt seine schleppende, furchtbar breite rheinische Sprache. Ich öde mich zu Tode, wenn er spricht, weil er für alles so lange braucht, leider auch für das Rausgehen aus der Kirche, sonntags, wenn die Messe vorbei ist.

Wenn wir nämlich nicht gerade aus der Kirche fliegen – und im Allgemeinen müssen wir bis zum Schluss aushalten –, dann müssen alle versammelten Lämmer Gottes so lange warten, bis er endlich durch den Mittelgang zum Portal schreitet, worauf auch das einfache Fußvolk sich in Bewegung setzen darf. Draußen setzt er dann mit einem kurzen Ruck und der Neigung seines flachen Schädels seinen Hut auf, nur, um ihn sofort wieder abzunehmen und damit wie ein Großgrundbesitzer die Schar seiner Leibeigenen zu grüßen, die ihn bereits zur Huldigung erwarten. Während dieser publikumswirksamen allsonntäglichen Aktion verstopft er die Kirchentreppe in die Freiheit, sodass die Schar der Gläubigen hinter ihm endlos lange warten muss, bis die Ovationen ein Ende nehmen und er den Weg freimacht.

Natürlich haben Geli und ich keine Ahnung von Politik. Bei uns zu Hause wird vom Bundeskanzler nur als von «dem Alten» gesprochen. Der Alte sitzt in seinem Haus oben auf einem Hügel, einem Ausläufer des Siebengebirges, wir sitzen unten, nahe beim Rhein. Mein Vater und er sind sich aus irgendeiner unergründlichen Ursache spinnefeind. Der Höhepunkt der gereizten Stimmung zwischen den beiden Kontrahenten besteht darin, dass der Alte sich eines Tages über die Farbe unserer Fabrikgebäude beschwert, sie ist ihm zu stark, zu sichtbar, zu deutlich – kurzum, sie stört sein ästhetisches Empfinden. Mein Vater tobt. Mir ist das alles herzlich egal, ich wäre schon dankbar, wenn er uns sonntags schneller aus der Kirche ließe.

Im Augenblick jedoch haben Geli und ich das zweifelhafte

Vergnügen, die Messe vorzeitig verlassen zu dürfen. Als wir uns endlich an Bundeskanzler, neugieriger Gemeinde und Weihwasserkesseln vorbei und durch die schwere Kirchentür gekämpft haben, stolpern wir hastig die Steintreppen hinunter und brechen erst mal in krampfhaftes Kichern aus, nicht wissend, ob wir die Freiheit genießen oder schon mal vorsorglich ein bisschen für den kommenden Samstag und die zu entrichtende Beichte üben sollen. Bei der folgenden Spontananalyse des Geschehenen erkennen wir dann allerdings mit Schrecken und Ernüchterung, dass in nächster Zeit die Gefahr ebenso spontanen Auftauchens von Pastor Lemmers bei unseren ahnungslosen Eltern dräut, und verdrängen diesen schockierenden Gedanken zugunsten eines kleinen vorgezogenen Einkaufstrips bei den Schwestern Marcks. Unsere Heiligenbildbestände haben ziemlich gelitten, die Verlustliste ist lang. Und mein Vater wartet auf die Bild am Sonntag.

Ein paar Tage später komme ich in aller Ahnungslosigkeit aus der Schule nach Hause und entdecke zu meiner Erschütterung durch die zum Wohnzimmer hin offene Dielentür Pastor Lemmers auf dem Sofa, heftig flüsternd, Tee schlürfend und Gebäck mümmelnd. Bevor ich noch meine zitternden Glieder heimlich aus der Gefahrenzone lenken kann, werde ich von Hedi mit schneidender Stimme – «Thea, du, komm amal her …!» – ins Zentrum der Gemütlichkeit beordert, und mit stotternden Bewegungen nähere ich mich der erfreuten Geistlichkeit. Es folgt eine langwierige und eindringliche Beschreibung der Vorfälle, in deren Verlauf deutlich wird, dass sich mein Frevel überhaupt nur durch künftigen exzessiven Kirchenbesuch wieder gutmachen lässt. Ich fühle mich augenblicklich wie ein Opfer der spanischen Inquisition und ihrer ausgeklügelten Foltermethoden. Meine Eltern schicken mich zur Strafe einen ganzen Monat lang jeden Tag in die Messe! Du lieber Gott. Das Ende ist nah. Pastor

Lemmers strahlt. So wunderbar hat er sich schon lange nicht mehr gefühlt! Wäre er allerdings in der Lage, meine innerlich ausgesprochenen Verwünschungen zu hören, wäre ich in seinen Augen drauf und dran, in der Hölle zu braten.

Das alles geschieht im Marienwonnemonat Mai, eine rheinische Erfindung, ähnlich wie Sauerbraten. Am Abend starre ich hypnotisch auf meinen Marienaltar: Genau gegenüber meinem Bett strahlt auf einem Tischchen eine selbstleuchtende Madonna von wahrhaft brasilianischem Format. Um sie herum Maiglöckchen, elektrische kleine Kerzen, aller mögliche Sakralkitsch. Ich schicke ein inbrünstiges Gebet hinauf zur Mutter des Gekreuzigten, hoffend, dass sie mich erhört: «Liebe Muttergottes, mach, dass Pastor Lemmers bald stirbt, mach wenigstens, dass er furchtbar krank wird. Dann muss ich nicht zur Kirche gehen. Danke. Amen.»

Eine ähnliche Begeisterung wie für den sonntäglichen Kirchgang hege ich für den schulischen Handarbeitsunterricht. Ich hasse es, mit irgendwelchen Stofflappen, Nadel und Faden und am Ende gar mit Stricknadeln hantieren zu müssen. Wolle verknäult sich unter meinen Händen unentwirrbar zu filzigen Klumpen, Stopfnadeln stechen in mein Fleisch, gehäkelte Topflappen bilden statt säuberlicher Vierecke schiefe Rauten, und Stickereien auf Stramin verziehen sich zu undefinierbaren Formen. Nur ein Tag, ein einziger glorreicher Tag, bleibt in mein Gedächtnis eingegraben als mein ganz persönlicher Sieg über die wöchentlich wiederkehrende Folter, der Tag, an dem auch unserem kleinen, aber reizenden Örtchen endlich all die Bedeutung widerfährt, die ihm immer schon zustand.

An jenem Tag müssen wir Mädchen (!) wie immer den Weg in die Schule antreten, um von Fräulein Peikert sensibel in die Geheimnisse wahrer Weiblichkeit und zukünftiger Haushaltsführung eingeweiht zu werden. Ich stapfe also lustlos die Dorfstraße entlang, mein Handarbeitsbeutel voller Wolle, Stofflappen und Häkelnadeln, ein Geschenk von Omi Änne, schlenkert an meinem Handgelenk, und ich werde mit jedem Schritt depressiver. Ausgerechnet heute ist Geli nicht bei mir, sie ist krank. Das hebt nicht gerade meine Stimmung. Als ich auf dem Schulhof eintreffe, ist er verwaist. Ich staune. Habe ich mich im Tag geirrt? In der hintersten Ecke kickt einer der Dorfjungs lustlos einen schlappen Fußball gegen die Backsteinmauer. Ich habe Angst vor ihm, er ist ein Kumpel von Theo und Eddi und geht normalerweise sofort auf mich los. Wenn er allein ist, hat er aber aus irgendeinem Grund Schiss vor mir und kriegt einen kriecherischen Ausdruck in den Augen. Ich fasse mir ein Herz, versuche den lächerlichen Handarbeitsbeutel hinter dem Rücken zu verstecken und schlendere auf ihn zu.

«Wo sind denn die anderen?»

Er kickt einfach weiter, er guckt nicht mal zu mir rüber.

«Der Alte is tot. Et is Dorftrauer.»

Ich verstehe nicht. Wer ist tot, wieso Dorftrauer? Plötzlich dämmert es mir. Natürlich! Der Alte! Juhuu!!!!! Endlich freie Bahn nach der Messe, kein Handarbeitsunterricht …! Meine Gedanken überschlagen sich in euphorischer Erwartung: Vielleicht werden wir ja im Gedenken an den tragischen Umstand, dass sein Tod ausgerechnet auf den Handarbeitstag fällt, jetzt nie wieder Handarbeitsunterricht haben! Vielleicht ist der Schmerz einfach zu groß? Ich tanze über den Schulhof, schwenke mein Beutelchen. Der Fußballer tippt sich an die Stirn und sieht mir fassungslos zu, wie ich mit einem weißen Kalkstein in großen, krakeligen Lettern quer über den asphaltierten Schulhof schreibe: DER ALTE IST TOT! Dann tanze ich nach Hause. Bei Geli vorbei. Stürme in ihre Küche.

«Geli, Geli, der Alte ist tot, der Handarbeitsunterricht ist ausgefallen!»

Frau Pütz ist schockiert.

«Aber Thea, wie kannste dich denn darübber so freuen …?»

Sie werden es nie begreifen, die Menschen, die keinen Handarbeitsunterricht haben.

Doch das Beeindruckendste kommt noch. Hubschraubergeschwader donnern in den folgenden Tagen über unser stilles Dorf hinweg. Busladungen voller Reporter und Fernsehteams überfluten die engen Gässchen. Der Waldfriedhof wird fast umgegraben, um dem Tross der Beileidstouristen den Weg zu bahnen. Über den Rhein schaukelt eine Fähre wie in einem Horrorfilm, beladen mit dem schwarz verhängten Sarg des Alten, bewacht von einer uniformierten Ehrengarde. Das Ganze landet schließlich in Königswinter, wabert weiter bis nach Rhöndorf und dort durch den Wald die enge Straße hinauf zum Friedhof. Pastor Lemmers ist seit Tagen in Hochstimmung. Wir Kinder haben schulfrei, aber bei der Beerdigung sollen wir nicht dabei sein. Ist auch besser so. Mein freudiges Gesicht hätte mir vermutlich nicht sehr viele Sympathien eingebracht.

Eine andere, dramatischere Beerdigungsfeier liegt gerade erst hinter uns. Ein Junge aus unserer Schule ist gestorben, wir haben alle keine rechte Ahnung, warum und wieso, er ist beziehungsweise war Italiener und hörte auf den exotischen Namen Mario. Trotz eindringlicher Bemühungen erfahren wir nichts Genaues über die Ursache seines Ablebens, und so hält sich hartnäckig das Gerücht, er habe zu viele unreife Kirschen gegessen. Daran stirbt man nämlich. So wird es uns jedenfalls häufig genug warnend vorgehalten. Ich nehme an, es handelt sich dabei um eine reine Präventivmaßnahme, um Plünderungen unseres Obstanbaugebiets durch die örtliche Jugend zu verhindern. Tief beeindruckt finden wir daraufhin alles in allem, dass Mario seiner gerechten Strafe zugeführt wurde. Das hat er nun davon, man soll eben nicht so gierig sein. Ich vermute inzwischen, der Gute starb an einem Blinddarmdurchbruch, denn am Abend vor seinem Tod war er noch quicklebendig.

Noch unter dem Eindruck dieses Ereignisses diskutieren wir nun also ernsthaft den Tod des Bundeskanzlers und seine Ursache, und Geli kommt zu einem ausgesprochen schwer anfechtbaren Ergebnis. «Weißt du, Thea, isch glaub, der hat zu viel unreifet Obst jejessen ...»

Bleibt nur noch zu erwähnen, dass mein Vater mit seinem Erzfeind der frühen Rhöndorfer Jahre spätestens im Tod vereint wird. Sie liegen einträchtig und nicht weit voneinander entfernt auf demselben Waldfriedhof. Mein Vater erhält genauso viel Besuch wie der Alte, denn alle, die zu Adenauers Grab pilgern, müssen erst an ihm vorbei. Späte Rache.

Mein an glanzvollen Höhepunkten, wie beispielsweise Staatsbegräbnissen, eher armer Alltag wird alljährlich durch eine sommerliche Urlaubsunterbrechung belebt. Nachdem meine Eltern entdeckt haben, dass es viel schöner ist, ohne das eigene Kind in die Ferien zu fahren und es stattdessen in sicherer Distanz anderweitig unterzubringen, erdulde ich Wochen entspannter Erholung mit Verena und Wibke und ihrem Kindermädchen Gerlinde an der gesunden Seeluft. Die verschiedenen Aufenthalte führen von Timmendorf über Travemünde nach Baltrum, der kleinsten der ostfriesischen Inseln. Auf diesem Kleinod der Meere geben wir uns jeden Sommer von neuem ein Stelldichein, dort verbringen wir mindestens sieben unserer großen Ferien, wohnen im Strandhotel Jensen (dem «ersten Haus am Platz»), bauen Sandburgen um unsere Strandkörbe, schlagen uns dabei mit den Schaufeln die Schädel ein und versuchen uns beim gemeinsamen Bad im eiskalten Nordseewasser gegenseitig zu ertränken. Den Rest der Zeit schlagen wir mit Streiten, Petzen und Strandgymnastik bei Tante Marianne tot.

Tante Marianne ist überhaupt niemandes Tante, wird aber konsequent von allen so genannt. Euphorie herrscht am Tag ihrer Ankunft auf der Insel, tiefe Niedergeschlagenheit zum Zeitpunkt ihrer Abreise. Man wähnt sich auf Hawaii, umringt von sanften, singenden Mädchen mit Blumenkränzen, und doch ist es nur die kleine Frieseninsel Baltrum, die ihre Ikone, Marianne aus Iserlohn, in allen Ehren begrüßt und verabschiedet. Taschentücher werden geschwenkt, Lieder gesungen, Harmonikas geblasen, Freude und Trauer kennen keine Grenzen.

Tante Marianne ist eine Institution. Sie hat ein Akkordeon, auf dem sie gerne lustige Volkslieder spielt, und alle, alle dürfen dazu singen. Gegen zehn Uhr morgens versammeln sich die unerschrockenen Urlauber am klammen Nordseestrand, fröstelnd in der sommerlich-frischen Brise und sportlich gewandet. Tante Marianne inklusive Akkordeon thront auf einem Podest, von dem herab jetzt fröhlich-rhythmische Weisen und Kommandos schallen, nach denen wir unsere Glieder verrenken. Ihr zuliebe schwinge ich Arme und Beine und breche mir beinahe das Rückgrat, denn wer eine Übung besonders gut kann, der darf nach oben und sie vormachen. Von dieser Ehre kann man mindestens eine Woche lang zehren. Leider liegt die Dehnungsgrenze meiner Bänder bei ungefähr zwei Millimetern. Dafür kann ich beim anschließenden Liedersingen meinen Rückstand wieder wettmachen und schmettere aus voller Kehle:

«C-a-f-f-e-e, trink nicht so viehiel Kahaffeee ...», oder: «Wooo die bun-ten Faaahnen we-hen, ziieeht der Wind wohl übers Meer ...»

Wir lieben Tante Marianne.

Abends geben wir uns ein Stelldichein zum «Dünensingen», wo Familienväter in Friesennerz und braunen Sandalen über weißen Socken ihren Sprösslingen zeigen, was wahre Pfadfinderromantik ist. Zum Beispiel, wenn man bei lebendigem Leib von Nordseemoskitos gefressen wird. Doch wenn Tante Marianne in die Akkordeonknöpfe greift, schlägt das Herz des Naturliebhabers höher. Am nächsten Tag zählen wir dann unsere Mückenstiche. Wer die meisten vorweisen kann, hat natürlich gewonnen.

Aber auch für die Liebhaber der modernen Unterhaltung ist gesorgt. Im Strandhotel Jensen geben sich die Berühmtheiten der Schlagerbranche auf ihrer sommerlichen Inseltournee die Klinke in die Hand. Tagelang vor einem Auftritt sind wir schon außer Rand und Band, den Grad der Aufgeregtheit bestimmt das Temperament. Verena zeigt sich stoisch unbeeindruckt vom Glanz bevorstehender Ereignisse, ich dagegen stehe kurz vorm Herzinfarkt. Wibke und ich streiten uns über die Sitzordnung und können uns nicht entscheiden, was wir anziehen werden. Denn schick sein, das ist unabdingbar. Am Tag X wirft sich die dankbare Urlauberschar in Schale und lauscht hingerissen den schmalzigen Weisen von Gus Backus und Dörthe, Rex Gildo, Roy Black und Roberto Blanco. Wir auch.

Der Rest der meist verregneten Zeit ist angefüllt mit der Lektüre so genannter Mädchenbücher, ganz oben auf der Liste stehen «Hanni und Nanni», die unglaublich perfekten Zwillingsschwestern, die sich ständig als großmütige Retterinnen einer stets aufs Neue gefährdeten Internatsgemeinschaft erweisen. Die Mädels richten einfach alles. Sie sind verständnisvoll, aber auch mal streng, wenn es darauf ankommt. Ausbunde an Tugend und von allen geliebt. So möchte ich sein! Verena dagegen liest nur Pferdebücher und entwickelt dabei sowohl in Statur als auch mental eine gewisse Ähnlichkeit mit den Objekten ihrer Sympathie. Ihre physische Entwicklung wird allerdings im Allgemeinen voller Zufriedenheit zur Kenntnis genommen, vollzieht Verena doch etwa im Alter von zehn Jahren umstandslos und kontinuierlich eine rasante Entwicklung vom Kind zur Frau. Zu meinem großen Neidwesen wachsen ihr Brüste von atomarem Umfang, die einen solch starken Eindruck bei mir hinterlassen, dass dies zu Augenblicken höchster sexueller Erregung führt. Wibke ist demgegenüber mit herzerfrischender Ahnungslosigkeit ausgestattet, sodass Verena und ich uns in frühen Teenagerjahren ganz alleine wilden Spielen hingeben dürfen.

Nach vier meist verregneten Ferienwochen ist Schluss mit unseren nächtlichen Ausschweifungen im Dreibettzimmer. Hinter mir liegen zahllose Keilereien mit Wibke, reichlich Ohrfeigen und Strafaktionen von Gerlinde, zertrampelte Strandburgen und der erneut gescheiterte Versuch, mich das Schwimmen zu lehren. Ich kehre schließlich – sportlich gesehen noch immer unverrichteter Dinge, dafür aber anderweitig umso gereifter – nach Hause zurück.

Meine Schulkarriere schreitet voran. Nachdem ich die Attacken meiner Mitschüler, Handarbeitsunterricht bei Fräulein Peikert und gemeinsam mit Geli meine beeindruckende Erstkommunion erfolgreich und ohne weitere körperliche Schäden überstanden habe, gilt es eine adäquate Fortsetzung meiner geistigen Erziehung zu garantieren. Als ich erfahre, was die Zukunft mir bringen wird, entwickle ich auf der Stelle sentimentale Gefühle, eingedenk der schönen Zeit, als wir nachmittags in unserem Klassenzimmer bei Pastor Lemmers den Katechismus und das Credo pauken durften, Eddi Küppers wie so oft schwänzte und von draußen immer mal wieder übrig gebliebene Silvesterböller durch den Briefkastenschlitz ins Schulgebäude schmiss. Das war klasse. Das kommt nicht wieder. Denn da, wo meine besorgten Eltern mich hinzuschicken gedenken, da gibt es keine Eddi Küppers und auch keine Theo Schulz. Es gibt noch nicht mal Streber wie Ralfi. Es gibt nämlich gar keine Jungs. Und obwohl ich im Allgemeinen gut auf sie verzichten kann, auf ihr blödes Geprügel und Getue, ewig müssen sie Krach machen und um sich hauen und treten … nun ja, irgendwie ist mir unterschwellig bewusst, dass der Besuch einer reinen Mädchenschule bei Franziskanernonnen vielleicht doch nur der halbe Spaß ist.

Die eigentliche Katastrophe besteht aber in der Trennung von Geli. Es ist der Anfang vom Ende, meine Welt bricht in Stücke. Wir waren zusammen vom ersten Augenblick unserer

Schulzeit, getrennt nur im Schlaf und während der Ferien, und jetzt ist alles vorbei. Geli radelt jetzt jeden Morgen nach Königswinter, auf die andere Seite des Drachenfelses. Ich gehe zum Gymnasium Nonnenwerth, zwischen Honnef und Remagen. Eine Art frommer Gulag für Mädchen. Ich bin ziemlich fertig.

Viertel vor sieben. Hastiges Frühstück, Prozedur bekannt. Ich befinde mich wie immer im Zustand des Wachkomas aus Gründen schleppend beginnender Kreislauftätigkeit. Die Liebfraueninsel Nonnenwerth besteht – wie der Name schon vermuten lässt – aus einem kleinen Stückchen sandigen Landes, umtost von den schmutzigen Wassern des Rheins, und wie das bei Inseln so ist, kann man sie nur mit einem Boot erreichen. Unsere Barkasse, gesteuert vom muffigsten Kapitän in der Geschichte der Binnenschifffahrt, schaukelt jeden Morgen aus Königswinter den Rhein herauf und setzt insgesamt dreimal vom Grafenwerther Ufer hinüber zu unserer Erziehungsanstalt. In dem Zeitraum zwischen 7.30 Uhr und 7.45 Uhr. Danach ist Schluss. Wer das letzte Boot nicht kriegt, dem bleibt nur schwimmen. Die nächsten vier Jahre meines Lebens verbringe ich in heilloser Panik. Nachts erwache ich schweißgebadet aus Albträumen, in denen sich ein Bootsheck neckisch auf den Wellen hüpfend den Rhein hinab uneinholbar von mir entfernt.

Meine Mitschülerinnen sind größtenteils brave Mädchen aus Bad Honnef. Die an Rhöndorf angrenzende Gemeinde hat Kurort-Status und ist darauf bedacht, den Siebengebirgstouristen und nach Heilquellen Dürstenden das Bild eines lustigen Weinbauernörtchens zu bieten. Aber auch von der anderen Rheinseite strömen Schülerinnen auf die fromme Insel. Der Rheinarm ist dort drüben schmaler, und so wird das Kleinod kurzerhand dem am anderen Ufer liegenden Bundesland Rheinland-Pfalz zugeschlagen. Das bringt mich in die idiotische Lage, in Nordrhein-Westfalen zu wohnen und in Rheinland-Pfalz zur Schule zu gehen. Damit habe ich Geli, die vernünftigerweise auf ihrer eigenen Rheinseite bleibt, endgültig verloren, denn jetzt haben wir nicht mal mehr die Ferien gemeinsam. Ein echter Schicksalsschlag.

Die Mädchen von der anderen Rheinseite, aus Remagen, Rolandseck und Oberwinter, sind noch braver als wir. Vor allem noch katholischer. Das trifft sich insofern gut, als es sich bei meiner neuen Schule ja um ein von Nonnen betriebenes Unternehmen handelt. Wir beginnen folgerichtig jeden Tag mit einem herzerfrischenden Gebet. Anschließend danken wir «den guuuuuten Eltern», dass sie uns auf eine so feine Schule schicken. Meine Inbrunst ist nicht allzu groß, wenn es gilt, mich für dieses ungewollte Geschenk auch noch zu bedanken. Einstweilen ist die Lage aber, wie sie ist, und ich muss mich damit abfinden.

Mein Schulweg hat sich erheblich verlängert, mit Rennen ist die Sache morgens nicht mehr getan. Spätestens nach einem Kilometer geht mir die Luft aus, und ich drohe weiterer schulischer Unterweisung zu entgehen. Das führt zu der Entscheidung, den zuverlässigen Herrn Bräutigam mit meinem morgendlichen Transport zu beauftragen. Es ist dies die erwähnte Gelegenheit, bei der ich ihn als Frühstücksalkoholiker denunziere, weiß Gott, welcher Teufel mich reitet. Möglicherweise eine Gegenattacke gegen den dichten Zigarrenrauch, den er bereits vor Morgengrauen im Firmenopel zu verbreiten pflegt und dessen Schwaden mir das noch im Magen befindliche Restfrühstück die Speiseröhre hochtreiben. Da ich – Fahrer hin, Fahrer her – in jedem Fall auf den letzten Drücker am Zielort eintreffe, spurte ich über den Parkplatz zum Schiffsanleger und stolpere mit heraushängender Zunge die Gangway hinunter auf den ungeduldig tuckernden Kahn.

Mittags, nach der Schule, bin ich dann mir selbst überlassen, und egal, wie mein Transport sich gestaltet, es ist ein einsamer. Neiderfüllt schaue ich meinen Mitschülerinnen nach, wie sie ratschend und tratschend in kichernden Knäueln zusammengeklumpt nach Hause gehen. Schon an der ersten Rheinarmbrücke muss ich mich von ihnen trennen und, wenn mich keine mitfühlende Firmenfahrerseele abholt, mich mutterseelenallein der täglichen Herausforderung stellen. Auf den folgenden drei Kilometern nach Rhöndorf sind meine einzigen Begleiter ein paar Hühner, die bei meinem Anblick hysterisch gackernd am lang gestreckten Zaun ihres Hühnerhofes entlangrennen, und der Gestank der Kläranlage, dem ich anfänglich noch durch Beschleunigung zu entfliehen suche. Nach kurzer Zeit der wiederkehrenden Konfrontation mit den Düften der Unterwelt sind meine Geruchsorgane so betäubt, dass ich lächelnd durch einen Berg von Scheiße schreiten würde, und lediglich die etwa eine Million Nacktschnecken, die den ewig feuchten Schulweg säumen, rufen noch zartes Entsetzen in mir hervor. Ungezählt die schleimigen Viecher, auf denen ich ausglitsche oder die ich mit meinen Fahrradreifen zermantsche. Nach vier Jahren Schulweg entlang der Rheinuferniederungen gehe ich nur noch in gebückter Haltung, den Blick auf den Boden geheftet und Bocksprünge vollführend, wenn ich gerade noch rechtzeitig vor dem Drauftreten ein besonderes Prachtexemplar sichte. Um mich über all die Gefahren und Widrigkeiten des ewig gleichen Wegs hinwegzutrösten, stimme ich schließlich gern ein Liedchen an, was mich ausgesprochen gut in Schwung hält. Zu den lauthals und mit Inbrunst geschmetterten Zeilen von «Marmor, Stein und Eisen bricht» nach Drafi Deutscher oder auch «Ich sprenge alle Ketten» von Ricky Shane schreitet es sich gleich viel lockerer voran, und es löst die Stimmung, wenigstens so lange, bis ich beim Mittagessen sitze.

Ganz nebenbei werde ich die erste Türkin, die in unserem noch einigermaßen gastarbeiterfreien Raum auftaucht, und das kommt so: Als züchtige und tugendhafte Mädchen tragen alle Schülerinnen der Liebfraueninsel Nonnenwerth natürlich Röcke oder Kleider. Wie beneide ich Geli, die angetan mit feschen Cordhosen morgens nach Königswinter radelt! Ich quäle mich wie eh und je in kratzende Wollstrumpfhosen und verfluche den Tag, an dem ich geboren bin. Dennoch unterliegen wir, katholisch hin, katholisch her, dem Wechsel der Jahreszeiten. Einige unserer Eltern – nicht meine! – packt das Mitleid oder vielmehr die Sorge um unsere zukünftig doch hoffentlich gebärfreudigen Unterleibe, und es wird die Frage verhandelt, ob wir im Winter Hosen tragen dürfen. Angesichts der geballten Nonnenopposition ein wahrhaft heroisches Unternehmen, das ganzen Einsatz fordert. Das Ergebnis der unnachgiebig geführten Verhandlungen zeitigt einen gewaltigen Fortschritt: Wir dürfen künftig in Hosen zur Schule kommen – wenn wir einen Rock darüber tragen. Von nun an, ab etwa Mitte Oktober bis Ende März, bietet sich unserem tapferen Bootskapitän des Morgens ein beeindruckendes Bild. Zirka hundertzwanzig Mädchen im Alter zwischen neun und achtzehn Jahren, bekleidet mit Skihosen und weiten Röcken, Kopftüchern, Mützen und Schals, Handschuhen, warmen Mänteln und Jacken, entern seinen Kahn. Ankara am Rhein. Den früh aufstehenden Frischluftfanatikern unter den Kurgästen bleibt die Spucke weg. Vermutlich sind sie die Ersten, denen eine Ahnung davon zuteil wird, wie Deutschland ungefähr ein Jahrzehnt später aussehen wird. Uns ist das allerdings vollkommen schnuppe, wir sind hauptsächlich mit Frieren und der Abschrift nicht gemachter Hausaufgaben beschäftigt. Ein Versäumnis, dessen Wiedergutmachung bei schwankender Überfahrt allergrößte Nachteile mit sich bringt.

Zweimal im Jahr habe ich Blasenentzündung, Skihose hin oder her. Beim ersten Mal, im Frühjahr, haben wir Hochwasser. Das zweite Mal im Herbst herrscht Nebel. Der morgendliche Blick aus verschwiemelten Augen in die Natur vor meinem Fenster lässt besonders im November Hoffnung aufkeimen. Draußen schwadet es weißlich. Eigentlich könnte man ja jetzt zu Hause bleiben und frohgemut der weiteren Entwicklung harren, aber die Ansage lautet auf Antreten, komme, was wolle. Also machen wir uns wie immer vollzählig und müde auf den vernebelten Weg, um dann am Anleger das Ausbleiben unseres Christopherus festzustellen. Jetzt dürfen wir warten. Die gemütlich beim späten Frühstück im Warmen hockenden frommen Frauen haben freundlicherweise beschlossen, uns mindestens die ersten zwei Stunden vor Kälte klappern zu lassen – man denke, der Nebel könnte sich ja lichten, und zu meinem Entsetzen tut er das auch hin und wieder. Während wir also warten, schlottern wir um die Wette, spielen «Mutter, wie weit darf ich gehen», «Welche Farbe hat meine Fahne», «Wer hat Angst vorm Schwarzen Mann», «Himmel und Hölle», «Käsekästchen», «Gummitwist» und so weiter … Nachdem uns die Ideen und die Pausenbrote ausgegangen sind, sinkt die Stimmung irgendwann ins Bodenlose. Nie wieder in meinem Leben werde ich so frieren wie an den Gestaden des benebelten Rheinufers.

Wenn jedoch die Aussichtslosigkeit der Wetterlage schließlich nicht mehr zu leugnen ist, erlöst uns ein von der Insel tönendes Hornsignal und entlässt uns, klamm und fröstelnd, gnädig nach Hause. Manchmal aber, wenn die Nebelfront zerreißt, bricht Geschäftigkeit aus. Unser mürrischer Kapitän treibt uns missmutig zusammen und aufs Boot. Der Mann ist wirklich ewig schlecht gelaunt. Ich auch, nach zwei Stunden Rumstehen in der feuchten Kälte.

Hat sich die milchig-weiße Suppe erst einmal gelichtet, ist eigentlich alles so wie vorher. Abgesehen von der Friererei mag ich meine vernebelte Umgebung ganz gerne. Alles, was den Alltag anders aussehen lässt, ist mir ohnehin willkommen.

Das Frühjahrshochwasser bringt andere Begleiterscheinungen auf seinen Wellen. Unser Keller läuft voll. Mit schöner Regelmäßigkeit mindestens einmal im Jahr, manchmal zweimal. Dann waten wir beziehungsweise Friderike, Corazòn und eine schimpfende Hedi durch die feuchten Gelasse, die Mädchen retten ihre nasse Habe aus ihren Verliesen, und Hedi schnauzt die Betriebshandwerker an. Die pumpen und schaufeln nämlich nach besten Kräften die Fluten aus Vorratskammern und Waschküche. Anschließend kippen sie zum Aufsaugen eine Riesenladung Sägespäne auf die verbliebenen Pfützen, was endgültig zu einer fürchterlichen Sauerei führt, denn das Zeug klebt überall in schmutzigen Klumpen fest und ist ums Verrecken nicht mehr abzukriegen. Ebenso verstopft es die Abflüsse und Siele, die in den Waschküchenfußboden eingelassen sind, sodass in kürzester Zeit von unten fröhlich neues Grund- und Waschwasser zu uns nach oben gurgelt. Es ist ein echtes Erlebnis. Noch wochenlang stinken Friderikes und Corazòns Zimmer und sämtliche Kellerräume dumpf und faulig, und Hedi flucht – irgendwie selbst mir verständlich. «Des bleede Wasser! Jed's Jahr desselbe Spiel. Da wirst doch damisch!»

Sie wünscht sich heim in die Berge, zurück zu zuverlässigem bayrischen Steinschlag, Eiszapfen, Schneeschmelze und Erdrutschen. Mir ist alles recht. Hauptsache, es ist was los.

Abgesehen von aufregenden Ausflügen in die Welt der Naturkatastrophen bieten mir die «Lieben Frauen» auch weiterhin einige Abwechslung. Insbesondere in Gestalt unseres Klassenvorstands, Schwester Gunhilda, genannt Goofy. Sie ist etwa einen Meter fünfzig winzig und im Besitz einer enormen Hakennase und eines Klumpfußes. Ihr rumpelstilzchenhaftes Äußeres birgt dabei das liebenswürdigste und freundlichste Wesen, das man sich vorstellen kann. Daher fällt es uns einigermaßen schwer, ihr richtig böse zu sein, wenn sie morgens in den Klassenraum und aufs Katheder humpelt – was ihr immerhin Minimumhöhe und ein bisschen Autorität verleiht – und von dort aus ihre Spuckattacken startet. Wir haben nämlich das schwere Los, bei ihr die englische Sprache zu erlernen, und ihr größter Ehrgeiz besteht darin, uns mit der korrekten Aussprache des «Tie-Eitsch» vertraut zu machen. So schwebt sie denn also einen halben Zentimeter über den Köpfen der ersten Reihe, fixiert uns mit Adlerblick, klemmt die Zunge hinter die Schneidezähne und legt los.

«The …! Thhhhh…e! Roswitha, sprich mir das mal bitte nach.»

Während ein Tie-Eitsch-Spuckeregen auf die unglückseligen vorderen Ränge niedergeht, wird Roswitha angstweiß im Gesicht und ringt in Verzweiflung die Hände. Sie ist ein klapperdünnes, unglaublich hässliches Mädchen mit riesigen Zähnen und einem mageren, flachen Gesicht. Die Ärmste ist fürchterlich lieb, und obwohl sie so grottenhässlich ist, empfinde ich zu meinem eigenen Erstaunen so etwas wie zärtliches Mitleid für sie. Sie knetet ihre Spinnenfinger, dass die Knöchel krachen und man Angst bekommt, sie könnten abbrechen. Roswitha kann nämlich kein Tie-Eitsch, und außer Goofy weiß das jeder. Also frisch ans Werk.

«Was ist denn, Roswitha? Jetzt sprichst du mir mal nach: Thhhh…e mothhh…er thhh…inks about thhh…e weathhhhh…er.»

Angesichts dieses dämlichen Satzes und der absolut unbewältigbaren Aufgabe steht Roswitha kurz vor dem Nervenzusammenbruch. Schreckensbleich öffnet sie den Mund, sodass einer ihrer Schneidezähne, von dem ein Stück abgebrochen ist, wie ein kleines monolithisches Rattenzähnchen unter der zitternden Oberlippe hervorguckt: «ss …»

Ein zartes, vollkommen verschüchtertes Stimmchen säuselt leise Unvollendetes und verflüchtigt sich ins Nichts. Ihre großen, braunen Augen starren mit dem leeren Blick jener Biafra-Kinder, deren Elend mir beim Mittagessen gerne vorgehalten wird, auf die Tischplatte und füllen sich langsam mit Tränen. O Goofy, hab Erbarmen! Aber Goofy hat eine Mission zu erfüllen.

«Nein, Roswitha, hör nochmal genau zu …»

Die vordere Reihe zuckt zusammen und geht in Deckung. Goofy holt aus. Ihre Hände umklammern die Ränder des Katheders, sie lässt sich nach hinten fallen, schwingt sich dann mit Elan und Vorfreude nach vorn auf die Spitzen ihrer rabenschwarzen Gesundheitsschuhe und setzt von dieser überlegenen Position aus fort, was sie begonnen hat: «Thhhhhhhh…e! Nicht Ssssss…e! Thhhhhhh…e!» Der lebende Hydrant sprudelt aus allen Öffnungen.

«Sssss…e», zischelt es verzweifelt durch Roswithas abgebrochenen Zahn. «Ssssss…e.»

«Kinder, ihr müsst einfach besser zuhören … Tie-Eitsch müsst ihr sprechen, seht mal, ihr müsst eure Tszunge tszwischn die Tsähne schiebn und dann … Thhhhhh…e! Thhho geht dathhh!»

Hinten liegen wir mit hochroten Köpfen und halb erstickt vor Lachen auf unseren Bänken, während vorne Roswitha über verschiedene Arten des Selbstmords nachdenkt und der Rest der Klasse triefend um Erlösung fleht.

Goofy hat noch ein anderes Lieblingsthema. Eines Tages überrascht sie uns Ahnungslose mit einer echten Herzensangelegenheit.

«Kinder, ich möchte heute einmal mit euch über etwas sprechen, das gar nicht schön ist. Etwas, worüber man eigentlich nicht spricht. Ich nehme an, dass ihr aber schon davon gehört habt. Man sieht ja auch so viel … überall … ich meine in Illustrierten und all dem… dem … nun ja … Schmutz … Also, ich meine … die, hm, … Sexwelle!»

Wir werden beinahe ohnmächtig. Meine Banknachbarin Monika, eine adrette Apothekertochter aus Bad Honnef, wird knallrot und beißt vor Peinlichkeit fast in die Tischplatte. Wir alle verfärben uns ziemlich stark.

«Also, ich finde, ihr solltet das nicht … also, ihr solltet das nicht lesen. Das ist nicht gut. Gott möchte das nicht.»

Sie ist einfach unschlagbar.

Zu Hause haben wir den Lesezirkel im Abonnement. Wir kriegen alle Illustrierten, und glücklicherweise spült die Sexwelle mächtig über jede Seite. Die «Praline» ist mein Lieblingsblatt, denn da kann man kulturell Wertvolles studieren. Zum Beispiel: Wie treiben es die verschiedenen Stämme Afrikas? Oder was gibt's Neues bei Beate Uhse? Und vieles mehr. Genießerisch schwelge ich des Nachts unter der Bettdecke in der Erinnerung an die ethnisch verschiedensten Stellungen und Ejakulate, Gott und Goofy und vor allem mir zur Freude.

Mit meinen neuen Mitschülerinnen treffe ich mich kaum, die meisten bilden eine feste Clique und wohnen in Honnef. Außerdem dürfen fast alle viel mehr als ich. Ich darf nicht ins Kino gehen, denn das ist unmoralisch, die Eltern der anderen wiederum haben nichts dagegen. Ich trage Kleider aus der «Hamburger Kinderstube», sie dagegen kaufen sich Klamotten in Kaufhäusern und dürfen sogar eine Meinung darüber haben, was sie anziehen und was nicht. Im Sommer gehen sie natürlich ins öffentliche Schwimmbad. Jungs gucken. Ich darf nicht ins Schwimmbad. Undenkbar! Ich als Swimmingpoolbesitzerskind in einer öffentlichen Badeanstalt! Man schüttelt sich. Da pinkeln doch alle rein! Und nicht nur das. Das Geschrei! Die Leute! Der Mensch an sich! Diese Gewöhnlichkeit! Natürlich ist weder meinen neuen Mitschülerinnen noch den Nonnen verborgen geblieben, aus welchen Verhältnissen ich stamme. Ich gelte als interessant, wer muss schon normalerweise überlegen, wenn er nach der Anzahl der Zimmer in der Wohnung gefragt wird. Ich bin eine wahre Exotin. Doch das Interesse an meiner Person bleibt begrenzt, denn wenn es darauf ankommt, kann man wegen der vielfältigen häuslichen Verbote nicht mit mir rechnen.

Das einzig erlaubte Vergnügen ist die jährlich stattfindende Dorfkirmes. Dann kriege ich von meinem Vater Geld und darf damit in die Schiffsschaukel und die Schmetterlingsbahn. Das

Ding besteht aus aneinander gehängten Wagen, die in einem Affenzahn über welligen Untergrund und vor einem herrlich kitschigen Naturpanorama wie über Berg und Tal im Kreis rasen, bis einen die Fliehkraft beinahe rausschmeißt. Das Schlimmste sind die Rückwärtsfahrten, bei denen ich mich kreischend und um Gnade winselnd an Geli kralle – als Geli und ich noch *eins* sind –, anschließend sind wir stolz wie die Spechte, dass wir es, wenn auch mit weichen Knien, überstanden haben. Das Größte! Nur Autoscooter mag ich nicht. Ich hasse das Gerempel und Geschubse und das ordinäre Gekreische der billig aufgeputzten Mädchen neben ihren präpotenten Blödmännern, den pickligen Siebzehn- bis Fünfundzwanzigjährigen, wenn sie gerade wieder einen Konkurrenten weggeschmettert haben. Diese Art Vergnügen macht mir Angst und die, die daran ihren Spaß haben, auch. Und trotzdem, die «jungen Männer zum Mitreisen», die sich in voller Fahrt elegant von einem Wagen zum anderen schwingen und die Fahrchips einsammeln … Furcht einflößend und zum Träumen! Zu diesem Zeitpunkt meines Lebens hätte ich mich von jedem Dorfkirmesbegleiter in die weite Welt verschleppen lassen.

Abgesehen von dieser seltenen Zerstreuung, gelegentlichen Mitschülerinnen-Geburtstagen bei Nudelsalat und Pfänderspielen, dem ersten und einzigen erlaubten Kinobesuch, an den ich mich erinnern kann («Morgens um sieben ist die Welt noch in Ordnung», Jahre später gefolgt von einem heimlichen «Das große Fressen»), und einer seltsamen Phase, in der das Fernsehen sehr viele aufgeregte langhaarige Menschen, Wasserwerfer und den Schah von Persien zeigt, vergeht meine Zeit auf Nonnenwerth in den Jahren 1968 bis 1971 ereignislos. Lässt man mal beiseite, dass Opi Max irgendwann seine Verdauungsprobleme nicht mehr diskutieren will und erschöpft und gequält das Zeitliche segnet.

9

Mittlerweile brandet die erste italienische Gastarbeiterwelle gegen unser Örtchen an, und mir wird im Alter von zwölf Jahren das erste Mal richtig auf der Straße nachgepfiffen. Ich weiß nicht genau, ob das jetzt gut oder schlecht ist. Nach kurzem Nachdenken stelle ich fest, dass ich es gut finde, entscheide mich aber gemäß der öffentlichen Meinung für schlecht und mache hochnäsig von meinem Heimvorteil Gebrauch. Ich sage dem Schmeichler, er solle sich dahin verpissen, wo der Pfeffer wächst. Danach bin ich mit mir zufrieden, aber wehe, er weiß bei der nächsten zufälligen Begegnung nicht mehr, was eine Dame von ihm erwartet! Pfeifen ist schließlich das Mindeste.

Die Zeit vergeht. Mein Vater fährt immer noch jeden Sonntag bewaffnet mit Säcken voller Möhren zum Reiten ins Bergische Land, und Hedi und ich fahren mit. Danach gehen wir Edles essen in der «Goldenen Ente», eine erfahrungsgemäß mindestens vierstündige Drei-Sterne-Prozedur mit Onkel Jupp und Omi Mathilde. Ich flirte heftig mit den Kellnern. Anschließend bewegt man sich voll gestopft und kaum fähig, sich zu rühren, in die nunmehr verwaiste großelterliche Villa, lässt sich vom gichtigen Heinz bedienen und bespricht zum hundertsten Mal die tragische Verkettung von Umständen, die zu Opi Maxens Tod geführt hat. Genau genommen starb Max an einer relativ verbreiteten Krankheit, aber folgt man seiner Witwe, so wäre Schlangengift im Vergleich noch ein natürlicher Tod gewesen. Solcherart von meiner Umgebung positiv aufs Leben eingestimmt und ermuntert, entwickle ich einen ungesunden Hang zu einer Empfindung, die man in späterer, nicht allzu ferner Zeit als Depression bezeichnen wird.

Ungefähr von diesem Zeitpunkt an kenne ich nur ein Ziel. Möglichst schnell weg von alldem und stattdessen dahin, wo «ich» sich endlich wie ICH anfühlt. Eine Stadt. Möglichst groß. Weit weg vom Rhein. Zum Beispiel Hamburg. Da, wo Margot lebt.

Sie ist inzwischen nicht mehr Model, sondern nur noch Fernsehmoderatorin und berühmt. Manchmal schlendert sie sogar, elegant ein Mikrophon umfassend, gemeinsam mit Camillo Felgen durch die infantilen Wettkampfarenen von «Spiel ohne Grenzen», oder sie erläutert für den wissensdurstigen Zuschauer mit bewährt schleppender Intonation den Berühmtheitsgrad und die Lebensumstände der Schlagersterne beim «Grand Prix d'Eurovision de la Chanson». Dabei geschieht es hin und wieder, dass wir zu Hause beim Fernsehen quasi mitten im Frieden wie von feindlichen Granaten von ihrer Stimme oder Erscheinung überfallen werden, sodass mein Vater bleich von seinem Sessel aufspringt und abrupt den unschuldigen Apparat abschaltet. Ich fühle mich schuldig und schäme mich unter den Teppich. Und trotzdem! Das ist eine Welt! Da muss ich hin!

Am nächsten Tag auf unserer schaukelnden Barkasse bin ich der Star. «Thea, war dat deine Mutter jestern im Fernsehen? Booaah, die is ja schön …»

Stimmt. Ich platze vor Stolz.

So oder ähnlich stelle ich mir meine Rettung vor. Weg vom Rhein, hin zur Elbe. Norddeutsche trockene Kühle gegen den rheinischen klebrigen Klüngel. Das würde eine Befreiung sein! Eleganz gegen Provinzialität. Davon bin ich restlos überzeugt.

Irgendwann während meiner Nonnenwerther Zeit mache ich mit Margot und ihrem neuen Freund Ferien auf Sylt. Sylt ist «in», Kampen ist «in», Nacktbaden sowieso. Ich bin zwölf

Jahre alt und vollkommen verstört. Nicht nur Margot läuft nackt herum – immerhin etwas, das ich von ihr und Omi Änne gewohnt bin und das allein schon in Anbetracht meiner häuslich-puritanischen Verhältnisse jedes Mal seine Schockwirkung nicht verfehlt –, nein, alle, auch die unansehnlichsten Menschen schlendern nonchalant mit wabbelnden Brüsten und schaukelnden Schwänzen am Meer und zwischen den Dünen entlang.

Unvergesslich die Situation, als wir einen langen Strandspaziergang machen, Margot, aufrecht und strahlend in dem ihr eigenen x-beinigen Fotomodellgang, ihr Freund, mit vor Selbstzufriedenheit grinsend gebleckten Zähnen und bei jedem Schritt schlenkerndem Schwanz, meine Omi, mit unglaublich großen Hängebrüsten, und ich, geduckt schleichend, mit hängenden Schultern, in panischer Angst, meinen Blick zu heben und damit auf einen der stramm dargebotenen Körperteile zu prallen, alle splitternackt – und plötzlich stehen wir an einer jener von ihren schutzbedürftigen Bewohnern in mühevoller Handarbeit aufgeschütteten Sandburgen, in deren Mittelpunkt ein Strandkorb thront, und treffen Margots Arbeitgeber. Sie arbeitet seit einiger Zeit nebenbei als Moderedakteurin bei einem Boulevardblatt, woher auch meine erinnerungswürdigen Gastspiele als Kindermodel resultieren. Die Begrüßung in Abendkleid und Smoking auf einer Prominentenparty könnte nicht förmlicher sein. Man schüttelt Hände und stellt sich gegenseitig vor. Margot sagt «huch» und «hach», ihr Freund, ein baumlanger Paul Hubschmid-Typ für Arme, bleckt die Zähne, dass ich Angst habe, sie könnten herausfallen, und wir alle müssten im Sand danach suchen, Omi Änne strahlt, weil ihre Tochter so wichtige Leute kennt, und ich mache splitternackt mit in den Sand gekrampften Zehen einen Knicks und gebe mit gesenktem Blick jedem eine schlappe Hand. Die Nackten reden über andere vermutlich ebenso Nackte, die sich wie sie selbst in

Kampen, aber außer Hörweite befinden und deren berufliche und menschliche Unzulänglichkeiten dringend und hinlänglich abgehandelt werden müssen. Omi Änne, die zu derlei Feinheiten wenig oder gar nichts beizutragen hat, beschließt daraufhin in ihrer unnachahmlichen Ruhrpott-Extravertiertheit, mit der Dame des Sandhauses die praktischen Dinge des Lebens zu besprechen. Welches unausweichlich einschließt: Haushaltsfragen, Kochrezepte, den Versuch, einen prominenten Namen in irgendeinen vernünftigen Zusammenhang zu bringen. Ich bin zwar erleichtert, dass sie wenigstens Abstand davon nimmt, die letzten Bundesligaergebnisse zu diskutieren, aber dennoch kurz davor, laut um Hilfe zu schreien. Doch Scham und Panik weichen der Faszination, zu beobachten, mit welch vollendeten Umgangsformen sich dort Menschen unterhalten, die sonst von den Chefschreibtischen ihrer Zeitung aus die Republik regieren. Das habe ich immerhin aufgeschnappt und bin gebührend beeindruckt. Ich starre auf die verschrumpelten Schwänzchen, die fetten oder faltigen Ärsche und bin erstaunt. Die Geister, die diese Körper bewohnen, bestimmen über Themen und Schlagzeilen, entscheiden darüber, wessen dreckige Wäsche vor Millionen Lesern noch mehr verdreckt wird, wessen Affären zur Freude der Menschheit breitgelatscht werden, wessen Selbstmord frisch im Todessprung dokumentiert und wessen Vergewaltigung möglichst mit Foto mit gebührender Verdammnis gefeiert wird. Es ist großartig und ekelhaft. Spannend und widerlich. So widerlich, dass es absolut unerträglich wäre, es nicht zu lesen.

Immerhin ist auch mein Vater eines der Suchtopfer und schwelgt vor dem Mittagessen auf dem Klo in dem Kloakenduft, der gleichzeitig aus der Kloschüssel und den Schlagzeilen aufsteigt. So gestärkt kann er mich anschließend beim gemeinsamen Foltermahl gebührend über meine Tagesleistungen verhören.

Meine Gedanken schweifen fort von den väterlichen Leseritualen hinein in die Sandburg zu den Produzenten seines Vulgärvergnügens, nicht zuletzt, weil mein Körper aus verschiedenen Öffnungen Jucksignale sendet. Bei dem Versuch, mich beim Hinsetzen möglichst in eine die Blößen bedeckende Position zu quälen, habe ich Sand in den Hintern gekriegt. Es ist absolut peinigend und in meinen Augen ein entschiedener Nachteil der Freikörperkultur. Ich will nur noch weg. Meine ansonsten alles beherrschenden sexuellen Wahnvorstellungen, ausgelöst von meiner erwachenden Pubertät, reduzieren sich auf null. In diesen Ferien kratzt es mich unentwegt, ständig befinden sich lästige Sandkörner in allen möglichen Körperöffnungen.

Ich schaffe es, meiner nackten Großmutter zu suggerieren, ich hätte Sonnenbrand und müsste nach Hause. Immerhin führt das dazu, dass man mich unter Mitleidsbekundungen, ähnlich der seinerzeit leicht irritierten Verwunderung über meine Schwierigkeiten mit der Lockerheit beim Fototermin, nach Hause zu Großmutters Salbentöpfen entlässt. Ich gehe, ohne die geringste Möglichkeit, meine Nacktheit zu verbergen, mit hängenden Schultern, verletzt, beschmutzt und gedemütigt.

Dennoch muss sich bei mir irgendwie der Eindruck halten, ich sei so modern und aufgeschlossen, wie es überhaupt möglich ist, ich lebe mit Margot, Omi Änne, Fotografen, Stylisten, Boulevardjournalisten, den Nackten und Bekleideten auf der Höhe der Zeit und mit meinem Vater und Hedi im tiefsten Mittelalter. Um den Preis des Interessantseins nehme ich einiges auf mich.

Ein landesweit berühmter Sonnyboy und Jungschauspieler ist bei uns gern gesehenes Mitglied der Sylter Amüsier-Gesellschaft und lümmelt sich in Margots gemietetem Kampener Reetdachhaus in all seiner eitlen Hübschheit auf dem Sofa. Seine Gegenwart verunsichert mich zutiefst, denn Margots Äußerungen entnehme ich, dass so wie er die Männer (haha!!)

sind, denen ein Mädchen gefallen sollte, und ich verstehe, dass ich zweifellos am besten gleich damit anfange. Ich bin zwölf, er ist Mitte zwanzig und entspricht genau Margots Idealbild eines «guten Jungen» (wahlweise auch gerne als «prima Junge» bezeichnet), mit dem sie ihre Tochter in Zukunft gerne sehen würde. Also ran, Thea. Du lieber Gott. Und da sitze ich, mit knospenden Brüsten, die ich tagsüber unbedeckt in die Sylter Sonne halten muss, juckender Arschritze und der unumstößlichen Überzeugung von meiner unsagbaren Hässlichkeit und meinem grenzenlosen Ungenügen und fühle mich wie ein achtlos irgendwo fallen gelassenes Häufchen Scheiße. Das dauerfröhliche Milchgesicht streift sich durch blonde Locken, macht nahezu wahllos Komplimente in alle Richtungen, jeder muss was abkriegen, besonders natürlich Margot, aber auch Omi wird gut bedient, ich ernte das übliche «Ach, sag bloß, Margot, du hast schon so eine große Tochter!» und warte weiter auf Brosamen vom Tisch der Götterlieblinge. Aber es fallen keine. Am nächsten Tag hat Margot Fototermine, und Omi, sie und ich fliegen, das geht schneller, zurück nach Hamburg.

Ich sitze in einer Cessna, neben mir Omi, mir gegenüber, neben Margot, ein Mann mittleren Alters in Anzug und Krawatte. Ganz unverkennbar ein Geschäftsmann. Mir ist mulmig. Er hat Margot als lokale Fernsehgröße erkannt und ist ungeheuer geschmeichelt, dass er neben ihr sitzen darf. Er bewundert ganz offensichtlich ihre Schönheit und bekommt diesen ganz bestimmten Kuhaugenblick, den ich schon bei vielen Männern gesehen habe, sobald sie mit Margot in Berührung kommen. Ich bin im Allgemeinen stolz darauf, dass sie diese Wirkung hervorruft, mit zunehmendem Alter und der täglichen Begegnung mit meinem demoralisierenden Spiegelbild allerdings schwindet die Begeisterung über die Schönheit eines bewunderten Menschen im gleichen Maße, wie die Resignation angesichts der eigenen Hässlichkeit sich steigert.

Der Pilot klettert zu uns in die enge, stickige Kabine, ich habe gerade noch Zeit, einer kurzen Verzückung über sein schneidiges Aussehen nachzugeben, da trifft mich die warme Woge des Kerosingeruchs beim Start des klapprigen Vehikels wie die Ausdünstungen eines Tanklasters nach dem Auslaufen. Ich starre angstvoll geradeaus, aber in Ermangelung eines Vordersitzes und der dazugehörigen Rückenlehne suchen meine Augen vergeblich die vertraute Kotztüte. Das Einzige, was sie sehen, ist ein freundlicher Geschäftsmann im Nadelstreifenanzug, ein bisschen schwitzend, denn es ist Sommer und sehr warm. Ein unruhiges Beben in meiner Magengrube bewegt sich langsam flatternd nach oben, Richtung Speiseröhre. Die Maschine rumpelt über die Startbahn, an dem winzigen Bullauge fegen Gräser und Sanddünen vorbei, ein plötzliches Kippen nach hinten, ich werde in meinen Sitz gepresst, mein Mageninhalt drückt gegen die hintere Bauchwand, in der Ferne schaukelt ein Flughafengebäude aus dem Blickfeld. In wilden Sprüngen arbeitet sich unser Haufen Blech weiter nach oben, in ebenso wilden Sprüngen drängt mein Innerstes ins Freie. Ich bete: Liebe Muttergottes, bittebitte, mach, dass alles drinbleibt.

Margot sieht mich an. «Thealein, ist dir nicht gut?»

Ich schüttele den Kopf. Nein, nein, alles ist prima, mir geht's großartig, alles gut. Wir müssen schreien, die Motoren machen einen gigantischen Krach. Omi Änne wendet sich mir zu. «Wat is denn mit dir, Kind, du siehs aber gar nich gut aus!»

Ich stöhne. Je mehr sie davon reden, desto schlimmer wird es. Wenn sie bloß endlich Ruhe gäben! Wir schaukeln jetzt ein wenig gleichmäßiger. Ich denke an gar nichts. Ich versuche es wenigstens. Ich schließe die Augen. Ein kapitaler Fehler, wie ich sofort erkenne. Die Übelkeit wird unerträglich. Augenblicklich reiße ich sie wieder auf, der freundliche Herr mir gegenüber lächelt mich an und rückt den Aktenkoffer zu seinen Füßen zurecht. Es ist eng, alles klemmt, er weiß nicht wohin mit seinen Beinen, ebenso wenig wie Margot, die ihre Gazellenglieder dekorativ und mit ein wenig zur Schau gestellter Nervosität neu arrangiert.

Ich konzentriere mich und denke, was ich in solchen Lagen immer denke: Auch diese aussichtslose Situation wird vorbeigehen, ich werde am Ende dieses Tages in einem Bett liegen und irgendwann einschlafen, und dabei werde ich an diesen jetzigen Moment denken und daran, wie ich daran dachte, wie ich später daran denken würde, wenn ich abends im Bett liege …

Ich finde keine Zeit mehr, die Geschicke mehr in die Richtung meiner Familienmitglieder zu lenken, und so erfreue ich den freundlichen Herrn und seine Nadelstreifen mit einem kräftigen Schwall, von dem wir alle zumindest olfaktorisch eine Weile zehren, da wir uns noch nicht mal im Anflug auf Hamburg befinden. Margot ist vor Entsetzen starr und dann sofort vor unterdrücktem Zorn hypernervös. Zu gerne würde sie mich anfauchen, aber sie möchte auch nicht als herzlose Mutter erscheinen, und so versucht sie, während Omi an den Nadelstreifen und an mir herumwischt, mich zu trösten. Ihr Mitleid ist allerdings satt mit Zurechtweisung getränkt, damit der nette Herr auch mitkriegt, dass hier Erziehungsarbeit geleistet wird. Der nette Herr erträgt alles mit einem ergebenen Lächeln, wissen Sie, ich habe auch Kinder, und Omi Änne ist damit beschäftigt, literweise 4711 Echt Kölnisch Wasser über dem armen Kerl zu entleeren. Das führt dazu, dass wir, soweit nicht schon von der Kotzerei vollkommen erledigt, jetzt an den beißenden Wohlgerüchen ersticken.

Nach der Ankunft in Hamburg wird der verständnisvolle Mann einer Generalinspektion unterzogen, man entschuldigt sich achtundzwanzigtausendmal und bietet Reinigung, Schadenersatz, lebenslanges Büßertum und was weiß ich noch alles an, und dann fahren wir im Taxi in Margots Wohnung. Im Auto wird mir wieder schlecht, und zu Hause angekommen, fühle ich mich mehr tot als lebendig. Doch bald muss ich mich umziehen, denn wir gehen im feinen Hotel «Vier Jahreszeiten» mit einem international bekannten Playboy essen.

Der Mann fasziniert mich derart, dass ich sogar zwischenzeitlich von den Kellnern abgelenkt bin. Er hat eine komische Körperhaltung, sehr gebeugt, es sieht aus, als habe er gar keinen Hals, oder aber er streckt ihn so weit vor, dass er mit seinem Kopf auf einer Linie liegt. Während des Essens studiere ich heimlich seine Anatomie, ich muss für eine neue Perspektive ständig die Position wechseln und rutsche von einer Pobacke auf die andere. Margot ist leicht entnervt und wirft mir Blicke zu. Omi Änne ist mal wieder stolz auf ihre Tochter, die solch berühmte Menschen kennt, egal, ob sie nun kurzhalsig sind oder nicht, und ich versuche parallel zu meinen Körperstudien, ihm zu gefallen. Dieser Mann ist *die* Instanz, *der* Experte für weibliche Schönheit, dem gegenüber kann ich nicht gleichgültig bleiben. Zu allem Überfluss hat er außerordentlich dicke Lippen. Ich habe irgendwo gehört, dies sei sinnlich, oder in jedem Fall ein gutes Zeichen; wie dem auch sei, mir bereitet es Unbehagen und ruft sogar einen gewissen Ekel hervor. Trotz meiner eingeschränkten Begeisterung ihm gegenüber bringe ich es fertig, mich mehr oder weniger unmerklich – bilde ich mir ein – in Posituren zu werfen, die ich bei anderen weiblichen Wesen als attraktiv erkannt habe. Seltsamerweise reagiert dieser Mann nicht in gebührender Weise. Seine ganze Aufmerksamkeit gilt der unleugbaren Attraktivität Margots. Das Einzige, was er während des ganzen verdammten Essens bewundert, sind meine Schuhe. Sie gefallen ihm. Jesus! Was für ein Erfolg!

Aber immerhin kann ich nach meiner Rückkehr den nach VIP's lechzenden Teenies in der Schule verkünden: Ich habe mit *ihm* zu Mittag gegessen, und er mochte meine Schuhe.

Die Welt außerhalb Rhöndorfs ist enorm und verheißungsvoll. Die Playboys und Jungschauspieler, die Großverleger und

Schlagersänger in Margots Sphäre nehmen mich gefangen, nackt oder bekleidet, egal. So habe ich auch die peinigenden Schamgefühle in den Sylter Dünen bei Buhne 16 verdrängt, als ich am Tag nach meiner Rückkehr meinem Vater nach seinem rituellen Bildzeitungsklogang vor dem Mittagessen begegne und er mich in betont gleichgültigem Ton nach meinen Ferien fragt:

«Na, wie war et?»

Mich überkommt eine plötzliche Ahnung. Mein Inneres friert vom Magen an aufwärts schockartig und knisternd zu. Ich öffne den Mund, ohne meinen Vater anzusehen, und hauche aus, vor Kälte zitternd: «Och, ganz gut …»

Es war nichts, nichts Besonderes, gar nichts, ganz normale Ferien, alles ganz normal, bitte, lieber Gott, ich bin ja bloß in ein paar Fotostudios gewesen, wo Margot sich vor den Fotografen an- und ausgezogen hat, jeder konnte ihren Busen sehen, bitte, heilige Mutter Maria, ich war doch nur in einem Fernsehstudio und habe mich mit all den zutiefst verachtenswerten Gauklern des öffentlichen Amüsierbetriebes gemischt, bittebittebitte, Heiliger Geist, ich habe ja gar nicht nackt und schutzlos mit vielen fremden Männern in einer Strandburg gesessen, niemand hat etwas gesehen, ich schwöre es, niemand, nur die anderen, die waren nackt, aber auch nicht richtig, eigentlich waren die ganz normal, sie haben geredet, als ob sie Anzüge anhätten, sie tragen dabei nur keine Unterhosen, o mein Gott.

In meinem Kopf schreit es laut um Hilfe. Mein Vater kriegt stählerne Augen, mit schmal zusammengekniffenen Lidern fixiert er mich. Plötzlich eine Explosion.

«FKK!!! Meine Tochter geht an den FKK-Strand!!!!»

Ich habe es ja gewusst. Er kriegt immer alles raus. Aber verdammt, *woher* weiß er denn das schon wieder? Schickt er mir jemanden hinterher, ist er es vielleicht selbst, der mir folgt, jeden meiner Schritte überwacht? Ich will mich verteidigen, und ich weiß nicht wie. Wenn ich den Mund öffne, entsteigen ihm keine Worte, nur kleine zarte Eiswolken schweben wie ein kühler Hauch durch den Raum. Was soll ich sagen? Ich hatte doch keine Wahl? Alle gingen da hin? Ich konnte doch nicht zu Hause bleiben? Ich bin doch nur ein Kind, ich muss doch überallhin mitgehen?

Ich komme nicht dazu. Er steht auf, ganz langsam, dann plötzlich rennt er los, auf mich zu. Ich renne auch. Ich renne um den Esstisch. Ich renne um mein Leben. Er rennt hinterher. Ich weiß, dass ich verlieren werde, aber ich renne wie ein gehetztes Wild, einfach immer weiter. Plötzlich ändert er die Richtung, ich laufe ihm in die Arme. Er schnappt mich, ich erschlaffe, es kommt nur noch ein Wimmern, ich habe doch schon längst aufgegeben.

«Bittebittenicht, bittebittenicht ...»

Wie eine tibetanische Gebetsmühle winsele ich mein ritualisiertes Sprüchlein. Ich weiß, dass er mich trotzdem schlagen wird, und schon knallen die Prügel auf mich nieder. Er schlägt hart, ich heule. Danach setze ich mich mit brennendem Hintern auf meinen Platz am Esstisch.

Hedi lädt mir schweigend und zufrieden den Teller voll. Wir essen. Mein Vater quetscht zwischen zusammengepressten Zähnen noch einmal all seinen Ekel hervor.

«Freikörperkultur! Hah!»

Ich würge an Tränen und Kartoffeln. Nach den üblichen zwei Stunden kauen, schlucken, warten und weiterkauen schleiche ich auf mein Zimmer und denke an Omis Kegelclub, ihre selbst gemachten Frikadellen, die gemütlichen Stunden, in denen wir nicht nackt am Strand herumliefen, sondern zu dritt am Kamin des Ferienhauses saßen und Würfel gespielt haben. Oder Rommé. Oder Canasta. Und ich heule weiter über all den begangenen Verrat und die Verletzungen, die ich Margot und Änne Schmitz schon wieder zufüge, weil meinem Vater meine Ferienerlebnisse nicht gefallen.

Abgesehen von meinen irrsinnig progressiven Sylter Nacktstudien dauert die allgemeine Ereignislosigkeit an, allerdings mit einer, und zwar ziemlich spektakulären Unterbrechung. Meine Eltern beschließen, mal wieder eine längere Reise zu machen, ohne mich, versteht sich. Doch plötzlich werden sie von Skrupeln übermannt. Man kann doch das Kind in dem Alter – ich bin fast dreizehn – nicht allein zu Hause lassen, nur mit dem Personal! Keine Ahnung, was dieser Gesinnungswechsel bedeutet, vielleicht denken sie, ich würde Tag und Nacht Partys feiern. Zwar entwickle ich im späteren Leben durchaus ein gewisses Talent für eine anständige Vergnügung, augenblicklich bliebe allerdings die dringende Frage, mit wem. So weit denken meine Erziehungsberechtigten jedoch nicht. Also, was liegt näher, als sich der wunderbaren Möglichkeiten zu bedienen, welche die Liebfraueninsel bietet? Die Schule hat ein Internat, jawohl. Also die Tochter dort anmelden. Als ich von meinem Schicksal erfahre, kann ich es nicht fassen. Ich heule wie ein Baby. Ich dort, auf dieser Insel, abgeschnitten von allem, was mir lieb ist! Von meiner Freundin Geli (die ich sowieso kaum noch sehe), von meinem Zuhause (das mich deprimiert) und den heimatlichen Weinbergen (in denen ich mich zu Tode langweile)! Zwischen mir und der Freiheit fließt der Rhein, unüberwindbar breit und tief und nass.

Und wieder denke ich an Alcatraz, diesmal ohne Clint Eastwood, dafür aber mit Burt Lancaster. Er ist ein ehemaliger Mörder, dessen einziger Freund während vieler Jahre «lebenslänglich» ein kleiner Vogel wird. Meine guuuten Eltern schicken mich, ohne mit der Wimper zu zucken, in den Nonnenknast. Ich mache mich also schon mal mit der Vogelwelt vertraut und sehe sogar gewöhnliche Spatzen plötzlich in einem ganz anderen Licht.

Es kommt alles noch viel schlimmer. Es ist tausendmal öder und schrecklicher in den nach Kinderschweiß und Linoleum stinkenden Massenschlafsälen und Sammelwaschräumen, als ich jemals zu albträumen gewagt habe. Ich heule mich in meiner durch einen dreckiggelben Vorhang von den anderen abgeteilten Einzelzelle nächtelang in den Schlaf und fühle mich so grottenschlecht wie nie zuvor. Ich bin gefangen, ohne jede Aussicht, jemals wieder freigelassen zu werden. Hedi und mein Vater fahren zwei Monate – ACHT WOCHEN!!! – durch Amerika. Sie bewundern die romantische Küstenstraße Kaliforniens, die Wucht des Grand Canyon, die Wildnis der Rocky Mountains und die Wolkenkratzer New Yorks. Ich bewundere inzwischen den Rhein.

Nachmittags haue ich ab. Ich verdrücke mich heimlich aus den kargen klösterlichen Gängen und Studierzimmern, die nach Nonnen, Fencheltee und Mottenpulver riechen, und streune über die Insel. Es gibt dort, wenn ich es ungesehen am Gemüsegarten vorbei geschafft habe, ganz am Ende der Landzunge, die zu ihrem Ende hin schmaler werdend ins Wasser ragt, eine kleine Wildnis. Wie ein weiblicher Huckleberry Finn sinne ich, versteckt zwischen Farn und Schlingpflanzen, die von krüppeligen Bäumen herabhängen, über Hamburg, Margot und meine Flucht nach.

Aber es gibt kein Entkommen. Ich weiß es, ich habe es versucht. Ich bin in das kleine Boot gestiegen, das auf der Remagener Seite, da, wo der Rhein schmaler ist, ständig für die Schwarzkittel in Bereitschaft liegt. Zusammen mit irgendeiner Nonne, die einen Ausflug in die Außenwelt unternimmt. Der Kapitän, der sonst immer nachfragt, wenn Schülerinnen allein an Bord sind, denkt, ich gehöre zu ihr. Als wir am Festland ankommen, weiß ich nicht, was ich tun soll. Ich habe kein Geld, ich bin auf der falschen Rheinseite, ich kann nicht nach Hause laufen und die Fähre zum gegenüberliegenden Ufer nicht bezahlen. Ich kehre um und sage, ich hätte was vergessen. Es bleibt mein einziger Fluchtversuch.

Zu dieser Zeit fühle ich mich eng verwandt mit Holly Goligthly aus «Frühstück bei Tiffany». Morgens, nach einer falschfröhlichen Partynacht, tröstet sie sich mit dem Anblick von Juwelen über ihr «rotes Grausen» hinweg. Ich erlebe zum ersten Mal das, was ich mein «Sonnenuntergangs-Grausen» nenne, an einem Nachmittag, während ich im Zug am Rheinufer entlang in Begleitung einer Nonne zum Arzt fahre. Ich starre aus dem Fenster, schaue auf die vorbeiziehenden Inselchen, die in Abständen im Wasser auftauchen, sehe die Fachwerkhäuser in dem melancholischen Spätnachmittagslicht und wünsche, ich wäre nicht geboren. Es sind nicht nur die Dumpfheit, die mich umgebende furchtbare Aussichtslosigkeit und Langeweile, die dieses Gefühl auslösen. Ich bin einfach nicht daheim. Ich habe gar nichts, wo ich hingehöre. Ich habe von Beginn an nichts, woran ich teilnehme; Hedi und mein Vater sind Fremdkörper in unserem kleinen Ort, und so auch ich. Solange ich denken kann, fühle ich mich fehl am Platz, nicht dazugehörig. Außer in den Situationen, die zu beherrschen ich gelernt habe, weil ich sie beherrschen musste. So fühle ich mich mehr oder weniger passend in Restaurants, Hotels und auf Gesellschaften; später fühle ich mich aufgehoben auf Flughäfen und Bahnhöfen, in schäbigen Motels und Bars mit Fernsehapparaten, in denen Sportsendungen laufen. An Orten, an denen man nicht bleibt, die man benutzt, die einem zur Verfügung stehen, in denen man bedient wird, manchmal miserabel und manchmal zuvorkommend. Aber niemals bin ich heimisch an einem Ort, an dem ich bleiben soll. Ich kann nicht mit «normalen» Menschen sprechen. Nicht «normal» sein. Habe ich einfach nicht gelernt. Ich kann in einem Restaurant eine korrekte Bestellung aufgeben, mich mit dem Oberkellner intelligent unterhalten, das richtige Besteck und einen guten Wein aussuchen. Ich bin in diesen Fragen so selbstsicher, dass ich mich, ohne mit der Wimper zu zucken, sogar über eiserne Regeln hinwegsetze, aber im Alter von dreizehn Jahren bin ich verloren, wenn ich eine Zugfahrkarte kaufen oder mit einer U-Bahn fahren soll. Ich stecke bis zum Hals voller Ängste, und die Furcht vor dem Leben schnürt mir die Kehle zu.

Draußen vor dem Zugfenster zieht die Landschaft meiner Kindheit vorbei, und ich weiß, dass ich darin nicht vorkomme. Das ganze bisherige Leben eine Verschwendung. Das Gefühl des Verlustes ist unermesslich.

Irgendwann zu einem relativ späten Zeitpunkt meines noch vor mir liegenden Lagerlebens werde ich von einem aufgeregten Schwarzkittel während des endlosen und faden Mittagessens ans Telefon gerufen. Hedi ruft aus Amerika an.

«Wo bist du?», frage ich sehnsüchtig.

«Mir san in Carmel. Des is in Kalifornien.»

«Wann kommt ihr nach Hause?»

Ich habe Sehnsucht, ich weiß, dass es noch zwei Wochen sind, aber ich will, dass sie zurückkommen.

«Noch net. Mir bleibm noch a bissl.»

Mir bleibt das Herz stehen. Die Tränen schießen mir in die Augen.

«Wann kommt ihr denn?»

«Mir bleibm noch vier Wochn länger, dann sehn mir uns in sechs Wochn wieder.»

Ich heule. Die Tränen rollen haltlos.

«Wo is der Papi?»

«Der is grad nebnan, den kanst jetzat net sprechn. I kann jetzat eh net so lang redn. Und, was is? Schickst dich auch?»

«Ja … Bitte, du sollst nach Hause kommen, und der Papi auch …»

«Des geht jetzat net. Und pass fei schön auf in der Schul, ge? Mach's gut, ge, Thea?»

«Ja, Mami. Auf Wiederhören, Mami.»

Sie legt auf. Ihre Stimme klang weicher als sonst. Fast, als hätte sie so was wie Mitleid. Das bringt mich nur noch mehr zum Heulen.

Ich quäle mich durch meine Resthaftzeit. Aber wenn schon, denn schon. Wenigstens werde ich Spuren hinterlassen, so viel steht fest. Bei einem seltenen Landausflug kaufe ich von meinem Taschengeld Wimperntusche, Lidschatten und Nagellack. Damit bestreiche ich großzügig mein Gesicht und meine abgekauten Fingernägel. Mit dem Rest eröffne ich einen florierenden Handel unter den darbenden Zellengenossinnen, und dankbar reißen sie mir die heiße Ware aus den lackierten Fingern. Immerhin ein Vorteil der Abwesenheit meiner Eltern. Die Nonnen schweigen. Nun ja, das kann mir ja eigentlich egal sein. Irgendwann werden meine guuuten Eltern mich ja wohl erlösen. Jedenfalls glaube ich das. Nach drei Monaten, die erfüllt sind von Morgen-, Mittag- und Abendandachten, einer Nebenhöhlen- und einer Mandelentzündung sowie einer Beinahe-Amputation meines rechten großen Zehs aufgrund einer schmerzhaften Nagelbettentzündung, kehren Hedi und mein Vater aus der Neuen Welt zurück, und ich darf endlich nach Hause. Hedi hat mir einen grünen Knautschlackmantel von «Sak's Fifth Avenue» mitgebracht. Das finde ich nett. Er passt zu meinem knallroten Nagellack.

Ich denke, ich habe meinen Eltern alles in allem alle Ehre gemacht und wenigstens ab und zu mit meinem regen Makeup-Verleihdienst etwas Schwung in den frommen Laden gebracht. Seltsamerweise und für mich völlig überraschend sind die Damen Nonnen keineswegs begeistert von meinen positiven Einflüssen auf die sittsame Mädchenschar. Jedenfalls wird das in aller Eindeutigkeit klar, als die Chefnonne, die wuchtige Schwester Theophila, meinen Eltern bei einer erneuten größeren Reiseplanung unmissverständlich klarmacht, dass man auf meine geschätzte Anwesenheit in ihren sakralen Gemäuern keinerlei Wert mehr lege. Mein Vater teilt mir die Botschaft mit Hedis Unterstützung des Abends beim Essen mit. Ich weiß nicht, ob ich jubeln oder zerknirscht sein soll. So viel Mühe ich mir auch gebe, ich kann es einfach nicht tragisch finden. Im Gegenteil, ich bin hochzufrieden. Nie mehr in den Nonnenknast!

Mitten in meine Träumereien hinein verkündet mein Vater das Urteil.

«Dann müssen wer disch jetz rischtich in en Internat jeben.»

10

Ich trage einen rot karierten Schottenrock, so ein Ding, das man sich um die Taille wickelt und seitlich mit einer großen Sicherheitsnadel schließt. Er ist aus Wolle und – was sonst? – kratzt. Darunter blaue Strumpfhosen, die kratzen auch. Und eine blaue Clubjacke, mit einem Wappen auf der oben aufgenähten Tasche. Bunt wie ein Zirkusclown sitze ich auf dem Rücksitz unseres derzeitigen amerikanischen Wagens, mein Vater fährt, Hedi auf dem Beifahrersitz. Die Familie befindet sich auf dem Weg zu einer gemeinsamen Angelegenheit.

Der Wagen bewegt sich auf einer idyllischen Landstraße, zu beiden Seiten fette fruchtbare Wiesen mit saftigem Gras, darauf Obstbäume, blühend. Der Himmel blau, die Umgebung bäuerlich, ich fühle mich wie in der Bärenmarke-Reklame. So viel Natur! Beängstigend. Alles ist weit, übersichtlich, ein ständiges Auf und Ab aus Hügeln, Gras und Bäumen. Keine Chance, darin zu verschwinden, hier wird man überall entdeckt.

Wir fahren eine weite Kurve, langsam schiebt sich ein graues Ungetüm in mein Gesichtsfeld. Eine Unmenge riesiger Steinquader übereinander getürmt zu einer massigen Gebäudeanlage. In den Wänden kann ich kleine Aussparungen erkennen, sie wirken wie Öffnungen zum Luftschnappen für die dahinter Schmachtenden. Wir fahren im halben Bogen um den Steinhaufen herum und durch ein verhältnismäßig kleines Tor mitten in sein Zentrum hinein. Mein Vater parkt den Wagen. Wir steigen aus.

Vor mir ragt ein riesiges Gebäude in den Himmel empor. Das Wort Kirche verschwindet angesichts dieses Kolosses, es klingt viel zu weiblich, zu nett, zu schmiegsam. Dieses Monstrum ist nicht nett. Bedrohlich, eisengrau sieht es aus, als hätte Gott in einem Wutanfall Felsbrocken aufeinander geschmissen. Nun ragt es hier inmitten der anderen Gemäuer auf und grinst auf mich herab. Ich beiße die Zähne zusammen und erkläre dem Trumm innerlich schon mal den Krieg. Tatsächlich gelingt es mir, in den ganzen fünf Jahren, die ich an dieser Schule verbringen werde, nicht ein einziges Mal an einer Messe teilnehmen zu müssen.

Vorerst stehe ich klein und mickrig angesichts der geballten Klostermasse auf dem Münsterplatz und hasse mich. Ich trage diesen bescheuerten Rock, bin dreizehn und habe Pickel, keinen Busen, dünne, wadenlose Beine, Schuhgröße vierzig und düstere Vorahnungen. Ich leide, weil ich mich in diesem Kinderkostüm den Autoritäten und vor allem den hin und wieder vorbeilaufenden neugierigen Schülern zeigen muss. Sie tragen eine Uniform, blaue Pullis und graue Hosen, die Mädchen Röcke. Furchtbar, aber immer noch besser als Clubjacken und Schottenröcke. Mein Vater steht – wie macht er das bloß? – trotz Bauchansatz lässig und elegant neben mir: groß gewachsen, grauer Anzug, Hut. In einem Wort: vorzeigbar. Hedi sieht aus wie immer. Bunt. Das Kleid ein bisschen zu eng, die Lidschatten ein bisschen zu blau, die Lippen ein bisschen zu pink und die Haare ein bisschen zu blond. Dazwischen ich. In meinem Schottenrock.

Ich muss für diese unendlich exklusive Schule, die mich jahrhundertealt und traditionsgetränkt mächtig und abweisend umgibt, eine Aufnahmeprüfung machen. Wir betreten die Anmeldung. Der Studienleiter begrüßt uns. Der Mann ist etwa einen Meter neunzig groß, klapperdürr, gebeugt, hat unendlich lange Gliedmaßen und stammt ganz bestimmt vom Affen ab. In seinen unglaublich riesigen Gelehrtenschädel hätte Einsteins Birne wohl zweimal reingepasst. Ich kann mich überhaupt nicht konzentrieren und bin stattdessen völlig fasziniert von seinen schlackernden Bewegungen. Zu allem Überfluss stottert er beziehungsweise spricht – von unzähligen Ähs und Ehs unterbrochen – derart langsam, dass man, bevor er schließlich einen Satz zu Ende gebracht hat, getrost zwei Runden um den Münsterplatz hätte drehen können. Vorausgesetzt, man wollte das.

Der unendlich gutherzige Dr. Wotersen referiert zunächst nervenaufreibend schleppend meinen verzückt lauschenden Eltern die spartanischen Erziehungsideale, nach denen die Schule ihre im Allgemeinen schwerreiche oder zumindest hochadlige Klientel zu wertvollen Mitgliedern der Gesellschaft heranzuzüchten bemüht ist. Dann fragt er nach ihren Beweggründen, mich erstens aufs Internat und zweitens auf ausgerechnet diese Schule geben zu wollen. Voller Staunen werde ich Zeuge, wie mein Vater und Hedi, ohne rot zu werden, lügen, dass sich die Balken biegen. Meine Eltern scheinen von all den charakterstärkenden Angeboten so begeistert zu sein, als hätten sie sich zeitlebens immer schon ein Leben bei Wasser und Brot, Frühsport und anschließendem kalten Duschen gewünscht. Leider, leider hat man es ihnen nie ermöglicht! Jetzt wollen sie dieses Versäumnis an mir wieder gutmachen. Na großartig. Gute Erziehung, wertvoller Mensch. Das ist der Kern der Bekenntnisse. Dr. Wotersen senkt bedächtig zustimmend sein Haupt. Dann wendet er sich an mich. Ich soll auch was sagen. Erwartungsvolle Stille. Ich spüre für den Bruchteil einer Sekunde eine heftige Versuchung: Doktor, ich habe nicht die geringste Lust aufs Internat. Aber die werden mit mir zu Hause nicht fertig. Meine Stiefmutter hasst mich, am liebsten würde sie mich den ganzen Tag lang windelweich prügeln. Neulich hab ich zum ersten Mal zurückgeschlagen. Der Schreck sitzt mir immer noch in den Knochen. Und mein Vater ist ein Feigling, der ihr nicht gewachsen ist. Ich scheiß auf das blöde Internat! Ich werde krank sein vor Heimweh, und überhaupt will ich wieder nach Hause!

Da weiß ich wenigstens, was ich habe. Ihr könnt mich alle mal mit eurem verlogenen Getue!

«Ja, ich habe große Lust, hier zur Schule zu gehen», höre ich mich halblaut murmeln.

Vergessen der Abend, an dem ich meinem Vater noch vor kurzem seine Skatrunde mit Onkel Henry versaut habe, als ich heftig engagiert und von wichtiger Botschaft beseelt mit einem echten Kultbuch vor ihm herumwedele: «Summerhill, Theorie und Praxis der antiautoritären Erziehung.»

Der Schlackermann nickt. Mein Schicksal ist besiegelt.

Die Sommerferien des Jahres 1971 verbringe ich damit, Namensschilder in meine Unterhosen zu nähen. Ich finde den Gedanken obszön, dass irgendjemand in irgendeiner zukünftigen Wäscherei anhand meines eingenähten Namenszuges den Bräunlichkeitsgrad meiner Unterhosen in direkte Beziehung zu seiner Verursacherin setzen kann.

Ich lebe im Gefühl eines ständig verzögerten Hinrichtungstermins. Bisher stelle ich mir infolge der exzessiven Lektüre von «Hanni und Nanni»-Büchern unter einem Internat einen so hehren Ort vor, dass selbst der Papst angesichts der dort herrschenden moralischen Integrität erbleichen würde. Seit meinem Antrittsbesuch beschleicht mich allerdings die Überzeugung, dass die erzieherischen Kategorien in meiner zukünftigen Schule in der Hauptsache auf Aktivitäten wie morgendlichem Frühsport und anderen unliebsamen Beschäftigungen fußen, frei nach der Devise: «Mens sana in corpore sano.» Des Weiteren erwartet mich ein enormer Überhang an männlichem Schülerpotenzial, was vermutlich jedes andere Wesen weiblichen Geschlechts in einen Freudentaumel versetzt hätte, bei mir jedoch eher einen Zustand resignierter Verzweiflung auslöst. Wie man den Sportunterricht umgeht, darin habe ich sozusagen mein Diplom. Was man mit dem rüpelhaften und erregend unkontrollierbaren Unternehmungsgeist von halbwüchsigen Kerlen anstellt, davon habe ich keine Ahnung. Vielleicht spucken sie ja wie Lamas, wenn man zu nah an sie rankommt.

Ende August fahren meine Eltern mit mir und meinen signierten Unterhosen an den Bodensee.

«Morgenaufstehnmorgenlauf!» Rumms. «Morgenaufstehnmorgenlauf!» Rumms. Mädchenbau, sechs Uhr dreißig. Zimmertür aufreißen, Weckgebrüll. Zimmertür zuknallen.

Bau. Wo Tiere ihren Winterschlaf halten. Oder Knast. Je nachdem, wie man sich fühlt. Augenblicklich hat das Knastgefühl eindeutig die Oberhand. Zornig über die inadäquate Störung und frierend in der feuchten Herbstkälte, die in den klammen Mauern unseres Dreierzimmers nistet, klettere ich widerstrebend von der kargen Bettstatt und zerre mir zitternd den Nylontrainingsanzug über die steifen Glieder. Ich blicke aus verquollenen Augen auf die mich umgebende Tristesse. Die Wände sind weiß, nicht mehr frisch, die Tapeten sind von Reißnägeln durchbohrt, hier und da klebt ein Streifen Tesafilm. Das ist mein Zimmer. Nach einer Weile passe ich mich den hiesigen Gewohnheiten an und kaufe im benachbarten Kaff meterweise schwarzen Stoff, mit dem Gemütlichkeit in unsere karge Zelle Einzug hält. Wir leben wie die Gruftis, sind unserer Zeit dabei allerdings etwa zwanzig Jahre voraus.

Meine Zimmergenossinnen sind morgens ungefähr genauso mürrisch wie ich; die eine, ebenfalls ein Neuzugang und aus Hannover, steht den frühsportlichen Anforderungen allerdings weniger ablehnend gegenüber. Sie sieht aus wie ein Holsteiner Ackergaul, hat einen Gang wie ein Bierkutscher, Schultern wie ein Preisboxer, schiefe Zähne, schiefe Nase, schiefes Grinsen. Sie ist ein echter Champ in allen Bewegungsfragen und hat sich aufgrund ihres leicht korpulenten Äußeren in kürzester Zeit den Kosenamen «Keule» erworben. Aber ein klasse Kumpel wie sie steckt das weg und dreht früh um sieben fröhlich seine

Runde. Die andere ist ein Püppchen aus Berlin, ähnlich sportbegeistert wie ich und brotdoof. Ihr Beliebtheitsgrad entspricht in etwa der Anerkennung, welche jenseits der Mainlinie gelegene Lebensräume hierorts genießen. Berlin ist der Abschaum. Während wir uns in unser Sportoutfit quälen, schraubt Berlin am Radio, bis wir, von den Klängen von «Österreich drei» hinreichend erschreckt, die Flucht ergreifen. Keule joggt locker den endlosen linoleumbelegten Gang zwischen den auf beiden Seiten Mädchenpulks in Trainingsanzügen ausspuckenden Zimmern entlang, tänzelt zielstrebig die Treppe zum Erdgeschoss hinunter, vorbei an der Wache schiebenden Mentorin und hinein in die frische Herbstluft. Ich hechle atemlos hinterher, verzweifelt über Wege des Entkommens nachsinnend. Ich muss eine Lösung finden, wie ich an der blöden Strichliste vorbeikomme und dann so schnell wie möglich zurück ins Warme. Ich stampfe die vorgeschriebene Route entlang und speichere Hass. Womit habe ich das verdient? Morgens um Viertel vor sieben durch feuchte Herbstnebel, an den Gemäuern der Schule vorbei, eingekeilt in einem Pulk gesunder, sportbejahender Blondschöpfe mit wippenden Pferdeschwänzen und von der Anstrengung rosaroten, fröhlichen Gesichtern, begutachtet von aus dem Hauptbau trabenden Jungs, die strotzend vor Kraft und morgendlichem Tatendrang blöde Bemerkungen machen! Und mittendrin ich: komatös, schlaff und schleppend und immer hart am Kreislaufkollaps. Das muss sich ändern!

Es gelingt mir, eine Technik zu entwickeln, die wenigstens kurzfristig Erleichterung verschafft. Ich passiere die Kontrollstelle am Mädchenbauausgang und lasse mich abhaken. Dann verschwinde ich hinter einer nahe gelegenen Toreinfahrt und pumpe dort zum Erstaunen der vorbeihetzenden Schülerschaft eifrig Luft, bis ich eine tomatenrote Färbung erreicht habe. Daraufhin schleppe ich mich, auf den letzten Metern heftige Laufbewegungen imitierend, zurück zum Eingang und gebe vor, den neuen Rekord aufgestellt zu haben. Das Misstrauen der über meinen Ehrgeiz und meine erfreulichen Zeiten für den vorgeschriebenen 500-Meter-Parcours begeisterten Lehrkraft regt sich leider in dem Augenblick, als ebendiese Lehrkraft sich später im Sportunterricht mit meinen tatsächlichen Laufleistungen konfrontiert sieht. Da es mir einfach nicht gelingen will, mich als behindert oder für körperliche Tätigkeit ungeeignet einstufen zu lassen, bleibt mir die ein oder andere Leibesübung nicht erspart. Man kann schließlich nicht vier Wochen im Monat seine Tage haben.

In welcher Weise auch immer es mir gelungen ist, den Morgenlauf zu umgehen, jetzt heißt es den Kulturbeutel ergriffen und ab unter die kalte Dusche. Warm ist nämlich nicht vorgesehen. Mens sana und so weiter. Oder – und das ist die Grenze des Erträglichen – zum «Schwemmen» in den Waschraum. Dieser gigantische Saal ist in etwa so gemütlich wie eine Leichenhalle, und nackte Leiber mit hängenden Brüsten, aufgeweichte und schrundig-verkerbte Seifenstücke, zerfranste Zahnbürsten und Fläschchen mit Kontaktlinsenflüssigkeit geben sich an endlosen Waschbeckenreihen ein fröhliches Stelldichein. Die nackten Leiber gießen sich aus mitgebrachten Plastikgefäßen schwungvoll Wasser über ihre Alabasterkörper, dann seift man sich gründlich ein und kippt mit Schwung die nächste Ladung drüber. Die eklige Seifenwassermischung, angereichert mit jeder Menge abgelöster Hautzellen, Schamhaaren und ich weiß nicht, was sonst noch, ergießt sich auf den Kachelfußboden, rinnt in breiten Strömen über die Fliesen und gurgelt schließlich rotierend in den Gulli. Beim ersten Anblick dieser Szenerie ergreift mich blankes Entsetzen, und da ich ohnehin kein Freund übertriebener Reinlichkeit bin, lasse ich das Waschen vorerst einmal gänzlich weg. Im Verlauf meiner weiteren Internatskarriere führt dies dann zu sensiblen Hinweisen seitens wechselnder Zimmergenossinnen, die der Meinung sind, hin und wieder ein wenig Wasser und Seife auf meiner Körperoberfläche würde das Zusammenleben erheblich günstiger gestalten. Da bin ich ungefähr vierzehn und entdecke die Vorzüge einer gelegentlichen Dusche.

Nachdem ich also beschlossen habe, mich nicht zu waschen, steige ich, während die anderen sich schwemmen und striegeln, in meine bereits seit einer Woche in Gebrauch befindlichen, miefigen Schulklamotten. Gleich zu Beginn meines Eintritts ins Internatsleben wurde ich mit den anderen Neuzugängen zum Anpassen der grauen und blauen Röcke und Pullover zusammengetrommelt, wobei ich die erfreuliche Entdeckung mache, dass man zwar nicht Schnitt und Farbe, dafür aber die Länge der Bekleidung bestimmen darf. Ich lasse mir meine beiden Röcke – sonntags und werktags – also etwa einen Millimeter unterhalb der Erregung öffentlichen Ärgernisses abmessen und lebe fortan in der ständigen Panik, man könnte meine namentlich gekennzeichneten Unterhosen sehen. Eine berechtigte Sorge.

Jetzt latsche ich nach meiner Morgentoilette lustlos und am Saum meines Rockes zerrend die Treppe hinunter, dann weiter über den Münsterplatz in den Hauptbau, trotte durch den pittoresk vergammelten, uralten Kreuzgang, von dessen Wänden alle zehn Meter ein neuer Heiliger herablächelt, biege, um abzukürzen, in den Innenhof, wo sich zwei Kieswege im rechten Winkel überschneiden und an ihren Enden wieder in Türen zum Kreuzgang verschwinden. Eine davon führt auf die enorme Haupttreppe mit malerisch ausgelatschten Holzstufen, von denen ich in den kommenden fünf Jahren ungefähr eine Million Mal abrutsche und mir fast den Hintern breche. Prellungen des Steißbeins sind sozusagen schlüssige Beweise für den Besuch dieser exklusiven Schule, man zieht sie sich vorzugsweise nach dem Mittagessen beim hastigen Spurt aus dem Esssaal – vierter Stock – hinunter ins Erdgeschoss und zur Raucherecke zu.

Momentan tappe ich die Stufen in umgekehrter Richtung

nach oben, um dort selbst das obligatorische Frühstück zu verweigern. Auf meinem Weg durch die steinalten und eiskalten Klostergänge komme ich an den Zimmern der Jungs vorbei, kargen Mönchszellen mit mindestens vier, manchmal sogar sechs quietschenden Etagen oder Klappbetten, in denen man den einen oder anderen wenig beliebten Schüler gern mal einklemmt. Es sieht aus wie bei der Fremdenlegion. Drinnen türmen sich dreckige Wäsche, schmuddelige, nach Fußschweiß stinkende Turnschuhe, Hockeyschläger und zerfledderte Schulbücher; draußen im Flur an den Schränken baumelt alles, was man für ein ordentliches Massaker verwenden könnte: Äxte, Seile, Helme, undefinierbares und gefährlich scheinendes Werkzeug, martialische Stiefel und tonnenschwere Overalls. Die Jungs sind, wie auch die Mädchen, vergattert, an einem «Dienst» teilzunehmen, und entsprechend dem männlichen Statusdenken kommen schlappe Sachen wie Sanitäts- oder gar Sozialdienst nicht infrage. THW und Feuerwehr hingegen schinden Eindruck bei den Mädels und stählen den mickrigen Bizeps. Der Damenwelt stehen lediglich die niederen Dienste offen, und so sehe ich mich hin-und hergerissen zwischen der Möglichkeit, mich dem Sani anzuschließen und im Ernstfall durch Hektoliter Blut waten zu müssen, und der ziemlich wahrscheinlichen Gefahr, im Sozialdienst auf ungewohnte Klientel der bäuerlichen Umgebung zu prallen. Es bliebe mir noch die Nautik, praktiziert auf dem nahen Bodensee. Doch nach vier Jahren Barkassengeschaukel über den unruhigen Rhein habe ich einstweilen von Wasser die Schnauze voll. Ich fühle mich außerstande, eine Wahl zu treffen. Meine persönliche Betreuerin – sie bewacht mich zusammen mit etwa zwanzig anderen Mädchen meines Flurs – weiß, was gut für mich ist, und fällt daraufhin kurzerhand eine verantwortungsbewusste Entscheidung.

So sehe ich mich eines Tages mit der Familie Schaible aus einem von der Welt vergessenen Nachbarörtchen, ihren acht verrotzten Kindern und diversen mir unvertrauten Haushaltstätigkeiten konfrontiert. Jeden Donnerstagnachmittag kurz nach der täglichen Schlacht beim Mittagessen, nachdem ich mir notdürftig die Spuren weit geschleuderter Yoghurts oder ähnlich geeigneter Desserts vom knappen Rocksaum gewischt habe, erwartet mich der graue schuleigene VW-Bus mit dem grauen schuleigenen Fahrer Herrn Stenzle. Der gute Herr Stenzle töffelt mich und ein paar andere Gestrafte zu ihren Einsatzorten an die Krisenherde der vom Leben Benachteiligten. Dort erwartet mich schon Frau Schaible im Kreis ihrer acht Orgelpfeifen im Alter von null – in Arbeit – bis elf; an einer Hand das Jüngste, in der anderen schon den Lottoschein. Ich habe nämlich, da ich Glanz und somit Hoffnung in die bäuerliche Kate bringe, das Privileg, als vom Leben reich beschenktes und bevorzugtes Wesen die sechs Kreuzchen inklusive Zusatzzahl eigenhändig aufs Papier zu drücken. Ein bisschen von meinem unverschämten Glück könnte ja auf all die fürchterliche Armseligkeit abfärben.

Und armselig, au Mann, das ist es! Die Kinder sind allesamt verdreckt, der Kleinsten blubbert ständig ein schon angedickter Rotzfaden in der Nase, sodass ich angeekelt würgend versuche, ihrer Nähe zu entgehen. Das scheint ihre Anhänglichkeit jedoch nur noch zu steigern, und ständig versucht sie, ihre klebrige kleine Hand in meine zu schieben. Ich finde aber ausreichend Vorwände, sie ihr zu entziehen, da meine Aufgabe sich zunächst mal auf das Abtragen des turmhohen dreckigen Geschirrberges konzentriert, den die Schaible'sche Sippe nach einem einzigen Mahl hinterlässt. Voller Ekel tauche ich das angekrustete Zeug in ein uraltes Spülbecken und rühre widerstrebend mit einer Bürste in der fettigen Brühe und den darin einherdümpelnden Kartoffel-, Nudel- und Gemüseresten. Schmerzlich kommt mir das Fehlen einer Spülmaschine zu Bewusstsein, und angesichts des nicht enden wollenden Berges an unerledigten Haushaltsarbeiten versinke ich in dumpfer Verzweiflung. Gleichzeitig steigt im Gedanken an den Schaible'schen Ernährer – Gelegenheitsbauarbeiter, Säufer und ein scheinbar reges Sexualleben praktizierender Katholik – in mir aber auch so etwas wie Wut auf. Zum einen beim Anblick der bejammernswerten Zerbrechlichkeit und durchscheinenden Blässe seiner winzigen und unterwürfigen Frau. Zum zweiten wegen seiner mangelnden Anwesenheit. Wo, verdammt nochmal, ist der Kerl? Warum wasche ich sein dreckiges Geschirr, hänge mit dieser geschundenen Kreatur die Wäsche auf, bläue Hausaufgaben in die dumpfen Hirne seiner Blagen und fülle seinen Lottoschein aus? So kann das nicht weitergehen.

Kaum sind die Maximen der antiautoritären Summerhill-Erziehung in meinen Gehirnwindungen verhallt, kündigt sich mit feinem Ton eine andere, um einiges gewichtigere und vor allem gesellschaftlich relevante Botschaft an, die in die Welt getragen werden muss. Sie lautet schlicht: Emanzipation. Ich befinde mich seit geraumer Zeit in den Klauen der neuen Lehre und bin der Meinung, dass Frau Schaible genau die richtige Person ist, um ihre Anwendung zu erproben. Zumal das ja dann auch zu einer Entlastung meiner Wenigkeit und vielleicht gar zur Einstellung des Sozialdienstes führen könnte …?

Frau Schaible lauscht aufmerksam und gottergeben meinen Ausführungen und gelangt zu einem messerscharfen Schluss: «Wisset Sie, i glaub, des isch ebbes für Sie, aber bei uns … I denk, da isch mei Maa net dafür …»

Ich wasche weiter Geschirr und putze Rotznasen.

Inzwischen habe ich die endlosen Treppen und Gänge vorbei an all den interessanten Jungsgemächern hinter mir gelassen und passiere die Küche, in der sich Frauen mit absolut unverständlichem Zungenschlag «sch»-gespickte Satzfetzen zubrüllen. Es herrscht ein infernalischer Lärm aus Geschirrklappern, aneinander schlagenden Metallteekannen und Schritten, die über den Steinfußboden zwischen Küche und Esssaal knallen.

Der Esssaal selbst ist eine Welt voller Gefahren. Zu Frühstückszeiten ist jeder mehr oder weniger sich selbst überlassen, Haufen von Marmeladebroten auf riesigen Tabletts warten darauf, abgetragen zu werden, in den Metallkannen dümpelt lauwarm brackiger Tee, und hin und wieder fliegt ein vereinzeltes Brötchen. Eine eher beschauliche Szenerie. Weniger gemütlich dagegen verläuft ein gewöhnliches Mittag- oder Abendmahl. Etwa zweihundertvierzig blaugrau getarnte Heckenschützen warten auf den besten Zeitpunkt, bereit zum Angriff. Ein beliebtes Initiationsritual besteht darin, neue und vertrauensselige Zöglinge freundlich im Kreis ihres Achtertisches willkommen zu heißen, dann unbemerkt vom geschmeichelt plaudernden Neuling die durchsichtige Plastikschutzdecke über dem weißen Tischtuch an den Rändern umzuklappen, sodass eine Rinne entsteht, diese Rinne mit dem zum Essen verabreichten Leitungswasser zu füllen und genussvoll in schadenfrohes Gebrüll auszubrechen, wenn der schrille Schrei des Ahnungslosen ertönt, sobald ihm die Ladung in den Schoß platscht. Ausgesprochen beliebt sind auch die so genannten Esssaalschlachten, bei denen man Wert auf einen geeigneten Menüplan legt – zum Beispiel Senfeier. Wenn dazu noch ein Stromausfall arrangiert werden kann, trägt das entschieden zum Gelingen bei. Wegen der beidseitigen Fensterfronten und damit verbundener störender Helligkeit entwickeln sich diese Veranstaltungen am schönsten beim Abendessen und zur Winterzeit. Haben Neulinge wie ich das alles ohne größere innere und äußere Verletzungen überstanden, steht jedoch die eigentliche Prüfung noch bevor.

Es handelt sich um die schöne und erzieherisch ungemein wertvolle Einrichtung des Nachholens. Die Aufgabe besteht darin, die vollen Schüsseln und Platten mit den Köstlichkeiten aus Herrn Waidles Küchenschmiede in den Esssaal hinein- und die leeren zum Auffüllen wieder hinauszuschleppen. Diese gemeinschaftsdienliche Tätigkeit ist den Neuzugängen und Achtklässlern vorbehalten. Jeder kriegt zwei Tische zugeteilt und darf von nun an beten. Ab jetzt ist man der Gnade der Herrschenden ausgeliefert, und im Allgemeinen gelten zwei einfache Regeln: Die Behandlung eines Nachholers entspricht ziemlich genau seiner äußeren Attraktivität und der Geschwindigkeit seiner Beine. Bedauerlicherweise kann ich keine dieser Bedingungen zu irgendeiner Zufriedenheit erfüllen und sehe meinem Schicksal mit schlotternden Knien entgegen. Ich lande am hintersten Ende des Saales am verrufensten Tisch und habe den weitesten Weg zur Küche. Die reizenden Jungs aus den höheren Klassen, die sich mit Begeisterung über meine Pickel, die fettigen Haare, meine sekundären Geschlechtsmerkmale – «die hat ja nicht gerade viel Holz vor der Hütte …» – und meinen Mangel an Schnelligkeit auslassen, haben noch ein weiteres schönes Spiel auf Lager: Nachholerrennen. Gemeinschaftlich schaufelt man hämisch grinsend den Inhalt einer Schüssel, kaum dass sie eintrifft, komplett auf einen Teller, drückt mir das leere Ding in die Hand und jagt mich wieder los.

Am Nebentisch geschieht Ähnliches. Brot und Spiele. Wenn ich nicht schneller als der Konkurrent zurück bin, werfen sie mich dem Tischhäuptling zum Fraß vor. Ich überlebe aufgrund einer speziell von mir entwickelten Schlittertechnik, die mir leichte Vorteile bei der Ausnutzung einmal geholten Schwungs und außerdem ein gewisses Maß an Anerkennung verschafft. Dabei zerschmettere ich im Laufe meines einmonatigen karitativen Einsatzes etwa fünf Schüsseln und drei Platten, was meine Nachholerkarriere schließlich fürs Erste beendet. Bei der nächsten Runde darf ich aussetzen.

Nach den Anstrengungen einer Mahlzeit hat jeder Schüler, der auch nur das Geringste auf sich hält, die Pflicht, sich umgehend zur Raucherecke zu begeben. Rauchen ist natürlich schwer verboten und wird mit Sanktionen nicht unter einem EX (fünf Runden am Samstagnachmittag um den Sportplatz) oder einem IN (zwei Stunden Stubenhocken und büffeln, ebenfalls am Samstagnachmittag) geahndet. Während wir, ein undefinierbarer Pulk aus natoolivgrünen Parkas, Haarmähnen und sprießenden Milchbärten, durch die siebenhundertjährige Klosteranlage zum Treffpunkt am Waldesrand schlurfen, eine Art groteskes Post-Woodstock-Happening in Schulkleidung, macht sich im Verborgenen der Dienst habende Lehrkörper auf die Socken, um die Delinquenten auf frischer Tat zu stellen. Niemanden von uns verlangt es nach Leibes- oder Geistesübung am schönen Wochenende, wo man doch lieber ins benachbarte Mimmenhausen zieht, um dort dem großzügig an Schüler ausgeschenkten Bodenseestarkbier zuzusprechen. Aber wer dazugehören will, *muss* an der Raucherecke gesehen werden. Wenn möglich natürlich rauchend.

Ich bin wild entschlossen, mir einen Platz und Respekt in diesem gnadenlosen Haufen aus Prinzen und Prinzessinnen, Herzögen und Freifrauen zu erkämpfen, und tue zupackend gleich ein bisschen mehr, als eigentlich verlangt wird. Ich greife zur härtestmöglichen Dröhnung: Gitanes im gelben Maispapier. Beim ersten Mal schwinden mir beinah die Sinne, ich schlage mich erst ins Gebüsch und unter irgendeinem Vorwand anschließend in Windeseile in mein Zimmer. Dort fühle ich mich für den Rest des Tages äußerst krank. Tags darauf nach der Mittagsschlacht klemme ich mir, als wenn nichts wäre, eine der fest gestopften, knisternden Kippen zwischen die lässig – in Wahrheit vor Ekel – verzogenen Lippen und kriege nach dem ersten Zug immerhin ein überlegenes Grinsen zustande. Ich halte durch. Nach einer Woche bin ich diplomierte Gitane-Raucherin, ohne mit der Bronchie zu zucken. Wenn man es sich lange genug einredet, schmeckt das Zeug sogar.

Überhaupt bin ich cool. Ich habe mir auf dem Schulschwarzmarkt einen Parka gekauft, denn Militärlook überm Röckchen ist dringend angesagt. Begleitet vom dröhnend lauten Abspielen von Genesis-Alben und Pink-Floyd-Doppel-LPs. Zwei Gruppen, deren Musik mich zu Tode langweilt und die ich aus tiefstem Herzen verabscheue. Auch das obligatorische Besäufnis in Mimmele bringe ich gefolgt von Höllenqualen mit nicht enden wollenden Kotzanfällen heroisch hinter mich. Nach und nach entwickle ich mich zu einem halbwegs akzeptierten Mitglied der prinzipienfesten Internatsgemeinschaft.

Zumindest äußerlich. Tief in mir herrscht Chaos. Noch nie habe ich mich so ausgesetzt gefühlt. Die Einsamkeit ist unerträglich, die muffigen Internatsgerüche, die Dreibettzimmer, in denen man nie allein ist, die endlosen, sich schleppenden Wochenenden, an denen nichts geschieht, weil ich nicht dort bin, wo was los ist. Weil ich nicht *richtig* dazugehöre. Die anderen tun schwer verbotene Dinge, feiern nächtlich alkoholschwangere Feten im angrenzenden Wald und Knutschorgien im schuleigenen Clubhaus. Ich dagegen mache einerseits nicht genug Mist, um echten, tiefen Respekt zu genießen, und tue mich auch beim Damenhockey oder sonstigen anerkannten Leibesübungen nicht hervor, noch bin ich von selbst bedeutend genug, um von Anfang an den Mitmachbonus zu haben. Ich bin einfach nur eine nicht besonders ansehnliche dreizehnjährige Bohnenstange. Und über meine Herkunft sage ich am besten gar nichts.

Um mich herum wimmelt es von blaubluttriefenden Stammbäumen, von Prinzen, Grafen, Herzögen und Freifrauen. Die meisten sind aus Süddeutschland, ohnehin der einzige Fleck auf der bundesdeutschen Landkarte, der als Herkunftsort infrage kommt. Als Abkömmling einer ehemaligen Schlachterfamilie habe ich, soweit ich das komplizierte Geflecht aus Tradition, Adel und Finanzkraft überblicken kann, ziemlich miese Karten. Der durchschnittliche Schüler kennt auch noch unter gröbstem Alkoholeinfluss den Gothaer zumindest so weit, dass er wenigstens seine eigene darin verzeichnete Ahnenreihe mühelos bis in die Zeit vor den Kreuzzügen zurückverfolgen kann. Seine Vorfahren waren wahrscheinlich hauptsächlich mit dem Abschlachten der Leibeigenen feindlicher Adelsgeschlechter beschäftigt, während meine sich eher auf das Abschlachten von Rindern und Schweinen konzentrierten.

Ich weiß nicht, warum es mir nicht gelingen will, wenigstens irgendwo einmal ein Heimatgefühl zustande zu bringen. Die Gebäude, die Mauern und Gänge – Eigentum des Cholerikers, der im angrenzenden Schlosstrakt haust und auch ein bedeutendes Blaublut ist und zu dessen Geburtstag wir morgens vor seinem Balkon ein Ständchen bringen müssen – sind mir bald vertraut und sogar ans Herz gewachsen. Auf seltsame Weise fühle ich mich mit ihnen verbunden und darin geborgen, als gehörten sie mir, allem anfänglich Abweisenden zum Trotz. Mit den Menschen habe ich mehr Schwierigkeiten als mit den Gebäuden. Sie machen es mir nicht leicht, und ich muss sie für mich einnehmen, unbedingt.

Meine Klasse, ein Haufen jungadliger Halbstarker, durchsetzt mit ein paar Abkömmlingen aus den mir aus Garmisch bereits vertrauten Waschmaschinendynastien und einigen wenigen Jungs und Mädels, die aus ähnlich bedeutungslosen Verhältnissen stammen wie ich, zeichnet sich durch besondere Unfähigkeit und proportional damit einhergehende Gnadenlosigkeit gegenüber dem Lehrkörper aus. Unser Mathelehrer, ein Herr Knauf aus Sachsen, ist das ärmste und willkommenste Opfer. Er ist zwergengroß, beinahe kahl und hat einen zu hohen Blutdruck. Der Mann ist überaus leicht erregbar und hat eine Stressschwelle, die auf einer Skala zwischen null und fünfzig etwa bei minus hundert angesiedelt ist. Rick, der größte und keineswegs hellste unserer auserwählten Schar, eigentlich Richard von Schopnitz, Bankierssohn und aus altem Adelsgeschlecht, ist sein Cheffolterknecht. Keiner weiß wie er, wie man den armen Papa Knauf, von uns liebevoll auf Hochsächsisch «Baba Gnoof» genannt, in weiß glühende Wallung versetzt. Rick flätzt sich im vollen Bewusstsein unerledigter Hausaufgaben hinter den für seine Körpergröße winzigen Tisch, streckt die Beine darunter lang aus und lässt den Rest seiner knapp einsneunzig lässig auf dem aufgestützten Ellenbogen ruhen. Nachdem Baba Gnoof alle anderen bereits hinreichend gelobt (wenige) oder getadelt (die meisten) hat, wendet er sich schließlich schon im Voraus zitternd mit bereits leicht gerötetem Gesicht an Rick. Mit miserabel einstudierter Neutralität und verräterisch niedergeschlagenem Blick fordert er trotzig Resultate in Algebra und Geometrie, was Rick nur zu höhnischem Grinsen veranlasst.

«Hab ich nicht.» Noch breiteres Grinsen. Rick wippt auf seinem Stuhl und stößt sich dabei mit einem Fuß lässig von der Tischkante ab. Das ist alles. Ich staune atemlos. Derartige Gewagtheiten sind mir neu und gewöhnungsbedürftig. Baba Gnoof ist inzwischen tomatenrot und tippelt wütend auf seinen Fußspitzen vor der Tafel herum.

«Du Fläächel, du! Des lass isch mer nüsch biedn!!»

Er tänzelt aufgeregt zu Ricks Bank, mittlerweile kurz vorm Infarkt. Der Zweikampf ist ungleich, und Baba Gnoof hat keine Sekundanten. Allein in der Arena des Klassenzimmers, umgeben von gierigen Raubtieren, kämpft er verzweifelt um Würde und einen anständigen Abgang. Unter der angespannten Erwartung der sensationslüsternen Klasse fällt wegwerfend dahingeschnorchelt Ricks Schlusssatz: «Wer sind Sie überhaupt? Sie können mir gar nichts sagen.»

Wir können beinah hören, wie Baba Gnoofs Herz Blut gegen seine Schläfen pumpt. Sein Kopf ist scharlachrot. In die atemlose Stille und in Ricks hämisches Grinsen hinein brüllt er los.

«Isch wärd dawür sorgn, dass de von dr Schule fliechsd!! Gomm noch vurn, du umwrschämdr Bängl!!»

Rick denkt überhaupt nicht daran. Er bewegt sich keinen Zentimeter, und wenn, dann höchstens, um seine meterlangen Gliedmaßen unterm Tisch neu zu arrangieren. Baba Gnoof tobt.

«Soford! Soford gommsde noch vurn, wirds bald?!»

Keine Regung.

«Schöbnitz, dr Satz ds Büdorgoras, abar flodd!!»

Nix. Alle glotzen. Wie weit will er noch gehen? Er fliegt, das kann er nicht durchhalten, er fliegt. Ich diskutiere leise den Fall mit Keule, die neben mir sitzt und vor Spannung schon knallrot angelaufen ist.

«Goldmann, noch vurn!»

Ich zucke zusammen. Aber doch nicht ich, Rick ist doch der, welcher ... Ungläubig starre ich das Rumpelstilzchen an, das da vor der Tafel auf und ab hüpft.

«Wirds bald, nü was is??!!»

Ich erhebe mich schleppend. Ich habe nicht die geringste Ahnung, wovon der Mann spricht. Mathe ist mein Hassfach. Gleich nach Physik und Chemie. Also gut. Ich stehe vor der Tafel, Baba Gnoof drückt mir schwungvoll ein feucht angeschwitztes Stück Kreide in die Hand und fordert mich unmissverständlich auf, mein Können zu zeigen.

«Nü, zeich, was de glärnt hasd!»

Zahlen purzeln in meinem Kopf munter durcheinander wie ein Turm einstürzender Bauklötzchen. Meine einzige Chance besteht in meinem Gefühl für Rhythmus, das es mir erlaubt, zum Beispiel alle möglichen Telefonnummern mit Hilfe leiernder Intonation zu behalten. Ich versuche, mich an die Melodie dieser blöden und meiner Meinung nach vollkommen unnützen Formel zu erinnern.

«Äh, hm, hm-hm: Ah Quodrod plüs Bäh Quodrot mocht Zäh Quodrot», summe ich nachdenklich der atemlos lauschenden Klasse vor. Erleichtert male ich den Singsang an die Tafel.

«Dr Satz des Büdorgoras!», verkünde ich überflüssigerweise, beende schwungvoll meine Hieroglyphen auf dem knirschenden Schiefer und wende mich stolz zu meinem Lehrer um.

Baba Gnoof ist nicht mehr Herr seiner selbst. Die Augen quellen ihm beinah aus dem Kopf, und vor mir in den Bänken ist eine Art Orgie ausgebrochen. Meine Mitschüler liegen sich johlend in den Armen oder hängen vor Lachen über den Tischen. Rick brüllt mir aus der letzten Reihe ein anerkennendes «Klasse, Mann ey, klasse!!» zu, und ich fühle mich vollkommen blöde. Klasse? Weil ich diese dämliche Formel doch noch irgendwie ausgespuckt habe? Spinnen die?

«Genuuch! Goldmann, moch, dass du uff dein Blatz gommsd!!»

Baba Gnoof feuert aus allen Rohren, und sein Atem weht mir wie heißer Wüstenwind ins Gesicht. Ich bin vor Schreck gelähmt. Ich habe doch … das war doch richtig, oder?

«Raus! Raus!!!»

Ich stolpere an meinen Tisch. Dort ringt Keule um Fassung.

«Bist du verrückt? Hahaha …», kicher, kicher, «… das kannst du doch nicht machen, der knallt doch durch! Gleich müssen wir den Sani holen.»

Rick ächzt weiterhin vor Vergnügen, und ich fühle mich unbeschreiblich doof.

«Und du mochsd ändlisch, dass de rausgommsd, verdammd noch emol!!»

Das geht an Rick. Der richtet sich zu voller Größe auf, wankt langsam und Furcht erregend wie ein Orang-Utan auf den guten Baba zu, der dagegen wie ein Hamster wirkt, und verkündet: «Du Orschloch, du hast mir gar nichts mehr zu sagen.»

Und damit ist diese Mathestunde zu Ende.

In der nachfolgenden Pause nehme ich zunächst noch verwirrt Glückwünsche für die unfreiwillige Vorstellung entgegen. Meine hiererorts noch nicht entdeckten Talente für fremde Klänge, durch die heimische Bayern-Rhein-Mischung hinlänglich trainiert, haben sich offensichtlich selbständig gemacht. Mir bringt es unverhofft die lang ersehnte Anerkennung und Baba Gnoof die Gefahr eines frühzeitigen Herztods. Für meine hocherfreuten Mitschüler bin ich beim Mittagessen das Tagesgespräch. Endlich. Man nimmt mich wahr. Anscheinend genügt es, hin und wieder einen Lehrer fertig zu machen. Von nun an spiele ich, wenn es sich ergibt, den Klassenclown. Ich bringe es zu durchschnittlicher Anerkennung, meine Nähe wird zwar nicht gerade gesucht, aber ich werde auch nicht gemieden.

Doch ich hungere nach mehr: Wie schaffe ich es, beliebt zu werden? Und gleich danach: Wie kriege ich einen Freund? Und wie kriege ich rechtzeitig Wind von einer heißen Party mit nächtlichem Aussteigen und Übernachten im Freien? Und wie schaffe ich es, ohne mich anzustrengen, dazu eingeladen zu werden? Ungelöste Fragen. Solange sie unbeantwortet bleiben, hangele ich mich durch meine Tagträume, lese in den nachmittäglichen Arbeitsstunden, die den Hausaufgaben gewidmet sind, unter der Bank «Vom Winde verweht» und schaukele mich von einem romantischen Zukunftstraum in den nächsten.

Eines Samstagsabends, als alles wieder öde und leer, armselig und traurig ist um mich her, fasse ich mir ein Herz, schmeiße mich in den schärfsten privaten Fummel, den ich aufzubieten habe, einen Midi-Rock, gekrönt von einem Angorapulli in Schockfarbe, und begebe mich todesmutig auf den Schwoof im Juniorenbau. Da wohnen die «kleinen» Jungs, die aus der Tertia, vor deren kritischen Blicken erzittere ich nur halb so stark wie vor den anderen, den «richtigen» aus der Sekunda und der Prima. Schlotternd ergebe ich mich der zagen Anfrage eines schwarzhaarigen, wild gelockten Knaben mit riesengroßem Mund und kohleschwarzen Augen, mit mir gemeinsam ein bisschen zum rockigen Rhythmus zucken zu dürfen. Beim vom

Discjockey taktisch klug nachgelegten Klammerblues finde ich mich urplötzlich halb widerstrebend, halb freudig bangend in seinen Armen und erhalte meinen ersten widerlich nassen Zungenkuss. Tragischerweise von einem Knaben, der auch noch eine Klasse unter mir rangiert. Während er mich zu den jammervoll pathetischen Klängen von «Baby, I'd love you to want me …» an seine Brust quetscht, rollt er mit seiner überdimensionalen Zunge raumgreifend in meinen Kiefern herum. Ich könnte vor Ekel kotzen, bin aber gleichzeitig unendlich dankbar für die glücklich erledigte erste Befleckung meiner bisherigen körperlichen Unberührtheit, sodass ich nach Vollendung einer anstrengenden und außerordentlich unangenehmen Kussorgie dennoch ganz beseligt zurück in meinen Bau schleiche.

Allerdings wage ich es nicht, am folgenden Tag zu meiner unpassenden Verbindung zu stehen. Ich ignoriere peinlich berührt die Überzeugung meines ahnungslosen Knutschpartners, dass wir jetzt «miteinander gehen», und weiche ihm aus, zitternd vor der Entdeckung meines Fehltritts mit einem aus der Kaste der Unberührbaren.

Von dieser Art peinlichem und unbefriedigendem Geknutsche sollen noch ein paar Beispiele folgen, über die ich schnell den Mantel des Vergessens decke. Ich entwickle mich allerdings ausgesprochen kussfreudig, und sobald sich Gelegenheiten ergeben, werden sie von mir wahrgenommen, unweigerlich gefolgt von furchtbarem Katzenjammer. Ich bin tagelang damit beschäftigt, mir eine imaginäre Unberührtheit zurückzuerobern, die ich dem Einen, dem Wahren, dem Einzigen, darbieten kann, wenn es so weit ist und Er mir begegnet. Es kostet mich einiges an Kraft, mich wieder jungfräulich zurechtzulügen, denn mein Denken und Trachten strafen mich Lügen. Ich grübele Tag und Nacht darüber, welchen der wirklich interessanten Jungs aus den oberen Klassen ich denn nun endlich für mich und vor allem meinen Körper interessieren könnte, und bin im Prinzip bereit, so ziemlich alles mit mir machen zu lassen. Es macht nur leider keiner.

Mir bleibt aber immer noch die Flucht in die Kunst. Da trifft es sich ausgezeichnet, dass einer der üblichen kulturbesessenen Deutschlehrer gerade beschlossen hat, den kulturell unterernährten Schülerbanausen endlich die bunte Welt des Theaters nahe zu bringen und zu diesem Zweck Brechts «Kaukasischen Kreidekreis» auf die Turnhallenbühne zu stemmen. Sofort nach der Bekanntgabe des Plans beim Mittagessen drücke ich mir als hoffnungsvolle Anwärterin für die Hauptrolle vor der Klassenzimmertür die Nase platt, denn hier soll vorgesprochen werden, und damit entscheiden sich mein Schicksal und meine weitere Schauspielerkarriere.

Der erste Schlag trifft mich gleich, nachdem wir eingelassen werden. Die Hauptrolle steht fest, sie heißt Bini und ist in der Unterprima. Überzeugt von einer eklatanten Fehlbesetzung, nehme ich tief enttäuscht ein paar Zettel mit dem Text für eine Leseprobe entgegen. Leider sind außer mir noch ein paar andere Spielwütige erschienen, alles in allem ungefähr hundert, sodass eine nicht unbeträchtliche Gefahr besteht, in der Konkurrenz unterzugehen. Ich muss mir was einfallen lassen, und zwar schnellstens. Als ich dran bin, meinen Satz zu lesen, hauche ich mit volltönendem Whiskeytimbre irgendeine Bauernweib-Dialogzeile heraus und warte.

«Oh, was haben wir denn da für eine interessante Stimme …» Großartig. Ich habe gewonnen. Ich richte mich ein wenig mehr auf, damit mein zukünftiger Regisseur seinen Star auch richtig sieht und Binis Hinauswurf zu meinen Gunsten besiegelt werden kann.

«Dann kannst du den nächsten Satz eigentlich auch noch dazunehmen, das wär doch schön …»

So beginnt meine Schultheaterkarriere als dritte Bäuerin von links. Ich mag das Stück nicht. Ich mag auch Brecht nicht, aber das ist mir ganz egal. Im Moment würde ich opportunistisch den ganzen Brecht spielen, rauf und runter, en suite, wenn ich überhaupt was spielen dürfte!

Im Laufe meiner fünfjährigen Anwesenheit auf der Schule erobere ich die Turnhallenbühne schließlich doch noch.

«Marasmus … Ma-ras-mus!!», lasse ich genüsslich von meiner Zunge ins Publikum rollen.

Ich spiele – Brecht, was sonst – die «Kleinbürgerhochzeit». Das Stück mag ich. Im Publikum quietschen sie vor Begeisterung. Ich quietsche auch. Ich lasse die Sau raus. Ich übertreibe, dass sich die Balken der Turnhalle biegen. Sie lieben es. Sie lieben mich. Und ich liebe sie. Jeden Einzelnen. Ich habe es geschafft. Auch wenn ich nie ein vollwertiges Mitglied dieses komischen Traditionsclubs sein kann, wenn ich in der Klasse zwar dazugehöre, aber keinen Freund habe, wenn ich beim Wochenendbiersaufen zwar dabei bin, aber nicht bei den richtig heißen Sachen: Das hier genügt mir, es genügt mir völlig. Endlose Reihen von Mathe-, Chemie- und Physikarbeiten verhauen, in Sport eine Niete, die Mädchenbasketballmannschaft bei den Schulmeisterschaften in die Niederlage getrieben: Was soll's. Das hier ist der Lohn. Im Parkett sitzen Schüler, Lehrer, Eltern und himmeln mich an. Es ist der letzte Tag vor den Ferien, viele Eltern holen ihre Kinder ab und sehen sich bei der Gelegenheit unser Stück an. Meine Eltern sind nicht gekommen. Sie kommen während meiner ganzen Schulzeit nicht ein einziges Mal.

Mein Trotz entsteht aus Reflexen, so als wenn man jemandem mit einem Hämmerchen auf die Kniescheibe haut, und der Unterschenkel springt hoch. Ich reagiere, aber ich handle nicht. Ich träume davon, wie sich meine Lage ändern könnte, verschwende aber keinen Gedanken daran, was ich *tun* könnte, um dazu beizutragen. Ich bin vollkommen gelähmt, und insgeheim weiß ich, dass ich es niemals schaffen werde, mich aus meiner Familie zu lösen. Sosehr ich die Verhältnisse zu Hause hasse, ich habe nicht die Kraft zum Widerspruch, zur echten Opposition. Ich fühle mich zu allein, um den Kampf aufzunehmen. Ich habe die Wahl: Entweder ich passe mich an, und man lässt mich unter den bestmöglichen Umständen wenigstens in Ruhe, oder ich suche den Streit, die Konfrontation, und meistens büße ich dafür. Im Allgemeinen wähle ich die erste Möglichkeit. Ich möchte gefallen. Mein aufrührerisches Temperament ist nichts weiter als eine Art Verkleidung, die von fremden Menschen, je nach Vorliebe, entweder als viel versprechend oder arrogant empfunden wird. Ich bin auf dem Weg, die unvermeidliche Karriere einer ziemlich unsicheren, ziemlich eingebildeten und ziemlich traurigen Neureichentochter einzuschlagen.

Und dann kommt der Tag, an dem alles anders wird.

Ich bin siebzehn, ein Jahr vorm Abitur. Meine Klassenstufe ist inzwischen umgezogen in ein anderes, weniger altes, weniger riesiges Schlossschulgebäude in beschaulicher Hügellandschaft mit Blick auf den Bodensee. Schluss mit Ehrwürdigkeit und Kreuzgängen, Mönchszellen und Exerzitienstimmung. Eine weitaus weltlichere Atmosphäre hat sich unser bemächtigt. Wir leben wie Studenten. Ich fühle mich gut, und wäre nicht der immer währende Druck, zu wissen, dass da ein Zuhause existiert, das mich nicht aus seinen Fängen lässt, mich irgendwann hineinzwingt in die Auseinandersetzung mit meinem Vater, dann wäre meine Welt in Ordnung. Was werde ich tun, was werde ich sein, wenn ich von meiner erlesenen Schule entlassen werde, mein Abitur im Gepäck und den unausweichlichen Kampf vor Augen.

Und dann tritt es ein, das Ereignis, das meine ganze bisherige Welt durchschüttelt und mich für kurze Zeit in eine Umlaufbahn schleudert, in der ich kreise, ohne die Richtung zu kennen.

Ich muss wie immer zu Beginn des Schuljahres meinen Dienst wählen. Diesmal siegt der Egoismus über die Einsicht; ich wende gewissenlos den kinderreichen Haushalten den Rücken und meine Helferkraft dem Sani zu, dem schlaffsten Dienst von allen. Ich darf ein bisschen mit Mullbinden hantieren und hin und wieder eine Übung durcheinander bringen. Das reicht mir völlig.

Eines Abends heulen die Sirenen. Über-raaa-schung …! Rettung aus Brandgefahr. Es gibt einen veritablen Probealarm, alles schmeißt sich in seine Uniformen, Feuerwehr, THW und Sani, und ab geht's. Wir seilen ein paar Freiwillige aus den oberen Stockwerken ab, die vorher mit köstlichen blutigen Wunden schön angemalt worden sind, beschmieren sie anschließend mit Unmengen Brandsalbe, umwickeln und bepflastern sie mit Mullkompressen und begeben uns nach Verrichtung angeregt schwatzend in unsere Zimmer. Es ist acht Uhr abends, ich komme gerade rechtzeitig, um noch eben die Tagesschau zu sehen.

Meine Freundin und Zimmergenossin Billie ist «politisch interessiert», und obwohl mir Politik egal ist wie achtundachtzig, möchte ich ihr nicht nachstehen. Also stürme ich in meinem leicht angekohlten und mit falschem Blut getränkten Saniblaumann in den Fernsehraum. Eine fette, Süßigkeiten fressende Mitschülerin hat ihren dicken Hintern auf ein selbst gehäkeltes Kissen gequetscht und starrt fernsehsüchtig und weitere Objekte häkelnd auf die flimmernde Mattscheibe. Billie sitzt ein wenig abseits und blickt betont wichtig durch ihre großen Brillengläser auf das Geschehen. Sie wirft mir einen flüchtigen Blick zu.

«Hat schon angefangen …», begrüßt sie mich mit leicht genervtem Unterton.

Billie wird, wenn sie abends Zeugin bei wichtigen weltgeschichtlichen Geschehnissen ist, nicht gern gestört. Ich lasse mich sehr sensibel und vorsichtig neben ihr auf der Bank nieder und komme gerade noch dazu, vom Sprecher stoisch moderiert, eine zuerst durchgehende und von einem gewissen Punkt an unterbrochene Linie auf einer eingeblendeten Landkarte Afrikas, genauer: Kenias, zu entdecken, welche den geplanten, jedoch nicht eingehaltenen Flugkurs eines Jumbos, startend von Nairobi mit Kurs auf Johannesburg, darstellt. Interessant. Da scheint ja was danebengegangen zu sein. Stimmt, bestätigt mir der gepflegte und sphinxhaft ungerührte Tagesschausprecher. Ist abgestürzt. Ziemlich viele Leute drin, und ziemlich viele Leute tot.

Schon ertönt die erste Expertenmeinung. Ich weide mich an der Katastrophe, wie etwa zwanzig Millionen andere Fernsehzuschauer, die jetzt gerade vor den Nachrichten sitzen. Das ist doch mal eine Nachricht, so viel Unglück auf einen Schlag, wann hat man das schon? Seltsamerweise beschleicht mich eine kleine Irritation. Wo habe ich diese Ortsnamen vor nicht allzu langer Zeit eigentlich gehört? Warum kommt mir das so vertraut vor? Ich spüre förmlich, wie erst langsam und dann schneller immer neue Informationen in meine Gehirnwindungen jagen und wie sie – schnell wie kleine Kugelblitze – in mein Erinnerungszentrum transportiert werden. Mein Vater. Mein Vater hat mich vor zwei Tagen angerufen, um mir zu sagen, dass er und Hedi für kurze Zeit wegfahren. Nach Südafrika. Wegen der Firma. Aber weil sie schon mal da sind, machen sie noch ein bisschen Urlaub. Am Kap. Da, wo Onkel Jakob lebt.

«Du weiß' doch, de Köbes, de Bruder vom Opi ... Un pass ens op in de School, solang mer nit do sin, häste jehört?»

Ich weiß, klar. Südafrika. Johannesburg. Frankfurt–Nairobi, Nairobi–Johannesburg. Aber der Anruf war vor zwei Tagen, sind die nicht schon längst da? Und meine Tante Walli, Hedis Schwester? Und Onkel Henry? Der lose Skatbruder? Sollte das nicht so eine Art Familienausflug sein? Ich erinnere mich dunkel an den Inhalt dieses Telefonats. Das letzte, das ich mit meinem Vater hatte. In dieser Sekunde weiß ich es.

«Meine Eltern!»

Ich renne. Ich brülle.

Ich renne, renne wie eine Verrückte die Treppen hinauf, zum Telefon meiner Mentorin.

Ich reiße dem Mädchen, das im Flur der Wohnung auf dem Fußboden sitzt und verliebt schäkernd ihr Ferngespräch in die Muschel kichert, den Hörer aus der Hand. Sie protestiert, ich schreie sie an. In mir kriecht eine unglaubliche Kälte herauf, verbreitet sich in meinen Gliedmaßen, steigt meinen Nacken hoch, meine Kopfhaut beginnt zu kribbeln. Ich wähle. Das Mädchen beschwert sich nebenan bei der Mentorin. Sie kommt ins Zimmer, will mich zurechtweisen. Ich schnauze sie an.

«Ich muss telefonieren. Meine Eltern!»

Sie starren mich an. Ich beachte sie nicht, ich komme nicht durch zu Hause, es ist dauernd besetzt. Endlich meldet sich jemand. Der unvergleichliche «Et-is-anjerischtet»-Herr Müngers.

«Ach, du bis' et.»

Sein Atmen klingt so resigniert, dass ich auf der Stelle Bescheid weiß. Sie haben gehofft, dass ich es nicht erfahre. Noch nicht. Dass sie es mir noch nicht sagen müssen.

«Bleib dran, isch hol de Friderike.»

Sie kommt an den Apparat. «Thea …» Es klingt sehr müde.

«Friderike, was ist los? Stimmt es?!»

«Ja, det stimmt. Deine Eltern sind in der Maschine jewesen. Dein Vater, deine Tante und dein Onkel sind vamisst, die ham se bis jetz nich jefunden. Deine Mutter is im Krankenhaus, sie is nich in Lebmsjefahr.»

Mein erster Gedanke: Warum er, warum nicht sie? Warum kann sie nicht verrecken, und er und ich haben endlich ein richtig schönes Leben, Vater und Tochter.

Mein zweiter Gedanke:

«Seit wann wisst ihr Bescheid, wann ist das passiert?»

«Seit heute Morjen. Et is um elf Uhr passiert.»

Und da erkenne ich es. Ich weiß Bescheid über mich, wie ich noch nie über mich Bescheid gewusst habe. Noch nie habe ich zu sehen gewagt, was jetzt ganz klar und deutlich vor mir steht. Ich schaue mich an wie in einem Spiegel, und ich sehe einen Menschen, der traurig und wütend ist, weil es den Falschen getroffen hat. Aber das ist nicht alles. Dieser Mensch ist noch viel wütender, *dass man ihm nicht Gelegenheit gegeben hat, einen ganzen Tag länger interessant zu sein*! Jetzt ist bald Schlafenszeit, es ist kaum jemand da, der an meiner Tragödie Anteil nehmen könnte. Ich kann diese Ungeheuerlichkeit nicht mehr öffentlich machen, jetzt, wo alles noch frisch ist wie ein ofenwarmes Brötchen morgens um sechs beim Bäcker. Ich lege den Hörer auf und sehe die besorgte Mentorin an.

«Meine Eltern sind mit dem Flugzeug abgestürzt. Meine Stiefmutter lebt. Mein Vater, meine Tante und mein Onkel sind vermisst.»

Im Fernsehen wird eine Notfallnummer für die Angehörigen eingeblendet. Abwechselnd versuchen wir die ganze Nacht lang durchzukommen. Die Leitung ist besetzt. Nach Stunden schließlich hat die Mentorin jemanden am Apparat. Als sie auflegt, weint sie.

«Man hat sie nicht gefunden. Sie sagen, es täte ihnen Leid, aber es gäbe keine Hoffnung.»

Ich gehe ins Bett. Meine Zimmermitbewohnerin schläft. Nach einer weiteren Stunde klopft die Mentorin an meine Tür. Sie tritt an mein Bett und flüstert.

«Sie haben den Tod bestätigt.» Sie wirkt erschöpft. «Möchtest du bei mir schlafen?»

«Nein. Danke.»

Leise schließt sie die Tür.

Ich schaue ins Dunkel. Ich prickele am ganzen Körper, als würde meine Hautoberfläche einschlafen wie ein abgestorbenes Bein. Ich spüre – klar und deutlich –, dass ich keine Trauer empfinde. Stattdessen eine große Verheißung. Wie am Ende eines Tunnels leuchtet am Ausgang ein Licht. Und instinktiv, noch lange, bevor ich alles mit dem Verstand erfasst habe, weiß ich es. Ab jetzt bin ich frei. Eine große Hand hat die Käseglocke angehoben. Der Mief entweicht. Ich bin siebzehn Jahre alt, und ich bin frei.